異世界転生したけど、七合目モブだったので普通に生きる。　3

Shiratama

白玉

Ruby collection

Contents

登場人物紹介

アルフレッド・ラグワーズ

伯爵家長男18歳。
5歳で前世を思い出した転生者。
すべてが中の上な自分を
七合目と自称。
色々と無自覚。

ギルバート・ランネイル

侯爵家長男16歳。
乙女ゲームの攻略対象者。
氷の貴公子と名高い美貌と
無表情。
笑顔はアルフレッド限定。

グレース・ランネイル
ギルバートの母親38歳。
王妃の従兄姉の侯爵夫人。
社交界では名高き良妻賢母。
アイザック・ランネイル
ギルバートの父親39歳。
宰相を務める侯爵家当主。
色々と残念なイケオジ。
オリビア・ラグワーズ
アルフレッドの母親38歳。
家族と領地を愛する朗らかな
伯爵夫人。たぶん最強。
ルーカス・ラグワーズ
アルフレッドの弟15歳。
幼少からの病弱を脱却中。
ひたすら素直で真っ直ぐ。
ディヴィッド・ラグワーズ
アルフレッドの父親41歳。
巷では豪放磊落との噂。
妻愛が溢れる伯爵家当主。
ディラン・ドレイク
ラグワーズ王都邸執事32歳。
独身。子爵家出身。
アルフレッドの側近ナンバー1。
オスカー・エバンス
ラグワーズ王都邸会計33歳。
既婚。子爵家出身。
アルフレッドの側近ナンバー2。

異世界転生したけど、七合目モブだったので普通に生きる。3

28 晩餐《ばんさん》

ランネイル侯爵家の本邸は先日パーティーが開かれた別棟の西側にあって、お揃《そろ》いの白を基調とした外観ではあるけれど、グッと装飾を抑えた落ち着きのある佇《たたず》まいをしていた。

さすがは代々国の要職に就いている名門侯爵家。敷地の東側をパブリックエリア、西側をプライベートエリアで分けているあたり、国政に携わる公人としての意識の高さを感じる。

正門から入ってすぐに枝分かれしたアプローチを進んでいた我が家の馬車がその本邸の正面玄関に到着したのは、夜の七時半を少しばかり回った頃だった。

開かれた馬車の扉から降り立つと、正面には笑みを浮かべた宰相閣下と美しい姿勢で頭を下げる夫人、そしてギルバートくんが揃って俺を出迎えてくれた。

「ようこそおいで下さいました。ラグワーズ伯」

ニッコリと歓迎の言葉を口にした宰相閣下に俺もニッコリと笑みを返し、マントの片側を翻して貴族の礼をしてみせる。そう、本日もしっかりと当主代理のマントを着用しての訪問だ。

「ランネイル侯、先週に引き続き今宵もお招きに与《あずか》り誠に有り難きことと、このラグワーズ感激しております。夫人、そしてご子息もどうぞお顔をお上げ下さいませ」

俺の声がけにスッと頭を上げた夫人とギルバートくん。けれどその表情は予想通りというか、まったくの正反対だった。

宰相閣下を挟んで、向かって左側には柔らかな眼差《まなざ》しで薄《うっす》らと口元に笑みを浮かべるギルバートくん。そして右隣には口元に笑みを浮かべながらもきつい眼差しを向けてくるランネイル夫人。

「夕餉《ゆうげ》をご一緒にと、ギルバートが急に我が儘《まま》を申し上げたそうで誠に申し訳ないことです。ラグワーズ伯」

そう言って眉《まゆ》を下げて申し訳なさそうな顔をする宰相閣下に、俺は即座に首を振ってギルバートくんへと視線を向けた。

「いいえ。ギルバート殿からのお誘いならば、私は万難を排し喜び勇んで駆けつけますゆえ、どうかそのように仰《おっしゃ》らないで下さいませ。私にとっては恩寵《おんちょう》が如き幸いにございますよ。お招きありがとうございます。ギルバート殿」

思わず満面の笑みを向けそうになるのをグッと堪《こら》えて貴族の微笑みを向けた俺に、ギルバートくんがニコリと笑みを浮かべた。

「ようこそおいで下さいました、ラグワーズ伯。先日のパーティーで伺った何とも珍《めずら》かな農産物を是非とも父に紹介したく、このような内々の場にお呼びたてしてしまいました。父は多忙の身ゆえ、今宵を逃すとまたいつになるやらと気が急《せ》いてしまい……どうかお許し下さいませ」

ギルバートくんの言葉に、目の前の宰相閣下が俺を見つめてプルプルと小さく首を振った。

ああ、はいはい。あれからまだ一週間ですものね。働き方改革はこれからだぞと、分かりました。

「なんの。先日のパーティーにて、我が領の宝水魚を美しくも華やかに披露して下さった貴家へ何かお礼をと考えておりました矢先のお誘い。有り難いばかりの機縁と当家一同喜んでおります。ランネイル侯、本日はご子息が所望された農産物だけでなく、我が家の料理長も連れて参りました。いまだ門外不出の新品種のお味見、よろしければ厨房《ちゅうぼう》のほんの片隅をお借りしてランネイル家の皆さまに余興としてご披露できればと。如何《いかが》でございましょう」

後ろで控えた従僕たちの中から、ひときわ身体の大きな料理長が跪《ひざまず》いたまま一歩前に出て頭を深く下げた。まったくもー、ジェフってばー。

一昨日、ご機嫌な俺にお持ち帰りされたギルバートくんによる「一家団欒《だんらん》での楽しい演出の相談」は、いつの間にか勢揃《せいぞろ》いした上級使用人らも交え、そりゃあもう盛り上がった。

その中でもひときわ意欲を見せたのは料理長のジェフだ。滅多に外に出る機会のない料理長がここぞとばかりに同行をネジ込んできたのだ。

他家にご馳走《ちそう》になりに行くのに、自分ちの料理人を連れて行くのって失礼じゃない？　と思ったけれど、新しい食材の調理見本の披露という形なら内々の食事だしランネイル家の料理人たちも了承するだろう、とギルバートくんがオッケーしたもんだからこういう事になった。

「それは素晴らしい。農産物では他の追随を許さぬラグワーズ領の新しき作物を我らに？　何とも細やかなお気遣い痛み入ります。ええ、どうぞどうぞ。ご自由にお使い下さい」

すんなりとオッケーを出してくれた宰相閣下が後方の家令殿に視線を飛ばすと、すぐさま従僕のひとりがジェフを厨房へと案内していった。ぶっちゃけ、優秀なギルバートくんによって家令殿と厨房の面々にはすでに根回し済みだ。

「さあラグワーズ伯、中へどうぞ」

列から離れた料理長の背中に視線を送っていた俺に、朗らかな宰相閣下の声がかかった。それに俺も朗らかに笑みを返して、案内されるままランネイル邸内へ足を踏み入れる。

後ろには「説明用」の食材が入った大きな麻袋を抱えた執事のディランと従僕のエドが続いた。こいつらも「どうしても会食の場に同道する」と聞かなかった連中だ。

いや、他家での食事会に執事を同道する場合もあるけどね？　でもさすがに従僕はどうなのさ……と思ったら、「まだ市場に出回らぬ新品種。厳重にお持ちするのは何の不思議もないかと」というエドの理論で押し切られてしまった。

「かえって、それほど珍《めずら》かなものかと父は喜ぶやもしれませんよ」

首を捻《ひね》る俺にクスクスと笑いながらそう言ってくれたのは、他ならぬギルバートくん。君たち、天使の慈愛に心から感謝したまえ。

ちなみにオスカーとクロエとメイソンも、アレコレとついてくる理由を捻り出していたが却下した。あんまり大人数でゾロゾロとついてくるのはおかしいでしょ。なので今現在、この三人は屋敷で絶賛ブータレ中だ。

そうして案内されたランネイル家の食堂は、やや小ぶりのファミリー・ダイニングルーム。

そりゃそうだ。食事するのは四人だけだからね。でもファミリーとついてはいても、別に家族用の食堂ってわけじゃない。大人数の晩餐会で使う大食堂より小さい小規模な夕食会用のダイニングってだけだからさ、中はアットホームとは程遠い対外的な設《しつら》えだ。

深く艶《つや》のある木製の調度品で品良く統一された室内には、八人掛けの重厚な長テーブルが鎮座しており、中央の天井から下がる大きなシャンデリアの明かりの下で、真っ白なクロスの上にセッティングされた銀製のカトラリーが美しい輝きを放っていた。

「どうぞおかけ下さい」

正面のいわゆるお誕生日席に立った宰相閣下が、自分の左手の席を俺に勧めてくれた。

それに微笑みを返して着席すると、宰相閣下の右隣にあたる俺の正面には夫人が、そして俺の隣に可愛いギルバートくんが続いて着席する。ディランとエドは俺の後方の壁で待機だ。

間もなくアミューズと食前酒が供され、笑顔でグラスを軽く掲げた宰相閣下の「ようこそ」の言葉を合図に夕食会が始まった。

小ぶりながらふっくらとしたオイスターの香草焼きは、非常にジューシーで焼き加減が絶妙。それをうまうまと食べる俺の隣で、スパークリングワインで喉を潤した宰相閣下が楽しげに口を開いた。

「いやはや。我が家のシェフもお客人が農の大貴族ラグワーズ殿と聞いて、さぞや頭を痛めたことでしょうな。しかしアミューズから貴領のオイスターを出してくるとは、どうやら開き直ったようです」

苦笑交じりにそう言って、オイスターフォークに載せた身を持ち上げてみせた宰相閣下に、俺はニッコリと社交用の笑みを返した。

「これほど素晴らしく調理されれば、さぞや我が領の食材らも本望でしょう。しかもこれ以上ない相性の食前酒。これだけで侯が政《まつりごと》だけでなく万般に通じていらっしゃるご様子が分かるというもの。感服いたしました」

グラスを手に取って、淡い金色《こんじき》の中で均一に上がる美しい泡にチラリと視線を落とせば、宰相閣下が満足そうに頷《うなず》きながらパクリと身を口に放り込んだ。

ま、ここまでは貴族同士の会食での、いわゆるお約束のやり取りってやつだ。

テーブルの向こうではランネイル夫人が貴族の微笑みを浮かべながら上品にアミューズを召し上がっておられる。

「けれどラグワーズ伯、いかな父上でも此度《こたび》の貴領の新品種の素晴らしさには、きっと驚かれますよ」

左隣からの声に首を向けると、ギルバートくんが俺と宰相閣下に向けて笑みを浮かべている。

……おやおや、もう仕掛けちゃう感じ？

「そうなのかギルバート。うむ、実に興味深い。いったいどのような作物なのです？　ラグワーズ伯。ぜひお聞かせ下さい」

すっかり食べ終えてしまったアミューズの皿にカトラリーを置いた宰相閣下が「さあどうぞ」とばかりに腹の前に両手を置いた。

いや別に今日は新品種の販促プレゼンが本来の目的じゃないし、便宜とか求めてませんからねー、と内心苦笑しつつ、視線を宰相閣下に向けるついでに一瞬だけ正面の夫人の様子を窺《うかが》えば……ふむ、冷たい目で笑顔のギルバートくんを見つめていらっしゃる。

「では食事中に無作法ではありますが」と軽く後ろに視線を流すと、ディランがすぐに小さな木製ボウルをスッと差し出してきた。それを受け取ってコトリと目の前に置いてみせれば、宰相閣下が意外だというように目を丸くする。

「これは……豆、ですね」

それに大きく頷いて「はい、豆です」と口端を上げてみせれば、隣のギルバートくんからフッと小さな笑みを溢《こぼ》した声が聞こえた。ああ、その可愛い顔に振り向くことができないのが残念だよ。

「ええ、大豆です。ご覧の通り通常の一・四倍ほどの大きさの大豆の種子……いわゆる豆ですね。我が領では他にも様々な種類の豆や、豆だけでなくあらゆる作物を生産し日々その品種改良と土壌改良に邁進《まいしん》しておりますが、これほどの成果は近年稀《まれ》と言っても差し支えないでしょう」

「ほう……」とマジマジと豆を見つめながら呟《つぶや》いた宰相閣下は、ピンときていない様子がありありだ。そりゃそうだよね。どの辺がスゴいのさ、って感じだろう。

いやでもホント、これすげぇから！　俺と領民のみんな、超頑張ったから！

「まず食べて美味しいのは当然として、食用の大豆油がたくさん採れます。単純に大きいからというだけでなく、おそらくは含有する油分が通常の大豆より多いのでしょう」

ラグワーズ領では食用油の売上げも大きな収入源のひとつだ。俺が子供の頃は食用油と言えばオリーブ油。いや美味しいんだけどさ、オリーブの木ばっかり植えてらんないじゃん。

そんなこんなで試行錯誤を繰り返しつつ、現在はオリーブだけでなく大豆、菜種、ごま、コーン、綿、葡萄《ぶどう》、ナッツ、あるいはそれらのミックスを食用油として広く販売している。今や平民街の一杯飲み屋ですら揚げ物が普及して非常に嬉《うれ》しい限りだ。揚げ物万歳！

いやー、学院の中等部で食堂メニューにトンカツ見たときは涙出そうになったからなマジで。うむ、次はラーメンだな。誰か開発してくれ。

「次にこれは非常に丈夫です。痩《や》せていたり多少気候の荒い土地でも簡単に育ちます。病害虫にも強い。しかもまだデータ収集中ではありますが、この豆の収穫後の畑では他の作物の生育が非常に良いという報告があるのですよ。そして太くて硬い茎は、収穫時にはすでに乾燥していますので良い燃料として利用可能ですから無駄がありません」

俺の説明に宰相閣下が目を見開いた。ね、ね、スゴいでしょ？　豆もスゴいけど、うちの領民てばスゴくない？

「つまり、作物を作れぬような厳しい環境の領地でも長期保存が可能な作物を作ることが可能で、他の作物栽培の可能性も高まると？」

笑みを深めて頷けば、その大豆を一粒摘《つ》まみ上げた宰相閣下が、それをマジマジと見つめた。

そうさ。土壌改良は大切だし土地にマッチした作物を植えることも大切だ。けれど、王国の中にはまだまだ厳しい土地……領民を食わすので手一杯で、土壌改良や作物の模索に割く時間も人も金も、新たな産業を興す余裕もない領地が山ほどあるんだ。

そして、それらの領地までラグワーズの生産物でカバーするのは不可能。生産量には限りがある。領地経営は善意やボランティア精神じゃやっていけないからね。

まずは、どんなに厳しい土地にも強く強く根を張って育つオールマイティーな作物を、と十年の歳月をかけて出来上がったのがこれだ。

いやホント言うと米や麦やイモや薬物や、ついでに果樹の品種改良種もあるんだけどさ、ディランやオスカー、そしてギルバートくんと相談した結果これだけを出すことになった。

下手に大々的に出しちゃうと「一コくらい、いいじゃん」って王家に取り上げられかねないからね。チビチビ出すことにしたんだ。

『どれほどの数の領地と領民が、これらの改良品種で救われることでしょう……』

そう言って口を押さえ感動したように溜息《ためいき》を溢してくれたギルバートくん……可愛かった。あれだけで十年分の苦労が虹《にじ》の彼方《かなた》に吹っ飛んでいったからね。

え？　ギルバートくんにはバラしちゃっていいのかって？　いいんだよ。彼自身も「大盤振る舞いなど絶対ダメです」ってディランやオスカーと一緒になって言ってたくらいだから。

「どうです父上、素晴らしいでしょう？」

隣のギルバートくんは、そう言って満面の……それはそれは輝く、よ、う、な笑みで、父親である宰相閣下に笑いかけた。

その時、カシャリ――と、正面からカトラリーの音が聞こえた。

見ればランネイル夫人が、そのアイスブルーの瞳《ひとみ》を冷たく光らせてギルバートくんを見つめて……いや見据えていた。彼女の顔からはすでに貴族の微笑みはかき消えている。

「おや、どうなさいましたか……母上？」

美しい笑みもそのままにギルバートくんは斜め前の夫人へと顔を向けると、さらにニッコリとその笑みを深めて僅《わず》かに首を傾げた。それにランネイル夫人が僅かに指先を震わせる。

「うん？　どうしたグレース」と宰相閣下がその視線を夫人向け、首を小さく傾げた。

「いえ、失礼いたしました。とんだ無作法を……手が滑ってしまって」

そう言って再び口元だけに笑みを浮かべて、オードブルの皿に落としたカトラリーを手に取った夫人に、ギルバートくんが僅かに目を細める。

それから目の前の料理はオードブルからスープへと進んで……あぁそうそう。オードブルもちゃんと食べたよ？　野菜の彩りが綺麗《きれい》なテリーヌ。旨《うま》かった。

会話しながらでもきっちり食事を進めるのが、いわば貴族の嗜《たしな》みってヤツだからね。

そしてその黄金色に輝くスープを食すべく、宰相閣下が手に取った大豆をボウルに戻そうとしたその時、ギルバートくんがそれに声をかけた。――――もちろん、満面の笑みで。

「父上、私にもそれを見せて下さい」

スッと俺の胸の前を通って伸ばされたギルバートくんの手に、俺はどうぞとばかりに微笑みを浮かべながら、戯《おど》けたように身体を反らしてみせる。

その様子に右隣の宰相閣下から小さな笑みが溢《あふ》れた。そんな宰相閣下の手に、ギルバートくんが伸ばしたしなやかな手が届こうかというその時。

「ギルバート……」

小さくも厳しい声が正面の夫人から聞こえてきた。

それに構うことなく、ギルバートくんは宰相閣下の指先の下に手を添えるようにして、スルリッとまるでその指先を撫《な》でてみせるかのような所作で、一粒の大豆を受け取った。

「おや、本当に大きな豆ですね。それにとても固い」

受け取った豆を目の前に掲げてみせたギルバートくんが、それはもう楽しげに――――そう、無邪気な笑みを浮かべて……、そしてそのまま、宰相閣下へと顔を向けた。

直後にカチリ、と俺の正面から小さな音が上がった。

スプーンを置いた夫人の目は真っ直ぐにギルバートくんへと向けられ、その顔色はやや青白くなっているようにも見える。

「お客様の前に手を出すなど無作法でしょう。みっともない……みっともないわ。おやめなさい……」

僅かに震わせた唇を小さく開閉させた夫人が、平坦《へいたん》な声でギルバートくんへと声をかけた。けれどそれにもギルバートくんは動じることなく、その微笑みのままクスリと肩をすくめてみせる。

「よいではないですか母上。内々の食事なのですから。ねぇ」

拗《す》ねるような、甘えるような声でギルバートくんが俺に微笑み、そして困ったように宰相閣下にも視線を流した。おやおや、攻めるねぇギルバートくん。ならば俺も協力しちゃおうかな。

「もちろんだとも。まったく無礼でも無作法でもないよ。食事は楽しい方がいいからね」

そう言いながら俺はそっと左の手を彼に伸ばすと、そのプラチナブロンドをひと房手に取った。

それからツ……と、まるで髪の先の続きがあるかのように上に向けた手のひらを肩下まで滑らせてから、そっとその手を引いてみせる。

いや本当は髪にキスしたいところなんだけどね、少々距離が空いているもんだからさ。

うん、実に残念だ……なんて思いつつお隣の宰相閣下へと目をやれば――あれ？

どうやら宰相閣下はスープをお召し上がり中で見ておられなかったようだ。つくづくタイミングがいいんだか悪いんだかよく分からない方だな。

けれど正面の夫人はと言えば……うん、なかなかに効果はてきめん。ま、ずうっとギルバートくんのこと睨《にら》んでいるもんね。見てたよね。

夫人の顔色は見るからに青ざめ、そのアイスブルーの瞳には隠しきれぬ憎悪が色濃く滲《にじ》んでいる。

ほほぅ、なかなかに怖い顔じゃないか。憎悪にまみれたその瞳で、その表情で、年端もいかぬ幼い彼を傷つけ続けたのですか、グレース・ランネイル殿。

思わず力いっぱい睨み付けてしまいたくなる衝動を抑え、俺は一度ゆっくりと瞬《まばた》きをして自分の気を落ち着かせた。

そんな俺の隣のギルバートくんはと言えば、睨み付けてくる夫人には目もくれずクスッと笑みを溢したかと思うと宰相閣下へと再び視線を移し、深めた笑みでコテリと首を傾げてみせた。

なんてこった……可愛すぎる。ダメだよギルバートくん！　お父上とはいえそんな顔を見せたら！

「ねえ父上もそう思いませんか？　せっかくの食事会ですから……多少は、ね」

楽しげなギルバートくんに笑いかけられた宰相閣下は、ご子息の表情に驚いているのか目をパシパシとさせながらも、一瞬だけチラリと俺に視線を投げかけるやコクコクと小さく頷いた。いやなんで俺の顔を見るんですか。

その宰相閣下の頷きに満足そうに笑ったギルバートくんは、スイッとその天使のような笑みを青ざめたランネイル夫人へと向ける。

そして、彼がついに『その言葉』を口にした。

「ありがとうございます。さすがは社交に長《た》けた私の父上ですね……」

その瞬間、

「やめなさい！」

ガタッ！　と目の前の夫人が立ち上がった。その勢いに目を見開いて固まったのは宰相閣下だ。

「ど……」

どうしたのだ、と言い出しそうな宰相閣下の腕を、俺はグイと掴《つか》んだ。

「黙ってご覧なさいませ」

口端を上げてギリ……とその腕に僅かに指先を食い込ませた俺に、振り向いた宰相閣下の喉《のど》がゴクリと上下に動いた。

ダイニングにいるランネイル家の使用人たちは、ひとりとして微動だにしない。

彼らを制しているのは、宰相閣下の後方に控える家令殿の厳しい視線だ。もちろん俺の後方の二人も動かず成り行きを見守っている。

「なにを……やめるのです？」

ゆっくりと首を傾げたギルバートくんが、その翡翠《ひすい》のような瞳を煌《きら》めかせながら、テーブルを挟んだ向こうに立つ夫人を見上げてニッコリと、まるで追い打ちをかけるように、さらに笑みを深めた。

それに夫人の目が大きく開かれていく。

ああ、あれはヤバいね。ギルバートくんを凝視する夫人の瞳は、もうギルバートくんではなく他の何かを見ているようだ。

夫人の前に置かれた数々のカトラリーに視線を飛ばしながら、俺は念のためにそっと隣の彼との距離を縮めた。何か飛んできたらすぐに彼を庇《かば》えるようにね。

「それよ！」

夫人が叫んだ言葉に、けれどギルバートくんは輝くような笑みもそのままにスッとその首筋を伸ばし、形のいい顎《あご》を上げてみせた。

「その顔よ！　その忌々しい盗人《ぬすっと》の笑みよ！　今すぐやめて！　やめて！　やめて！　奪わないで！　やめて！　やめて――――っ！」

バァン！　と夫人の両手がテーブルに振り下ろされ、ガシャン！　と食器が耳障りな音を立てた。


「私はクリスタ・マーランドではありませんよ」

毅然《きぜん》とした声がダイニングに響き渡った。

凛《りん》とした、低く強く威を発するその声色、堂々と相手に対峙《たいじ》せんとするその姿勢――――。

ああ、ギルバートくん。確かに君は誇り高きサウジリア王国貴族、ギルバート・ランネイルだよ。

その場の誰もが息を呑《の》む中、その笑みを象《かたど》った表情に反して彼の輝く翡翠は強く、厳しく、真っ直ぐに目の前の夫人へと向けられている。

そうして彼は、その唇をさらにゆるりと引き上げてみせると、まるで笑むように、あるいは挑むように……その視線で己《おのれ》の母親を射貫《いぬ》いたまま、椅子からゆっくりと立ち上がった。

◇◇

「よくご覧なさい。私は男で、あなたより背も高いし腕も太い。私は、クリスタ・マーランドではありませんよ」

すっかり立ち上がって真っ直ぐに夫人を見据えたギルバートくんが、よく見ろとばかりにスイッと両腕を広げてみせた。それに固まったように立ちすくんでいたランネイル夫人がピクリと身じろぎをして、そして唇を震わせる。

「知っているわ」

ほとんど動かぬ唇でそう答えた夫人に、ギルバートくんの眉《まゆ》が僅かに寄った。

俺も思わず眉を寄せてしまう。……知っている？　つまり成長したギルバートくんがクリスタ妃ではないと認識していながら、その憎悪と怒りだけを引きずっていると？

まあ確かに、幼い頃はともかく今のギルバートくんはどう見ても男性だし、夫人より身体も大きい。でも、それじゃあ本当に目と髪の色だけを……うん、ある意味拠《よ》り所として捌《は》け口にしていたと言っているようなもんだ。身勝手にも程がある。しかも過去に執着しすぎて無自覚ってか。

「あなたは私の産んだ子よ。アイザックとの子。だからクリスタにならないようにって……」

――そうしたら大丈夫だから。

その聞こえるか聞こえないかの声にギルバートくんの目がスッと細められる。

ああそうだね。イラつくのはすごく分かるよギルバートくん。「知るか」って感じだよね。

「私がクリスタ・マーランドになるわけがないでしょう。見栄っ張りの言い訳もいいかげんにして下さい。馬鹿馬鹿しい」

おお、惚《ほ》れ惚《ぼ》れするほどの切り捨て方だ。しかも的確。さすがギルバートくんだ。

「何が大丈夫だって言うんです？　ああ、クリスタ嬢を思い出さなければご自身の恨《うら》み辛《つら》みや穢《けが》らわしい感情を見ずに済むということですか。過去のみじめな記憶を思い起こさずに済むと言うことですか。あるいは、息子を八つ当たりで殺してしまう愚かな母親にならずに済むと言うことでしょうか。はっ！　馬鹿馬鹿しい。そもそも今の私を貴方《あなた》はもう殺せやしない。確実に返り討ちですよ。破綻《はたん》しているものを思い込もうとするのはやめて、そろそろ問題の根本に向き合っては如何《いかが》ですか。私の笑顔ひとつで左右される程度の、その薄っぺらい見栄と脆《もろ》いプライドを捨ててしまえば簡単な事ですよ」

フン、と皮肉げに鼻を鳴らした彼に、ランネイル夫人の目が大きく見開かれた。

ああ俺の天使はなんて凛々《りり》しくて綺麗で容赦がないんだ。

「いいかげんに癇癪《かんしやく》を起こすのはやめて頂けませんか、鬱陶《うつとう》しい。面倒だからと放っておけば、いつまでもグズグズと……。見栄っ張りもそこまで行けば大したものですが、よそでやって下さい。当たるなら私でなく、そろそろ本人に当たっては如何です？　そこにいますよ。あなたの夫です」

スイッと動いたギルバートくんの右手が、お誕生日席に座る宰相閣下へと向けられた。なので俺も、掴んだ宰相閣下の左腕を「はーい」とばかりに持ち上げてみせる。

「……え？」

突然のことに戸惑う宰相閣下にギルバートくんは満足げに頷《うなず》くと、再び夫人へと視線を戻した。

「あなたが幼少期に無能でデリカシーのないご家族にどんな仕打ちをされたとか、クリスタ嬢にどんなコンプレックスを抱いたとか、そんなことは私には関係ありません。要はその人なんでしょう？憎っくきクリスタ嬢にプロポーズして振られて、しぶしぶあなたと結婚した男、アイザック・ランネイル。文句を言うなり、殴るなり、首を絞め上げるなり、好きになさったらいいじゃないですか」

「しぶしぶ」の言葉に顔を強《こわ》ばらせるランネイル夫人に、腰に手を当てたギルバートくんがヒョイと顎で宰相閣下を示してみせる。

もちろん、俺もまた分かりやすいように、宰相閣下の腕をさらに高く上げてみせた。

「な、なな……何のことだ！」

そう言って腕を振りほどこうとなさる宰相閣下。

いやダメですよ、ちゃんと主役としての存在感アピールしなきゃ……と、俺はほんの少しだけ掴んだ指にギリッと力を込めた。

「ラグワーズ様、私が代わりましょう」

横からスッと手が伸びてきたかと思うと、いい笑顔の家令殿が宰相閣下の腕を引き受けてくれた。

「ローマン、何を……」

二度見してくる宰相閣下に構わず、背後にスックと立った家令殿が、片手で宰相閣下の肩を押さえ、もう片手でその腕をさらに上げて固定してしまった。もちろんその顔は笑みを浮かべたままだ。おぅ、家令殿ってば見かけによらずチカラあるぅ！

お誕生日席に座って片手をピーンと上げた宰相閣下に、さすがのランネイル夫人もギルバートくんを睨むのを中断して、その様子を驚いたように凝視している。

「ほら母上、殴るなら今ですよ」

首を傾げて、ほれほれとでも言うようにギルバートくんがクイッと顎を上げてみせれば、夫人の眉間《みけん》に皺《しわ》が寄った。

「何を言っているの……ギルバート」

あ、どうやらランネイル夫人が戻られたらしい。目の焦点が普通に合っている。

まあそりゃね、昔の思い出より今の非常事態だ。──と、その時。

「若様、お待たせいたしました」

場違いなほどに明るく機嫌の良さそうな声がかかった。その声に後ろを振り向けば……うん、やっぱり料理長のジェフだよ。

「いやぁ、慣れない厨房で手間どっちまっ……手間取ってしまいましてね。お待たせいたしました」

笑顔で掲げられたジェフの右手には料理の盛られた皿。

ジェフの後ろからは残り三つの皿を載せたワゴンが我が家の別の従僕らによってスルスルと押されてきた。……んんっ？　別の従僕？

思わず首を傾げそうな俺の前で、その従僕がワゴンを止めて顔を上げ──って、え……。

クロエ──?!

目の前には従僕姿も凛々しい、男装の麗人みたいなクロエがいそいそと配膳《はいぜん》の準備を始めている。

おいおい、何やってんだよ……。留守番で納得してたんじゃないのかっ！

とすると、その後ろでデカい図体《ずうたい》を屈《かが》めて、ちまちまスプーンを整えているのは……うん、明らかに庭師長のメイソンだね。従僕の服がピッチピチだ。誰から奪い取ったのかな？

「アイザックを離しなさいローマン！　お前の主《あるじ》ですよ！」

ランネイル夫人が声を上げた。あ、やべー忘れてた。

けれど家令殿は夫人の言葉に首を横に振ると、眉を下げて悲しげな表情を見せる。

「奥様。このローマン、ランネイル家にお仕えして四十年。アイザック様を養育した者の一人として、責任をヒシヒシと感じております。奥様のお辛いお気持ち、何も存じ上げず申し訳ございませんでした。私めが責任を持って！　最後までアイザック坊ちゃまをご教育させて頂きますゆえ、さぁ、さぁ！　ひと思いにっ！」

家令殿はその眦《まなじり》に涙を浮かべつつも、その顔をキリリと上げ、そして宰相閣下の左腕をさらにグイッと上に持ち上げて見せた。

「いたい！　いたたたっ！」

声を上げる宰相閣下に、ランネイル夫人が思わずといった風にその足を一歩踏み出そうとした時だ。

「しかし、この報告書は素晴らしいですねぇ。非常によくまとまっています。母上の幼少期から結婚後までのアレコレも、父上のアレやコレやソレまで。私たちだけで読むのは実に勿体《もったい》ない」

バサリッと、ギルバートくんが例の報告書を上に掲げてみせた。それにランネイル夫人の足がピタリと止まる。あれ、それどっから出したの？

見ればエドとジェフとメイソンの三人が、手分けして報告書の複製を室内の全員に配付している。

「おや……。いつ、あんなにたくさん複製したんだい？」

手際の良さに思わずクスッと笑いながら側《そば》にいたディランに尋ねると、どうやらギルバートくんから頼まれたらしい。使うかどうかは分からないけれど、と。

いやいいんだよ。彼のいいように、望むように、と言ったのは俺だ。彼の願いなら俺の願いも同然。じゃんじゃん作ってくれて構わない。ただねぇ……、彼がディランに頼み事をする姿を想像すると、ちょっとイラッとしちゃうね。

可愛い顔して頼んだりしてないよね？　首なんか傾げちゃった？　ダメだよギルバートくん！　君はまだ自分の魅力の一億分の一も自覚していないんだから！　いくらディランでもダメなんだからね。ぜひ今後の頼み事はすべて俺に言ってくれ。

「そんな羨《うらや》ましそうな顔で見ないで下さい」

ディランが呆《あき》れたように溜息《ためいき》をつきながら、俺にも報告書を一冊寄越《よこ》してきた。うるせー。

ディランを横目で睨《にら》む俺の視界に、後方のダイニングの扉から入室してくるクロエの姿が映った。笑顔の彼女の後ろからはランネイル家のメイド長らしき年配の女性を先頭に、メイド姿の女性たちが次々と入ってくる。もちろん彼女たちの手にもそれぞれ報告書がしっかりと握られていた。

「な、なんでメイドたちがここに来るんだ！」

やっと解放してもらった手に報告書を握りしめながら、宰相閣下が声を上げる。もちろん椅子に座ったままだ。背後で家令殿が両肩をガッチリ押さえているからな。

「私が呼んだのですよ旦那《だんな》様。この家の主たる、他ならぬ旦那様と奥方様のことですから。使用人たる者、主のことをよくよく理解してお仕えするのが当然でございますゆえ」

入ってきたメイドたちがズラリとランネイル夫人の背後の壁際に整列した。

「さ、夫人もご着席下さいませ」

クロエは柔らかな笑顔と柔らかな所作で夫人の肩に手を置くと、ストンと瞬く間に夫人を椅子に着座させてしまった。声を発する暇もなく椅子に座ってしまった夫人が目を丸くしている。

実に自然で見事な動きだ。さすがクロエ、後ろで侯爵家のメイド長が「おお」って顔しているぞ。

「ちょっと……あなた、え、何……」

戸惑ったような声を出す夫人に構わず、クロエは片手を夫人の肩に置いたまま、その前のテーブルに報告書を差し出した。

「それではテキストも行き渡ったようなので、これよりランネイル家の第一回勉強会を開始する。お前たちが仕える主らのことをよくよく学び、理解するように」

凜と声を張ったギルバートくんに、宰相閣下と夫人を除いた全員がコクリと大きく頷いた。

「何だそれはっ！」

宰相閣下が声を上げるが誰も聞いちゃいない。

うーむ、ある意味これはクーデターだ。家庭内クーデター。

革命軍を率いるのは勇ましくも麗しいギルバートくん。参謀は家令殿。……俺？　俺はそれを傍《そば》で見ながら「キャーステキ」とか言ってる一般市民Aだ。

ところで第一回ということは第二回もあるのだろうか。今後次第では開催するぞ、との脅しかもしれん。さすが革命軍リーダーだ。格好《かっこ》いいぞ、ギルバートくん！

脳内で「キャーステキ」と叫びながら、優雅な所作で席に着いたギルバートくんをうっとりと眺めていたら、目の前にスイッと料理の皿が差し出された。

先ほどから出番を待っていたジェフの渾身《こんしん》の一品だ。細長い楕円《だえん》形の皿には、調理された大豆がシンプルかつ上品に二種類盛り付けられている。いいね、豆の試食をしながらの勉強会、一石二鳥だ。

惜しむらくは美味しく食べられる状況なのが、俺とギルバートくんだけってことかな。

エドとピチピチ従僕姿のメイソンが、宰相閣下と夫人にも料理の皿を配膳したものの、えらく遠くに置いちゃうあたり、その辺は彼らも分かっているようだ。

「素材の味をお分かり頂けるよう、ただ茹《ゆ》でたものと、脂身の少ない軍鶏コンソメでサッと煮上げたものの二種類をご用意いたしました」

俺とギルバートくんの間でジェフが満面の笑みで料理の説明をする。

うん、さっすが料理長。分かってるねぇ。この大豆は茹でただけでも甘みがあるし、食べ応えもある。味の染み方もいいからね。うんうん。

美しく盛られた豆の皿に嬉《うれ》しそうに一度目を細めたギルバートくんが、口元を引き上げながらその顔を上げ、周囲を見渡した。

「表紙を開けて最初の一ページから三ページはどうでもいい内容だ。要約すれば、無能な親と周囲に便利に使われた少女が『いい子』の仮面を外せぬまま不満を馬鹿みたいに溜《た》め込む話だ。二分やるからザッと流し読め。その後のひねくれた見栄っ張りの下地がそこで出来上がる」

ギルバートくんの声に全員がペラリと表紙を開いて読み始めた。実に素直でよろしい。そりゃそうさ。本気のギルバートくんに指示されたら誰も逆らえやしない。

宰相閣下はご自身で報告書を開いたけど、ランネイル夫人の前に置かれた報告書はクロエが開いて差し上げたようだ。

暫《しばら》くすると「なんて酷《ひど》い」「お気の毒に」という小さな呟《つぶや》きがあちらこちらから聞こえてきた。

宰相閣下も報告書を読みながら「こんなことが……」と呟いている。夫人のお顔は――――うん、顔色が少々お悪いかな。

「ああ、同情しすぎないように。高位貴族とはこういうものだ。貴族出身の者たちはよくよく思い出し、そうでない者たちはしっかり覚えておくがいい。当時のクリスタ嬢はもとよりマーランド侯爵家には一切の非はない。もちろん現国王陛下であらせられる当時のラドクリフ第二王子殿下もだ。彼らはみな王族や高位貴族として当然の生活と行動をなさっていたまでのこと」

ギルバートくんがピシリと発した言葉に、少しだけざわめき始めていた使用人たちがすうっと静かになった。彼らとて侯爵家の使用人。思い至るところがあったのだろう。

そんな静かになった室内に「確かに……」という宰相閣下の声がボソリと響いた。それに目の前のランネイル夫人の目が見開かれる。やはりこの方の間の悪さは天才的だ。

「なんで……こんなことまで」と唇を噛《か》む夫人に構うことなく、「次、四ページから五ページ」とチャッチャと発したギルバートくんの声に、ザザッと一斉にページをめくる音が室内に響いた。

「この部分は父上と母上の学院生時代、青春時代の出来事だ。ここで母上は父上に恋愛感情を強め、それを原動力としてさらに見栄と勘違いと被害者意識を増長させていく」

「酷いわ。母親に何てことを言うのギルバート！　謝罪しなさい！　私はそんなこと決して……！」

ギルバートくんの辛らつな言葉に、ランネイル夫人がたまらず声を上げた。

その身体は前のめりになっているけど立ち上がることはない。夫人の肩にそっと手を置いたままのクロエも背後で穏やかに微笑んでいる。

そんな夫人を見据えたギルバートくんは、その言葉をハッと軽く笑い飛ばした。

「嘘《うそ》おっしゃい。周囲に反発もせず黙って『いい子』の仮面を被《かぶ》り続けた甲斐《かい》があって、自力では首も回らぬ伯爵家の娘にもかかわらず、裕福な侯爵令嬢と同じ教育を受けることができた。従姉《いとこ》であるというだけで侯爵令嬢と行動を共にし、王子殿下や侯爵子息とも親しく交流する伯爵令嬢……さぞ、ご実家には褒められ、周囲には羨ましがられたでしょう。気持ちよかったですか？」

口端を上げて面白そうにそう言ったギルバートくんに、夫人は再び唇を噛んだ。

あれ、やっぱり羨ましがられてたのか。まあ、そりゃあそうだよね。学院でもツテがなきゃ王族や格上の貴族と親しく交流するなんて不可能だもんな。多少は話せたとしても、本人も周囲もガードが固いから「親しく」は無理だ。

ルールをガン無視して突っ込んで行った元ヒロインは異例中の異例。成功したのが……いや結果的に成功しなかったわけだけど、奇跡みたいなもんだ。

あの第一王子殿下だったからこそ、ミラクルな例外が成立してしまったのだろう。

「きっちり恩恵は享受しておいて、何も知らぬクリスタ嬢を恨むのは筋違いですよ。周囲が格上のご令嬢を優先するのは当然ではありませんか。プライドが高いのは結構ですがね、縁戚《えんせき》の侯爵令嬢と一緒にいすぎてご自身の立場を勘違いしてしまったんですかねぇ。手に入れた恩恵や実益からは目を背け、同等に扱われない不満ばかりを溜《た》め込んで、そんな傲慢《ごうまん》さを認めず自分を哀れむ……」

カチャリ、とギルバートくんが目の前の皿に添えられたスプーンで豆をひとすくいした。そしてそのスプーンを目の前に掲げてみせる。

「見栄っ張りと勘違いと被害者意識。それこそ、あなたが大好きな『みっともない』『下品』という言葉がピッタリじゃありませんか、ねえ」

そう言い切ってパクリと口に豆を放り込んだギルバートくん。そしてモグモグと口を動かすと「本当にこれは美味しいですね。味が濃い」と俺に向かってニッコリと笑ってくれた。

そう？　よかった。食べてみたいって言ってたもんね。

「なんですって」と夫人の目が吊《つ》り上がったけど、特に何も起きることはないので俺もコンソメ煮の豆をひとすくい口に放り込んだ。うん、旨い。

「お前に何が分かると言うの！　勝手なことを言わないで！」

遂《つい》には叫びだした夫人に、「さっぱり分かりませんね。分かってたまるものですか」と、彼はその綺麗《きれい》な手をヒラヒラと振ってみせる。ギルバートくんの口撃は絶好調だ。

ああ、その冷たく輝く瞳も、厳しい言葉を吐き出す唇もすごく素敵だ。ヒラヒラしてるお手々を握ってキスしたくて仕方がない。

おや、隣で宰相閣下がなんかブツブツ言ってるな。どうしてこんなことまでって？　すいませんね、それは言えないんですよー。


「次、六ページから九ページ。この部分に、ランネイル侯爵夫妻にとって最も大切な出来事が書かれている。みなしっかりと読み込むように」

凛々《りり》しくも美しい声で指示された報告書のページは、うん……宰相閣下の告白から初夜、そして妊娠中までの部分だ。確かに最も大切だね。

その最も大切な部分に容赦なく突撃しようとする美しき革命軍リーダーのために、俺は後ろのディランに新しい飲み物を注文した。豆は柔らかいし美味しいんだけど、喉渇《のど》いちゃうでしょ。

俺の指示に素早くジェフがワゴンの下から小瓶を取り出した。

お、それ発売予定の柑橘《かんきつ》水じゃん。持ってきたんだね。よし、さっそくギルバートくんに試飲してもらおうじゃないか。一般市民Aから心ばかりの差し入れだ。

「な……なな、なん……」

右隣で報告書を読んでる宰相閣下が、何かななな言ってるけど俺はそれどころじゃない。グラスに口を付けた可愛いギルバートくんがニッコリ微笑んでくれているんだから。

「酸味と香りの加減がちょうどいいですね。新しく栽培した柑橘類ですか？　飲みやすくて色んな料理に出せそうです。ただ僅《わず》かに入っている糖は好みが分かれますね。加糖と無糖と二種類出して様子を見た方がいいかもしれません」

ギルバートくんの感想に、後ろでディランとエドがメモを取っている。これ以上ないモニターだ。

「なんだこの報告書は……なぜ寝室のことまで書かれている！　誰だっ、覗《のぞ》き見をしていた奴《やつ》は！

ローマン貴様か！」「いやぁぁー！」

宰相閣下と夫人が同時に声を上げげた。ま、初夜のことがバッチリ書かれてりゃ、そうなるでしょ。

宰相閣下の言葉に背後の家令殿が「違います」とすぐさま否定の言葉を発し、ギルバートくんも大きく首を横に振った。

「ラグワーズ家の調査能力は実に素晴らしい。王家の諜報《ちょうほう》とてここまで調べるのは不可能でしょう」

そう言ってフフッと俺を見たギルバートくん。

……うん、たまたまだけど。どこの諜報部だろうが、乙女ゲームはさすがに知らんだろう。でも、今回だけだよ？　うちは上位貴族のお宅と違って諜報部なんぞ無いからね。

「ラグワーズ！　貴様かー！」

怒りに顔を染めた宰相閣下の大きな声が響き渡った。

はい俺です、大当たり……なんてことも言えないので、とりあえずグリッとこっちを睨んでる宰相閣下にニッコリと微笑みを返しておいた。

どうでもいいけど、このやり取りで報告書の内容が本当だってバレちゃってますよ、宰相閣下。

「内容的には大したことではない。前半部分は王子殿下を小狡《こずる》く出し抜いて連れ込んだ林で、侯爵令嬢にプロポーズし撃沈した父上と、それを覗き見した母上。後半は、その侯爵令嬢に囁《ささや》いた愛の言葉を端折《はしょ》って母上に使い回した父上と、また見栄を張って気持ちを腹に溜め込んだ母上」

どっちもどっちですね――と、またギルバートくんがパクリと豆を口に放り込んだ。

「なんだそれは！　言い方ってもんがあるだろう！」

「ひどいわ！」

また同時に声を上げたランネイル夫妻に、ギルバートくんはモグモグと豆を食べながら小さく肩をすくめる。そしてコクンと可愛くそれを飲み込んで柑橘水をひと口飲むと、そのランネイル夫人に向けて首を傾げてみせた。

「一つ確認ですが、母上が覗き見をした段階で父上とは両思いだったのですか？　お互いに気持ちを確かめた仲でしたか？　それならば父上を不誠実な男だと糾弾できますしショックを受けてもおかしくないのですが」

ギルバートくんの言葉に、大きく声を上げていた夫人は口を閉じ、代わりに宰相閣下が「いや違う！　違うぞ！」と口を開いた。

「はい、確かに学生時代、旦那様の口から奥様の名が出たことは一度もございません。奥様の名が初めて出たのはベルゴール伯爵家に打診をする少し前、旦那様が二十歳を超えてからにございます」

特に宰相閣下を庇《かば》うでもなく、淡々と事実だけを口にする家令殿に、宰相閣下はブンブンと首を縦に振っている。

「ならば文句を言うのも不満を言うのも、ましてやクリスタ妃に恨みを抱くのも筋違いですよ。十八歳当時の父上はあなたのものではないし、それ以前にあなたの気持ちすらご存じなかった。相手がクリスタ妃だったことが癪《しゃく》に障った、そういうことでしょう？」

その言葉に宰相閣下が再びブンブンと首を振った。

あなた、ギルバートくんが自分の息子だって忘れてません？　ついでに夫人が睨《にら》み付けてますよ。

とはいえ、いい傾向だ。夫人が宰相閣下を睨み付けるのは初めてじゃないかな。

「母上。嫉妬《しっと》で目が曇っていたのでしょうがね、少しは客観的に物事を見ては如何《いかが》ですか？　この状況でクリスタ妃を恨めること自体が、私には理解不能だ。もし父上が告白した相手が他の女性だったらと考えてご覧なさい。それでもお相手を恨みましたか？」

テーブルの向こうのランネイル夫人へ、呆《あき》れたような口調でギルバートくんが話しかけた。それに夫人がグッと口を引き締める。

「どう見てもクリスタ妃は被害者じゃないですか。あなた、好きでもない男に林に二人きりで連れ込まれて、告白されて断ったにもかかわらず、アレコレ言い訳しながら自分の身体に触ってくる男をどう思います？　しかもクリスタ妃は当時十六歳の箱入りのご令嬢ですよ？　もしその場で父上がご令嬢に襲いかかって、ご令嬢が悲鳴を上げていたらあなたはどう――」

「そんなことするか――！」

おっ、宰相閣下がキレた。

「黙って聞いていれば！　二十年も前のことだろうが！　そんな昔のことを今さら掘り返してどうしようと言うんだギルバート！　もうとっくに終わった話だろう！」

グイグイと押さえられた身体を前のめりにさせて叫んだ宰相閣下に、けれどギルバートくんはそれを冷たい瞳で一瞥《いちべつ》してみせる。

「終わっていないから私が面倒臭い目に遭っていたんですよ。いいかげんに察して下さい、父上」

フゥ、と小さく溜息《ためいき》を溢《こぼ》したギルバートくん。

「父上が母上に求婚したのは現国王夫妻が結婚式を挙げた後。つまり、父上はクリスタ嬢が完全に人妻になるまで諦《あきら》めきれなかった……先ほどの告白の流れなら、そう思われても仕方がないですね。相手が王族になってしまえば諦めるしかない。だからせめて愛《いと》しいクリスタ嬢と親戚《しんせき》で親しい相手、自分にベタ惚《ぼ》れのそこそこ頭が良くて都合のいい娘としぶしぶ結婚したとね」

「そんなことはないぞ！」

宰相閣下が叫ぶものの、すでに周囲の宰相閣下を見る目は非常に冷ややかだ。特に女性たちの。

「事実なんてどうだっていいんですよ。そう思われるような行動をしたことが問題なんです」

ギルバートくんの言葉に、多くの女性使用人らが大きく頷《うなず》いた。もちろん俺も。

「求婚から結婚まですべて家令に丸投げ。これは家令に確認済みです。愛の言葉もなく、やっと愛を告げるかと思ったら他の女に囁いた言葉を使い回す」

その言葉に今度は男性使用人たちが「ないわー」とばかりに首を小さく横に振った。

「しかも初夜の翌日からクリスタ妃のいる王宮に行きっぱなし。たまに帰ってくれば、これ見よがしにクリスタ妃を褒めあげ、またイソイソとクリスタ妃の元へ戻って行く。クリスタ妃、クリスタ妃、クリスタ妃……そんなに諦めきれませんか、父上？」

「奥様、お気の毒に」「なんて酷いことを……」「いや、さすがにそれは」「なあ……」

部屋のあちらこちらでコソコソとした会話がハッキリと聞こえてくる。

「ちがっ、ちがーう！　王妃殿下の所へ行っていたのではなく王宮に行っていたんだ！　仕事場だから当たり前だろう！　わ、私は本当に仕事を……忙しかったんだ、本当だ！　王妃殿下には卒業後そんな思いは欠片《かけら》も抱いたことはない！」

叫ぶ宰相閣下の言葉に、ギルバートくんの大きな大きな溜息の音が重なった。

「事実はどうでもいいと申し上げましたよね。そう思われる行動を十数年、し続けた時点で有罪です。これに関しては私も母上に同情いたしますよ。家柄と顔と対抗心だけで結婚すると碌《ろく》な事にならないのだなと」

え、そうなの？　とばかりに次はランネイル夫人へ視線が集まった。もちろんその中には宰相閣下もいらっしゃる。あ、顔の良さは自覚してるのね。

それに今度は夫人が「ち、違っ……」とブンブンと手を振って否定するものの、ギルバートくんの目は非常に冷ややかなままだ。

「息子である私からはそう見えます。父上が非常識なほど不在だろうがデリカシーのない発言をしようが、何も反応せず腹に呑み込み放《ほ》ったらかし。宰相夫人、侯爵夫人として居られればいいのかと思われても仕方ないですよ。本当のところは知りませんし興味もありませんが、結局はそう思われる行動という点ではあなたも同じですよ母上。まあ何でもいいんですよ、どんな思惑《おもわく》同士で結婚しようが、貴族ですから。ただ、そのとばっちり……あなたの下らない見栄と自尊心の皺寄《しわよ》せを往《い》なすのも、原因が分かってしまえば馬鹿馬鹿しくなりましてねぇ。よそでやって下さいと申し上げたわけですよ」

十ページ！　とギルバートくんの声が響き渡った。

さて、いよいよ大詰め。ギルバートくんが笑顔を禁止されたエピソードだ。

クッと口端を上げ好戦的に目を眇《すが》めるギルバートくんは、格好《かっこ》良くて可愛さ満点。一斉にページがめくられる音を聞きながら、俺はひたすらその凛々しい天使の横顔をウットリと目に焼き付ける。

なんか右隣と正面がゴチャゴチャうるさいけどね。そんなもんはスルーだ、スルー。

◇◇

「さて、十ページから十一ページにかけては、前記のような馬鹿馬鹿しくも愚かしい過去の清算をランネイル夫妻が怠ったゆえに起きた被害の実例が書かれている。不幸にもその皺寄せの被害を受けることになったのは、お二人の間に生まれた息子……つまり私だ」

報告書の内容にランネイル夫人が硬直し、顔色がみるみる青ざめていく。宰相閣下もその目を見開いて、驚いたように文面を目で追っている。

「その被害は言葉を話し始めた幼児期から現在に至るまで十数年間継続されている。そこに書かれているのはその被害が初めて顕在化した時のエピソードだ」

静まり返った室内で全員が報告書を読み進め……そして何とも言えない重苦しい空気が広がっていった。目の前の夫人が手で口を覆って小さく震え始める。

おやおや、客観的な報告書という形で目にすることで、初めてご自身が何をしてきたのか気がついた、ってとこかな。

「まったく無関係であるにもかかわらず、息子に被害が集中した理由は極めて単純。生まれた息子がたまたまクリスタ妃と同じプラチナブロンドと緑の瞳《ひとみ》で、八つ当たりにピッタリだった。それだけだ」

どうということではない、とばかりに肩をすくめたギルバートくんが、皿の上の最後の豆をスプーンですくい上げた。

「被害に至る構図も、同じく極めて単純。我が子の姿にクリスタ妃との共通点を勝手に見出《みいだ》して、易々《やすやす》と劣等感と嫉妬心を刺激されてしまった母上と、それをデリカシーのない数々の言動でさらに煽《あお》って燃料を投下し続けた父上。まぁ、ある意味、素晴らしい夫婦の連携プレーですね」

クスッと笑いながら豆を口に放り込んだ彼が、モグモグしながら俺を振り向き、そして「ねー」とばかりにニッコリ首を傾げたもんだから、俺の脳内が一瞬でフィーバーした。可愛すぎるだろう！

脳内で花畑をゴロゴロ転がりながら笑みを返した俺に嬉《うれ》しげに目を細めた天使が、柑橘水のグラスを片手にゆったりと椅子に背を預ける。

「その素晴らしい連携プレーによって、母上はクリスタ妃への不合理な恨《うら》み辛《つら》み、あるいは夫やご実家への不満、そういった過去から現在に至る負の感情のすべてを、身近にいるその幼子の笑顔に転嫁し集約していった。父上にはもちろん、周囲の誰にも見栄と体裁が勝って文句が言えない。だから自分に逆らわぬ、力の弱い幼児をすべての鬱憤《うっぷん》の捌《は》け口にした」

「やめて――――！」

青い顔のランネイル夫人が叫ぶものの、背後のクロエの微笑みは変わらないし周囲の使用人たちも動く気配はない。

「やめてほしかったのは私の方ですよ。迷惑この上ない」

柑橘《かんきつ》水のグラスを口元に寄せながら、それを軽く笑い飛ばすギルバートくんは物凄《ものすご》く格好いい。

ああ、あのキュッと吊《つ》り上がった艶々《つやつや》の柔らかそうな唇ときたら！　とウットリと見惚《みと》れていたら、隣から呆然《ぼうぜん》としたような声が聞こえてきた。

「お前は……なんということを」

宰相閣下が俺の至福の時間を邪魔してきた。

このー、と思いながら視線を向ければ、報告書を握りしめた宰相閣下が右隣に座る夫人を見つめていらっしゃる。その宰相閣下の声に、夫人の表情がいっそう強《こわ》ばった。

「燃料投下係は黙っていて下さい」

返す刀でバッサリと宰相閣下を切り捨てるギルバートくんに、俺は心の中で全力のスタンディングオベーションを送る。

「いやそれは……」とか宰相閣下がブツブツと言ってるけど、そうです。あなたは静かに座っていて下さい。頼みましたよ家令殿。何なら手つかずのその豆、閣下の口に突っ込んじゃって。勿体《もったい》ないし。

「ただ、子供が笑うたびに癇癪《かんしゃく》を起こしていては身が持たない。怒るのも恨むのも体力がいりますし、何よりその状態ではいつか誰かに気づかれてしまいますからね。ならば、劣等感や嫉妬心に繋《つな》がる火種を消してしまえばいい。つまりはクリスタ妃に『そっくり』な息子の笑顔を封じて、自分の癇癪が起きないようにしてしまえばいいと考えたのですよね。自分で勝手に作り上げた火種だというのに。実に短絡的でその場しのぎのアイデアだ」

何の根本的な解決にもならないのにねぇ、と手にしていたグラスを音もなくテーブルに戻したギルバートくんが、これ見よがしに大きな溜息を溢してみせた。

ダイニングにいるランネイル家の従僕やメイドたちが、その半ば諦めたようなギルバートくんの表情に眉《まゆ》を寄せ、痛々しげにギルバートくんを見つめている。

「ああ、私への同情は必要ない。幼少期に母上から笑うことは禁止されたが、別に私は笑えなくなったわけでなく笑わないだけだ。先ほどから皆も見ているだろうが笑おうと思えば笑える。面倒だから笑わないだけだ」

え、そうだったの？　みたいな顔で皆がギルバートくんを見たけど、うん、確かに俺の前じゃウルトラキュートな笑顔で笑うもんね。笑うだけじゃなくてプンスカ星人にもなれば拗《す》ねもする。いや、どんなギルバートくんも可愛いし愛らしさ満点だから大歓迎なんだけどね。

「母上の都合で自分に欠陥を作るほど私は付き合いが良くありません。多少ひねくれはしましたがね。幼少期ならともかく、ある程度成長してしまえば自分の行動は自分で決められますよ。『誰かのせいでこうなった』なんて責任転嫁してうっとりする趣味もありません。誰かさんじゃあるまいし」

目を丸くして自分を見ている宰相閣下にそう言って肩をすくめてみせたギルバートくんは、テーブルの向こうで蒼白《そうはく》な顔をしている夫人を一瞥すると「最後、十二ページ！」と声を張った。その声にザッと一斉にページがめくられる。

「最後は総括……このテキストのまとめだ。要するに、言われなければ人の気持ちが分からない鈍感でデリカシーのない男と、言ってもいないことを勘ぐりすぎて過剰反応する独りよがりな女、という最悪な組み合わせが結婚すると面倒臭い被害が出る、ということだ。お前たちもよくよくこの点を踏まえて、己《おのれ》の主《あるじ》に仕えるように。勉強会は以上だ。ご協力頂いた上に、ご同席下さったラグワーズ伯に感謝を」

そう言って手を叩《たた》いたギルバートくんに合わせて我が家の使用人たちが拍手をし、釣られたランネイル家の使用人たちも三分の一ほどが拍手をする。

それに俺も笑顔で応え、隣のギルバートくんと顔を見合わせて微笑みを交わした。いやー、実に楽しかった。

「な、何なの……みんなで馬鹿にして」

おや、目の前のランネイル夫人の様子が……進化でもするのかな。と思ったらそんなわけもなく、夫人は俯《うつむ》き加減だった顔をキッと上げると、俺を睨《にら》み付けた。えぇっ、俺？

「この、穢《けが》らわしい男色家！　ギルバートから離れなさい！　あなたでしょう！　ギルバートを誑《たぶら》かしてこんな――痛っ！」

夫人が顔を歪《ゆが》めた。

やめなさいクロエ……。何やってるかは知らないけど、その顔見れば何かやってるのは分かるから。痛がってるでしょ、と俺が夫人の後ろに立つクロエに向かって首を振れば、小さな舌打ちが聞こえてきた。後ろから四つ。……何でさ。

ほらほらクロエ、そんな顔してないで。お隣の宰相閣下もブンブン首振ってるからやめてあげて。

うん、よしよし。でもなー、ちょっと事実誤認があるから訂正させてもらっちゃおうかな。

「ランネイル夫人、ひとつ訂正させて頂くが私は男色家ではございませんよ。賢く美しく可憐《かれん》で、しかも凛々《りり》しく気高く慈悲深い、奇跡のような存在のギルバート・ランネイル殿以外がダメだというだけです」

俺の言葉に目の前のランネイル夫人が黙った。ついでに宰相閣下や使用人たちも。うん、分かってくれればいいんだよー。

俺が満足しながら頷いていると、隣から「アル……」という可愛らしい声がかかった。見ればギルバートくんが左の顳顬《こめかみ》を押さえて苦笑いしながら俺を見ている。

あ、足りなかった？　だいぶ端折《はしょ》っちゃったからね、とスゥと息を吸えばギルバートくんに片手で制されてしまった。えぇぇー。

「母上、私のアルフレッドはこういう方です。常に私への愛情を言葉でも行動でも示して下さいます。あなた方とは大違いだ。ああ、ちなみに私が彼に『誑かされた』ことは確かですが、誑かすことを許し、積極的に受け入れたのは私自身です。私の判断、私の意思、私の選択です。ともかく、どうぞご安心下さいな母上。別に今さらあなた方に謝罪など求めておりませんし、もとより付け焼き刃の親の愛などご遠慮いたしますので。なので次の不合理な八つ当たり先を探すのはやめて下さい。当たるならばほら、そちらに正しい対象が居ると申し上げたではありませんか」

スイッとギルバートくんの綺麗《きれい》な手のひらが宰相閣下へと向けられた。なので俺も同じポーズで右手を宰相閣下へ向けて、ランネイル夫人にオススメする。

「過去の文句も今の文句も不合理な八つ当たりも、理解不能なヒステリーも、すべて父上へどうぞ。あなたの夫ですよ。別に遠慮なさることはない。ああ、何なら今からご実家に向かわれて過去の不満を喚《わめ》いていらしては如何《いかが》ですか？　今のあなたは歴《れっき》とした侯爵夫人ですから、代替わりした弟殿が我慢しながら聞いて下さいますよ。その代わりまた金を無心されるでしょうけれどね」

おやまあ、ベルゴール伯爵ってばマーランド侯爵家だけでなくランネイル侯爵家にもタカっていたのか。いや、たぶん今タカっているのはランネイル家がメインだろうな。

兄弟関係で繋がっていた家ならば、代替わりしてしまえば当主は従兄弟《いとこ》同士。当たり前だけど従兄弟じゃ関係も情も薄れるし、他の家と同じ扱いになるだろうからね。じゃあ次は、ってんで新当主ってば名門侯爵家に嫁いだ姉にロックオンしたわけね。どこまでも他力本願な家だねぇ。

「年間で金貨二百くらいでしたか？　まあ母上に動かせる程度の額ですから我が家の財政状況から見れば大した金ではありませんがね、父上はご存じなのですか」

その言葉にお隣の宰相閣下がスッと目を眇《すが》め、夫人に視線を定めた。

「グレース、私は聞いていないぞ。いつからだ？　金額うんぬんの話ではない。あの家は代替わりして以来良くない評判も立っているから、縁は切らずとも距離を置けと言ったはずだ。縁戚《えんせき》とはいえ私の立場を考えろ。今後の支援はなしだ」

侯爵閣下の言葉に夫人が唇を噛《か》んだ。

へー、ギルバートくんに八つ当たりするほど不満を抱いている実家なのに、支援は言われたらホイホイ出しちゃうんだ。俺ならビタ一文出さないけどね。

「そうして頂くと助かります父上。私も鬱陶《うっとう》しいので。学院でも先日のパーティーでも、従兄弟と名乗るベルゴール家の長男が擦り寄ってきて目障りだったんですよ。どうせ自分の代でも金を無心できるよう関係を作るのが目的なのでしょうがね。まあ無視していますが」

肩をすくめたギルバートくんのその爆弾発言に、俺は思わずガチリと硬直した。

え？　え！　聞いてないんだけど！　擦り寄る……？　ギルバートくんに？

俺の頭の中に一瞬で浮かんだのは、顔も知らぬナントカ・ベルゴールが、可愛いギルバートくんのスベスベの頬っぺにスリスリしながら「関係を」「関係を」といやらしく迫るおぞましいシーン。

「ディラン！」

気づけば声を張っていた。後ろから素早くディランが一歩前に進み出る。

「ベルゴール伯爵家との取引は停止だ。直接取引のない家だとは思うが、間接取引もすべて停止。我が領の品、あるいは領の産物が使われた品は一つたりともベルゴール家に入れるな。ラグワーズ系の問屋や商家はもとより、すべての取引先に通達しろ。通達に反した取引先とは今後一切の取引をしない」

「承知いたしました」

頭を垂れて下がったディランが懐から数枚の魔法陣を取り出して、エドらと手分けしながらさっそく動き始めた。隣でギルバートくんが「アル？」と首を傾げている。

俺はその美しくも健気《けなげ》な天使の手を取ると、彼に心からの深い謝罪の言葉を告げた。

「ごめんねギル。君がそんなに辛《つら》い目に遭っていた事に気づけなくて。鬱陶しくて目障り……当然だ。頬っぺは大丈夫かい？　あとで質のいい我が領の洗顔料を贈ろう。是非すぐに使ってくれ。我が領の産物がそんな男の血肉となってしまえば、その卑しい行動を私が後押しするのも同然になってしまうからね。安心して？　すぐに止めるからね」

俺に手を握られたギルバートくんが「ほっぺ？」とまた首を傾げた。超ウルトラ可愛い。

こんなに可愛い天使に何しててんだナントカ・ベルゴール！

「ラグワーズの品ぜんぶ……。い、いやラグワーズ伯、そこまでしなくても……死んでしまいますよ」

顔色を変えた宰相閣下がまぁまぁと言うように目の前で両手を上げている。

そんくらいで死ぬわきゃないだろう！　と思いつつ、俺はギルバートくんの手を握りながら宰相閣下にハッキリと首を振ってみせた。

「以前にも申し上げましたよね。私はギルバート殿を傷つけるものはすべて排除したいと願っているのですよ。彼が目障りと言うほどの迷惑をかけられているのです。どれほど彼が傷ついたことか……。それを後押しするようなことは私には出来ません」

ね、とギルバートくんに再び視線を戻せば、目を丸くした彼はクスッと笑って、そして「はい、嬉《うれ》しいです」と微笑んでくれた。そして「楽しみです」とも。そう？　よかった。

「いったい何だと言うの。田舎伯爵ふぜいが偉そうに……痛っ！」

夫人が顔を歪めると同時に、隣のギルバートくんがドンッとテーブルを拳《こぶし》で叩いた。

「母上、私のアルフレッドを侮辱するのは許しませんよ。勘違いと思い込みの前によくよく諸事万端お勉強なさいませ。あなたに諂《へつら》う社交好きの貴族ばかりが貴族だと思ったら大間違いです。彼は私の宝でもありますが、この国の宝でもあります。二度とそんな口を利いてんじゃねぇぞババァ！」

あ、ギルバートくんがキレた。プンスカ星人が突然ご降臨なさったらしい。後ろではうちの使用人たちが盛大な拍手を送っている。うん、でも指笛はやめなさい。どうせジェフかメイソンあたりだろうけど。そして天井や外からも拍手が聞こえる気がするとは、ずいぶんと反響のいいダイニングだな。

「な、なんて下品な……」

目を見開き唇を震わせる夫人に、スックと立ち上がったギルバートくんの鋭い視線が飛んだ。

「下品はてめぇだババァ！　子供の次は伯爵子息？　格下だからいいとでも思ったか！　この当主代理のマントが見えないのか？　アルフレッドはてめぇより何もかも数千倍は格上だ！　よく覚えとけ、この馬鹿女！」

ドカッ！　ガッシャーン！

ギルバートくんが目の前の重そうなテーブルを真っ直ぐに蹴《け》りつけた。

テーブルの上のグラスが倒れ、皿やカトラリーがガシャガシャと音を立てる。夫人やメイドたちが短い悲鳴を上げ、拍手と指笛の音がいっそう大きくなった。

「ギル！　駄目だ！」

慌てて俺はギルバートくんの肩に手を置いて椅子に座らせた。

恐らく顔色が変わっているだろう俺に、けれどギルバートくんは夫人を睨み付けるのをやめない。

「なんてことをするんだ。あんなに思い切り蹴って……足を痛めたらどうするんだい？　怪我《けが》はしていないかいギル？　手も痛かっただろうに」

思わず眉を寄せてギルバートくんの右手をさすりながら足元に目をやった。うん、靴に傷はついていないようだけど、中の足は分からない。

ああ、こんど彼がいつテーブルを蹴りたくなってもいいように、安全靴をすぐに開発しよう。重いといけないから軽量化の必要があるな。金属の割合と、加工と歩行に適したプレートの薄さを検討しなければ——そんな事をグルグルと考えながら彼の足を心配していると、背後で宰相閣下が立ち上がった気配がした。

「いいかげんにしろグレース！　いつまで意地を張っているつもりだ。今のお前は母親どころか侯爵夫人、貴族としても相応《ふさわ》しくない行動を取っているのだぞ。ラグワーズ伯に謝罪するんだ！　さあ！」

およ、宰相閣下が咆《ほ》えた。なんか目覚めたらしい。

それにしてもやはり侯爵家当主にして現役宰相閣下。素晴らしい声の張りと威厳だ。その勢いにビクリと身をすくめた夫人が顔を強《こわ》ばらせて、立ち上がった宰相閣下を見上げている。

「わ、私は………」

「謝罪するんだ。グレース」

まだ何か言い募ろうとした夫人を、宰相閣下の低い低い声が抑えつける。

クロエが夫人の肩からそっと手を外して左後ろに下がると同時に、唇を噛んだ夫人が下を向きながらゆっくりと椅子から立ち上がった。その両手はドレスの裾《すそ》をギュッと握りしめている。

その様子を宰相閣下が厳しい目で見据え、静かになった室内に響くのは夫人のドレスが擦《す》れる僅《わず》かな音だけになった。

「も……うしわけ……ござ……いませんでした。ラグワーズ様……」

ようやくといったように夫人が声を出し、そして俺に向けて、深いカーテシーが捧《ささ》げられる。頭を膝《ひざ》の下にまで持って行くほどの深いカーテシー。貴族女性にとっての最敬礼の形だ。

その腕も肩も小さく震えてはいるけれど、さすがは侯爵夫人。模範的なまでにその姿勢は美しい。

「グレース・ランネイル侯爵夫人からの謝罪、このアルフレッド・ラグワーズ確かに受け取りました。これまでの私に対する貴女《あなた》の言動と振る舞いを、私の名とラグワーズの家名をもって許します。ランネイル侯爵夫人、どうぞお顔をお上げ下さいませ」

正式な形式で来られたので正式な形式で返した俺に、夫人がゆっくりと身体を起こした。

顔を上げた夫人のアイスブルーの瞳《ひとみ》は涙で潤んでいる。その涙が悔し涙でないことを祈るばかりだ。

「侯爵夫人」

声をかけた俺に夫人がピクリと肩を振るわせて、その涙の滲《にじ》んだ目を俺に向けた。

「どうか後ろをご覧下さいませ」

俺の言葉にその目を僅かに見開いた夫人が、戸惑ったように後ろを振り返った。

彼女の後ろでは、年配のメイド長を筆頭に居並ぶすべてのメイドと、そして家令を筆頭にすべての従僕が一斉に俺に向けて頭を下げ続けている。

「よい使用人たちをお持ちだ。仕える主を一人にするまいと、ともに謝罪をしている。なんとあなたは恵まれていることか」

「あ……」と夫人がその口を両手で覆った。

「今のあなたはこれほどまでに周囲に恵まれている。そろそろ過去ではなく今と未来に目をお向け下さい。無いもの、失ったものではなく、今あるもの、これから作っていくものを大切になさいませ。過去は……ええ、過去は戻って参りませんが、あなたが前を向こうとするならば、彼らは必ずや力を貸してくれることでしょう。あなたはお一人ではございませんよ。こんなに良い使用人たちと、何よりランネイル侯がいらっしゃる」

俺が視線を向けた先では、宰相閣下もまた侯爵家当主の体面ギリギリであろう深い礼を俺に向けている。「あなた……」と小さく呟《つぶや》いた夫人の声に、宰相閣下がようやく顔を上げた。

「侯爵夫人、ご存じでしたか？　ランネイル侯はすでにご自身の行動……職務に邁進《まいしん》するあまり家庭を置き去りにしていらしたことを後悔しておられる。そして今までなさってきた仕事のやり方を変え、夫婦の時間を作ろうと動き始めていたところなのですよ、あなたのために。ランネイル侯は、きちんとあなたを愛しておられる。ただ今までが無駄に忙しすぎたのでしょう。その気持ちを伝えられぬまま来てしまった。そのことを深く反省していらっしゃいます」

まあ、ぶっちゃけ「あなたのために」は言い過ぎだし、愛しているかどうかも反省しているかも、俺は知らん。でもこの場を収めるならこう言うほかないでしょ。夫人はだいぶウェットな性格の方のようだし、宰相閣下に惚《ほ》れているのはたぶん間違いないからな。

「ねっ」とばかりに宰相閣下に強めのアイコンタクトを送れば、宰相閣下が大きく頷《うなず》いた。さすがは空気読んでナンボの現役宰相だ。

「そ、そうなのだグレース。私は今まで王宮での仕事に縛られすぎた。お前のことだって愛している。

これからは少しずつお前との時間を作ろうと、仕事を振り分け始めたところだ」

ホントか嘘《うそ》か知らないけど、調子よく宰相閣下が話を合わせ始めたところで、俺は立ち上がったままの二人にニッコリと笑みを送って着席を促した。

「さあ、どうぞお二人とも席にお着き下さい。そしてどうか会話を。誤解を生み、必要のない蟠《わだかま》りを作ってしまったのは、すべて言葉が足りなかったがゆえ……。もうとっくに夫婦なのですから、立場は同等。恐れることも遠慮することもございませんでしょう。お互いに今まで聞けなかったこと、聞きたかったことを忌憚《きたん》なく口になさいませ」

そう言って視線を家令殿へと向ければ、家令殿が心得たように従僕らとともにテーブルを片付け、新たにセッティングをし直すために動き始めた。

「母上……」

着座した夫人にギルバートくんが声をかけると、ピクリと肩を揺らした夫人は「ギルバート……」と小さな応《いら》えを返し、そして何か言いたげに唇を震わせた。

けれどギルバートくんはそれを待つことなく言葉を続ける。

「先ほど申し上げたように、過去のことを今さら謝罪して頂く必要はございません。ただもし母上に、私に対する贖罪《しょくざい》の気持ちが僅かでもあるならば、今後私がどのような道を選ぼうと、ただ黙ってその道へと送り出して頂きたい。私が母上に、いえ父上と母上に望むことはそれだけです」

その翡翠《ひすい》の瞳を真っ直ぐに向けたギルバートくんに、けれどもう夫人は取り乱すことも動揺することもなく、「分かりました……」と小さく頷いた。そんな夫人を見つめる宰相閣下も隣で頷いている。

ダイニングには、先ほどまでとは打って変わった穏やかで温かな空気が満ち、後ろのランネイル家の使用人の中には目元を拭《ぬぐ》う者たちの姿も見える。

――――よし、今だ。

俺が軽く手を上げて合図をするとディランたちが素早く動き始めた。サッとお二人の前に、書類やペン、蝋《ろう》などが速やかに並べられていく。

「……え？」

「は……？」

突然、目の前に置かれた書類とペンに、お二人の目が見開かれた。

その様子を気にすることなく、ギルバートくんがその綺麗《きれい》な唇を吊《つ》り上《あ》げて微笑みながら書類の説明を開始する。

「口約束だけでは安心できないので、契約書を。ああ、もちろん私は未成年ですし親子間の契約書はあやふやになってしまいがちですので、すでに成人し当主代理に就任されているラグワーズ伯に契約者となって頂くことにしました。いえ、内容自体は大したことはありません。本日付でギルバート・ランネイルに関するすべての決定権はギルバート・ランネイル本人が有するものとする。これをランネイル側が履行することによって、代わりにラグワーズ側は先ほどの調査報告書を一切公表せず、その内容と存在を秘匿する、というような内容です」

ギルバートくんが説明している傍らでは、すでに部屋の一角にランネイル家の使用人たちが集められ、エド、ジェフ、メイソン、クロエによって配付した報告書の回収が開始された。

使用人たちの口から情報が漏れるのは避けたいので、よくよく口外しないようにお願いしてね、と言ってあるので四人ともしっかりと一人一人に丁寧にお願いをしながら回収してくれているようだ。

うん、デカいジェフとメイソンの身体でよく見えないけど、壁際に寄った使用人さんたちはみんな快く頷いてくれているみたいだね。侯爵家の使用人さんたちは頷くスピードも速いんだな。

「まあ、今まで私が受け続けた十数年間の被害に対する賠償、あるいは債務返済と思って頂ければ結構ですよ。ただし、こちらは貴族家当主同士の正式な契約書になりますので、契約不履行の場合は、そちらに記載の通りにペナルティが発生いたします。ああ、母上の目の前にあるのは念書です。どうぞご確認の上、サインをお願いいたします」

ギルバートくんの説明を聞きながら、すでに袋とじになっている契約書のページに呆然《ぼうぜん》と目を落とした宰相閣下は徐々にその顔色を悪くしていき、その隣では夫人もまた目を見開きながらその文章に身体を固まらせた。

俺はといえば、宰相閣下と同じ内容が書かれた自分用の契約書に、サクサクとサインを済ませていく。ちなみに我が家が契約を守らなかった場合のペナルティは金貨三千枚だ。ギルバートくんは『金貨一枚でいいんじゃないですか』なんて言ってたけど、そんなわけにはいかないからね。

「難しく考えずとも、先ほど頷いて下さったことを守って頂ければいいだけですよ。そうすれば、この報告書の内容は闇に葬られラグワーズ家と敵対することもない。いいお話でしょう？　ああ、もしサインしなかった場合はもちろんラグワーズ家に守秘義務は発生しません。その報告書は元々ラグワーズ家のものですから、どうしようとラグワーズ家の自由です。まぁ、私としては世間に広く、隅々まで、公表されようが痛くも痒《かゆ》くもありませんがね。同情の目が鬱陶《うっとう》しくなるくらいでしょうか」

「世間に公表……」

「ラグワーズから敵対認定……」

契約書を前に愕然《がくぜん》と小さな呟きを漏らす夫人と宰相閣下へ、笑みを浮かべたギルバートくんが「さあ、サインを」と迫る。いやー、楽しそうだなギルバートくん。

『せっかくですからこの機会、最大限に利用させてもらいましょう』

おととい、俺の膝の上でそう言って綺麗に笑った彼は、その言葉通りにチャンスを最大限に生かすべく強《したた》かに動いてみせた。

彼が両親に望んだことは過去に対する謝罪ではなく、未来に対する自由の確約だ。

『過去を断罪したところで少々気が晴れるだけでしょう。謝罪などされても何の腹の足しにもなりませんよ』

そう言ってお持ち帰りされた我が家で、可愛らしくスイーツをパクつきながら鼻で笑い飛ばした彼。

貴族制を敷くサウジリアでは、身分の序列はもちろん家の中でも確固とした序列があり当主の権限は絶大かつ絶対。今現在、未成年のギルバートくんは夫人よりも序列は下だ。

親の意に背けば謹慎どころか軟禁もザラ。最近ではルクレイプ公爵子息や第一王子殿下がいい例だろう。成人したところで貴族でいる以上、当主の命令には従わなければならない。

その枷《かせ》から解放される千載一遇のチャンスを彼は見逃さなかった、ってことだ。

あまりよろしくない顔色でペンを手にする宰相閣下と夫人を見つめるギルバートくんの横顔に見惚《みと》れていたら、それに気づいたギルバートくんがそれはもういい笑顔で微笑んでくれた。

ぐぅ……むっちゃ可愛すぎる。


そうして無事に、ランネイル侯爵家当主とラグワーズ伯爵家当主としての契約書が取り交わされた。契約書の閉じ部分に描かれた二つの小さな魔法陣に、当事者がそれぞれ魔力を流し、さらには両家の蝋印も押された正式な貴族間の契約書。

これでギルバートくんはこの先、すべての行動を両親や家に介入されることなく自分自身の意思で決めることができる。いやー、良かった良かった。

受け取った我が家保管分の契約書を夫人のサインが入った念書とともにディランへ手渡し、保管用の魔法ケースに入れられたことを確認してから、俺はお二人に心からの感謝をこめて声をかけた。

「本日は素晴らしい夕食会にお招き頂いた上に、まこと有意義な時間を過ごすことができました。夕食会の途中となってしまいますが、先ほど申しましたようにこの後はご夫婦水入らずでゆっくりとお話をなさるのがよろしいかと存じます。なので、私めはこの辺でお暇《いとま》いたしましょう」

きっと俺の顔は物凄《ものすご》く上機嫌でニッコニコだろう。隣のギルバートくんの表情も非常に満足そうだ。

正直、この契約書さえ手に入れば用はない。ギルバートくんと別れるのは辛《つら》いけど二人きりになれるわけでもないしね。また月曜日に学院で会えるからそれまでの我慢と思って、ここはサッサと引き揚げるに限る。

ギルバートくんも同じ気持ちのようで、小さく頷きながら「我が両親へのお気遣い、痛み入ります」と言いつつ、すでにお開きの雰囲気を醸し出してくれている。

食事はスープまでしか食べられなかったけど、想定の範囲内なので問題ない。予《あらかじ》め俺とギルバートくんは夕食会の前にしっかり腹ごしらえ済みだ。

ランネイル家の厨房《ちゅうぼう》には家令殿が話を通しているそうだし、厨房の皆さんと仲良くなったらしいジェフも笑顔で頷いていたからきっと大丈夫なんだろう。

うん、今日のお礼とお詫《わ》びに後日、我が領の食材を送っておこう。出された料理はかなり美味しかったからね。ギルバートくんにたくさん美味しいものを食べてもらわなきゃ。


帰り際、玄関先まで送ってくれたのはギルバートくんと家令殿だけ。

『せっかくラグワーズ伯が気遣って下さったのです。お見送りは私とローマンでいたしますから、父上と母上はどうぞこのまま、こちらでゆっくりとお話し合い下さい』

笑顔でお二人に声をかけたギルバートくんに続いて俺も笑顔でそれに同意し、手早く辞去の礼を済ませてその場を退出した。

だってお二人ともまだ呆然としていたしね。申し訳ないでしょ。今夜はゆっくり夫婦で好きなだけ好きなように話し合って頂きたい。ギルバートくんさえ切り離しちゃえば正直どうでもいいことだ。

家令殿は何か申し訳なさそうにしてるけど、いやいや、形としては俺の都合で食事会を途中で退席したってことになるからね。ご当主の見送りがなくても非礼には当たりませんよ。

みたいな事を軽く笑って伝えれば、家令殿は深々と頭を下げてくれた。いやほんと、そんなに気にすることないから。

「アル、ありがとうございます」

玄関先でギュッと抱きついてそう言ってくれたギルバートくんの可愛さにクラクラしながら、その身体を抱き締めて彼の唇と額に小さなキスを贈る。

「また月曜日にね、ギル。残っている我が家の使用人たちは適当に帰してくれればいいから。かえってごめんね」

そう言って俺は、向こうで一緒に俺を見送っているジェフとメイソンとクロエに視線を向けた。てっきり一緒に帰るもんだと思っていたけど、あの三人はもう少し残ってランネイル家の使用人さんたちに口止めの念押しをするんだとか。

報告書の回収は終わっているはずなんだけどな。冊数もディランとエドがきっちり確認してたし。回収を優先して口止めが後回しになっちゃったんだろうか。

まあ、ギルバートくんもオッケーだって言うし、今回だけだよ？　クロエがいるから大丈夫とは思うけど、よそ様の家なんだからお行儀良くしてねー。

もう一度愛《いと》しい彼の唇にキスをして、それから先日プレゼントした防護魔法陣を必ず発動させるよう念を押してから、俺は可愛いギルバートくんにだけ後ろ髪を引かれつつディランとともに馬車に乗り込んだ。今晩はゆっくりと休んでねギルバートくん。

「今日はご苦労だったね。手間をかけた」

速度を上げ始めた馬車の中、俺は対面に座ったディランに労《ねぎら》いの言葉をかけた。

「いえ然程《さほど》のことはございません。しかし、よろしゅうございましたね。宰相閣下がサインにゴネるようなら、あの新種の大豆もエサにしようと思っていらしたのでしょう？」

ディランの物言いに思わず小さく噴き出してしまう。

確かにね、あれで宰相閣下がサインを迷うようなら大豆くらい手放してもいいと思っていたんだ。そのために有用性をさんざんアピールしておいたんだから。

ギルバートくんのためになるなら何も惜しくはない。それに手放したって、もっといい品種をまた新しく作ればいいかなって。

「そうだね、思ったよりすんなりサインして下さって助かったよ」

笑顔でそう答えた俺に、ディランもまた満足そうに目を細める。

ま、予定外のこともあったけど、大方は計画通りに上手《うま》く行ったし目的も果たせたからオッケーだ。

ギルバートくんは自由を手に入れ、我が家は損をせずに済み、ランネイル侯爵ご夫妻はようやくお互いに向き合い始めた。

やれやれと座席の背もたれに寄りかかりながら、俺は今日も可愛すぎたギルバートくんに思いを馳《は》せて、そして屋敷に戻ってからの算段を頭の中でつけていく。

えーと、まずは彼に魔法陣を送って、それから洗顔料も早急に手配して、あとは――――。

「屋敷に戻ったら、少々面倒かもしれませんねぇ」

ボソッと対面から呟《つぶや》かれた言葉に、俺は「面倒な手続きなんてあったかな？」としばし首を傾げ、そしてようやくディランが言うその面倒事に思い至った。……うん、そうだった。オスカー絶対に怒り狂ってるよねぇ……。超メンドーじゃん。

◇◆◇　その頃、本邸では　◇◆◇

王都から南東の位置にあるラグワーズ伯爵領。その広大な領地の、さらに南東に位置するラグワーズ本邸に、その日その時、激震が走った。

「まあぁぁぁぁぁぁぁぁぁ！」

震源地はラグワーズ伯爵夫人、オリビア・ラグワーズ。

すらりとしたその身体をスックと立ち上がらせ、目の前で真っ直ぐに伸ばされた両手の先に握られているのは、十センチ四方の伝言魔法陣。

ほんの一分前に夫人の手元に現れた伝言魔法陣の差出人は、彼女が愛してやまない二人の息子のうちの一人、長男であるアルフレッド・ラグワーズであった。

『母上、今年の秋休みもいつも通り九月に入ってすぐ、一日の午前中に王都邸を出立いたします。今回の行程はゆっくりと組んでありますので到着は四日の夕方頃になるかと。六日土曜のパーティーは予定通りで結構です。ただし今回はお一人、お客様をお連れします。私の一番大切な、誰よりも何よりも大切な、私の心を捧《ささ》げた唯一無二のお方です。お手数ですが、どうか最上の部屋をご用意頂けますか。父上とタイラーにも伝えてありますが、母上にお願いするのが一番確実ですからね。どのような方かは……当日までのお楽しみで。ですからどうか詮索《せんさく》はそれまでご容赦を。楽しみがなくなってしまいますでしょう？　けれど、あまりの美しさにきっと驚かれるはずです。恥ずかしながら私自身も、その日を心待ちにして子供のように胸を躍らせております。ルーカスや本邸の者たちにもよろしくお伝え下さい。それでは』

短いながらもやたらと熱のこもった息子の声に、夫人の頬はみるみる紅潮していく。

「フレッドに、フレッドに愛する方が！　フレッドが、フレッドが……！」

オリビアの「フレッド」連呼に、ついさっきまで彼女が刺繍《ししゅう》を楽しんでいた静かで穏やかなコンサバトリーの人口密度が一瞬で上がった。

入口の扉や中庭に通じるガラス扉から、あるいは隠し通路や廊下側の天井からも使用人たちがワラワラと姿を見せる。

「若様に？」「若様が？」「若様の？」とあちこちでザワワワと広がっていく動揺は、

「フレッドが大切な方を連れて！　戻るって！　フレッドが、フレッドが！」

という夫人の叫びに、一気に大爆発を起こしたような歓声へと変化した。

一斉に魔法陣が飛ばされ、数人が全力で走り出し、木々の上をいくつもの影がすごいスピードで飛んでいったが、別に驚くことではない。長男アルフレッドに関するビッグニュースなのだ。

もし自分が使用人でも木の十本や二十本跳び回ってみせるわ、とオリビアは深く頷《うなず》いた。それほどに、この息子からの魔法陣は嬉《うれ》しかったのだ。

本当に心底、オリビアにとっては嬉しくて嬉しくて堪《たま》らない出来事だった。

オリビアが夫であるディヴィッド・ラグワーズから、長男アルフレッドが『卒業しても見合いはしないし一生結婚しない』『見合いの段取りはすべて白紙に』と宣言したと聞かされたのは、ほんの十日ほど前のこと。

そのことには確かに驚いたものの、あの長男アルフレッドがそう決めたのなら、きっとそれが正しいことなのだろうと、オリビアはそれに異論を唱えることもなく普通に納得をした。

長男がすることは昔からいつだって、それがどれほど突飛だろうが常識外れだろうが、いつの間にか素晴らしい成果を上げていたし、ラグワーズ家やラグワーズの領民だけでなく、さらに多くの人々の幸福にそれらが繋《つな》がってきたことは、よくよく分かっていたから。

だからきっと今回だって、あの子が決めたのならきっと「正しい」――私たちは今まで通り、あの子のしたいことを後押しすればいい。

けれど、そう納得してはみたものの、賢くて穏やかな長男アルフレッドが、その柔らかな笑顔の一方で、決して誰にも踏み込ませない「何か」を持っていることをずうっと昔から知っていて……。

どんな時も誰に対しても、それこそ親兄弟でさえまったく態度や感情が同じアルフレッドの、その掴《つか》み所《どころ》もなく底知れぬ孤独を、まるで「何か」と折り合いをつけるように諦《あきら》めを滲《にじ》ませた目を、十数年の間ずっと何も出来ずただ見ていることしか出来なかった身としては、そのアルフレッドが宣言したという「一生結婚しない」という言葉に『ああ、あの子はこの先もずっと孤独でいることを選んだのか』と、母親としては悲しくて悲しくて、胸が潰《つぶ》れそうになってしまったのも確か。

そんな思いを抱いていた時に届いたこの魔法陣。あのアルフレッドの口から「一番大切」「何よりも」という、特別な言葉が飛び出した瞬間の喜びときたら！

ああ、やっとやっと、あの子が心を許せる誰かが……、あの子を孤独から救ってくれる誰かが現れてくれたのかと、「誰か」のでもなく「周り」のでもない幸福に手を伸ばしてくれたのかと、オリビアは嬉しくて、それこそ泣きたくなるほど嬉しかったのだ。

「母上、何ごとです?!」

オリビアの叫び声と使用人たちの騒ぎに姿を現したのは、次男のルーカス・ラグワーズだった。

十五歳にしてはやや小柄なその身体を弾ませるようにして飛び込んできた次男は、扉の前でつんのめるように急停止すると、肩で息をしながらもその顔を大急ぎで上げた。おかげで、ただでさえフワフワとしたブロンズがかった金髪が、さらにフワンフワンと頭上で跳ね回ってしまっている。

つい二、三年前まではたびたび寝つくこともあったルーカスだけれど、いま彼がゼーハーしているのは病《やまい》のせいではなく、そのまだまだ細い腕に抱えた大きくて分厚い二冊の本のせい。

母の叫びと「フレッド」の固有名詞に反応し、それを抱えたまま全力ダッシュをキメたせいである。

「兄上が、なんですって？　今、フレッドって言っていましたよね」

大大大好きな兄の名前を耳にした瞬間にダッシュに集中したせいで、惜しくも肝心な部分を聞き損ねたルーカスが、スタスタとオリビアに近寄ってその手に掲げられた伝言魔法陣を覗《のぞ》き込んだ。

「兄上からですね。私にも聞かせて下さい」

そう言うやいなや、素早く自分の魔力を魔法陣に流したルーカス。

優しい兄はいつだって、弟も聞けるようにと母親宛ての伝言魔法陣には親展をつけないでいてくれる。それを知っているからこその行動である。

『母上、今年の秋休みもいつも通り九月に入ってすぐ……』

少し低くて柔らかな、ルーカスが大好きないつもの兄上の声が聞こえてきた。

その声に、ルーカスだけでなく部屋に集まった使用人たちの誰もが口を引き結び、その一言一句を聞き逃すまいと耳を欹《そばだ》てる。

『私の一番大切な、誰よりも何よりも大切な、私の心を捧げた唯一無二のお方です』

落ち着いたいつもの兄の声に突然、何とも言えない蕩《とろ》けるような甘さが載った。

その聞いたこともない甘い声色に、ルーカスや使用人たちはもちろん、一度聞いたはずの夫人までもがゴクリと息を呑《の》んだ。

『あまりの美しさにきっと驚かれるはずです』

『ルーカスや本邸の者たちにもよろしくお伝え下さい。それでは』

再生が終わり、異様な静けさに包まれたコンサバトリー内に、小さくチュチュチュチュン……と屋外の小鳥たちの声だけが響く。

「兄上に、大切な方……」

まだほんの少し高い声を掠《かす》らせながら呟いたルーカスの手から、ドスドスッと分厚い本が足元に落ち……そうになって、近くにいた使用人の手によって素早く受け止められた。

「ええ、やっぱり夢でも聞き間違いでもなかったわ。フレッドに大切な方が……唯一無二のって……」

「心を捧げたって仰《おっしゃ》っていました……つまり、つまりですよ?! お相手の方が兄上の思いを受け取って下さった、ということですよね！」

そう言って自分を見上げてくる次男に、オリビアはコクコクコクッと高速の頷きを返し、すぅぅーっと息を吸い込んだ。

「そうよ！ 両思いよ！ バッチリよ！」

そう叫んで、パッと天に向けて両手で魔法陣を掲げた母親に負けじと、隣のルーカスもググッと拳《こぶし》を握りしめるや「兄上おめでとうございますっ！」とガラス天井の向こうの、青空の彼方《かなた》にいるだろう大好きな兄に向かって叫んだ。

部屋の中の使用人たちはすでに皆どこかへ飛んでいって数少なくなっていたが、その残り少ない者たちも、それぞれ拳を握ったり胸を押さえたり口を覆って涙ぐんだりと大忙しだ。

「どんな方かしら！ ええ、ええ、フレッドが選んだ方ですもの。きっと素晴らしい方に違いないわ」

「当たり前です。兄上のお眼鏡に適《かな》った方ですよ。素晴らしい方に決まっているではありませんか」

「ああ、私にもついに娘ができるのね。あら気が早いかしら……でもいいわよね。私、きっといい義母になってみせるわ。可愛がって可愛がって、うんと可愛がるの！」

「私にも義姉上ができるのか、どんな方だろう……あれ？ でも兄上は結婚しないと宣言したって、父上は仰っていませんでしたか？」

「ええ確かに……でも、え？ そうよ、なぜかしら」

キョトンと、同じ群青色の瞳《ひとみ》で、同じように目を丸くして首を傾げた二人。

けれどそれもほんの束《つか》の間。何やら思いついたらしいルーカスが、その形のいい眉《まゆ》をギュッと寄せながら「考えたくはありませんが」と口を開いた。

「まさか、お相手の方に父上は納得しておられない？　例えば平民とか孤児とか、外国人だとか……。だからその方を選ぶなら結婚はさせない、つまり兄上は結婚しないという言い方を……でもまさか」

「あの父上がそんな……」と自分の考えを振り払うように首を振るルーカスの様子を、驚いたように見つめていたオリビアが同じくギュギュッとその眉を寄せて、真剣な表情になった。

「確認しましょうルーク。思い込みや勘違いは駄目だと、言葉を尽くしなさいと、常日頃からフレッドが言っていたじゃないの」

他人には何とでも言えるアルフレッドの言葉をよくよく覚えていた二人は、顔を見合わせて力強く頷き合った。

「その上で、本当にディヴィッドがそんなつもりで言っていたのなら……この私が成敗して差し上げます。平民なら孤児なら外国人なら何だと言うの？　フレッドが選んだ方よ。素晴らしい方なのよ。身分なんてどうにでもなるわ。何ならすぐさま縁戚《えんせき》や知人の貴族家に養女に入って頂けばいいことよ。そんなことで反対をするような、恥知らずで思い上がった所業を、もし、もしもよ？　夫がしていたなら――」

ギリッと奥歯を噛《か》みしめ拳《こぶし》を震わせた母親に、ルーカスもその兄そっくりの目をすぅっと細め小さな頷きを返した。

「ええ、その時は私も微力ながら母上に加勢いたします。父上だけでなく、そんなことで何か言ってくるような低俗な輩《やから》は私が言い返して差し上げましょう！　義姉上がお気の毒です！」

ゴォォ！　と燃え上がるような怒りと決意と正義感と、いつの間にかほぼ確定している大罪人への闘志を背負いながら、二人が鼻息荒く向かっていったのは本邸の隣に立つ執務棟。

今現在の容疑者のアジトである。

もちろん後方から側面から、あるいは上方からはオリビアたちの会話に大きく頷き同意した使用人たちが続々と後に続く。何だか楽しそうに。


本邸と短い渡り廊下で繋がった二階建ての執務棟。

その一階にある「第一執務室」と書かれたプレートのついた扉を、バタン！　とノックもせずにオリビアが開けたのは、それから僅《わず》か三分後のことだった。

「どうしたビビ……いやオリビア。それにルークも」

正面の執務机の向こうで、その夏空のように真っ青な目をまん丸くしたディヴィッド・ラグワーズが、全開になった扉の前でフンッと仁王立ちする妻と息子に驚き、そして固まった。

隣には王都邸から午前中に戻ってきたばかりの家令が立って、同じく目を丸くしている。

「あなた、いいえディヴィッド・ラグワーズ。そこに直りなさい」

キリリと顔を上げ、腹から声を出すオリビアの迫力は満点だ。

「は……？」「え？」と突然のことに驚く夫と家令に構わずオリビアはバッと右手を上げ、その手に持ったアルフレッドからの伝言魔法陣を掲げてみせる。

「先ほどフレッドから届いた魔法陣よ。今度の秋休みに大切な大切な、唯一無二の愛する方をお連れする、と言っていたわ。いったいどういうことかしら？　あなた、フレッドは結婚しないと言っていたわよねぇ。ま・さ・か、とは思うけれどあなた、フレッドの決めたことに反対などなさっては……おられませんわよねぇぇ」

眼光鋭く夫を睨《にら》み付けながら、オリビアが魔法陣を掲げたまま一歩、二歩と執務机に近づいていく。

「フレッドが見つけた愛に下らぬ理由で難癖をつけて水を差そうなんて、そんな人の道に背くような……そんな外道《げどう》じみた考えを万が一、ま・ん・が・い・ち！　お持ちならば、今すぐ妻としてその根性を叩《たた》き直して差し上げようと私、喜び勇んで参りましたのよ」

「はい！　私も息子として、敬愛する兄上の弟として、母上に加勢いたします！」

オリビアに続いて、そのまだ細い身体を精一杯伸ばし胸を張ったルーカスの言葉に、背後から天井から外から大きな拍手が湧き起こった。

「いや、ちょ……ちょっと待て、落ち着けビビ！　何を言っているのだ。私は決して反対など――」

その当主の言葉にピクリと眉を動かし反応したのは、当主の隣に立っている家令。今朝、王都から三日間の行程を経て戻ってきたばかりのタイラーであった。

タイラーはズイッと主《あるじ》の盾となるかのように一歩前へと進み出ると、ピシリと姿勢を正して伯爵夫人を真っ直ぐに見据えた。

「左様にございます。主様は今まで一度たりとも若様のなさりように、反対などなさった事はございません。ただ若様のお相手というのが少々問題……いやご本人が問題なわけではなく、お互いのお立場と言いますか、いやいやそれ以前にその、とにかくアレがアレでソレなものでしたから、主様は事実確認と状況把握をお望みになったのです。今回、私が王都に向かったのも主目的はそのためにございました」

「アレがアレ？」「アレでソレ？」「ナニがアレ？」と、あちこちで使用人たちがヒソヒソと囁《ささや》きだした。それに眉をグッと寄せたタイラーが「とにかく！」と声を張る。

「私の王都滞在中も主様は私だけでなく若様とも頻繁にやり取りをされ、今後の指針を定めるべく努めていらっしゃいました。若様のお気持ちは非常に強く、主様はそれを理解されたからこそ、若様がその方を本邸にお連れすることをお許しになったのです。まずは実際にお相手に会って、そしてお二人と話そうと。実際のところ私にも思うところはございましたが、王都邸で若様のご様子を実際に目《ま》の当たりにいたしまして、すでに若様のお気持ちは何があろうと誰にもお止めすることは不可能な段階にある、と判断いたしました。ですので主様が若様のご決断に反対なさっているという事実は無い、と断言させて頂きます」

そう言い切って、スッと一礼したタイラーが主の前を塞《ふさ》いでいた身体を戻し、そしてさらに一歩横へと移動した。

そのタイラーに「え、どいちゃうの？」みたいな視線を一瞬送ったディヴィッドだったが、再び開《ひら》けた視界の先からいまだに冷たい視線を送ってくる妻子を目にすると、小さく首を振ってみせた。

「ほら、な。私がフレッドの決めたことに反対などするはずがないじゃないか。ただ少々情報が錯綜《さくそう》してててだな、いや錯綜してたのは結局こっちだけですべて事実だったわけだが……いやいや、とにかくそれを確認していただけだから！」

ねっ！　とばかりに愛妻へ笑みを浮かべたディヴィッドだったが、けれど彼の愛する妻の表情が緩むことはまったくなく、「ほぅ……」とばかりに片眉を上げ、さらに顎《あご》もクイッと上げてみせる。

「ならば、どうしてフレッドは結婚しないと？　反対はしないけど賛成もしない、結婚しないなら会ってもいい認めてもいい、なんて詐欺師まがいの酷《ひど》い提案でもしなかったら、あの子が愛する方を日陰者にするなんて選択をするはずがないのよ。私の可愛い息子と娘に何をしてくれてるの」

「そうです。兄上ならばどのような困難があろうと志《こころざし》を貫かれるお方です。その兄上が結婚しないと、つまり名より実を取る方向に舵《かじ》を切られたのはよほどのこと。兄上に対してそのような強制力をお持ちなのは父上以外いらっしゃいません。兄上と義姉上がお気の毒すぎます！」

きゅっと腕組みをして母親と同じくキリリと顎を上げた次男の言葉に、オリビアも大きく頷《うなず》く。

「先ほどタイラーは互いの立場がどうのと言っておりましたわね。やはりあなた、お相手の出自のことを気にされて……？　いいですか私はね、お相手の方が平民だろうが孤児だろうが――」

「だから違う、ちがーう！　そうじゃない！　お相手は平民どころか侯爵家の方……あっ」

ディヴィッドが慌てて口を押さえるも後の祭り。

オリビアとルーカスがその目を大きく見開き、周囲の使用人たちもピタリと動きを止めた。

「侯爵家……？」

「侯爵家……？」

二人が口を半開きにして、やはり固まっていたのはほんの僅か。

ドゥッと一瞬にして室内外が感嘆の声と拍手で沸き立つと同時に、オリビアとルーカスの頬はみるみる歓喜に染まっていく。

「侯爵家────っ！　やっぱり兄上すごいー！」

「んまぁ！　んまぁ！　フレッドったら侯爵家のお嬢さまを？　どうしましょう、どうしましょう！」

「そうですよ、兄上のお相手ならすべてが飛び抜けた女性に決まっていました。うわー、侯爵令嬢！なっとくー！」

「どちらの侯爵家かしら！　おいくつ？　どちらでお知り合いに?!」

「た、確か十六になったばかりで、学院で親しくなったと……」

あまりの妻の勢いに、ディヴィッドはペロッとさらに情報漏洩《ろうえい》を重ねてしまう。もちろん隣で頭を抱えた家令など目に入れている暇はない。

「学院ンン────！　兄上らしいー！」

「ありがちだわっ！　私たちも学院だったもの！　あるあるっ」

「私より一つ年上ですね。やはり義姉上だ」

きゃあきゃあわぁわぁと大盛り上がりする妻子と周囲を前にして、執務机に座ったディヴィッドの視線はツツツーッと正面から横に、横から下に、と動いて行き、しまいには絨毯《じゅうたん》の模様で固定された。

すべてが飛び抜けた……確かに。決して間違いではない。噂《うわさ》では「氷の貴公子」と謳《うた》われる美貌《びぼう》と「次期宰相候補」と噂される頭脳らしいからな。──その侯爵『子息』は。

「あら？　ならば、なぜ結婚できないの？　王族でもないのに結婚できないなんて……」

「そうですね。侯爵家と伯爵家ならば何も問題はないはずです」

目の前で大はしゃぎしていた妻子が再びクルッと振り向いたかと思うと、その同じ群青色の瞳でジッと見つめてきたものだから、ディヴィッドは慌てて絨毯の模様から目を戻した。

ちなみに家令のタイラーはすでに戦線離脱し、入口付近で他の使用人らに交じり埋没を試みている。

「いや、それはだな、その……」

「まさか、お相手のお家に反対されていらっしゃるの？　お一人きりの跡継ぎのお子様とか……？」

眉を寄せてやや小声になったオリビアに、とりあえずコクコクと頷いてしまうディヴィッド。

恐らく反対されていることは間違いないから嘘《うそ》にはならない。何しろ男同士だ。賛成されるはずがない。ついでに一人っ子で跡継ぎなのも大当たりだ。――一人息子だがな！

そう内心で叫ぶも当然口には出さない。そのごく自然に閉じてみせている口の内側で、ディヴィッドはギッと歯を食いしばった。

眉を寄せて口元に手をやるオリビアの隣で、ルーカスが片手で顎を擦《こす》りながら納得したように頷いてみせた。その仕草は彼の大好きな兄そっくりだが、それが兄弟ゆえなのか意図して真似ているのかは不明だ。

「なるほど。勝手にこちらが盛り上がってしまうと、お相手の侯爵ご夫妻の心証が悪くなる微妙な時期なのですね」

「まぁぁ！　ご実家に反対されているなら、そのご令嬢はさぞ心細い思いをしていらっしゃるに違いないわ。だってまだか弱い十六歳ですもの。もしや、こちらでも反対されるのではと小さな胸を痛めておられるかも……。お気の毒に、そんなご心配いらないのに。力づけて差し上げたいわ」

「けれど母上、それでも勇気を振り絞って、兄上とともにはるばるラグワーズまで来て下さるのです。はっ！　もしやお二人はこの機会に密《ひそ》かに逃避行を?!」

ルーカスの言葉にオリビアがさらに目をまん丸に見開いた。もちろんディヴィッドも、別の意味で。

そんなわけがない。そんなことをする前にとっくに王都邸の連中が動くはずだ。

それに相手は王宮のトップシークレットを茶会の手土産にする子息だぞ？　どこにか弱い要素があるんだ。小さいどころか相当な強心臓だぞ？

規格外の魔力保持者、幼少期から神童の名を擅《ほしいまま》にし、十五にして次期宰相の呼び声高く、文武両道・眉目秀麗《びもくしゅうれい》・冷静沈着……報告を聞いて引っ繰り返るかと思ったわ！

フレッドと手に手を取って逃避行するくらいなら、手に手を取って侯爵家乗っ取るくらいはしているだろう！　――――なんてことは、もちろん言えない。

変な汗が背中を伝い始めたディヴィッドの視線の先で、オリビアはその表情をキリリと引き締めた。

「確かに。我がラグワーズ家の領地に入ってしまえば、ご令嬢の身柄は安全。ええ、ええ、たとえ侯爵家の追っ手が来ようとも追い返してしまいましょう。フレッドがそれほどまでに望んでいるご令嬢です。何が何でもお守りし、時間を稼いでお相手のご両親を説得いたしましょう」

「その意気です母上！　か弱いご令嬢を無理やり連れ戻そうとする追っ手など、蹴散《けち》らしてやればよいのです。当日は領民たちにも協力を仰ぎ、領の境界付近を重点的に警備いたしましょう。兄上のためならば皆喜んで力を貸してくれます」

「なるほど。タイラーやディヴィッドの歯切れの悪い物言いも、何か隠していらっしゃるご様子も、これですべて辻褄《つじつま》が合いましたわ」

「ええ！　秘密裏に行動するならば、情報を知る者は少ないほどいい。さすがは兄上です。我らは当日まで準備万端に整えてお二人をお待ちしましょう」

何やらどんどんと進む妻と子の会話に、ディヴィッドはすでに訂正する気も止める気も失《う》せていた。

確かにアルフレッドからは、ギルバート・ランネイル侯爵子息に関しての情報を、母親や弟そして本邸の使用人らに予《あらかじ》め伝えることは控えてほしいとの依頼があったことは確かだ。

ただそれはもちろん、逃避行のためでもないし隠密《おんみつ》行動のためでもない。

『ええ、中途半端な情報……相手が男性だという断片的な情報だけで、余計な先入観や偏見を持って頂きたくはないのです。反感や思い込みなしに私の愛した人を見て頂きたい。そうすれば、どれほど素晴らしい方かお分かり頂けるはずです。ですから父上、どうか彼に関する情報はできる限り当日まで黙っていて頂けませんか。こちらに来た使用人らには、王都邸の使用人らが重々言い含めてくれたようですが、念のため父上からもお口添え頂けましたら――』

家令がラグワーズ領に戻ってくる少し前に、長男アルフレッドから届いた伝言魔法陣。

――すまんなフレッド。

ラグワーズ伯爵家当主、ディヴィッド・ラグワーズは心の中で長男に心からの謝罪をした。

ついうっかり悪気なく、ほんの少し……そう、ちょっとだけ情報を漏らしてしまったかもしれないが大丈夫だ。性別は口にしていないし、とりあえず反感だけは、ぜんっぜんないからな！

言い訳のような励ましを心の中で付け加えつつ、まあ後はあの優秀すぎる長男が自分で何とかするだろう……というか、あいつにしか何とかできない、とディヴィッドは小さく溜息《ためいき》をつきながら、この案件を当事者である長男に丸投げすることを決めた。

◇◇

時は進んで、その二日後。

ランネイル家で夕食会が開かれた翌日、日曜日のラグワーズ伯爵家王都邸で、当の長男アルフレッド・ラグワーズは、まったりとした午後の時間を満喫していた。

午前中にちょこちょこっと仕事を済ませて、簡単な軽食を食べたら、庭の畑や果樹園をのんびりと見て回って、今は自室で午後のお茶を飲みながら、可愛いくて仕方がない恋人から届いた魔法陣を上機嫌で再生しているところだった。

『アル、我が家の今日のお昼は豆のトマト煮込みだったんですよ。やはりあの豆は美味しいですね。たくさん頂いたので料理長も張り切っています。ありがとうございます。お尋ねの父上と母上の様子ですが私にはよく分かりません。昨日の晩から会っていない……いえ、顔は見ているのですが話す機会がないので。きっと適当にやっているでしょう。そうそう、この防護魔法陣は実に優秀ですね。驚きました。入室許可の登録が出来るのは画期的です。この機能を他の魔法陣につけて売り出しては如何《いかが》ですか。二割ほど高くても売れるはずですよ。三割ふっかけてもいけるかもしれません。とりあえず私は家令とメイド長の二人だけを登録しました。おかげで非常に静かに過ごせます。そうそう、発動したまま扉を開けても効果範囲に変化がないのも素晴らしいです。目の前にいるのにまったく声が聞こえない状況には少し笑ってしまいました。明日は学院で会えますね。楽しみにしています。それでは、また夜に魔法陣を送ります。愛していますアルフレッド』

愛する彼の声に目を瞑《つぶ》り、ウットリと溜息を溢《こぼ》しながら、とりあえず三回ほど伝言魔法陣を再生したアルフレッドは、愛しげな瞳《ひとみ》もそのままに、開けられた窓外に見える青い空へと視線を向けた。

「Hark the……herald angels sing……♪」

柔らかくも甘やかな声で滑るように、アルフレッドの喉《のど》から低く小さく溢《あふ》れ出たその歌は、けれどすぐに、僅《わず》かに目を見開いたアルフレッドによってピタリと止められてしまう。

彼は頬杖《ほおづえ》をついた姿勢もそのままに、するりと周囲に視線を流し——そして、小さく口端を上げて自嘲《じちよう》するように笑った。

「賛美歌とは……。時たま変なものを思い出すね」

この世界に宗教はない。天や神あるいは天の使いや天罰という概念はあっても、明確な宗教は一つとして存在しない。よって教会も神社仏閣もなければ聖書も賛美歌も経典も、もちろんクリスマスもない。宗教色を嫌ったゲーム制作側の設定だろうとアルフレッドは踏んでいる。

――気をつけないといけないねぇ。

この世界に存在しない歌を、存在しない言語で口に出してしまったことをアルフレッドは深く反省しながら、それでも「エンジェルはアリだよな」と誤魔化《ごまか》すように肩をすくめて、普段と同じ柔らかな笑みを口元に浮かべた。


いつの間にか窓の向こうでは、先ほどまでメイド長のクロエと揉《も》めていたオスカーが、今度は庭師長メイソンと何やら言い争っていた。オスカーの背後には二人の従僕が助っ人《すけと》で入っている。昨日、従僕の制服を強奪された二人らしい。

オスカーの武器は分厚い帳簿。戦法は「チョー細かい抜き打ち会計監査」、必殺技は「却下」と「差し戻し」だ。よく回る頭と口で、難癖を量産している姿は実に頼もしい。

オスカーのやたらと迫力のあった午前中の笑顔を頭から振り払いながら、アルフレッドは手元の魔法陣に四度目の魔力を流した。

『アル――』

聞こえてきた彼の愛しい天使の歌声に、アルフレッドの目がゆるりと細められる。

そうしてまた彼は、サウジリア王国貴族アルフレッド・ラグワーズとして、いつも通りの穏やかな日常の時間を、ゆっくりと満喫し始めた。

29　学生寮

さて、本日は月曜日。俺とギルバートくんは、来週に迫った秋休みに向けて隠れ家のお片付け中だ。学院の前期課程も今週いっぱいでおしまいだからね。

「ギル、茶葉はどうする？　全部持って帰る？　それとも念のため少しだけ残しておこうか」

茶葉の瓶を四つほど腕に抱えたままキッチンから声をかけた俺に、向こうのコンソールテーブル前にいるギルバートくんが、やはり本を抱えながらもスイとこちらに顔を向けてくれた。

「そうですね、ブロークンタイプ一瓶だけ残しておきましょうか」

ほんの一瞬だけ「んー」みたいにお目々を上に向けてからニコッと笑ったギルバートくんは、今日も非常に可愛らしい。

そんな百点満点の彼に「はいはい」と軽く返事をしてから、俺は茶葉一瓶だけをキッチンの棚に残して、あとは全部ヒョイヒョイと回収にかかってしまう。

うーん、この半年で茶葉の瓶もずいぶんと増えたもんだ。前回の休みの前、つまり俺が一人で隠れ家を使っていた時はせいぜい二つ程度だった茶葉の瓶も今や八つ。ま、俺のせいなんだけどね。ギルバートくんにあれもこれも飲ませてあげたいって色々持って来ていたらこうなった。だって彼がお気に入りのお茶はストックしておきたいでしょ。

いや、茶葉なんか別に一ヶ月くらい放置しようが全然平気なんだけどさ。遮光性の高い瓶にも入っているし、いざとなりゃ保存用の魔法陣使えばいいんだけど、やっぱり彼の口に入るものだからね。それに後期が始まったら新しい茶葉を彼に楽しんでもらいたいじゃないか。

念のため隠れ家に茶葉を残しておくのは、まあ保険みたいなもんかな。休み中に学院へ来る可能性を考えてのことだ。

学院は長期休暇中であっても時間通りに開門してくれるし図書館だって使える。もちろん食堂だってちゃんとやっている。実家に帰らない在留組の学生たちがいるからね。実家まで二週間とか三週間かかる連中だったら実家往復するだけで休み終わっちゃうでしょ。お金だってかかるし。

貴族だったら王都に屋敷があったりタウンハウスを借りてたりするからいいけど、平民ならそうはいかない。学院が閉鎖されたら死活問題だ。

おかげで学院内は休み中でも調べ物とタダ飯目当ての学生でそれなりに賑《にぎ》わっている。俺も一、二年の頃はよくお世話になった。いやタダ飯じゃなくて調べ物の方ね。もちろんタダ飯も食ったけど。

そんなんだから、勉強熱心なギルバートくんが登校する可能性も充分にあるってこと。

手元の箱の中に持って帰る七つの瓶をポンポンと適当に詰め込んで、簡単にキッチンを拭《ふ》いてから彼の元へ戻ると、コンソールテーブルに置かれた彼の箱の中はもういっぱいだった。前期に終了した講義関係のテキストやら資料がギッシリだ。

受講数が多い一年生は後期でまた新たなテキストやら資料がドンと増えるからね。終わった講義の関係物はさっさと片付けないと置き場所がなくなってしまう。

うん、新しい棚を隠れ家に近々増設しようか、って話は彼としているんだよ。

水槽を持ち込んだ時と同じように「研究に使います」的な顔で高級な完成品を丸ごと持ち込むか、パーツをバラバラに持ち込んで機能重視型の素朴な棚を組立てるかをただいま検討中だ。

まあどっちにしろ持ち込みに非常に気を使うことだけは確かなんで、そこそこ品質の良いソファやらコンソールテーブルやらを持ち込んだOBには感謝しかない。いったいどうやったんだろう。

ギルバートくんは後期も引き続き隠れ家をメインの勉強部屋にするらしいから、できれば後期が始まる前には設置してあげたい。実際にここの方が寮より落ち着くのは確かだし、校舎に近い……ってか校舎の中だからね。

「アルのノートはそこに除《よ》けておきました。全部揃っていると思うのですが」

ギルバートくんの言葉に、見ればソファ前のテーブルに俺のノートが綺麗《きれい》に積まれている。彼が単位を取り終えてお役御免になった分だ。

「ありがとう助かるよ」と彼の頬にひとつキスをして、それから嬉《うれ》しそうに目を細めてくれたキュートなギルバートくんの表情をきっちり目に焼き付けてから、俺は持参した自分の鞄《かばん》の中へとそれらを詰め込んでいく。

ある程度片付いたらいったん隠れ家を出て寮に向かうので、俺の部屋にこれを置いてくる予定だ。きっと来年ルーカスが使うだろうからね。

ああ、寮に向かう主目的は俺の部屋ではなく、ギルバートくんのお部屋訪問。俺の部屋はついでだ。いやほら、彼の部屋に防護魔法陣を取り付けなきゃいけないじゃない？

だって先週きっちり約束したから。いいって言ってくれたから！　けっこう……いやかなり楽しみにしてたからね、俺！

「最初にアルのお部屋に行って、次に私の部屋に向かいましょうね」

ニコッと笑ったギルバートくんの天使のような笑顔が、なぜだか今日はとっても眩《まぶ》しいというか、心臓に悪い――あ、いやいや別に決して疚《やま》しい気持ちなんかないぞ。

本当にちょびっとだけ、彼の部屋がどんなかなーって見たいだけだし。邪《よこしま》なことは考えていない。ほぼ考えていない。ほんのちょっとだ。

だってさ。こ、恋人のね、部屋に行くわけですよ。彼が使ってるベッドとかあるわけで、これで動揺するなと言う方が無理……。もちろん……もちろん！　何もするつもりはない。いや何もしないは嘘《うそ》だ。キスくらいは多分する。絶対する。いやしたい。でもそれ以上はね。

宰相閣下と約束したって事もあるけど、俺としてはどれほどギルバートくんが天使で可愛くて色っぽくても、十六歳はマズいって前世基準の倫理観が働いちゃってるからさ。未成年者への淫行《いんこう》ダメ絶対。ダメだぞー、ダメだからなー。

うん、できる限り平常心を保って彼の部屋のベッド……じゃなくてインテリアを目に焼き付けようじゃないか。ギルバートくんの好みの家具やカバーの柄や、ついでにベッドの硬さ……は確認すると危険なのでやめておこうか。

それにさ……うん。出来ればそういったことは完璧《かんぺき》な事前準備を整えてだな、男同士のそういったアレコレも知識として頭に叩《たた》き込《こ》んで、もちろんムードだって――。

「アル……？」

ハッと気がつけば、目の前でギルバートくんが小さく首を傾げていた。うわー、かっわいぃー！

……じゃなかった。いかんいかん、すっかり思考がそっち方面に流されていた。童貞かよ俺。そうだ童貞だった。

「そうだね。寮に行って、また戻ってきて荷物を持って帰ろう。今日は天気がいいから散歩代わりにもなりそうだ」

思わず天気の話を混ぜ込んで誤魔化した俺に、けれどギルバートくんは天使なので、可愛く首を傾げたままニコッと微笑んで、そしてキュッと俺の右手を両手で握りしめてくれた。

「外で手を繋《つな》げないのは残念ですけどね」

そう言って俺と繋いだ手を小さく揺らす彼。駄目だ。ギルバートくんの可愛いが過ぎる。

強烈な可愛い攻撃に卒倒しなかった自分を褒め讃《たた》えながら、俺はその彼の両手をそっと引き寄せて、その艶々《つやつや》とした唇にチュッと小さなキスを贈る。

「その代わり、二人の時はたくさん手を繋ごう。抱き締め合ってたくさんキスをしよう。君が残念だと思った回数だけ上乗せをしてね」

そう言ってもう一度チュッとキスをすれば、薄らと頬を染め俺の肩にそっと寄り添うようにもたれた彼が「はい」と小さく返事をしてくれた。

どうしよう。ギルバートくんの可愛さが今日はエンドレスだ。俺のライフが帰りまでもつか心配になってきた。やはり一昨日《おととい》、宰相閣下から契約書をもぎ取った影響だろうか。

ギルバートくんの秘められし真のパワーが解放されてしまったのかもしれない。もし彼の秘められし可愛いパワーが底なしだったら、俺に太刀打ちできる術《すべ》はない。

けれど彼は天使だからな。人智《じんち》を超えた可愛さ《パワー》は当然と言えば当然か——と、ストンと納得できた俺は、彼をギュッと抱き締めながら肩に寄せられたその滑らかな頬にまたキスを贈った。

「じゃあ、行こうか」

名残惜しくそっと彼から離れると、目の前でパワー全開の天使が嬉しそうに頷《うなず》いた。ぐぅ……。

そうして、俺たちは一緒に隠れ家を出て、お互いの部屋を訪問し合うべくウキウキと学生寮へ向けて歩き出した。あ、いや。ウキウキはたぶん俺だけだけど。

王立学院の男子学生寮は、学院のメインストリートを挟んだ図書館の向かいの道を入った先にある。

両側に背の高い木々が茂り、東南に向かってゆるく曲がったその道を進むと、道の左右に二棟ずつと正面に一棟の建物が見えてくる。左側の二棟が平民の、右側の二棟が子爵・男爵の、そして正面のやや造りの違う一棟は伯爵家以上の子息用だ。

王立学院は身分を問わず優秀な学生を受け入れ、極めて平等な教育の場を提供しているけれど、そこはやっぱり貴族制度バリバリの我が国の教育機関。なので学問以外の場である寮舎はきっちり分けられているんだよ。

そりゃそうだ。さすがに王族やそれに連なる高位貴族と平民たちを一緒くたに寮にブチ込むわけにはいかないからな。

セキュリティの問題もあるけど、たぶんこれは平民の学生たちの「勘違い」を防ぐため――同じ教室で机を並べ会話を交わしたとしても、あくまでも学内のことなんだぞと、本来はこうなんだぞと、暗に思い出させる目的もあるんじゃないかと俺は思っている。

俺は運よく伯爵家に生まれたから、侯爵子息のギルバートくんと同じく、寮舎は正面のちょっと豪華な建物だ。とはいえ、やはりバリバリの身分制度ゆえに、建物は同じでも伯爵家の息子と王・公・侯爵家のご子息様方とでは、出入り口がきっちりと分けられている。

道の突き当たりに立つ俺たちの寮は「高位貴族棟」あるいは「向こう側」と呼ばれてるらしいけど、その前には金属製のフェンスと植栽、そしてちょっとした門があって他の四棟とは一線を画している。

このフェンスから向こうの敷地内には許可された職員以外、子爵家以下の者は入れない。正門と同じ仕組みでバチッと弾《はじ》かれてしまう。使用者の許可があれば客人として入ることは可能だけど、確か事前申請とかがクソ面倒臭かったような気がする。ゲームの中のヒロインにはいったい誰が申請出したんだろうか。やっぱ王子殿下かな。

短いアプローチの先は道が二手に分かれていて、左に行けば伯爵家子息用の入口に、右に行けば王・公・侯爵家の子息用の入口に通じている。

「こちらに行くのは初めてです」

左に進んだ俺の隣で、ギルバートくんがちょっと物珍しそうに周囲を見渡した。そりゃそうだろう、俺も右の道は行ったことがない。

思わず苦笑を漏らしながら、俺は彼と一緒に伯爵家子息用の入口へ進んで行った。

「お帰りなさいませ」

彫刻が施された木製の扉を入ると、左側の先から声がかかった。この「伯爵寮」の専属職員さんで、管理や雑用をしてくれている初老の男性だ。確か、どっかの高位貴族家で先代の執事だか家令だかをしていたと聞いた覚えがある。

もちろん他にも職員さんはいるけど、基本は何かあればこの人が対応してくれる。まあ、言葉は悪いがこの伯爵寮の共有執事のような感じだ。

前世で言うところの、いわゆる寮監だの寮長といった強制力や監督権を持つ者などは存在しない。そんなのがいたら貴族同士で揉《も》める原因にしかならん。

何か入寮者がトラブルを起こしても迅速に家へ連絡をされるだけだ。

例えば、部屋で馬鹿騒ぎや喧嘩《けんか》をして周囲に迷惑をかけるような輩《やから》が出現しても、きっと職員さんは何も言わない。家に連絡が行ってすぐさま「防音くらい使えバカ」「後先考えろ面倒くせぇ」みたいな魔法陣が実家から本人たちに飛んでくるだけだ。

そしてそいつ、あるいはそいつらの黒歴史が他家の貴族子息たちの記憶にしっかり残り、密やかに速やかに貴族社会に噂《うわさ》が広まって行くのだ。コワイ。

まあ、ほとんどの子息らは週の半分以上は王都邸に戻ってるし、寮部屋は試験期間中やら緊急用あるいは荷物置き場や休憩所として押さえているだけ、ってのが実際だからトラブル起こす暇もないだろうけどね。

「ただいま。いつもありがとう。荷物を置きに来ただけだからね、すぐに出るよ」

そう声をかけた俺に、ホテルの受付みたいな定位置に立った職員さんは一つ頭を下げて、階段へ向かった俺たちを見送ってくれた。

ギルバートくんと一緒でも特に何か言われることはない。高位貴族同士は様々な交流もあるので基本スルーが鉄則だ。もちろん、入退出記録は別にバッチリつけているんだろうけどね。

「私の部屋は二階の一番手前だよ」

ギルバートくんに声をかけながら階段を上がって、右に曲がればあっという間に俺の部屋に到着だ。

「部屋数が一つ多いですね」

廊下の向こうに続く扉の数を素早く数えたらしいギルバートくんが「へぇ」といったように小さく首を傾げた。俺も内心「ほほぅ、侯爵家向けのフロアは四部屋なのか」と新情報に感心しつつ、扉のハンドルの上にあるプレートに学生証をかざして軽く魔力を流した。

「どうぞ」

扉を開けて、彼を先に室内に促してから俺も自室へと入っていく。うーん、ずいぶんと久しぶりな気がする。ここんとこずっと王都邸に帰っていたからなぁ。

玄関ホールというにはやや狭い空間を進んで、洗面所やシャワールームに通じる扉を過ぎた先の木製扉を開ければ、すぐに私室だ。

「シンプルですね。アルらしいと言えばそうですが……シンプルすぎませんか？」

ざっと部屋を見渡したギルバートくんが目を丸くして、それからクスッと笑った。

いやそんなこと言われてもね。ほとんど勉強と寝るためだけの部屋だから。しかも三年になったらほぼ寝るだけになったから。

六メートル四方ほどの、日本人的に言えば二十畳程度の広さの部屋には、右側に飾り気のないオーソドックスなセミダブルベッドと本棚。正面に二つある窓の間にやや大きめの机があって、左側には大きな本棚が三つと、床にはローテーブルが一つ。部屋の左奥には小さなキッチンルームがあるけど、数ヶ月使っていない。

「まあ二年の終わりにだいぶ片付けてしまったからねぇ。土のサンプルやデータも教授のところに持って行ってしまったしね。ああギル、ちょっと待ってて。ノート置くだけだからすぐ終わるよ」

そう言いながら、俺は一番左奥の本棚へと歩いて行って鞄からノートの束を取り出した。

この棚は学習教材用の棚なので、今はもうほぼスッカスカだ。上から二段目の棚にノートをドサッと立てれば、俺の用事はあっという間におしまいだ。

「お待たせ」

さあ行こっか、とクルッと振り向いた瞬間、俺の身体はガチリと固まった。

ちょっと待て……。

なんで、なんでベッドに横になってんのかな！　ギルバートくんんんー!!

振り向いた先のベッドにギルバートくんが……、そりゃあもう楽しげに寝っ転がっていらっしゃるじゃありませんかっ！　いや、寝っ転がるというよりは、ベッドの端に座ってそのまま倒れた感じ？

いやいや、そんなこたぁ今はどうでもいい。

ベッドカバーの上から俺の枕部分にポフンと頭を乗っけたギルバートくんは、ベッドをポフポフと叩きながら何やら確認をしている。

その輝くサラサラのプラチナブロンドを無防備に枕の上に散らしたイケメン天使は、俺の視線に気がつくとその状態のままニコッと微笑んでくれた。それに俺の呼吸が一瞬止まる。

だって、その凶悪な可愛さと言ったらもうね！　思わず身体がグラリとよろめいたくらいだ。

「ギ……ル？　ノートも置いたから、そろそろ行こうか」

頭を抱えて崩れ落ちそうになる自分を叱咤《しった》しながら、俺は貴族生活十八年で鍛えた表情筋をコキ使って、まだ枕の上でそのスベスベの頬っぺをスリスリしながらポフポフしている無敵の天使ギルバートくんに声をかけた。

もちろん発声の前にゴクリと唾《つば》を飲むのは忘れない。いや単に声が嗄《か》れないようにするためだ。他の意図はない。決して。

グラついてしまいそうな色んなもんを抑えながら声をかけた俺に、ギルバートくんはまた小さく笑いながらもその身体を起こしてくれた。

「すみません、何だか嬉《うれ》しくてすっかり舞い上がってしまって……。以前、確か試験期間中に寮のベッドの話をしていたじゃないですか。どれほど硬いのかと思っていたんですよ。確かに少々硬いようですね。一晩くらいならいいでしょうが毎晩となるとこれは……」

そう言いながらベッドの端で身体を揺らしてみせる彼。いやいいから。スプリング確認しなくていいからね、大したベッドじゃないから。ギシギシいってるから——ベッドも、俺の理性も。

「……そうかい？　君の疑問が解けたのならよかった。やはり硬いだろう？　ルーカスが使う時には交換するように言おうと思っているんだ」

そう言いつつ俺は、ベッドでまだユラユラしながら微笑みを浮かべている彼に近づいて、その両脇に置かれた綺麗《きれい》な手をすくい上げた。そろそろこの悩殺ユラユラを止めないとマズい。

いやいやムチャクチャ可愛いんだけどね？　可愛いんだけど、可愛すぎて頭パーン！　ってしそうだからね？　そろそろ立とうか。いや立って下さいお願いします。

心の中なのに妙に早口になってしまう自分を抑えつつ、俺はそのまま彼の両手を引いてそっと彼の身体を立ち上がらせた。すると、立ち上がったギルバートくんはそのままスイッとその身体を傾けたかと思うと、俺の胸の中にスポッと収まってしまった。

キュッと回された腕が俺の背中を抱き締め、そして俺の耳元に唇を寄せた彼がゆっくりと吐息を吹き込むように囁《ささや》いた。

「ね、アル……？　この部屋に招かれたのは、私で何人目か聞いてもいいですか？」

それからチュッと耳たぶに小さな音を立てたギルバートくんが、ツゥッとその唇を頬に伝わせた。

うん？　この部屋に招いた奴《やつ》？　いたかな？

うぅーん、と俺が過去の二年半の記憶を掘り起こしている間にも、ギルバートくんの柔らかな唇は俺の頬から顎《あご》、顎から唇まで移動して、そしてペロリと可愛らしい舌が俺の下唇を舐《な》め上げた。

ちょ……すっごい気が散るんですけど。

「部屋の中まで入ったのは君だけだね。玄関先までは確かクリフ・グランバートが来たと思うよ」

すかさずチュッと、その悪戯《いたずら》な唇にキスを返してそう答えれば、ギルバートくんの目が嬉しそうに細められ、そしてまたお返しのキスが帰ってきた。

ギュッと抱きついてくるギルバートくんが物凄《ものすご》く可愛くて、思う存分その唇を堪能してしまいたくなる気持ちを理性でブン殴り、俺は小さなキスを二つ……いや三つだけ落としたら、彼の肩に手を置いてゆっくりと身体を離した。

「さ、行こうか。次は君の部屋だ」

ほんのりと頬を薄く色づかせながら頷いた天使にハートをグッと鷲掴《わしづか》みにされながらも、その綺麗な手を引いて玄関先まで戻る。外に出たらまた繋《つな》げなくなっちゃうから今のうちにね。他の伯爵子息たちはすでに領地や王都邸に戻っているのか寮内は静まり返っているし、ここまで誰とも会わなかったけど、一応は念のためだ。

扉を出る前にもう一度だけキスをして、それから俺たちは伯爵寮を出るべく階段を下りて一階の入口へと戻って行った。

また律儀に頭を下げて見送ってくれた初老の職員さんに「ではまた後期に。ご機嫌よう」と笑顔で声をかけて外に出たら、いよいよギルバートくんのお部屋訪問だ。

さっきまでのギルバートくんの強烈な可愛らしさで、だいぶライフがごっそり減ってしまった気がするけど、まだ大丈夫だ。キスでちょっと復活した気がする。

道の脇に綺麗に植えられた草花を眺めながら、俺はギルバートくんと一緒に右側の道、俺が立ち入ったことのない「王・公・侯爵寮」のエリアへと進んで行った。

こちらのエリアは、ぱっと見た限りでは道も植え込みも建物の造りも一緒なんだけど、ギルバートくんによると一階と二階が侯爵家で四部屋ずつ、三階が公爵家の三部屋、四階が王家専用だそうで、何よりも特別なのがいざという時の避難用の裏通路が設置されているんだとか。

さすがだなーと感心しているうちに道の先に専用の入口扉が見えてきた。あ、扉もちょっと豪華だ。伯爵寮の扉は彫刻が施された木製の両開きだったけど、こっちはそれに金の装飾がプラスされている。うむ、扱いに差をつけてナンボ。それが爵位と序列ってもんだからね。

そんなことをいちいち気にしていたら貴族なんかやってられない。おぉさすがスゲェと素直に驚いていればいいのだ。俺だって子爵や男爵家に比べたら、うんと恩恵を受けているんだから。

我が国には今現在、王家の下に公爵三家、侯爵九家、辺境伯一家、伯爵十九家がある。

伯爵子息用に学院が用意してくれた寮の部屋数は十五。すべての家の子供が男子で三年間被《かぶ》るってことは有り得ないので、実際は空き部屋が出るくらいには間に合っているし部屋も充分な広さがある。

伯爵家の四倍以上数がある子爵家や、そのまた二倍以上数がある男爵家……まあ、この辺の数は出来たり消えたり復活したりと変動が激しいのでよく覚えていないけれど、彼ら用の寮は狭い上に競争が激しいのだと子爵家のＯＢが教えてくれた。

貴族の男子は基本、学院に通うのが定番になっているからね。卒業するかは別として。

あぶれた男爵家の子息が平民用の寮舎に入るなんてのはザラだそうだ。まあその代わり、子爵家以下の部屋代はタダだから善《あ》し悪しなんだろうな。

そうして到着したゴージャスな入口には、小さいながらに立派なポーチがあって、優雅な彫刻が施された真っ白な庇《ひさし》に大理石の床、その両脇には上品かつ華やかな花々が植えられた大型のプランターがドンと飾られている。

いや伯爵寮にもポーチはあるけどね。クリーム色の庇に大判タイルの床だけど……細かいところに差をつけるねぇ。支払う額もさぞお高いんだろうなー、などと感心しながらギルバートくんと一緒に、その大理石へ一歩足を踏み入れた時だ。

目の前のゴージャスな扉の片側が、音もなくスッと開いた。それに俺と、そしてギルバートくんも「ん?」と顔を上げて注目する。

職員さんかな。こっちは扉まで開けてくれるのかスゲー、と感心する準備をしてたんだけど——。

「おっと、んん? ギルバート。それにラグワーズ……ラグワーズではないか」

開かれた扉の向こうから現れた人物に、俺は一瞬で貴族の仮面の装着を完了させた。

正面からご登場なさったのは、輝く黄金の髪に王家の象徴たる青紫の瞳《ひとみ》の、紛《まご》う事なきレオン第一王子殿下その人。……マジか。

「ご機嫌よう殿下。長い追試期間でお忙しそうですね」

軽い立礼の後、隣のギルバートくんが殿下に声をかけた。なんかビミョーに言葉に棘《とげ》がついてる気がするけど、まあそれも仕方がない。色々あったからねぇ。

「うむ、あさってまであるのだ。そんなことよりラグワーズ、久しいな。ギルバートのパーティー以来だ。息災にしていたか?」

ギルバートくんの言葉を軽く往《い》なし……いやスルーした殿下が、俺に話しかけてきた。もちろん王族に話しかけられて返答をしない選択肢はない。

「はい。殿下もご機嫌麗しく。学問に邁進《まいしん》なさる殿下のお姿に見《まみ》えること叶いまして、私も嬉しゅうございます」

ニッコリと外向けの笑みを貼り付けた俺に、殿下はそのイケメンをパッと破顔させると、立ち止まっていた扉の場所からスタスタとこちらに近づいて来た。

うーむ、さすがは顔面偏差値バカ高な王族。ギルバートくんは完全無欠の天使だから別格として、人間としては殿下もかなりのイケメンだ。黄金ヘアーが今日も眩《まぶ》しいぜ。

「そなたがあのパーティーの折に申していた言葉な、私はあの後もずっと考えていたのだぞ。先を見据えて耳を澄ませと、あのように私の行く末を思い言葉を尽くしてくれた忠臣は、そなたが初めてやもしれん」

ギルバートくんよりほんの少し背の低い殿下が、笑みを浮かべながら俺の顔を見上げてくる。

いや、初めてってこたぁないと思いますよ？　あなたが聞いてなかっただけでしょうよ。

ってか、あの時は頭に血が上《のぼ》りかけてて何言ったのか細かいとこまで覚えてねぇ。ついでに俺はあなたの臣下ではなく、形としては国王陛下の臣下です。色々と間違ってますよ殿下。

……なんてことはもちろん曖《おくび》にも出さず、俺は「とんでもないことでございます」と貴族仕様の愛想笑いを殿下にお返しした。

「セシルのことも、今の私に知ることは叶《かな》わぬと分かった。だからそれも含めて、お前の言ったように目を開いて様々な物事を学んでいけば、自《おの》ずと分かる時が来るだろうと考え至ったのだ。まだ少々気にはかかるがな」

ええ、大丈夫ですよ殿下。セシル・コレッティは物凄く元気でした。本とデカいキャンディ瓶を送っておきましたから、今頃モリモリ食っているはずです。

「だから私はこれから学業にしっかりと取り組んでいこうと思っているのだ。先々を考えてな。私が今すべき第一のことはこれなのだと、そう口にしたら周囲も父上も喜んでくれた。物事を知らねば責任も負えぬゆえな……そういうことだろう？　どうだ、ラグワーズ」

そう言ってちょっと小首を傾げるようにした殿下に、俺も大きく頷《うなず》いて同意してみせる。

いやまったく異論はございません。いっぱい勉強してこれからは同級生のギルバートくんに一切迷惑をかけないで下されば、俺はそれでいいんです。

「素晴らしきご決意にございますよ殿下。尊き王族としてだけでなく、人としてなんとご立派なるお心構え。どうぞそのお気持ちを忘れず、さりとて肩に力を入れすぎず、殿下の望む先々のためにお励み下さい。本日は殿下より斯様《かよう》に末頼もしきお言葉を頂戴《ちょうだい》し、このラグワーズ、その僥倖《ぎょうこう》に感激いたしております。さ、これより学舎に向かわれるのでしょう？　どうぞ私にお見送りさせて下さいませ」

殿下は補習と追試で忙しい。俺はギルバートくんのお部屋訪問で忙しい。

ということで、俺は忙しい殿下を是非とも速やかにお見送りすべく、スイッと身体を捻《ひね》って殿下に道を空けると、さぁどうぞとばかりに右手を上げ――ようとして、その手をギュムッと殿下に掴《つか》まれてしまった。

「まだ時間はある。ちょうどいい。ラグワーズ、これから……」

パァ――――ン！

その瞬間、盛大な音を立てて、俺の手を握っていた殿下の手が叩《たた》き落《お》とされた。

……えっ？

◇◇

「なにをするのだっ！」

手を叩き落とされたレオン王子が、叩き落としてきた相手――ギルバートくんをキッと睨《にら》み付けた。

俺の隣に立ったギルバートくんは振り下ろした手もそのままに、顔には薄《うつす》らとした笑みすら浮かべながら、殿下のその視線をガッチリと受け止めている。

そして俺の左から半歩踏み出した彼は、その形のいい顎をクッと僅《わず》かに上げてみせると、たった今自分が叩き落とした殿下の手をチラリと見下ろした。

「ああ、よろしゅうございました。殿下がご無事で」

ほんの僅か口端を上げたギルバートくんに、睨み付けていた殿下の眉《まゆ》がグッとさらに寄る。

「殿下の御手《おて》に不埒《ふらち》な蚊がとまっておりました。畏《おそ》れ多くも高貴なる王族の血を吸おうなど言語道断。ゆえに私が成敗いたしました」

図々《ずうずう》しい虫は迅速に駆除しませんと――と、スッと上げた視線で殿下を見据えたギルバートくんに、殿下の口がむぅぅーっと上がっていった。

「だからって思い切り叩くことはないではないか！」

「思い切りなどと……私、手加減は心得ておりますよ？　常より御身《おんみ》を鍛え上げていらっしゃる殿下ならば、この程度で痛がることなど決して無いと存じておりますから」

「あったり前だ！　まったく痛くも痒《かゆ》くもなかったわっ！」

「それはようございました」

ギィィッと睨み付ける殿下に、ギルバートくんが満足げに頷いてみせる。殿下殿下、手ぇさすってたらまったく説得力ありませんよ。

「と、とにかく、まだ少し時間がある。私はラグワーズともっと話がしたい。父上もそなたと話す時間は有意義で勉強になると仰《おっしゃ》っていたからな」

サスサスと手をさすりながらクリッと振り向いた殿下が、視線を再び俺に向けてきた。

え、陛下が？　俺、陛下とはそんなにペラペラ話した記憶ないけどなー。父上の補足程度がせいぜいだし……なんてことを話してもしょうがないので、ここはきっちりお断りすべく、俺はこちらを見てくる殿下の青紫色の瞳に笑みを向けた。

「畏れ多くも有り難きことにて。国王陛下におかれましては常日頃より多くの臣下の言葉に耳を傾けられ、国の隅々まで広くその仁政を施すべく力を尽くしておられますゆえ、私のごとき小物まで御心に留め置き下さったのでしょうか。まことに勿体《もったい》なきお言葉ながら、本日は多事多端《たじたたん》につき殿下のご要望にお応えすること叶わず、申し訳なきことにございます」

眉を下げて胸に手を当てた俺に、殿下はまだ口をへの字に結んだままヘニョンと眉を下げた。おぅ、形のいい眉だな。いつもカットしてんのかな。

でもすいませんねぇ。有意義な話はぜひ他の方にお願いして下さい。

俺マジで今、最重要ミッションで忙しいもんで。ついでにギルバートくんのお手々を一刻も早く確認するというミッションも追加されたんで。

痛かったんじゃないか、ジンジンしてないか、もう気になっちゃって仕方がないんですよ。

「忙しいのか？　そうか……う、うむ。ならば仕方がないな。私も父上と同じく、臣下の言葉には耳を傾けようと決めたゆえな。私は我が儘《まま》は言わぬぞラグワーズ。ならば今日はここで見送ってもらうことにしよう」

ぎゅっと口を引き締めた殿下が俺を見上げて頷いた。おお殿下ってばなんて聞き分けのいい。なんだ、ちゃんと話してみればけっこう素直じゃないか。うん、セシル・コレッティとの件さえなきゃ、本当は純粋な箱入りお坊ちゃんなのかもしれない。

素直な殿下に俺も小さく頷きながら笑みを返せば、殿下のへの字だった口元にも笑みが戻った。良かった良かった。

「ではラグワーズ、近いうちにぜひ時間をとって私と――」

シュパ――――ン！

再び俺に伸ばされた殿下の両手が瞬時に弾《はじ》き飛ばされる。すげぇ、ギルバートくんの手が高速すぎて見えなかったんだけど……。

「お前はーっ！　いったい何なのだ――っ！」

目を丸くする俺の前で、殿下が怒りで顔を染めてギルバートくんを怒鳴りつけた。うーむ、手と一緒にせっかく戻ったはずの笑みも殿下から吹っ飛んでしまった。

「小バエにございますよ殿下。払った手が当たってしまいました。申し訳ございません」

申し訳なさなど皆無の表情で、俺の隣でギルバートくんが殿下にヒョイと首を傾げた。やっぱい、可愛《かわ》いすぎる。

「だいたい、なぜお前がラグワーズといるのだ！　それほど親しいとは聞いておらぬぞ」

殿下の言葉にギルバートくんはスッと目を細め、ズイッとさらに一歩、俺と殿下の間に足を進めた。

「貴族同士の交流ですから、いちいち殿下にご報告申し上げることではございませんでしょう？」

ありゃ。ギルバートくんが俺の目の前を塞《ふさ》ぐように立っちゃったから、可愛らしい表情が見られなくなってしまった。いや、サラサラのプラチナブロンドの後頭部も実にいいんだけどね。

「ラグワーズ殿はすでに学院の卒業資格を得られ、在学中に当主代理に就任されるほどの優秀なお方。にもかかわらず謙虚で誠実なお人柄。未熟な私が教えを乞《こ》うても何ら不思議のない、稀《まれ》に見る貴族男子の鑑《かがみ》にございますよ。ええ、仰る通り、私とラグワーズ殿はそれはもう親しく……このように互いの部屋を行き来するほどには、極めて親しくさせて頂いておりますが、なにか？」

やめてギルバートくん、そんな風に思ってくれてたの？　すっごく嬉《うれ》しいんだけど、でも照れるー、と脳内で祭りの準備が始まった俺をよそに、彼と殿下の会話は続いていく。

「お前、そんな顔もできたのか腹立つな」

「畏れ多きことにて」

「褒めてないわ。私も親しくしたい！」

「却下！」

「なぜお前が却下するのだーっ！」

グググッと両手で拳《こぶし》を握った殿下が、その目を眇《すが》めるようにしてギルバートくんを睨み付けた。殿下の表情だけは、ギルバートくんの肩越しに非常によく見える。

なのでそろそろ口を挟んでもいいだろうか……と俺が思い始めた矢先、その殿下がとんでもないことを言い出した。

「私はラグワーズと話したいのだ。そこをどけ！　ギルバート。王族命令だ」

……え、嘘《うそ》でしょ。いやいや、それはない。

と、俺と同じ事を思ったのか、キリッとした顔で発せられた殿下の言葉をギルバートくんはすぐさまフフンと鼻で笑い飛ばすと、腰に手を当てて殿下の顔をゆるりと覗《のぞ》き込むようにしながら、はっきりとした口調で話し始めた。

「王族命令は、王太子あるいは成人した王族方より発せられて初めて強制力を持つものです。子供の我が儘に周囲や政《まつりごと》が混乱しないための決まり事です。よくよくお勉強なさいませ」

ギルバートくんの言葉に殿下の目がキョトンと見開かれた。やっぱり知らなかった——！

こりゃ、ますます殿下にはたくさんお勉強をして頂かなければ。知らないまま、あっちゃこっちゃで「王族命令ダー！」ってやってたら王家が恥をかく。

俺は腰に手を当てたせいで少々上がったギルバートくんの肩にそっと手を置くと、彼の横に一歩踏み出して、悔しそうに唇を噛《か》みだした殿下に内心「やれやれ」と苦笑しながら口を開いた。

「殿下、よろしゅうございましたね。今、殿下は期せずして新たな知識を身につけられたのですよ。この瞬間にひと回り大きくなられた。どのような事象であれ、考えよう一つにございます。すべては受け取り手次第。殿下のお心一つで光にも闇にも向かいまする。さ、お顔をお上げなさいませ。王位継承者ルミエールの御名《みな》に相応《ふさわ》しく、光に向かいなさいませ。そして善きことがあったと、明るい心持ちで学舎にお出向き下さい。きっとまた新たな知識と知恵が殿下をお待ち申し上げておりますよ」

「ラグワーズ……」と顔を上げた殿下にもう一度笑みを送って、俺は今度こそギルバートくんとの間を空けて、殿下に道を譲った。

ほれほれ、しょぼくれた顔してないで学校に行きなさい殿下。覚えることは山ほどあるんですからね。王族なんて大変な立場、ポジティブじゃなきゃやってられませんよー。

それに、そろそろマジで解放して下さい。いやホント。ギルバートくんの部屋を目前にしてこれ以上足止めとか、あんまりでしょ。そろそろ泣くよ？

俺の気持ちが通じたのか、ほんの少しの間を置いて「うむ」と頷いてくれた殿下。よしよし。それにギルバートくんもその身体をスイッと動かし、俺たちはポーチの左右に分かれ、左手を腹に当ててお見送りの体勢を整えた。はい、行ってらっしゃい殿下。補習と追試がんばって下さいね。

スタスタと俺たちの前を通ってアプローチに進んだ殿下は、けれど数歩行った先で足を止めると、クルッと俺たちの方を振り返った。……………ん？

「アルフレッド・ラグワーズ、また改めて会おう。次はゆっくりと話を聞かせてくれ」

そう言ってイケメンスマイルをかました殿下は、軽く片手を上げると再びアプローチの向こうへと大股《おおまた》で歩いて行った……と思ったら、少し進んだところでまたクルッと振り返る。何だ何だ？

「ギルバート！　見ていろよっ！」

そう言い残してアプローチの向こうに、早足で歩いて行ってしまった殿下。

「は？」

目の前に立ったギルバートくんから低めの声が聞こえた。

殿下、ギルバートくんが反撃できない距離を測りましたね。ってか、見ていろって何？　あれか？

今はギルバートくんには全然敵《かな》わないけど今後の成長を見ていろとか、そういう感じ？

まぁ確かに殿下ってば王族だし、あの王兄殿下の甥《おい》っ子《こ》だし、ゲームじゃ攻略対象の筆頭だったらしいから基本スペックは高いんだろうけどね。本気出したらたぶんスゴいんだろうなぁ、なんてモブとしちゃあ「おぅ、国のために頑張って下さい」としか言えないんだけど。

でもさ、それをギルバートくんに見ていろってのはダメですよ。他の人に見てもらって下さい。

ギルバートくんは天使業で忙しいんです。

なんてことを思いながら、とりあえず殿下の背中が完全に道の向こうに消えるまで見送っていたら、目の前のギルバートくんから「行きましょう」と声がかかった。

それに思わず満面の笑みを浮かべて頷《うなず》いてしまった俺。腹と腰で構えていた両腕を下ろして、ゴージャスな扉へと歩き出したギルバートくんの後に続いた。

うん、少々時間はロスしてしまったけど、ようやくギルバートくんのお部屋訪問だ。あ、ちょっとドキドキしてきた。

「「「お帰りなさいませ」」」

ゴージャスな扉をくぐると右前から職員さんたちの声がかかった。

おお、こっちは共有執事さんが二人と専属の警備員までいるのか。さすがは王公侯爵寮。っていうか警備員さん、さっき殿下叫んでたんだから出て来てあげなさいよ。あれか？ちょっと覗いて大丈夫そうとか判断したのか？　学院の警備員の判断基準が分からねえ。

「戻った。客人のアルフレッド・ラグワーズ殿だ。客遇等の対応は不要だ。必要な時に呼ぶ」

それだけを言ってギルバートくんは先に進んでいく。俺もその後に続いて、頭を下げる三人の職員さんたちの前を通り過ぎて階段へと向かった。

ほうほう、こっちはお茶やら身の回りのこともしてくれるのか。

でも考えてみりゃそうだよな、王家や公爵家や侯爵家のご子息様方が自分でお茶は淹《い》れないよな。実際、ギルバートくんは淹れたことなかったしね。

床と同じくピカピカの真っ白な大理石張りの階段を二階まで上がると、ギルバートくんは左に曲がった。おや、ギルバートくんの部屋も二階のようだ。

やはりピッカピカの廊下の左側には白い扉が四つ。それぞれの部屋の前には美しい観葉植物の鉢植えが飾られている。

その手前から二つめの扉の前でギルバートくんが立ち止まった。どうやらここが彼の部屋らしい。

「どうぞ」

学生証をかざし扉を開けてくれたギルバートくんに促されて、いよいよギルバートくんのお部屋へ。

「お邪魔しまーす」と心の中で呟《つぶや》きながら扉をくぐると――――おぉー玄関からして広い。使われている壁紙も何やら高級そうだ。さっすがーと感心していたら、キュムッと俺の左手が握られた。

「洗面室はこちらです」

え？　と思う間もなく俺はギルバートくんに手を引かれて、廊下のすぐ先にある洗面所まで引っ張って行かれてしまった。

そして、あれよあれよという間に、ちょっと広い洗面所の、ちょっと豪華な洗面台の、だいぶオシャレな蛇口が捻《ひね》られ、ザーッとただの水が流された。そりゃそうだ、水は共通だからな。

あ、手を洗うのね。ハイ。外から綺麗《きれい》なお部屋に入ってきたからね、当然だ。石鹸《せっけん》も？　はいはい。

あれ、これはうちの領で作ってるやつじゃん。使ってくれてるんだ、嬉しいな。このシリーズ今度新作出すんだよね。近いうちにラインナップ一式プレゼントしよう。

ついついウキウキと……いや、さり気なく彼の好みをチェックしながらシッカリと手を洗い終わった俺に、気の利くギルバートくんがタオルを差し出してくれた。

「ありがとう」ってキスしようとしたけど、残念。ギルバートくんが自分の手を洗い始めてしまった。

手を洗い終わってランドリーボックスに二枚のタオルを放り込んだら、キュムッとまたギルバートくんに手を引かれて廊下から私室へ。ちなみに、ここまでギルバートくんは無言。うーん……？

俺の手を引いた彼が、短い廊下の先にある扉を開けてくれた。

彼に促されるままにくぐった扉の先は、もちろん彼の私室。茶と白とグレーのインテリアで統一された、上品で落ち着いた雰囲気だ。けれど思いのほか狭い、っていうか俺の部屋よりちょっと狭い？

意外に思いながら、彼が扉を閉めやすいように一歩二歩と部屋の中に進むと、その理由が判明した。

あぁなるほど、右方向に扉がある。侯爵家用の部屋は２ＤＫ仕様なんだね。

だからベッドがないのか。ちょっと残ね……いや良かったんじゃないかな。うん、純粋にインテリアから彼の好みの傾向をだな――。

ギュッ！　とその時、俺の身体にギルバートくんが抱きついてきた。

おっと……と俺は思わず右足を引きながら彼の身体を受け止めて、抱き締め返した。ちょっとビックリしたけど、まったくもって大歓迎だから問題ない。

ギュウギュウと俺の背中を抱き締めてくる彼の、その艶《つや》やかに輝く髪と背中を撫《な》でながら、俺の首筋にスリスリしてくるギルバートくんの頬と唇の感触を堪能する。「アル……」と、その首元の唇が小さく動き、彼の溜息《ためいき》が首筋にかかった。

「呆《あき》れましたか……」

俺の肩に顔を伏せたまま、ギルバートくんがポツリと呟くように口を開いた。

え、呆れる？　何が？

小さく首を傾げるついでにギルバートくんの髪に頬ずりをすれば、ほんの少しギルバートくんの腕の力が弱まった。

「堪えられなかったんです。自分があんなに堪《こら》え性がないとは……」

えーと、ちょっと待てよ。うん、話の流れ的にはつまり、さっきの殿下に対する対応で何か俺が呆れるようなことをしたんじゃないかと、ギルバートくんは気に病んでいると？

いや、いやいやいやいや、それはない。そんなことは絶対にないよギルバートくん！　君はずっと天使だったし後頭部だって可愛かった。

「私が君に呆れる、などという事は天地が引っ繰り返っても有り得ないよ、ギル」

彼の髪を撫でながら『誤解よ解けろ』と俺は願いを込める。

いやマジで、呆れる要素はどこにもなかった。ギルバートくんはずっと格好《かっこ》良くて凛々《りり》しくて気高くて賢くて、そして可愛かった。それだけだ。ああそうだ、それよりも……。

「呆れるどころか私は君が手を痛めていないか、そればかり気になってしまったよ。手のひらや手首は痛くなってないかい？」

そうだよ。これが一番気にかかっていたんだ。

俺の言葉に、ギルバートくんは首元で小さくコクリと頷いてくれた。ホントに？　よかった。

背に回された彼の手がゆっくりと緩められ、もう一度だけまた俺の首筋にスリ……と頬を擦《す》りつけた彼が、そっと肩から顔を離した。

ほんの少し伏せられた長い睫毛《まつげ》が上がって、翡翠《ひすい》色に煌《きら》めき揺れる瞳《ひとみ》が俺を見上げてくる。

「分かっていました。体よく対応して速やかにお見送りするのが最善だと。けれど……」

キュッと美しい眉《まゆ》が寄せられ、その目が苦しげに細められた。――――ギルバートくん？

「私のアルフレッドに触れるなんてっ！　我慢ができなかったんです。気づけば手が出ていて……」

縋《すが》るように見上げてくる翡翠の瞳と怒りを隠さないその彼の言葉に、俺は思わず目を見開き、その直後、ボンッと顔から火が出る勢いで頭に血が上った。これは、まさか……。

え、どうしよう、物凄《ものすご》く嬉《うれ》しい。ムチャクチャ嬉しい。夢じゃないだろうか。まさか、まさかの天使のやきもち？　じゃあもしかして、さっき手を洗わせたのも？　うっっわぁぁ！

俺の全身が一瞬で喜びに満たされ、心臓が早鐘を打つ。

そして気がつけば、俺は目の前の彼をギュッと抱き寄せて唇を重ねていた。「ぁ……」と小さく上がった声も、驚いたように見開かれた目も、愛しくて愛しくて仕方がない。

声を上げて開かれていた隙間に間髪を入れずに入り込み、口内で戸惑ったようにヒクリと動いた可愛らしい舌を捉《とら》えれば「フ……ン」と彼が小さく鼻を鳴らした。

フワリと開かれた柔らかな唇が、いつもよりほんの少し忙《せわ》しなく、まるで俺の唇をはむはむと食べるように動くものだから、それもまた嬉しくて嬉しくて……あぁ、もうどうしようか。

可愛すぎる彼の、甘くて柔らかな舌と唇をチュッと吸い上げるようにして唇を離せば、頬を上気させた彼と視線がぶつかる。

「嬉しいよ。こんなに嬉しいことはない」

俺の言葉に、その長い睫毛を揺らしてパチリと彼が瞬《まばた》きをした。それもまたムチャクチャ可愛くて、俺はその滑らかな頬に唇を這《は》わせる。

「ね、ギル。私の思い違いでなければ……君が嫉妬《しっと》してくれたと、私は自惚《うぬぼ》れてもいいのかな」

耳の近くにそっと唇を押し当ててから囁《ささや》いた俺に、それを受け入れるように僅《わず》かに首を傾げた彼が、拗《す》ねるように口を尖《とが》らせた。なんたる可愛らしさ！

「はい……」なんて小さく返答までされちゃって、彼からの怒濤《どとう》の可愛い攻撃に、これはもう浮かれるなと言う方が無理。

「愛しているよ、ギルバート。君だけを愛しているし君しか愛さない。君だけが大切だし君しか見えない。だからね、私としては君の嫉妬は天にも昇るほど嬉しいのだけれど、そんな有り得ない屈託を、僅かでも君に抱えさせてしまうのは金輪際《こんりんざい》避けたいんだよ。ね、何が嫌だったか教えて？　不安も不満も、苛立《いらだ》ちも気がかりも、どんな小さな事でも是非言ってほしい。そうしたら私は即座にそれを排除してみせるよ」

両手で彼のスベスベ頬っぺの感触を楽しみながら、額から鼻先、そして薄紅色の唇にキスを贈った。

「アル……」と俺を見つめてくるギルバートくんの、その表情のなんて愛らしいことか。頭の中が花畑どころか花だらけのジャングルになりそうだ。

なので俺は素早く腰を落として彼をぎゅっと抱き締め直すと、そのままその身体を抱え上げた。

きっと俺の顔は喜びのあまり、だらしないことになっているだろう。でも気にしない。頭上から小さく上がった彼の声すら俺を喜ばせる要因にしかならない。

魔法陣の設置も、彼の好みのリサーチも全部後回しだ。今は彼からしっかりと話を聞いて、二度と彼に不愉快な思いをさせないように対策を練るのが最優先事項だからね。

十六畳ほどのリビングにはソファとテーブル、正面奥には机と、壁際に二つの本棚が設置してある。

俺はすぐ目の前のテーブルを回ると、彼を抱えたまま左側にあるソファーに遠慮なく腰掛けた。

はい、お話を聞く体勢ができました。大切なお話はお膝《ひざ》の上ってこないだ決めたでしょ？　え、決めてない？　じゃあ今決めた。

俺の首に腕を回しながら、跨《また》がった膝の上でまだちょっと恥ずかしそうにしているギルバートくんは物凄くキュートかつ魅惑的だ。

うん慣れてねー。俺はこの姿勢が非常に、この上なく気に入っちゃったんだよ。何なら普段から彼の椅子になりたいくらいだ。

「何が嫌だった……？　言って、ギル？　君から何を言われようが、きっと私には嬉しいばかりだとは思うけどね」

彼の顎《あご》下の、柔らかで肌理《きめ》細かな肌に唇を這わせながら、浮かれた俺は彼に答えを促していく。頬を染めて小さな吐息を溢《こぼ》した彼の、その腰から背中をゆっくりと撫で上げれば、とろみを増した翡翠が俺を見下ろしてきた。

「触られたくなかったんです……私のアルフレッドに」

首筋に這わせた唇に、彼の喉《のど》と顎の動きがダイレクトに伝わる。

それに俺は口端を上げながら、チュ……と耳下の皮膚を軽く吸い上げた。ピクッと俺の首の後ろで彼の指が小さく震える。

「嬉しいよ。では今後一切、君以外には触れないよう細心の注意を払おう。簡単な事だ。あとは？」

左から右に唇を移動させながら、彼の可愛い喉仏《のどぼとけ》にもキスを贈る。コクリと上下に動いたそれに目を細めて、チロリと舌を這わせれば、ギルバートくんが小さく鼻を鳴らした。

「あなたが、他人から好意の目を……向けられるのも」

はふっと息を吐いた彼がキュッと俺の頭を抱え込む。おっと、移動の途中で固定されてしまったね。

「あなたが他人を見るのも、笑いかけるのも耐えられない……」

俺の顳顬《こめかみ》に頬をすり寄せる彼の、俺の耳に響くその声の何と甘いことか。腰が砕けてしまいそうだ。

「あの殿下に……あなたが優しく話しかけた時には、殿下に殺意すら湧きました。殿下はあの通り、……見目だけはいいでしょう？」

うん？　ちょっと待ってギルバートくん。見目なら君の方が数億倍――――と言葉を挟もうにも、俺の頭は彼の腕に抱え込まれて身動きが取れない。

「どうやって殺してやろうかと、死体の始末はどうしようかと、そんなことまで考えてしまって……」

いや――、さすがにソレはマズいんじゃないかな?!　相手は王族だからね？

でも彼のことだから、あと数分もあれば確実に、隙のない完全犯罪の方法を思いついていたに違いない。その時は俺も全力で証拠隠滅に協力を……って、そうじゃない。

「早くあなたに私のピアスをつけたい……」

キュムーッと頭を抱き締められて嬉しいんだけど、そろそろ可愛らしいことばかりを言ってくれる彼の顔が見たいかな。

なので彼の白い首筋にはむっと口を宛《あ》てがって、舌でその滑らかな肌を強めになぞり上げてみた。

んっ……と堪《こら》えるように魅力的な声を上げたギルバートくんの腕がフワリと緩んだ。その隙に俺は顔を上げて、目の前で瞼《まぶた》を閉じた彼に目を向けた。

視線の先では、頬を染め上げた天使が伏せられた長い睫毛を僅かに震わせ、俺に縋っている……。

なんとも扇情的な光景だ。やばいな、ダイレクトにクる……色んなところに。

脳内でジェフとメイソンにヒラヒラピンクの女装をさせて、一瞬で昂《たか》ぶりを落ち着かせることに成功した俺は、安心して彼の腰をグイッと引き寄せた。

「君の憂いを晴らすためなら、この目を刳《く》り抜き、喉を潰《つぶ》すことなど造作も無いことだけれどね、そうしたら愛《いと》しい君の姿が見られなくなってしまうし、愛を伝えることだって出来なくなってしまうだろう？」

だからそれは許して……と彼の顎下にキスを贈って、目を刳り抜き、のところで眉を寄せてしまった彼の唇にも、首を伸ばして口づけた。

「君からピアスをつけてもらう日を、首を長くして待っているよ。本来なら私からもピアスを贈りたいんだけどね——」

「ください。できれば早急に」

間髪を入れずキッパリと告げられた彼の言葉に、つい目を丸くしてしまう。

あれ、お茶会の時に予約って話してなかったっけ。いや贈りたいのは山々なんだけど、さすがに十六で君が『約束のピアス』をしてたら目立ちすぎるよギルバートくん。大騒ぎだよ？

見上げた先の彼は、頬を薔薇色《ばらいろ》に染めながらも真っ直ぐに俺を見据えている。

「待てません。自分が堪え性がないのはよく分かりました。今後、卒業を控えた子息に各家のご令嬢方からのアプローチも激しくなっていくでしょう。アルなど良い標的です。そうなれば相手が女性と言えど手加減できる自信がありません。あなたに私の印を付けたとて到底安心できるとは思えない。私にも貴方《あなた》の印を付けて少しでも心の安寧を図りたいんです。契約書を手に入れたので、もう私自身のことは私の判断に委ねられています。私は……貴方を私のものにしたいのと同じくらい、私を貴方のものにしたいんです」

――なんという殺し文句。

目眩《めまい》と一緒に昂ぶりが戻ってきてしまったじゃないか。やばい……。

俺は両手で彼の腰を固定しつつ、ほんの少しだけ腰を引いた。もちろん、顔は表情筋に必死に働いてもらいながら……。

「君が欲しがるものなら何でもあげたいけれど、本当にいいのかい？　きっと周囲からうるさく詮索《せんさく》されるよ？」

できるだけ冷静に彼を見上げてそう告げた俺に、けれど彼は何かに気がついたように目を僅かに見開き、そして何とも嬉しそうに、恐ろしく艶ののった魅惑的な笑みを浮かべてみせた。

「詮索など、したい者には好きなようにさせておけば良いのですよ。ね、アル……。私の欲しいものは決まっています。私は欲張りなので貴方のピアスも欲しいし、貴方の全部が欲しいんですよ？」

そうしてグイッと押しつけるように彼が腰を押し出してきた。

バレてる――――!!

思わず口元を引き攣《つ》らせる俺に、艶然と片手で髪を掻《か》き上げた彼は、そのふっくらと艶やかな唇に笑みを象《かたど》りながら、けれど薔薇色の頬はそのままにグッと俺の目を覗《のぞ》き込んでくる。

「嬉しいですアル。実際のところ同性同士でアルはどうなのかと、考えたこともありました。身長もそう変わりませんし。けれど私できちんとお役に立てると分かって、嬉しくて仕方がありません」

唇に吐息をかけながら囁くギルバートくんに、一瞬で沸騰した熱が全身に回っていくのを感じる。

そりゃそうだ。こんなに綺麗《きれい》で可愛い天使が、恥じらいつつも嬉しそうに全力で誘ってくるんだぞ？　これでお役に勃《た》……じゃなかった立たないわけがないじゃないか。

「あなたが欲しがって下さるなら私はいつでも――」

ちょ、ちょ、ちょっと待って！　落ち着いてギルバートくん！　嬉しそうに首筋にキスしないで！

「愛してます……」って、もちろん俺も愛してるよ！　宇宙一愛してるっ！

でも待って！　待っ……ぐぅ、腰を揺らさないでギルバートくん。

そしていいかげん俺もギルバートくんの腰と尻《しり》から手を……離せないぃ！　感触良すぎて無理ー！

「アル……」

耳元に吹き込まれる彼の吐息に俺の理性は崩壊寸前、身体は臨戦態勢。マズいマズいマズい！

いや本来、状況的にはひっじょーに嬉しくも美味しい状況で大歓迎なんですが！　気持ちの九割以上は「行っちゃえ！」って叫んでるんですが！　それでも今このまま一線を越えるのはマズい！

ブチブチブチッ！　と物凄い勢いで引きちぎれてく理性の綱を必死で結び直しながら俺は頭の中で「淫行《いんこう》ダメ絶対」というフレーズをリピートさせ続ける。

俺はゴクリとひとつ息を呑《の》んで、目の前で妖艶《ようえん》に……いったいどこで覚えてきたの！　と小一時間は問い質《ただ》したいくらい官能的に誘ってくる無敵の扇情天使に、毅然《きぜん》とした態度で口を開いた。

「ギ……ル？　ならば、ピアスは早急に用意して君に贈ろう。ただ……あー、こういった事は君が成人してか――」

クッと彼がまた腰を揺らし、そしてまったく毅然とできなかった俺の唇を塞《ふさ》いできた。もちろん俺はそれを有り難く受け取り、彼の柔らかな唇を嬉々《きき》として堪能してしまう。やばい、脳内で色んなもんがせめぎ合ってしまっている。

短い口づけを何度も音を立てて繰り返したギルバートくんは、その唇を俺の頬に這わせながら吐息混じりの甘い言葉を囁いていく。

「成人？　あと二年……、準成人なら一年ですか？　有り得ませんね。私は待てない」

酷《ひど》いですアル――と囁いた彼がチュッと俺の頬を小さく吸い上げた。

いや、そう言われてもね。これぱっかりは、この世界の常識とか慣習とか関係なく、俺自身の倫理観の問題なんで……。

細くなってしまった理性の糸を脳内で必死にかき集めて、俺はギルバートくんの腰をこれ以上揺らされないようガッチリと固定する。

「正直に言えば……君とそうなりたい気持ちはある。今だって物凄く嬉《うれ》しくて、私は劣情を抑えるのに必死だ。とてもね。けれど聞いてギル。他はどうであれ、私の中で未成年の者とその……肉体的な関係を持つことは犯罪なんだ。明確な線引きをすべき事柄の一つなんだよ。心から愛しているんだギルバート。君との関係で僅《わず》かでも自分の中に淀《よど》みを作りたくないんだ。だからどうか――」

堪《こら》えてくれないか……という最後の言葉は、ギルバートくんの唇に呑み込まれてしまった。

ピタリと唇を合わせて情熱的に口づけた彼は、その唇を離して顔を上げると、もう一つ二つと小さなキスを追加して、そして最後にペロリとその舌で俺の口端を舐《な》め上げていった。

「アルの気持ちはよく分かりました。つまりアルは、私との艶事を望んではいるが倫理が邪魔をして我慢をしている、という状態なのですね」

俺の頬を両手で包んだギルバートくんが、その切れ長の目で真っ直ぐに俺を見つめてくる。いや邪魔っつーか、でもまあ確かに。うん、そんな感じです。

俺はギルバートくんのお手々を頬にくっつけながらも、コクリとひとつ頷《うなず》いてみせた。

「承知しました。では、話し合いましょう」

……はい？

「アルのお考えは非常に実直かつ紳士的で誠実。さすがは私のアルフレッド。私の愛した方です。ただ、そのお考えにはいくつかの矛盾点があります。私との意見の相違を踏まえて、その矛盾を解消し、両者の妥協点と許容可能な期限を模索しましょう。そのために話し合いは不可欠です」

ニッコリと、闘志を漲《みなぎ》らせながらギルバートくんが目の前で微笑んだ。

いや、ちょ……ギルバートくん！

君が優秀なのは分かるけど、それって言ってることは「ヤる時期を決めようじゃねぇか」ってことだからね？　ベッドインの時期ってこうやって決まるもんだっけー?!

綺麗なプラチナブロンドを掻き上げたギルバートくんが、お膝の上でフフッと笑いながら俺を見下ろしてくる。うわ、むっちゃ可愛いー！

じゃなかった、どうしてこうなった?!

◇◇

「アル……」

しなやかな指先がスルスルと俺の頬を滑り、優しく俺の両頬を包んだ。

そしてチュッと一つ、俺の顔に口づけたギルバートくんは、俺が押さえている腰を小さく揺らすと、その可愛らしくも魅惑的な唇を開く。……えーっと、話し合いの最中にもこの拷問は続くのかな？

俺はもうほんの少しだけ、押さえる腕に力を込めて彼の顔を見上げた。

「アルの倫理観はとてもご立派だと思います。ラグワーズ領では十年近く前から十二歳未満の労働を制限し、子供らには読み書き計算を教えているそうですね。そのためにお父上は領内の大規模な改革を断行なさったとか。アルの年少者に対する配慮はそういった素晴らしいラグワーズの施政のもとで育まれたのでしょう」

両手で俺の髪を弄《もてあそ》ぶように撫《な》で梳《す》きながら、ギルバートくんが「ね」とばかりに俺に微笑みかける。

あぁ、あの頃はねー。領民たちに最低限の読み書き計算と適性に合わせた基本的な職業訓練を、って始めようとしたら、すげー反発食らってビックリしちゃったんだよね。

子供は労働力、いなくなったら困るって意見が多くてさ。じゃあなぜ幼い子供も働かなきゃいけないのかって調べたら、なんと同じ管理者の農地で収穫から販売までをバラバラの個人任せにしていた。まったく組織立った農地経営などされていない惨状に目と耳を疑ったもんだ。

おかしくない？　ってさらに調べたら、詰まるところ複雑すぎる組織構造と管理体制に無駄が多すぎて、現場では謎の労働力不足に陥っていたっていうね。

代官や監督官は農地使用料や税金を取り立てるだけ。ピンハネも横行。漁業も林業も同じ。なんだそりゃ。うん、マジで頭痛がした。んで、父上を説得して大規模な組織の再編をする羽目に……。

ま、おかげで農協や漁協的な組織もできたし、流通ルートも分かりやすくなったし、学校っつーか都合に合わせて通うことが出来る寺子屋みたいな施設も作ることが出来た。

『知識と創造力は力です。その源泉すら塞いでしまうのはラグワーズの未来を潰すも同じ。これは投資にございますよ父上。時間と手間がかかるぶん先々のリターンは計り知れない。頑丈な基礎あってこその家です。ご決断下さい』

わぁわぁとうるさい周囲を黙らせるために二日がかりで資料を作り上げて、父上の執務室に乗り込んだのが昨日のことのようだ。いやー、ちょうどその頃にディランとオスカーが来てくれて良かったよ。俺の専属になってすぐにコキ使っちゃったのは申し訳なかったけどね。

ツゥッと耳の後ろをなぞられる感触に、過去に思いを馳《は》せてしまっていた意識がふっと引き戻される。目の前には微笑みを浮かべた可愛すぎる俺の天使。

「けれど実際問題、我が国では……特に平民たちの間では十六や十七で結婚や出産をすることは珍しくありません。また貴族であっても、近年減少傾向にはありますが成人を待たず結婚するご令嬢はいらっしゃいます。過去の王族などは十三や十四で嫁いだり妻《めと》を娶っています。事実、私の祖母は十七で父を産んでいますし、しかも出産は婚姻の七ヶ月後。お分かりですよね、つまり性交渉は婚前。アルは未成年者と性的な関係を持つのは犯罪だと仰いましたが、この状況に関してはどう思われますか？　犯罪行為とは矛盾しませんか？」

引き続き俺の理性はグラングランだし臨戦態勢は続いているけれど大丈夫。頭はまだ働ける状態だ。コテンと首を傾げて俺に問いかけてくる天使に、俺はそろそろ酷使しすぎて悲鳴を上げそうな表情筋を無理やり働かせ微笑を浮かべてみせた。

「いや、それは両家が認めた正式な婚約者なのだから、推奨される事ではないけれど許されるんじゃないかな。平民に関しても、彼らは早くから労働者として国を支えているわけだし、そのぶん家庭を持つのが早くなることは理解できる。結婚自体は今の法の下では男女ともに十六歳から許されているからね。学ぶことの多い貴族階級とは婚姻年齢が違っていて当然だよ。十三で嫁いだ過去の王族に関しては、当時の状況下では致し方なかったと考えるべきだろう。両国の国王陛下のご決断のもと、嫁ぐと言うよりは国同士の鎹《かすがい》としてのお役目の意識の方が勝《まさ》っておられたはずだ」

俺の言葉にギルバートくんは大きく頷くと、ニッコリと笑みを浮かべた。

くっ……可愛すぎる。

「では十六や十七の未成年者と関係を持ったとしても、両家の了解の下に婚約や婚姻の関係にある者は、罪を犯したとは見なされない……というお考えなのですね」

その通りなので大きく頷き同意の意思を示しながらも、防衛のためにさらにギッチリと腰を押さえ込んだ俺に、ギルバートくんはつまらなそうに口を尖《とが》らせ、けれどすぐにその唇に笑みを浮かべてみせた。……うん？

その笑みに誘われるように、俺の思考の奥で何かが……何となく思い出せそうで思い出せないモヤッとしたものが湧いてくるのを感じた。なんだっけ。

「なるほど。アルが仰《おっしゃ》った犯罪行為の対象となる条件が見えてきました」

違和感を感じつつも、きゅうっと俺の首に腕を回し掛けた彼を見上げれば、目の前の彼は薄紅色の唇を綺麗に引き上げて目を細めている。

「つまり、いわゆる遊びや興味本位あるいは強要といった、判断能力の低い未成年者を単なる性的な捌《は》け口として、無責任に弄ぶ行為が犯罪に該当すると。そういうことですね」

まるで確認するように覗き込んでくるギルバートくんの目は物凄《ものすご》く綺麗だ。

俺の首に回した腕をキュッと伸ばして、艶《つや》めいた微笑みもそのままに俺を見下ろしてくる天使に、俺はコクコクと頷きを返す。ええまあ……ハイ。

「そして、未成年者であっても親の承諾があり、公《おおやけ》に婚姻を前提とした間柄であると、婚約関係だと表明していれば犯罪には該当しないと、そういうことですよね」

さらにゆっくりと告げられたその言葉の意味に、思わず俺の目が見開かれていく。

あ……そうだ。思い出した……。

『処罰規定の除外条件』

ボンッ！　と、俺の頭の中にその文言が浮かんできた。彼が言及しているのは、まさにそれだ。

なんてこった。俺の規範意識に多大な影響を及ぼしている前世の法令……唾棄《だき》すべき淫行為を禁ずる法が唯一、処罰対象外とする条件を、俺の前世など知らないはずの彼は的確に指摘してきている。

確かに、確かにそれならば「ダメ絶対」ではない。淫行に該当しない。

ええと、ちょっと待てよ。確か会社のコンプライアンス研修で講師がチラッと……うん？　会社？

薄らぼんやりと、霧の向こうの影のように浮かび上がってきた映像は、けれどすぐにまた濃霧に呑み込まれて消えていった。

まただ……。いつだって俺の前世の記憶は中途半端に顔を出してはすぐに消えていく。いっそ、まったく出てこなきゃいいものを。

いつもならば小さく溜息《ためいき》をついて終わらせるところだけど今はそれどころじゃない。目の前で可愛いギルバートくんが、それはもう嬉しそうにニッコリと輝くような笑みを見せているんだから。溜息の代わりに生唾《なまつば》飲むしかないでしょ。

兎《と》にも角にも、いま彼が論及しているのはそういうことだ。

「未成年側である私の親の承認はすでに頂いていますよね。それも、しっかりとした書面で。今や私の承認が、即《すなわ》ち親の承認です。あとはアルのご両親の承諾とピアスが揃《そろ》えば、我が国では婚約関係が成立します。その状況ならば、アルが大切にしていらっしゃる倫理に反することはないと考えますが、如何《いかが》でしょう？」

ふんわりと頬を染めて首を傾げたギルバートくんを、俺は目を見開いて見上げることしかできない。

そうだ。この国の『約束のピアス』は一度つけたら、両者の意思が合致するかどっちかが死ななきゃ外れない強烈な婚姻意思表明アイテム。それに両家の承諾が合わされば、これ以上ない『真摯《しんし》な関係』の証明となる。

あ、いかん……。俺の理性をガッチリ抑えつけていた「淫行ダメ絶対」が、ゆらりと揺らぎ始めた。

これはヤバいかもしれない。

「わ……我が国の現行法上、同性同士の婚姻は結べない。婚約自体が認められない可能性があるんじゃないかな？」

極めて冷静を装って、根拠となる婚約の有効性に言及し反論を試みる。

はい、もちろんただの苦し紛れの最後の悪あがきです。そんなもの、どうにでも言い訳が効くことはよくよく分かっている。そして案の定、ギルバートくんはフフッと小さく笑いながら予想通りの反論をわざわざ口にしてくれた。

「そんなもの……法などいつ変わるか分かりませんからね。絶対ないとは誰にも言い切ることなどできやしないでしょう。そして、婚約した相手や家の都合で、婚約期間が二年や三年に延びることもよくあることです。他国ではありますが過去の王族の中には、お相手の家が子爵であったため条件を満たす伯爵家に陞爵《しょうしゃく》するまで婚約者に据えたままお待ちになった、という例があったはずです。私たちも法律制定までの数十年間、婚約者でいればいいだけですよ。法律が出来なければ、それはそれでずっと婚約者……ロマンティックですよね」

話し終わるか終わらないかのうちに、グイッとギルバートくんが腰を進めてきた。

あぁっ！　うっかり手のチカラ抜いてたー！　こらこらこら、そんな可愛い顔して中心を擦りつけてくるんじゃありません！　天使の笑顔でやってることが……ぐぅ。そのギャップが何とも最高にたまらな……いやいやいや！　ちょっ、ダメダメダメ！　今はまだダメ！

ふぐぐっとまた腕に力を込めて彼の腰を押さえ込めば、楽しそうに腰を揺らしていたギルバートくんがプンッとまた可愛く口を尖らした。

そんな顔しても駄目です。超ウルトラ可愛いけど駄目なんですよー、危険だからねー。

ギルバートくんは口を尖らせながらも、けれどその口端は嬉《うれ》しげにキュンと上がって勝利を確信したような目で俺を見つめてくる。かっわいいな、おい！

それにしてもコレは……。ああもうヤバいくらい超キュート！　じゃなくて、いやまさかの完全敗北ではあるまいか。

話し合いというよりは、聞き取りからの適用条件の洗い出し、からの論破。しかもお色気可愛い攻撃つきだ。

「そう……だね。確かにロマンティックだ。愛しているよ、ギルバート」

もう、笑うしかなくて俺がそう口にすると、目の前の天使がそりゃもう目が潰《つぶ》れるレベルの眩《まぶ》しい笑顔を俺に向けてくる。

「私も愛しています、アルフレッド。ラグワーズ領でご両親にお目にかかるのを楽しみにしています。きっと困惑されるでしょうが、私もご納得頂けるよう精一杯努めますから。私のピアスはあと半月ほどで出来上がります。台座に刻む魔法陣に少々凝ってしまったので時間がかかってしまいました」

フフッと照れたように笑うギルバートくんは物凄く綺麗《きれい》だけど、暗に規制解除までのスケジュールをキッチリ口にするあたり、やはりギルバートくんだ。うんそうだね。そしたら俺のピアスだけだね。

もうダメだ……。俺の中の「ダメ絶対」が期間限定品になってしまった。カウントダウンまで始めている。しかも俺自身もそれを内心喜んでしまっているあたり、手遅れ感がハンパない。

「私のピアスも……秋休み中には間に合わせるようにするよギル。おそらく後期の学院内は大騒ぎになるだろうし、貴族社会は噂《うわさ》で持ちきりになるだろうけれどね。それと――」

続く言葉を口にするのは少々躊躇《ためら》われたけれど、やはり確認しておきたい気持ちと、彼に煽《あお》られまくった熱に後押しをされるように、俺はそれを口にした。

「君に私のピアスを渡したら、確実に私の理性の箍《たが》は外れる。断言してもいい。今でも限界寸前だからね。きっと私は君を……抱く」

グッと彼の腰を掴《つか》んでいる手に力を込めて、俺は彼を見上げた。「君はそれでいいか」という確認の気持ちを込めて。

彼も男だ。男同士のセックスに関して、俺はまだ具体的な細かい作法までは知らないけれど、どちらかが受け入れる側にならなきゃいけないくらいは百も承知だ。

受け入れる側の負担もそうだけど、男の性を持って生まれた彼に、その尊厳を捨てろと言うのも同然のことを俺は彼に望んでいる。代わってあげたいけれど、どうしてもそこは譲れない。

――俺は彼を『抱きたい』

彼の目を見つめて大切な確認をする俺に、けれど目の前の彼は、それはもう何とも美しく、そして嬉しそうに微笑んで……そのふわりと緩められた切れ長の目の奥で、僅《わず》かに潤み蕩《とろ》けるような翡翠《ひすい》が輝きを増した。

「嬉しいです。貴方《あなた》に望んで頂けてこれほど嬉しいことはありません。私は、アルが望んで下さった時に速やかに私のすべてを差し上げたい。この話し合いもそのためです。貴方が望んでいるにもかかわらず、障害によって貴方が我慢を強いられることなど、それが何であれ、私にとっては有ってはならないことですからね」

柔らかな微笑みを湛《たた》え、僅かにはにかむように、けれどその真っ直ぐな瞳《ひとみ》に強い意志を宿した彼が言葉を続ける。

「貴方は、私の屈託はどんな小さなものでも排除すると仰って下さった。私がどれほど嬉しかったことか。ですがアル、それは私も同じです。もし貴方が屈託や迷いを抱えているなら、私の手で跡形もなく取り除いて差し上げたい」

チュッ……と、啄《ついば》むように唇へ口づけた彼が、コツンと額を合わせてきた。そして、まるで鼻先を擦り合わせるようにして一度ゆっくりと瞬《まばた》きをした彼の瞳が、再び俺の瞳を捉《とら》える。

「私はすでに貴方のものです。遠慮も確認も必要ありません。私はいつだって、貴方に私を欲しがって頂きたくて仕方がないんですよ」

そう言って温かな吐息とともに唇を重ねてきた彼。

その刹那《せつな》――――、俺は彼の腰を引き寄せ、強く彼を抱き締めていた。

彼が欲しいと、叫ぶような熱を彼の昂《たか》ぶりに押しつけながら彼の口内を蹂躙《じゅうりん》する。

まだ駄目だ……分かっている。

自分にはめた強固な枷《かせ》を鬱陶《うっとう》しく思いながらも、俺は腕の中で甘い声を上げる、美しくて賢くて、そして凜々《りり》しくも男前な彼を、心の底から愛《いと》しいと、欲しいのだと、自身の精一杯の気持ちを伝える。

俺は別に誠実でもなきゃ真面目でもない。

ただの臆病《おくびょう》で小心な、確固たる言い訳を手に入れたいだけの凡人だ。

自分の度量のなさにウンザリしてばかりの、そんな俺に歩み寄り、躊躇《ちゅうちょ》なく添おうとしてくれる彼。

こんな彼を愛するなと言う方が無理だろう。

ふっくらと赤みを増して、まるで誘惑するように濡《ぬ》れ光る彼の唇を音を立てて吸い上げ、そして口端を舐《な》め上げ、唇を離した。

「嬉しいよ……」

俺が口にできたのはそれだけ。今にも暴れる寸前の欲望を抱えた俺に、腕の中で滴《したた》るような艶《つや》にまみれた彼の姿は目の毒、猛毒だ。

――ダメだ、どうにかこれを治めないと。

愛しい彼のために頑《かたく》なに守ろうとこだわった自身の枷を、その日までは何が何でも外すわけにはいかない。天使の救済を得た凡庸な男の、これは最後の意地だ。

そうは思っても、ギルバートくんの向こうにチラチラ見えてしまう寝室の扉に、ついつい視線が釘《くぎ》付《づ》けになってしまう自分は、そろそろ崖《がけ》っぷち。

今にも目の前の彼を抱え上げて扉に突進してしまいそうな自分をねじ伏せて、俺はほぼ千切れかけの理性を叱咤《しった》し想像力をフル稼働させる。

――そうだ、想像しろ！


膝丈《ひざたけ》のヒラヒラピンク。

袖《そで》はまん丸なちょうちん半袖《はんそで》がいい。大きなリボンも追加だ。出演はジェフとメイソン。

……いや二人じゃ確実に戦力不足。援軍でマシューとタイラーも召喚しよう。

足元には真っ赤なハイヒール。デカい足にハイヒール、最強だ。

よし、横並びで一斉にカーテシーだ。

モリッと盛り上がった上腕二頭筋に、袖口《そでぐち》が次々と弾《はじ》け飛んでいく。

ただっ広い屈強な肩と、広がった脚の絵ヅラが素晴らしい。

真ん中で震えるタイラーがいい仕事をしている。

うーむ、林立する脚のスネ毛と真っ赤なハイヒールのコントラストが最悪……。

――萎《な》えた。こうかはばつぐんだ。


どうにか治まってくれた自分自身に、心の中で盛大に拍手を送りホッとしていたら、俺の首に腕を回してそりゃあもう可愛らしく甘えていたギルバートくんが片眉《まゆ》を上げながら身体を起こした。

そして俺を見つめたあと、ツツーとさらに下へと視線を落とす。

……うんそうだね、目視での確認は大切だ。

「君を私のものにするためのピアスはすぐに作らせよう。だから、もう少しだけ待っていて？」

彼の感想のお言葉を防ぐべく、すぐさま何事もなかったかのように「ね」とばかりに彼の背を撫《な》でると、コクリと頷《うなず》いた彼がそっと甘えるように、再び俺の肩に頭を寄せてきた。

えーと、いま小声で「次の機会ですかね」って聞こえたような気がしたんだけど、聞かなかったことにした方がいいのかな？

「ギル？　できれば、誘惑するのも待っていてくれるかな」

「――お約束は出来かねます」

ほんの僅かな間のあと、キュムッと抱きついたギルバートくんに即答されてしまった。うん、そんな気がしていたよ。

とりあえず、お話し合いはこれでおしまい。あとはしばらくこうして抱き締め合いながら、取り留めのない話をしていよう。君がもう少し落ち着くまでね。

いや、いいんだよ。俺が使ったテは最終手段だから。想像後のダメージもデカいから。

「あさっては朝九時に迎えに行くからね。予定通り護衛はうちから出すけど、それで良かった？」

彼のサラサラの髪を撫で梳《す》きながら俺がデートの約束に話を向けると、それに「はい」と小さく頷いた彼が、俺の肩の上で微笑みを浮かべた。

そう、あさってはギルバートくんとの初デートだ。

ラグワーズから戻ってからとも思ったけれど、まだ時間はあるし、せっかくだから行っちゃおう、ってことで二人で予定を立てたんだ。

あまり細かな予定は組まずに、以前から話していた植物園と水族園、それから平民街のマーケットでも見て、気に入ったものがあれば買い物して……みたいな感じにした。

ついてくる護衛は、我が家の使用人の中から有志数名。

我が家にはギルバートくんちみたいに立派な警備部隊はないけど、しっかりと護衛や警備の教育は受けているからと、ディランが請け負ったので任せることにした。もちろん特別手当は出す予定だ。

せっかくのデートなので、周囲が警備でガチガチっていうのはちょっと……と我が儘《まま》を言ったら、それも大丈夫だとの返事を貰《もら》えたので、きっと何とかしてくれるんだろう。

うちの使用人たちは、実は地味に色々と出来る優秀な者たちばかりだからね。信頼してるよ。

「次は銅貨や銀貨を持って行くようにします」

スイッと肩から顔を上げたギルバートくんが、クスッと笑いながら小さく首を傾げた。

おや、治まったみたいだね。彼が言ってるのは、以前に行ったカフェでのことかな。

「時間があればまたあのカフェに行ってみようか。あの店のスイーツ、ギルは気に入っていただろう？」

そう言って背中を撫でた俺に、にこやかに微笑んだ彼が大きく頷いた。

その楽しげな様子に「予約しようか？」と提案したけれど、ギルバートくんは首を横に振った。

「席がなければまた別の日に行けばいいだけですから」

えっと、それはつまり、またデートしてくれるって事だよね？

ついつい嬉しくて彼の顎《あご》下にチュッとキスを贈ると、淡く頬を染めた彼がニッコリと笑ってくれた。

うん、そうだね。予約を入れるとその時間に縛られちゃいそうだもんね。あさっては二人でのんびりとデートをしようじゃないか。

「さて、約束の魔法陣を取り付けようか」

そう言ってポンポンと彼の背中を軽く叩《たた》けば、「はい」と頷いた彼が、膝《ひざ》から降りる寸前にチュッと俺の唇にお返しのキスを落としてきた。

「防護魔法陣の入室許可、アルの魔力を登録して下さいね。私はいつ来て頂いても大歓迎ですよ。私のベッドはダブルベッドです」

フフッと笑って再び小さなキスを落とした彼が、俺の膝の上から立ち上がった。

――いやだから、そういうことはね……想像しちゃったじゃん！

今後もこういった彼からの誘惑が続くのだろうか。そして俺は、それに耐えきることが出来るのだろうか……と少々、いやだいぶ不安に駆られながらも俺はソファから立ち上がって、扉の前で鞄《かばん》から魔法陣を取り出し始めた彼の元へと向かう。

うん、まずは魔法陣だね。それから隠れ家に戻って荷物を取って、屋敷に戻ったらピアスの準備だ。

それから俺たち二人は、ギルバートくんの私室の扉の前で魔法陣の取り付け台座とプレートを手に、取り付け位置を慎重に決定していった。

「ここは二部屋に分かれていますから魔法陣を取り付けたら、範囲設定が上手《うま》くいっているか、あっちの寝室も一緒に確認しましょうね」

「いや……君に任せるよ」

思わず顳顬《こめかみ》を押さえてそう答えた俺に、ギルバートくんが何とも楽しそうにクスクスと笑った。

あー、もう！　ギルバートくんってば！

◇◆◇　閑話・諜報《ちょうほう》部員A　◇◆◇

俺は諜報部員A。とある高位貴族家の諜報部に、親子二代にわたって籍を置いている。

親父《おやじ》とお袋が主様《あるじ》について隣国から渡ってきたのが二十一年前。当時二歳だった俺も、今や立派な諜報部員だ。幼い頃より身体を鍛え、感覚を研ぎ澄まし、知識を蓄え、親父たちのような超一流の諜報部員となるべく研鑽《けんさん》を積んできた。

そして晴れて正式な諜報部員となって早五年。経験を積んで一人前となった俺に、手に入らぬ情報はない。調査対象が平民だろうが貴族だろうが王族だろうが、主の望む情報を聞き込み、時には強引に手に入れてみせる。

先日だって別の高位貴族の家からパーティーの出席者名簿を軽く頂いてきた。高位貴族家どころか、すでに王宮内ですら俺にかかればお散歩レベルのチョチョイのチョイだ。

たまに王宮の諜報部員らとやりあうことはあるが、逃げ足には自信があるので、捕まるようなへまはしない。鈍臭《どんくさ》い王宮の諜報部隊などに捕まるものか。

仕事の成果を積み上げて、日々おのれの腕に自信をつけていたある日、俺は諜報部長である親父から呼び出しをくらった。

「お前、先日の王宮の仕事ではずいぶんと派手に動いたそうだな。王宮の警備態勢を変えるような動きはするな。面倒だ。もっと慎重に動け」

ああ、先日の楽しい追いかけっこね。

「すいませんね。でも、いつも通り仕事は完璧《かんぺき》に済ませましたよ。多少警備態勢が変わろうが、俺にかかれば大した違いはないですしね」

肩をすくめて謝った俺に、親父……いや部長はその厳《いか》つい顔をしかめて俺を睨《にら》み付けた。

「自惚《うぬぼ》れるなよ。ちょっとすばしっこい程度で一流気取りか。確かにお前は仕事は速いがな、まだまだ粗すぎるんだよ。俺から見りゃヒヨッコだ。若くて血気盛んなのは分かるが、もっと慎重になれ。たまには他の連中のやり方も見て勉強しろ」

あー、いつものお小言が始まったよ。俺ももうガキじゃねぇんだから加減くらい分かるっつーの。何がヒヨッコだよ。年寄り連中みたいにタラタラやってらんねえわ。

俺はパパッと目的の場所に入り込んで、パパッと華麗に情報を掴《つか》んでいく格好《かっこ》いい諜報部員になりてぇわけよ。ま、もしかしたら、もうなってるかもしんねぇけどな。

そんな考えが顔に出ていたのか、目の前の厳つい顔がますます険しくなっていった。おー怖い。

「お前……この仕事ナメてると、いつか痛い目に遭うぞ。今まではたまたま運が良かっただけだ。お前の狭い世界で物事をはかるな」

今日はずいぶんと小言が長げぇな。そろそろ体よく逃げ出すか……と思っていた時だ。

「やれやれ、怖さを知らないってのは幸せなものね。あなた、この子に例の仕事を任せてみたら？ちょうど昨日、主様から指示が出たのよ」

隣の部屋から諜報部指令室長であるお袋が現れた。

ん？　仕事？　おう任せろよ。てか、いいかげん子供扱いすんじゃねぇよ。

まったく、両親が揃《そろ》って職場の上司だとどうにも子供扱いが抜けなくて困っちゃうね。もう少し客観的に、一介の諜報部員として俺を見てほしいもんだ。そうすりゃあ俺のことを子供扱いなんかできないだろうに。

俺を一度ギッと睨んだ部長殿は、現れたお袋……いや指令室長と何やら顔を見合わせ、そして頷き合うと、大きな溜息《ためいき》と一緒に指示書を差し出してきた。

「そうだな。おい、そんなに自分に自信があるならこの仕事お前がやってみろ。内容は、そこに書いてある通りだ。これに成功したら、お前の事を一人前どころか一流だと認めてやる」

おぉ。そんな大仕事かよ。

少しワクワクしながら渡された手元の資料を見てみれば……なんだ、俺の得意な潜入調査じゃないか。しかも伯爵家の王都屋敷？　楽勝じゃん。

大仕事でも何でもねぇわ。こんなんで一流って言われちゃうわけ？　なんだよ、うちの諜報部ってばレベル下がったんじゃねぇの。

「はっ！　任せとけよ。いつも通りサクッと済ませてきてやるぜ」

俺はニッと口端を上げて最近お気に入りのニヒル笑いを披露すると、見終わった手元の書類に火をつけた。

調査対象：　ラグワーズ伯爵家王都邸
調査目的：　『真珠ボディーパウダー・贅《ぜい》』の販売予定および販売数量調査

メラメラと燃えるそれらの文字にもう一度ニヒル笑いをかまして、俺は二人に背を向けると大股《おおまた》で諜報部長室を後にした。

おい、二人とも何ででっかい溜息ついてんだよ。聞こえてっぞ。まったく……見てろよ。


そうして俺はさっそく、その翌日に王都のラグワーズ伯爵家へ向かった。善は急げだ。

貴族家出入りの商人を装い、まずは小型の馬車で屋敷の周囲をぐるりと一周した。伯爵家にしてはかなり広い敷地だが、広いということは綻《ほころ》びも多いということだ。

しかもこの伯爵家、特産が農産物中心のせいか敷地の多くが果樹園や畑で占められているようだ。

俺くらいになれば音の響き方や葉の擦《こす》れる音で、塀を越えなくてもだいたい分かる。この屋敷は土が多い。緑豊かなと言えば聞こえはいいが、スマートさには少々欠ける田舎貴族丸出しの屋敷。身を潜める草木が多いのは大歓迎だけどな。

耳を澄ませば塀の向こうからは馬や鶏の鳴き声まで聞こえてくる。王都だというのに長閑《のどか》なこった。なるほど、土地を広く取ってるのはご近所対策か。

俺は二ブロック先で陽が沈むのを待って、今度は徒歩でラグワーズ邸に向かった。いよいよ潜入だ。

んー、どこから入ろうかな……と思案しつつ、正門とは反対の南側の塀に決めた。西には通用門があるし東の道は幅広だから妥当なチョイスだろう。

南西の角から数歩進めば塀の向こうに枝振りの良さそうな木が見える。一度塀に登って素早くあの木に飛び移ればいいだろう。

勢いをつけて三メートルほどの塀の壁面を蹴《け》って跳び上がり、その上面に手をかけ……。

ブスー――ッ！

手の甲にとんでもない激痛が走った。

思わず手を離してしまい、そのまま元の地面に落下。なななな……なんだ？

ズキズキする手の甲を見れば、黒革の手袋ごしでも分かるくらいハッキリと穴があいて血が滲《にじ》んでいる。え？　塀の上にクギでも仕込んであったのか？　いや、ならば手の甲じゃなくて手のひらに穴があくはず……。

首を傾げながらも素早く手の甲に布を巻き、再び手袋をはめると、先ほどよりも一メートルほど角寄りの塀の上へと跳び上がった。今度は塀の上部ではなく、慎重に端の方にだけ指先をかけて……。

ミシッ。

……なんか踏まれた。

塀に手を掛けた状態で恐る恐る顔を上げてみればそこには、やたらとでっかい雄鶏《おんどり》が、俺の指先を踏みつけていた。

俺を見下ろすその目は暗闇の中でも爛々《らんらん》と輝き、立派なトサカをのせた鋭すぎる嘴《くちばし》を俺の眼前に向けて、今にも俺の目をえぐらんと構える姿は無慈悲な暗殺者のそれだ。

ミシミシと指を踏んでいるそのぶっとい脚の先には鋭い爪が生え、ナイフと見紛《みまご》うほどに鋭く研がれた爪先を革手袋にグイと食い込ませている。

「コケッ！」

俺の混乱をよそに、そのデッカい雄鶏が短く鳴いた。

とその瞬間、ザザザッと周囲の木々が音を立て、俺は謎の一斉攻撃に曝《さら》された。その鋭くも的確な無数の攻撃に、俺はたまらず再び地面へ落下してしまう。なんなんだ……っ！

ヒリヒリとした痛みを堪《こら》えて、尻餅《しりもち》をついたまま塀の上を見上げると、

「……ひっ！」

暗闇の中で、その目をギラギラと光らせた鶏たちが十数羽、塀の上に一列になってこちらを睨んでいた。中にはその鋭い爪をカシーン！　カシーン！　と塀に打ちつけて威嚇している奴《やつ》もいる。

その隣では小さなヒヨコまでがカシンカシンと爪を打ち鳴らしていた。ヒヨコのくせに目つきの悪さが尋常じゃない。

堪《たま》らずその場を逃げ出した。ここはダメだ。あの鶏たちが来ない場所に行こう。


ニワトリのくせに空を飛ぶムッキムキの凶暴生物を避けるべく、今度は木の少ない西側の塀から侵入を試みる。西側には通用門らしきものはあるが、先ほど通行人を装って下見した限りでは人気《ひとけ》はなかった。だが念のため通用門からは離れた北寄りの塀を、今度は慎重に、音を立てずに蹴り上げた。素早く塀の上部に指先をかけ、ぐいっと身体を乗り出した瞬間……。

ドガ――――ッ！

すごい勢いで何かが当たってきた。そのまま四メートル以上、後ろに吹き飛ばされる。

ズザザザーッと後頭部と背中を削る勢いで地面を滑ってやっと止まった。え？　何があったの？

クラックラする頭を抱えながら塀を見上げたが何もない。何だったんだ、今のは。

ふらふらと立ち上がり、塀へと近づいていく。間近で塀を見上げるも、やっぱり何もない。とてつもなく嫌な予感はしたが、俺とてすでに一流の諜報部員。ここで怯《ひる》むわけにはいかない。

今度は壁面を蹴ることなく、四肢に力を込めて塀にへばりつき、そっと這《は》い上がっていく。てっぺんまであと一メートル……五十センチ……二十センチ……。そうしてそう～っと塀の上部に指を引っかけて向こうを覗《のぞ》けば……、
バッチィィン！　と目が合った。悪夢のようにでっかくて凶暴そうな馬と。

「……！　！　！」

ズシャッとその場で地面に落下。ななな……なんだあれは！　腰……腰が抜け……っ、

「ピヨッ」

その時、イヤ～な鳴き声が聞こえた。

抜けた腰を立て直すべく、四つん這《ば》いのまま鳴き声の方を振り向けばそこには、塀の上にズラリと一列に並んだヒヨコたちが、巨大な馬の頭を経由しながら、その数をどんどん増やしているではないか。正直、ちょっと気持ち悪い。

いや待てよ。あいつら目つきは極悪だが、たかがヒヨコだ。いくら数がいようが蹴散《けち》らしちまえばいいんじゃ……と考えた瞬間、
カッカッカッカッカッ！

ガッガッガッガッガッ！

ヒヨコたちが一斉に塀の上部を突っつき始めた。みるみる砕けていく塀の上部から、小石のようなカケラがバラバラと降ってくる。一瞬で考えを撤回した。

ヒヨコにあるまじき破壊力をただ呆然《ぼうぜん》と眺めるだけの俺……。

ギラギラと俺を睨み付けてくるヒヨコたちの目は、明らかに「舐《な》めんじゃねーぞ」と言っている。えげつない……。デモンストレーションが凶暴な愚連隊の、いやそれ以上だ。

抜けた腰もそのままに、四つん這いのまま一度撤退。夜で良かった。なんだこの屋敷は……。

普　通　じ　ゃ　な　い。

だが頭に浮かんだその考えを、けれど俺は一瞬で振り切る。いいや、そんなはずはない。王宮にすらスルスルと入ってみせる俺だぞ。たかが田舎の伯爵家ごときにビビってんじゃねぇよ！

たまたま……そう、たまたまだ。奴らはきっと腹が空《す》いていただけだ。

殺気ダダ漏れの雄鶏たちも、地獄を背負った巨大動物も、塀を砕くヒヨコも、すべては俺の弱気な心が生み出した幻に違いない。手の甲の痛みは……幻痛ってことでどうだろう。

そうだ、そうに決まっている。あるいは昼に食った唐揚げの呪いだ。

一ブロック先の植栽の中で、俺は気を落ち着けて態勢を整えた。そうとも、俺は一流の諜報部員。幼い頃から厳しい訓練を積み、鍛え抜いた心技体を駆使してあらゆる情報を手にする影の者だ。幻などに負けてたまるか！

俺はニッと口端を上げて、ニヒルに笑ってみせる。ちょっとばかし頬が痙攣《けいれん》気味だが、こういうのは気持ちの問題だ。

そうして俺はスックと立ち上がると暗闇の中を素早く走り抜け、東側の塀へと向かった。

途中に通った南の塀の上で、カシーン！　カシーン！　という幻聴が複数聞こえたが、目をつぶってひたすら走った。

南側の長い塀の前を通り過ぎて、素早く左に曲がると、馬車も通れるような広めの道が通っている。

だが明かりはなく、真っ暗だ。

耳を澄ませば塀の向こう側から、かすかに人々の気配がする。数十人規模か。だいぶ遠そうだが、俺の耳は超一流だ。そして食べ物の匂いもする。俺は嗅覚《きゅうかく》も超一流だ。腹が減った。

さてはお貴族様お得意のパーティーでも開いているのだろうか。ちょうどいい。紛れ込みやすいパーティーは好都合だ。使用人らも忙しく、注意力も散漫になりがちだからな。

うまいこと入り込んで、使用人をひとりオネンネさせて入れ替わってしまおう。ククク……なんだ、最初からこちらから潜り込めば良かった。

だが一応念のため、そう念のために、塀を登るのは、へばりつき方式にしよう。

あと一メートル……五十センチ……。つい途中でビクビクと上を見てしまうのは仕方ないだろう。

そ――っと塀の上部に指先をかけ様子を窺《うかが》ってみるが、踏まれることもなければ、生温かい鼻息がかかることもなかった。ホッとしてグイッと身体を引き上げた瞬間、
ガッ　カカッ　ビシッ　ガガガッ　カツカツッ！

ちょっと顔を出した俺の目前に、鋭く星形に尖《とが》った何かが打ち込まれた。しかもビッシリと。

身動きしようにもできない。なぜなら両の手にはめた手袋が、その星形の……どう見ても撒菱《まきびし》によって深々と塀に固定されてしまっていたから。

中の手はそのままに、手袋の革部分だけを貫通した撒菱。しかも塀に引っかけた両の手八本の指全部が縫い付けられてしまった。動くのは両の親指だけ。何とかその親指に力を込め、塀についた両脚を踏ん張って、手袋から手を引き抜こうとしたその時、

ドスドスーーッ！

俺の目の前一センチにギラリと光るナイフが二本、立て続けに打ち込まれた。

――ひぃぃぃ！

怖すぎて声が出ない。サックリ深々と刺さった目の前のナイフに、固いはずの塀がチーズに見える。動けない上に目の先一センチが刃先……脂汗がダラダラ流れるが、この状態では動くことも出来ない。

ドスドスーーッ！

続けてあと二本、同じナイフが同じ場所に割り込むように打ち込まれた。計四本の鋭い刃先がギラギラと目の前にそそり立っている。

ガチガチと鳴る歯を食いしばって、四本のナイフの隙間から視線を向けるものの、遥《はる》か遠くに明かりは見えるが草木が深くてまったく先が見えない。

だがその時、俺の優秀な耳は聞こえなくてもいい声を拾ってしまう。

笑い声だ。男がゲラゲラと笑いながら『外れた、外れた』と揶揄《からか》う声と、『じゃ、次俺な』という別の男の声。そして次の瞬間、

シュッ！　シュッ！

と音がしたかと思うと、塀からほんの僅《わず》かに出ていた俺の両側の顳顬から、ツゥーっと生暖かいものが流れた。

『外れた外れた』という男の笑い声が再び聞こえてきた。まるで悪魔の笑い声だ。なにが「当たり」なのか……。そう考えてゾォォーっと背筋が寒くなった。

こ　ろ　さ　れ　る！

ゲラゲラと笑う声と両頬へ流れる生温かい感触。そして鉄の匂い。

幻じゃなかった！　あの残忍な魔鶏も、地獄の巨獣も、鋼鉄ドリルヒヨコも……。

俺はなんて場所に来てしまったんだ。この塀の向こうは魔界に違いない。あの宴《うたげ》は、悪魔とその配下どものサバトだったのか！　このままでは嬲《なぶ》り殺されるっ!!

塀に縫い付けられた手袋から必死で手を抜こうとするが、なかなか抜けない。下手に動かすと撒菱の鋭い刃で指などスッパリいくだろう。顔も動かせない。目の先一センチどころか、三本目と四本目は目の先五ミリだ。怖い……怖い怖い……誰か、誰か……！

『使い慣れてねぇからよぉ、コレならバッチリだぜ』

そんな声が風に乗って遠くから聞こえたかと思うと、
ドガァァ――ン！

俺の右手の僅か一センチ横の塀の上部が吹っ飛んだ。砕けて形を変えた塀の上部で、でっかいナタがグルグルと回転している。

身体の震えが止まらない。

両手を抜こうとあがくも、まったく力が入らない。震えるな……震えるな……ふる…………、
ミシッ！

その時、俺の左手の甲が何かに踏まれた。この感触は……。

恐る恐る目玉だけを左に動かせば、ブッスリ刺さった撒菱の隙間を縫うようにして置かれた鋭い爪。

「コケッ」

その声を最後に、俺の記憶はプッツリと途絶えた。

◇◇

俺は諜報部《ちようほう》員A。とある高位貴族家の諜報部に、親子二代にわたって籍を置いている。

正式な諜報部員となって早五年。まだまだ俺は修業中のヒヨッコだ。いや……確実にヒヨコ以下だ。

有り難いことに、こんな俺にも仕事を回してくれる主様《あるじ》と先輩方に日々感謝をしながら、一つ一つの仕事を大切に、確実にこなしながら己《おのれ》を磨き続けている。

いつか……いつか二流の、いやせめて三流の諜報部員となった暁には、腹いっぱい唐揚げを食おうと、その日を夢見てどんな仕事にも真摯《しんし》に全力で取り組むようになった俺に、周囲の目は温かい。

けれど、やはり俺は修業中の未熟者。時々は、小さな仕事や時間のかかる仕事にイラついてしまうこともある。

そんな時、俺はそっと胸元のお守りに手を当てて気を落ち着かせる。その小さな袋の感触に、己の未熟さと小ささを思い知らされ我に返ることが出来るのだ。

『毛穴の奥までピッチピチ！　イルカ印　うるうる海藻パック　試供品三回分』

あの日、目が覚めた諜報部室のソファで、身体を起こした俺の首に下がっていたポップな小袋。

中身は主様にお渡ししたが、お願いして外袋をお守りとして頂戴《ちょうだい》することができた。そのお守りを胸に、今日も俺は王都を駆け抜ける。

「あ、主様から新しい依頼が来てるんだけど。今度は美白ハンドクリー……」

おっと、先輩方と約束をしているんだった。早めに行ってないとな。

俺は大急ぎで部屋の窓から飛び出すと、自慢の足を蹴《け》り出して全速力で走り出した。

30　初デート［水族園］

さて、デートの最初の目的地である植物園と水族園は、王宮のお隣にある敷地に造られた庭園だ。早い話が王宮の敷地内にある。よって、入れるのは貴族のみ。残念ながら平民たちは強力なツテでもなければ入ることは許されない。

ここは元々、王宮内にいくつもある庭園のためのバックヤード的な役割を担っていた場所らしい。王宮内にある見事な大庭園や薔薇《ばら》園、あるいは各王族方の小庭園を美しく保つために、植え替え用の植物を生育・保管したり、花の品種改良をしたり、あるいは池の魚を成育・養生させる場所だったのだとか。

けれどある時、生き物大好きな王子様が出現。国中から花やら魚やら鳥やらを集め始め、それだけでなく終《しま》いにはそれらのコレクションを披露したがった。そうして出来たのがこの植物園と水族園だ。うん、設立理由が王族の我が儘《まま》とゴリ押し。純粋に収集オタクの見せびらかし願望から始まった施設だっていうね。

ま、そんなもんだよ。だって王制バリバリで身分制度ガッチガチな国だもん。しかもひと昔もふた昔も前の話だからね。国民を楽しませるとか国立公園とか、そんな発想ナイナイ、有り得ない。今じゃ他国から贈られた草木や魚類なんかの体《てい》のいい保管場所にもなってるから結果的には良かったんだろうけどね。

そんな植物園と水族園の始まりの話を馬車の中で何気なく口にすると、目の前に座ったギルバートくんが「え、そうだったの？」みたいに目を丸くした。ああ、今日のお目々もキラキラの宝石みたいで、とっても綺麗《きれい》だ。

「中等部では確か、貴族らの知見を広め各領の相互理解を深めたいと、強く願われた当時の王族によるご配慮だと教わりましたが……」

その言葉についつい笑みを溢《こぼ》しながら「ちなみに、その王子殿下が今のルクレイプ公爵家の初代らしいよ」と付け足すと、ギルバートくんは「ああ～」みたいな感じで納得してくれた。だよねー。

ついでに野鳥園がないのは、その殿下が公爵領に鳥たちを根こそぎ連れてっちゃったからだって。

もしかしたらルクレイプの本邸には今もでっかい鳥小屋とかあったりすんのかな。いや別に確認する気は毛頭ないけど。下手に聞いて『では見に来るがよい。明日にするか？』なんて閣下に言われたら断れないし。

「王家の作った言い訳を、すっかり信じ込んでいました」

苦笑しながら小さく首を振るギルバートくんは、今日もすっごくキュート。

平民街に赴くからとカッチリではなく柔らかなシルエットの上着は、明るい水色で彼にとても似合っている。いやもちろん、彼は何を着ても似合うし格好《かっこ》良いのは当たり前だけどね。

その水色の上着の縁《ふち》を上品かつ軽やかに彩っているのは、細い金のラインと濃紺の刺繍《ししゅう》。俺の色だ。照れくさいけど正直嬉《うれ》しい。

俺？　俺はクロエの見立てでオイスターホワイトに、チラッと見える裏地が緑、淡い金色の釦《ボタン》は彼の髪色にドンピシャだ。こういったさり気ない感じが流行《はや》りのオシャレなんだって。

白に見えるクラヴァットにも実はほっそい緑の糸が織り込んであるそうで、角度によってイイ感じになるらしい。もちろん彼から贈られたピンは標準装備だ。

我が家のクロゼットでは日々緑色のアイテムが増え続けている。いや全然オッケーだしウエルカムなんだけど、少しばかりこそばゆい。

「そういえば、お母上はすっかり落ち着かれたみたいだね」

窓からの陽差しに煌《きら》めくプラチナブロンドに目を細めながら、俺は十数分前に見たランネイル夫人の様子を思い出した。

デートのお迎えに上がったランネイル邸の玄関先で、夫人は家令殿とともに俺にきっちりご挨拶《あいさつ》下さり、さらには馬車の出発の際もきちんと見送って下さった。なんたる変化！

あの怒濤《どとう》の勉強会……いや晩餐《ばんさん》会から四日。夫人の心境にどんな変化があったんだろう、って不思議に思ったんだよね。

「さあ。ただ父の顔を見る限り、夫婦二人でずいぶんと話し合ったようですから色々と思うところもあったのではと。晩餐のあとで居残ってくれたラグワーズの使用人たちからも話を聞いていましたしね。我が家の使用人も、あの日から家令とメイド長を筆頭に細やかに気を使ってくれていますから母も肩の力が抜けたのでしょう」

へぇ、侯爵ご夫妻は我が家の使用人たちにもお声を掛けて下さったのか。失礼が無かったなら良いのだけど。まあクロエがいたし大丈夫だったんだろう。

あれ？　でも「父の顔を見る限り」って……お母上の顔色とか表情じゃないの？　なんで宰相閣下？

不思議に思って首を傾げれば、ギルバートくんが小さく肩をすくめた。

「ええ、父の顔ですよ。日曜には右の頬が腫《は》れていて、月曜には左の頬に引っ掻《か》き傷がありました。そして、あれから父は毎日帰宅しています」

な、なるほど。夫婦間で色々あったようだね。宰相閣下の働き方改革が加速しだしたようだ。

そんな事を話しているうちに、気づけば馬車は王宮の北隣にある園の入口へと近づいていた。馬車を確認した門衛が大きな金属製の門を開けてくれたので、止まることなく門を通過した馬車は、ゆっくりとした速度でアプローチを進んで行った。

「私もここは久しぶりです」

アプローチを彩る植栽や花々を、嬉しそうに目を細めて窓から眺めるギルバートくんに、俺のテンションもアゲアゲだ。


「ようこそおいで下さいました。ギルバート・ランネイル様ならびにアルフレッド・ラグワーズ様」

植物園入口の馬車停めで降り立つと、なぜか園長が出迎えてくれた。この植物園と水族園の総責任者だ。あれ、珍しいな。どしたの？　ギルバートくんもちょっと面食らっているようだ。

ここは基本的に貴族ならば出入り自由な庭園。毎日数多くの貴族たちが気晴らしに訪れるので、いちいち出迎えや見送りなどしない。

それがまた気楽でいいと評判なはずだったけど……さては、どこぞの貴族にクレームでも入れられて方針を変えたのかな。

それにしても、顔を見ただけでギルバートくんのフルネームまでバッチリなんてすごいな園長さん。国営施設のトップともなると、貴族子女の顔名前まで網羅済みなのだろうか。

「お久しぶりですカピバル殿。お忙しい貴殿に出迎えて頂けるとは有り難くも光栄の至りにて……いや正直、少々驚きましたよ？」

数年来の付き合いとなる園長の前で肩をすくめてみせれば、園長の丸眼鏡の奥の小さな目がますます小さく細められて、そのずんぐりとした身体が楽しそうに揺らされた。

「いやはや、今日だけでございますよラグワーズ様。実は園内の定期メンテナンスに手間取りましてな、今朝までずれ込んでしまったのです。おかげで本日は急遽《きゅうきょ》、午前中を休園とさせて頂いたものですから、こうして私が訪れて下さった方々に謝罪をしている次第でございます」

え、うそ。午前休園？　思わず俺はギルバートくんと顔を見合わせてしまった。

「それは何とも間の悪いことでしたね」

ほんの少し、形のいい眉《まゆ》をキュムッと下げたギルバートくんに、俺の眉もまたヘニョンと下がってしまう。そんな俺たちの様子にカピバラ……いやカピバル殿が目の前で小さく両手を振った。

「いやいや、まさかラグワーズ様がおいでになるとは露知らず……。あの、メンテナンス中でもよろしければどうぞ園内にお入り下さいませ。春先にご提案下さった水族園の新たなレイアウトもちょうど整ったところです。ぜひ貴殿に見て頂きたかったのですよ。さ、どうぞどうぞ」

パッと片手を上げて、馬車停めから続く小道の先に立つアーチ門へと促してくれた園長。

え、マジで？　メンテ中なのにいいの？　何か申し訳ないなぁ。でもこんな滅多にないチャンス、逃すのは勿体《もったい》ない。隣のギルバートくんを見れば、やっぱり嬉しそうに口端を上げている。そうだよね、貸し切りで植物園と水族園を回れるなんて、そうそう無いことだもんね。

「よろしいのですか？　ではお言葉に甘えまして。ご配慮に感謝いたします」

胸に手を当てて謝意を示す俺たちに園長はニコニコしながら頷《うなず》いて、そしてアーチ門まで颯爽《さっそう》と俺たちを先導してくれた。うーむ、歩き方も相変わらずカピバ……いやいや、ありがとう園長さん。


カシャンと軽快な解錠の音が響いて、目の前で優雅な金属製のアーチ門が開かれた。

俺たちは、笑顔で手を上げるカピバル殿に見送られながら、誰もいない園内へと入らせてもらった。

「驚きました。先ほどの責任者の方とは長いお付き合いなのですか？」

少し行った小道の先で、キュッと手を繋《つな》いできたギルバートくんが小さく首を傾げた。貸し切り状態で誰もいないから手だって繋げちゃうんだ。超ラッキーじゃん。

「そうだね、私が王都に来てからだからもう五年以上になるかな。初めて遊びにきた際にカピバル殿と知り合ってね。展示方法や魚の飼育で話が盛り上がって、それ以来親しくさせて頂いているよ。今じゃ新しい肥料の実験にも協力して下さっているんだ」

そんな話をしながら、彼と一緒に植物園の順路となるメインの小道をゆっくりと歩いた。進むごとに草花の香りが徐々に濃くなっていく。

植物園は基本的には庭園だ。植栽エリアから始まって、ちょっとした池と橋のある水生植物エリアに薬草園やハーブ園、そしていくつかの小さな温室に薔薇園、と続いている。

「うちから寄贈した種や苗たちが育っているのを見ると嬉しくなってしまってね。ついつい足が向いてしまう……」

小道の脇で、細いながらも花芽を出し始めたサザンカの枝を確認しながらそう言うと、一緒に花芽を覗《のぞ》き込んでフフッと笑ったギルバートくんが、繋いだ俺の手をキュムッと握った。

「アルの第二、第三の庭ということですね。私もこれからは定期的に来ることにしましょう」

そんな可愛いことを言ってくれるものだから、そのスベスベの頬っぺに思わずチュッとキスをしてしまった。それに照れたようにはにかんだ彼が物凄《ものすご》く可愛くて、俺は右手をしっかりと繋ぎ直すと再び道の先を進み始めた。いいよね、誰もいないし。

広大という程ではないけれど、そこそこ広い庭園を順番に回っては草花や木を眺め、小さな虫を二人で観察し、ギルバートくんの博識に驚かされ、そして時々キスをして……。誰もいない植物園の中を俺たちは思う存分に堪能していく。

前世とは比べものにならないほどでっかい食虫植物たちに囲まれた中でのキスは、なかなかに趣《おもむき》深かったよ。チュッと唇を離したタイミングで、ガパッと真横で葉を閉じた手のひら大のハエトリグサに、二人して思わず無言になっちゃったからね。

クスクス笑いながら試しにもう一度キスをしてみたけど、バカでかいハエトリグサが反応したのはその一度きり。

「おや、残念ですね。たまたまでしたか」なんて真面目ぶって言ったギルバートくんが可愛すぎて、笑いながら彼を抱き締めてしまったのは仕方ないよね。

そうして敷地西側にある植物園をぐるりと回ったら、次は水族園だ。


植物園に隣接した、というかほぼ一部エリアがかぶっている水族園は、薔薇園を通り過ぎた先の大小の池が広がる庭園だ。もちろん奥には建物があって室内に水槽が置かれていたりするけれど、水族園の大部分はこの池だらけの庭園だ。だから水族館じゃなくて水族〝園〟。

十二歳で初めてここに来た時は、一瞬「は？」って声を上げて呆然《ぼうぜん》としちゃったもんだ。

当時は、池に魚を放り込んだだけの大規模ビオトープみたいな感じでさー。いや俺的にはそれで嫌いじゃなかったけどね？

ただ、俺が勝手に抱いてたイメージが前世のキラキラ大規模水族館だったせいか、どうにも垢抜《あかぬ》けないというか、万人向けじゃないよなーって感じてしまった。事実ほとんどの来園者、つまり貴族たちは薔薇園でUターンして帰っちゃってたしね。

『まあ屋外はこんなこともあるよな。ビオトープ仕立て上等じゃん、ナチュラルおっけーおっけー』って気を取り直して奥にある建物内に向かった十二歳の俺は、そこでガックリと項垂《うなだ》れてしまった。ついてきたディランとオスカーが狼狽《うろた》えるレベルで……。

天井ばかりが高い箱形の建物内は薄暗かった。水族館の薄暗さじゃない。空き家的な薄暗さだ。その中に同じ大きさの水槽が、魚の大小などガン無視してポッポッと並べられているだけ。水槽内の照明も点いていたり、いなかったり……。そんな水草一つない殺風景な水槽の中で、大型魚は狭苦しそうだったし広い水槽の中にポツンと一匹だけ泳ぐ小魚は寂しそうだった。

どうにかエアーは確保されているようだったけど浄水フィルターらしきものはなく、恐らく人力で汚れを除去してるのか水は濁りコケも生えていた。もちろんその魚に関する生態等の説明書きなどどこにもなく、名前と捕獲した場所だけが書かれたプレートが水槽の前にぶら下がっているだけ。中にはプレートだけがあって肝心の水槽がない台まであった。

室内が広々としているぶんだけ余計に寂しさを感じてしまって、何ともやりきれないような思いが俺の中に湧き上がった。これでは水族館でも水族園でもなく、ただの魚を置いている倉庫だ……。

大型魚やその科目の中型小型魚は総じて長寿が多い。この魚たちは、この環境下でどれほどの歳月を過ごしてきたのだろうか――――と、思わず唇を噛《か》んで空っぽの台を睨《にら》み付けていた俺の前に現れたのが、エプロン姿に掃除用具一式を抱えた、就任間もないカピバル園長だったたってわけ。

俺と同じく海に面した領地の伯爵家三男だという園長も、この状態を何とかしようと思っていた矢先、というか元々ここを何とかしたくて文官になって、ようやく園長まで這《は》い上がってきたところだったそうで、俺たちはすぐさま意気投合。

園長は与えられた権限と人脈をフル活用し、俺は陛下との謁見の際に父上を通じて園の有用性をアピール。手っ取り早く陛下からトップダウンで予算をもぎ取り、園長が根回し済みだった担当部署へ山のような書類を素早く提出、からの電光石火の承認。その後は役立ちそうなラグワーズの開発製品や魔法陣を無償提供し続けて今に至る。

馬車での園誕生の裏話……生き物大好き王子の話なんかはこの園長が情報源だ。のんびりした見た目に反してあの園長、なかなかの情報通で敏腕なんだよ。なんせ王宮の中枢部署のトップの椅子を蹴《け》って園長の座をゲットしたほどの人だからね。

そんなこんなで素晴らしい園長の奮闘のおかげで、今ではすっかり小洒落《こじゃれ》た感じになった水族園の順路を、俺はギルバートくんと二人で楽しく進んで行った。その途中には高低差を付けて川を模した水路や、水の循環を利用した六段のカスケードなどがいい具合に配置されて、来園者が飽きずに楽しめるよう工夫がなされている。

「ここは来るたびに設計が変化していますね」

細い橋の上の、一部だけ格子状になった床板の上で足を止め、ギルバートくんが足元をサラサラと流れる水を眺めながら嬉《うれ》しそうに微笑んだ。俺の手をキュッと握って、バランスを取るように両手を広げ、輝くような微笑みで足元を眺める天使……。

キュ――――ン！

今すぐ胸を押さえて池に倒れ込みそうな自分をどうにか立て直し、この格子の提案を採用してくれた園長に、俺は心の底から感謝を捧《ささ》げた。

貸し切り状態の敷地内で天使と二人、池ごとの魚や水生生物を眺めて、たまに元気に跳ね上がる魚に驚いたり、水路を逆走する川魚を応援したりしながら、俺たちは今や水族園のメインとなった建物にゆっくりと向かって行った。

建物の中に入って何段かの階段を上がり目の前の扉を開けば、外とは打って変わった暗さが俺たちを出迎えてくれた。けれどその暗さは、最初にここを訪れたような放置された薄暗さとはまったく質が違う。あえての暗さ。水槽内の照明を際立たせ、魚たちから人間の姿を隠して怯《おび》えさせないための美しい暗さだ。

入って少し行った先の床面に、まるで浮かび上がるように設置してあるのは大きなプール――埋め込み式の楕円《だえん》形の水盤型水槽だ。

その水槽を囲むように続く濃紺の大きな間仕切り壁には、美しく彩色されたリアルな魚の模型や、まるで写真のように精巧な海の絵画が所狭しと飾られ、薄暗がりの中で浮かび上がるようにライトアップされている。

入口から階段の分だけ床が上がっているのは、この水槽のためと言っても過言ではない。この床下がメンテナンスエリアであり、機材置き場となっている。

魔力灯によるライティングが施されたその深い水盤の中を、大小様々な海水魚たちが泳ぎ回り、水底の岩や珊瑚《さんご》の陰にもそれぞれに合わせた色の魔力灯が仕込まれている。その池の上には十字に橋が渡されていて、まるで海の上を散歩するかのように歩くことが出来る設計だ。

俺たちはその手すりを掴《つか》みながらその水槽の……いや、小さな海の上を渡っていった。まるで青白い光に身体を包まれるようにして歩を進めると、足元で大小の魚がゆっくりと、あるいは素早く、その鱗《うろこ》を煌《きら》めかせながら通り過ぎて行く。

橋の上から周囲に目をやると、暗みを増した壁に浮かび上がった模型の魚や描かれた海の生物たちが、まるで生き生きと息づいているかのようだ。

青くて暗い、静まり返った館内に響くのは俺たちの足音と水の音だけ。

メンテナンス中だって言ってたけど、もう終わったのだろうか。何だかすごく得をしている気分だ。

青と白をメインにライティングされた池の中央、十字の橋が交わるその真ん中で俺たちは自然と立ち止まると、薄暗がりの中で幻想的に輝き揺れる水面と、そのゆらゆらと揺れる水面の影を映すお互いの顔を見つめ合った。

「誰もいないね……」

「誰もいませんね……」

期せずして重なったお互いの言葉に二人してクスリと笑い合って、そうして、自然と身体を寄せ合い、そっと抱き締め合った。

青の濃淡が揺れながら影を落とす彼の艶《つや》やかな髪に手を差し入れて、なおいっそう美しい翡翠《ひすい》色を煌めかせる瞳《ひとみ》を覗き込めば、少し照れたようにキュッと口元を引き上げた彼が背中を抱き締めてくる。

そっと重ねた唇に、うっとりするような小さな吐息が混じって、その吐息を呑《の》み込むように唇で食《は》むと、まるでもっと……と強請《ねだ》るように可愛らしくその柔らかな隙間が開かれた。

しっとりとした狭間《はざま》の奥から差し出された甘い果実の感触を、揺れる水面《みなも》に合わせるようにゆっくりと楽しんで、そして角度を変えながら、俺はその甘い蜜《みつ》と甘い声を味わい続ける。

ゆらめき輝く小さな海の上での口づけは、トロトロとまるで蕩《とろ》けるように俺の中へと浸潤して、ひたひたと身体中を温かく満たしていった。

しばらくそうして、幾度かの小さな口づけのあとに唇を離した俺たちは、額を寄せ合って大切な言葉を今日も交換しながら、また小さな口づけを交わす。

愛している――――何度告げても告げ足りないその言葉に、乗せきれないほどの思いを込めて。

そうして俺は、それを毎日彼に告げることが出来る幸福を、そして同じ言葉を返してもらえる幸運を今日も噛みしめる。

「毎日あなたが好きになります……アル」

チュッと小さく唇を啄《ついば》んだ彼が、まるで拗《す》ねるように囁《ささや》いた。

薄暗がりでも分かるほどに頬を染めた彼の、その愛らしさといったら……。心臓をドゥーン！　と打ち抜かれた俺が真下の水底に沈まなかったのは、まさしく奇跡だ。

ああギルバートくん……。俺こそ毎分毎秒、君への愛しさが募っていくばかりだよ。

ライティングされた青い海を渡ってまた手を繋いだら、二人して濃紺の間仕切りの向こうへと続く通路へ。この先が、例の新たなレイアウトが施された水槽エリアだ。

「これは――」

通路を抜けた先のエリアに一歩踏み込んだギルバートくんが声を上げた。

直径十メートルほどの円状に拓《ひら》けたスペースは、中央から放射状に伸びる魔力灯の光で先ほどよりもずいぶんと明るい。その円状の周囲を、高さ三メートルほどの大型水槽が三六〇度取り囲んで、中央ど真ん中には青く輝く円柱型の水槽が据え置かれている。

ライティングが施されたその円柱の中で泳ぐのはたくさんのクラゲたち。

青をメインに、ところどころ赤や緑に彩られた水中をふわふわと、まるで花が咲くように緩やかに動き回るクラゲたちの姿は実に幻想的だ。円柱の足元には同じく円形の小さな水場が作られ、色鮮やかな睡蓮《すいれん》やミズヒナゲシが浮かぶ水面からは小さな噴水が上がっている。

「すごいですね……」

そう言って、水場の周りにぐるりと設置されたソファにポスンと腰掛けたギルバートくんが、その宝石のような瞳を輝かせて周囲を見渡した。

「これが……アルが提案したというディスプレイですか？」

口元に笑みを浮かべながら左から右に、上から後ろへと興味深そうに視線を動かしている彼に、俺の頬もついつい緩みまくってしまう。

「そう。ようやく強化ガラスの強度が目標に達してね、園長に提案したんだ」

隣に同じく腰を下ろした俺に振り向いた彼が「強化ガラス？」と不思議そうに首を傾げた。うん、そうだろうね。それが普通の反応だ。この世界で強化と言えば強化魔法陣の展開のことだからね。

物質そのものの強度を上げるという発想がないというか、その発想が魔法陣になっちゃったんだろうけど、この世に出回っているガラスは普通の割れやすいガラスばかり。大型水槽の強い水圧に耐え得るだけの強度がない。きっと『必要なら強化魔法陣使えばいいじゃん』的な考えが基本にあるからなんだろうと思う。

いや前世の十八世紀とか十九世紀っぽい世界で、二十世紀以降に製造技術が確立されたはずの大型板ガラスが存在しているのは非常に有り難かったんだけどね。文明や技術の進み方が色々とムチャクチャな点は、まあそんなもんかと俺も納得してるんだけどさ。

でも常に定期的に魔法陣に魔力を補充するってのは、どうにも馴染《なじ》めないって言うか「元から強くすればいいじゃん」って思っちゃうのは仕方ないよね。

目の前の大型水槽だって強化魔法陣やら防護魔法陣やら使えば楽勝だってのは分かってる。

でも、ただでさえ水槽関連の機材や魔力灯やらで魔法陣使ってるのに、さらに魔力を食う防壁やら使ったら維持が難しくなっちゃうでしょ。みんながみんな、ギルバートくんみたいな潤沢な魔力を持っているわけじゃないからさ。

これほどの施設の維持管理を考えれば、魔法陣を長時間展開させるための魔力量は少ないほどいい。万が一、何かしらのトラブルで魔法陣の効果が切れた瞬間に、ガラスが割れたらシャレにならん。

だから大型の強化ガラスが完成した段階で、それを使った大型水槽の導入を園長に提案してみたんだ。まあ、細かいアレコレはディランを通してラグワーズの職人たちにお任せしちゃったんだけどね。

「魔法陣を使わずに、ガラス本体の強度を高めたんだよ」

魔法メインの世界での魔法陣への違和感なんかはもちろん口にせずにそれだけを告げれば、隣のギルバートくんの綺麗《きれい》なお目々が見開かれた。そんなこと考えもしなかったって感じかな。うん、初めからこの世界で生きている人間なら当然だ。

「すごい……。発想の転換ですね。省魔力が求められる現場は山ほどあります。この技術をここで披露するのですね」

隣から身を乗り出すようにしてきたギルバートくんに、けれど俺は小さく首を振った。

「いや、これは私が大きな水槽を作りたくて開発しただけなんだよ。だから普通に強化魔法陣を展開していると思ってもらう方がいい。量産に対応していないし色々と度外視して踏み切ったからね。板ガラスの作り方を知っている人間なら、誰だっていつかは思いつく方法だろうから」

そう言って眉《まゆ》を下げた俺に、彼はパチパチと瞬《まばた》きをして、そしてフッと息を漏らして笑ったかと思うと、俺の腕にギュッと腕を絡ませてきた。

「アルは……ふふっ、アルですねぇ」

そう言ってクスクスと笑う彼。え……？　あー、まあ確かに俺はアルフレッドだけど……。

「魔法陣の効率的な配置の検討は常識だと、それが当たり前だと思っていました。維持に必要な魔力の確保の問題で、規模や配置や形状が変更になるのはもはや日常。そのためにどの国でも日夜、省魔力の魔法陣の開発に躍起になっています。アルのお考えはそれを根底から覆すものです。だというのにあなたときたら……」

クスクスと楽しそうに笑ったギルバートくんは、その可愛らしい笑みもそのままに「大好きです」と囁きながらチュッと俺の頬にキスをくれた。

その目映《まばゆ》いほどの笑顔と愛らしさに俺の脳内でドカンドカンと花火が五発ほど打ち上がる。

愛らしすぎる俺の天使はさらにキュムッとその綺麗な手で俺の手を握るとスイッと立ち上がり、いまだ頭の中でパッカンパッカン大輪の花火が開きまくっている俺をソファから立ち上がらせると、そのまま水槽の前まで引っ張って行った。

「このレイアウト、とても素晴らしいです。ぐるりと大きな水槽に囲まれて、まるでちょっとした別世界にいるようじゃありませんか。先ほどは海の上、ここは海の中ということですね。きっと大評判になりますよ。強化魔法陣が使われていないことは、きっとこうして見ている分には分からないでしょうが、念のためフェイクの魔法陣を貼り付けておくことをお勧めします。私も協力しますよ」

キラキラと水槽の光を反射させる美しい翡翠で俺を見つめながらそう言って笑ったギルバートくんは、俺の手を取ったままクルリとその身を翻すと、ポスンと俺の腕の中に収まってしまう。

「ね、アル。水中散歩に連れて行って下さい」

キュッと俺の両手をお腹《なか》の前で握って、上機嫌で俺を見上げてくるギルバートくんは物凄《ものすご》くキュート。俺はもちろんそれに笑顔で頷《うなず》いて、しなやかな彼の身体をギュッと抱き締めた。

「まずは、あのクラゲです」

チュッと俺の顎《あご》に口づけて、フフッと笑った可愛い天使が最初にリクエストしてきたのはまさかのクラゲ。えっ、クラゲって目ぇあったっけ？

「どんな風に見えているのか興味あるじゃないですか」

クスクスと笑いながらも「おねがい」と言うように俺の首筋に鼻先を擦《す》りつけてくるギルバートくん。その怒濤《どとう》の可愛さに、立ちくらみを起こしてしまいそうだ。彼にそんな風にお強請《ねだ》りをされてしまえば、俺に断る選択肢などない。

楽しそうにスリスリしてくる天使の頬にひとつキスを落としたら「じゃ、目を瞑《つぶ》って……」と、俺は試しとばかりにクラゲに向けて宿眼を発動してみた。

その瞬間、俺たちの目の前に広がったのは光。光の濃淡で目の前が一杯になった。これは……。

意外な光景に息を呑む俺の腕の中で、ギルバートくんもまた感嘆したように息を吐いた。

「すごい……これがクラゲの見ている世界ですか」

そんな囁きを落として、俺の手をきゅっと握ってくる。いや、俺もまったく想像もしていなかったよ。そっかー、クラゲはものを見てるんじゃなくて光を見ているのか。

「なるほど、光の方向に向かっているようですね。クラゲは物質の形ではなく暗闇の中で光を目印に移動しているということですか」

ほぅ……っと温かな彼の吐息が顎先にかかり、彼の頬がスリッと甘えるように擦りつけられた。

その愛らしい仕草にギュッと彼を抱き締めると、「そうですか……」と彼は首元で小さく笑って、それから「私はクラゲでしたか……」という呟《つぶや》きとともに、クスクスと可愛らしい笑みを溢《こぼ》した。

ええっ、君がクラゲ？　そんなわきゃないでしょう！　君がクラゲなら俺なんぞミジンコかアメーバだ。いやまあ、ふわふわと宙に浮いてる感じが天使っぽくはあるけど、でも断じてクラゲはない。

浜にベチャッと打ち上がって、うっかり踏んだ人間をビビらせるギルバートくんなんて想像できるわけがないじゃないか！

「君が浜に打ち上げられたら急いで拾いに行かなければ……」

思わずそんなことを口走ってしまった俺に、プハッ！　とギルバートくんが首元で噴き出した。いや、そんなに笑わなくても……。

ぎゅうぎゅうと俺の手を握りながら肩を揺らして笑うギルバートくんを抱き締めて、そのスベスベの頬っぺに頬ずりをしながら、俺は宿眼を次の個体に飛ばそうとして……飛ばせないことに気がついた。あそっか、対象物が見えないから宿眼が飛ばせないんだ。

目を開いて、首元でまだ楽しそうにクスクスと笑っているギルバートくんにそのことを伝えたら、彼もまた長い睫毛《まつげ》をパサリと上げてその楽しげな眼差《まなざ》しを俺に向けてくる。

「なるほど、そんなこともあるのですね。では一度解除してこの大水槽に行きましょう。こちらも広々として楽しそうです」

ようやく笑いの収まったらしいギルバートくんは、そう言って悪戯《いたずら》げに俺の首筋をはむはむしてきた。なので「こら」とお返しに彼の首元にキスをすると、そりゃあもう可愛らしく彼が鼻を鳴らした。

俺は宿眼を一度解除して、大水槽をズイーと泳ぎ回っている小型のエイへと宿眼を飛ばす。そして突然切り替わった映像に驚く彼の手から片手をそっと外すと、可愛い彼の肩を抱き寄せた。

半分だけこちらを向いた彼の頬と額と唇にキスをしながら砂に埋まるヒラメへと眼を飛ばすと、彼もまた目を瞑りながら俺の頬に、顎に、唇にと、まるで手探りでなぞるようなキスを贈ってくれる。

そうして、たくさんのキスを繰り返しながら次々と宿眼を飛ばして、大きな六つの水槽全部をたっぷりと散歩してから、俺たちはようやく水族館の出口へと向かった。

水族園はこれでおしまい。本当はイルカショーとかアシカショーとかあったらもっと楽しめるんだろうけどね。残念ながら哺乳類《ほにゆうるい》や鳥類は飼育されていないんだよ。

いや、この世界の海にもイルカやアシカはいるよ？　実際に見たことあるしね。シャチもいたし鯨もいた。きっとアザラシやラッコやペンギンなんかもいるんだろう。見たことねーけど。

でもなー、きっとこの園だとこれが限界かな。敷地も足りなきゃ予算も足りない。ついでに奴《やつ》らは揃《そろ》いも揃って実は凶暴だ。

それに、果たして貴族の皆さまはイルカショーで水をかぶって下さるだろうか……絶対に無理だろ。増やすならいいとこカメだ。きっと面白いように増えるだろう。うん、外の池がカメだらけのカメ園になる未来しか見えねぇわ。

でも、もしギルバートくんが望むなら……ラグワーズ領でなら作れるかもしれない。海沿いにシーワールドを建設して、そのまま海を利用してだな、ついでに産直の魚や農産物を二割増しぐらいで売りつけてアガリの一部を運営費に――――。

「楽しかったですね。すっかりゆっくりしてしまいました」

捕らぬ狸《たぬき》で脳内お手玉を始めてしまった俺の手がキュッと握られた。

その言葉に懐から取り出した時計を見れば、おや本当だ。あと十分ほどで正午になってしまう。二時間か二時間半かな？　ずいぶんと時間が経《た》つのが早いもんだ。

「では次はマーケットに行こう。たくさんの露店も出ているから二人で歩いて回って気になったものを行儀悪く食べようじゃないか」

そう言って胸を張った俺に目を丸くした彼は、けれどすぐに口元に笑みを浮かべると「はい。行儀悪く、ですね」と大きく頷いて、繋《つな》いだ手を嬉《うれ》しそうに揺らしてみせた。

かっわいすぎるぞギルバートくんっ！

外ではすでに午後からの開園を待っている貴族たちがいるというので、関係者用の通用門に回された馬車へと素早く乗り込んだ。来訪者への対応で手が離せないらしいカピバル殿の配慮に感謝をしながら俺たちは一路、平民街へと出発する。

馬車で隣に座ってくれたギルバートくんが、繋いだままの手をきゅむきゅむと握って微笑んでくれるものだから、その強烈な可愛い攻撃に俺のワクワクとウキウキとドキドキは最高潮。お花まみれの崖《がけ》の上から「デートって素晴らしいーっ！」と遠吠《とおぼ》えしてしまった俺の脳内は極めて正常だ。

快適に進む馬車の窓外を、街並みがすいすいと通り過ぎて行く。

けれど、今の俺にそんなものを見ている暇などない。可愛らしくも美しい天使が目の前にいるっていうのに、いったい何を見るっていうんだ。

窓のカーテンをザッと閉めて、愛《いと》しい彼だけを視界に入れたら、あとは――ね、到着するまでこうしていようか、ギルバートくん。

重ねた手と、重ねた唇と、重なった思いを乗せて、馬車は平民街のマーケットに向かって、軽快に走り続けた。

31　初デート［北マーケット］

さて本日俺たちが訪れたのは、王都の平民街の北東に位置する北マーケット。すぐそばの北問屋街を中心に広がった雑多な小売店舗が集まる地域だ。以前行ったラドリーさんの魚問屋がある西問屋街の周囲にもマーケットはあるんだけど、ここことは雰囲気が少々異なる。

肉や青果や魚介や乳製品といった食材を売る比較的大きな店が中心の西マーケットに比べて、こっちの北マーケットは小さな個人商店がぎゅうぎゅうにひしめき合って、扱っている品も多種多様。

食品だけでなく花や日用品、衣類に古本、古道具……ありとあらゆる品が売られ、ちょっとしたスペースにも露天商が競うように店を広げるマーケット内は、売り手と買い手の溢《あふ》れまくる活気と商売っ気と色んな欲が飛び交いまくり、何とも錯雑とした雰囲気だ。

専門店も異常に多い。中古のスプーンだけを売る店とか靴のかかとだけを売る店とか普通にある。店として成り立っているのだから需要はあるのだろう。

平日も休日も時間も関係なく、常に多くの人出で賑《にぎ》わっているそんなマーケットの道を、俺たちは今現在、帽子をやや目深《まぶか》にかぶりながら肩を並べて歩いている真っ最中だ。俺たちが平民に扮《ふん》することもなく、貴族であることを隠さずに歩いているのは、その方がかえって安全だから。貴族と分かれば誰だって護衛を連想するからね。それに余計な声をかけられないメリットもある。

昔に比べれば見違えるほど治安が良くなったと言われている王都だけど、それでも犯罪は日常茶飯事だ。スリに置き引きに恐喝や誘拐。特にこういった人が集まる場所は悪い人間たちも集まりやすい。

本来なら高位貴族が徒歩で移動するような場所ではないのだろうけど、危うさの反面で平民たちの暮らしに関するあらゆる情報の宝庫であり、庶民文化の発信基地のひとつであり、そして何よりB級グルメの聖地となっているこのマーケットの魅力は絶大だ。

「一度見たいと思っているのですが……」

なんて、眉を下げたウルトラキュートなギルバートくんに呟かれちゃったらさ、「よし、行こう」って言うしかないでしょ。

「厳重に警護いたしますので、安心してお楽しみ下さい」ってディランも言ってくれたしね。

なに、いざとなれば俺だって多少は鍛えてるからね……ちょっとサボり気味だけど。でもギルバートくんを逃がす時間くらいは稼いじゃうとも。

なんて内心、ほんのちょっとだけ気合いを入れて歩き始めたマーケットエリアだけれど、歩き始めてみれば本当に拍子抜けするほど平和で穏やか。

混み合ってはいるけど、客の多くは両脇に立ち並ぶ店に山と積まれた商品を物色するのに忙しいらしくスルスル歩ける。気になった商品を覗《のぞ》き込んだりちょっと手で触った程度なら、忙しい店主らは声も掛けてこないから気も楽だ。

サッと周囲を見渡す限り警護の者たちの姿など見えないけれど、きっとどっかにはいるはず。

俺がガチガチの警護は嫌だって我が儘《まま》を言ったもんだから、その辺でしゃがんで隠れているのかもしれない。ごめんね、よろしくお願いします。

「あ、これ……」

隣を歩いているギルバートくんが、横の店先に並べられた何かに気づいて足を止めた。

「ん？」と彼の肩越しに俺も覗き込んでみると、それはベージュと白のレースで編まれたテーブルセンター。いやランチョンマットかな？　綺麗《きれい》な所作でスイッとそのレースを手に取った彼は、それを目の前で広げて、大きさや柄や手触りなどを確認している。

「気に入ったのかい？」と小声で聞いた俺に、小さく頷いた彼はそっと耳元に顔を寄せてきて「隠れ家のキッチン戸棚のサイズにぴったりなんです」と可愛らしく囁《ささや》いた。

確かにあの戸棚の棚板のサイズは、奥行きがやや浅くて横幅もえらく中途半端。今は適当にペーパーを敷いてカップやら置いているけど、どうやらピッタリサイズの敷物を彼は見つけてしまったらしい。しかも値段は小銅貨二枚！　お安い！

よし買おう、と二人して頷きを交わし、店主らしき女性に「これをくれ」と、隣に陳列してあった同サイズのレースと一緒に差し出すと「はいっ！」「ありがとうございます！」という元気な声が、店主と店員から返ってきた。マーケットの売りはこの元気さだな。

「私に払わせて下さい」とポケットに手を差し込みながら帽子の下で楽しげに目を細めるギルバートくんに、俺も目を細めて小さな頷きを返した。うん、ギルバートくんが貨幣を使う機会なんて滅多にないものね。こういうのも楽しいはずだ。

どうやら母親らしい店主が商品を紙で包んでいる間に、その娘らしき店員がギルバートくんから銅貨を一枚受け取ってお釣りを用意している。

この国の平民の識字のレベルはまだまだ低い。数字は読めても簡単な暗算ができなかったり、喋《しゃべ》ることは出来ても書くことが出来なかったりと、その傾向は年齢が上になるほど顕著だ。なのでこの店でも会計を若い世代の娘に任せているのだろう。

お釣りの小銅貨六枚を慎重に数えている娘の横からサッと紙包みが差し出され、それと同時に母親が「早く」とばかりに娘の脇腹を肘《ひじ》で突っついた。こんなやり取りもなかなかに微笑ましい。

同じ事を思ったのか、ギルバートくんもお釣りを受け取りながら薄らと口元に笑みを浮かべている。いやこれは「お釣りを受け取る」という新鮮な体験を楽しんでいるのかもしれない。

「ありがとうございました！」

「ありがとうございましたぁ！」

仲のいい親子の元気な声に見送られて、俺たちは小さな包みを手に再び歩き始めた。

野菜を売る店の軒先で鈴なりに吊《つ》るされた唐辛子を突っついたり、木彫り製品の店で謎の置物にしばし二人で首を捻《ひね》ったり、中古ショップで縁《ふち》が八割欠けたティーカップを手に、どこからどうお茶を飲めば安全かを真剣に検討したりと、マーケットは本当に見て回るだけで実に楽しくて、気づけば予定の三十分を大幅に超えて歩き回ってしまっていた。

「さて、そろそろ馬車に戻ろうか。ギル、何を食べたいか決まったかい？」

そう言いながら帽子の下の彼の顔を覗き込むと、「もちろん」とばかりに大きく頷いた彼が、楽しげに目を細めた。だよねー、お腹空《なかす》いたよね。

マーケットには当然ながら料理や飲料を売る店も山ほどあって、ガッツリ系から軽食、スイーツに至るまで、創意工夫をこらした食べ物を並べた店舗や屋台がしのぎを削り、どこを歩いてもいい匂いが漂ってくる。

本当はそんな店や屋台を気軽に覗き込んで、目についた旨そうなものを「これちょーだい」「うめぇ！」って食い漁《あさ》ったり、二人であーだこーだ言いながら食べ歩きたいところなんだけどね。

けれど残念ながら我らは高位貴族。幸か不幸か、そうそう簡単にそんなことが出来ない星の下に生まれてしまっている。

予《あらかじ》め訪れることが分かっている店舗なら、オーナーや店員らの調査はもとより、使われている素材の仕入れルートも調べられる。以前に行った居酒屋やカフェなんかはそのクチだ。きっと今日も調査済みだろう。ギルバートくんが予約を断ったのもその辺の手間を考えてくれたからだと思う。予約を入れたら入れたその日から当日まで、毎日調査を継続しなきゃいけないからね。

そんな事情だから学院の食堂の関係者なんかは超大変。学院から王家から各高位貴族家から、年がら年中調査が入っている。気の毒だが仕方がない。

けれど、これだけ大量の店舗が集まる場所で、気ままに食べ物を選びたいなら事前調査は不可能。それでも貴族だって所詮《しょせん》は食に貪欲《どんよく》なひとりの人間だからさ、色々と食うために知恵を絞るわけよ。

その結果編み出されたのが、移動しながら旨そうな食い物に目星をつけておいて、後からそれを買いに行かせ別の場所まで届けてもらうという方法。

場所を移動して距離と時間を置くのは、多くの一般客に紛れて使いの者たちを分からなくするため。

そして複数人でバラバラに多めにいくつも購入するのは、毒の混入の可能性を限界まで下げるためと毒味のためだ。複数人でたくさん買い集めても貴族の口に入るのは一つだけ。勿体《もったい》ないようだけど安心料と、あとは多めに買うことで少しは経済に貢献していると割り切るしかない。

帽子についた羽根飾りに手をやってひと撫《な》ですれば、すぐさま私服姿のエドと従僕らが数人、俺たちの前に姿を現してくれた。「戻るよ」の合図だ。

彼らの案内に従って、すぐ近くに回されていた馬車に乗り込むと、すぐさまエドが注文を取りに来てくれた。

「私はジンジャーミントティーにソーセージドーナツがいいな」

「私はスイカジュースを。それと目玉揚げというのが気になりましたね」

馬車の中で脱いだツバ広の帽子をエドに手渡しながら、さっそく目星を付けて厳選した品名を口にした俺たちに、「承知しました」と頭を下げて帽子を車内のフックへ綺麗に掛けてくれたエドが、そっと馬車の扉を閉めてくれた。

そうしてすぐに、馬車はゆっくりと移動を始める。移動先はほんの目と鼻の先の北問屋街の一画だ。

この北問屋街の土地はラグワーズの管理下にあって、小さいけど専用の事務所っつーか、建物があるんだよ。だから今日はそこをB級グルメ堪能の場所として使わせてもらうことにした。馬車の中じゃさすがに飲み食いはできないからね。

事務所の入口前にピタリとつけられた馬車から降りて中の応接室に入れば――――おやおや、すっかり小さなレストラン仕様に変更されている。

ソファセットとローテーブル、それにキャビネットも取り払われて、部屋の真ん中には白いクロスがかけられた丸テーブルと二脚の椅子が置かれ、カトラリー類もすでにセッティングされていた。その脇で「お帰りなさいませ」と頭を下げているのはもちろんディランだ。いや帰ってきたわけじゃないし、ただの休憩なんだけどね。

まずは歩き疲れただろうギルバートくんの手を取って席に座ってもらったら、俺も席に着いて「楽しかったよ。ありがとう」と今回色々と取り仕切ってくれたディランに労《ねぎら》いの言葉を掛けた。

「よろしゅうございました。何よりでございます」とディランが微笑みながら差し出してくれた温かな濡《ぬ》れタオルで手を拭《ふ》き終わったタイミングで、ちょうどよく注文した品が部屋に運ばれてきた。

「早いですね……」

目を丸くしたギルバートくんに「温かい方が美味しいからね。ちょっとだけ急いでもらったんだ」って言ったら、彼が「ちょっと？」って言いながら首を傾げた。ぐぅ、むっちゃ可愛い。

そうして俺たちの前に並べられたのは、グラスに注《つ》がれたスイカジュースとジンジャーミントティー、そしてお楽しみのソーセージドーナツに目玉揚げ。それと取り皿だ。

「なるほど……これが目玉揚げですか」

目を見開いて目玉揚げを凝視するギルバートくん——はい、可愛い選手権ぶっちぎりの優勝！

買った時の状態はどんなかは知らないけど、今や皿の上に綺麗に盛り付けられた目玉揚げはとっても美味しそう。

拳《こぶし》大の丸い目玉揚げは、真ん中で半分にカットされトマトソースらしきものがかかっている。

カリッとした衣をまとったひき肉の真ん中にゆで卵がドンッと入っていて、その断面は確かに大きな目玉のように見えなくもない。

でもこれさ、どこからどう見ても前世のスコッチ・エッグじゃねぇかな？

「さっそく食べてみようじゃないか」

ギルバートくんと同じく、いや別の意味でその味に興味津々となってしまった俺は、ディランが取り分けてくれた半分の目玉揚げに向けてナイフとフォークを構えた。

カリっと香ばしく揚げられた衣にサクリとナイフを入れて、ソースをからめてひと口頬張れば……うん、完璧《かんぺき》に前世のスコッチ・エッグの香辛料強め、味濃いめバージョンだ。惜しむらくは卵が半熟ではなく固茹《かたゆ》でのところかなぁ。半熟ならもう少し味がマイルドになる気がする。

「美味しいですね。ただ所々、肉が固い部分があります。それと塩と香辛料が強めですね。平民らの好みでしょうか」

やはりひと口食べたギルバートくんが、可愛らしくゴックンしたあとに律儀に感想を述べてくれる。

「肉が固いのは筋なども入っているからだろうね。平民が食べるひき肉は塊肉《かたまりにく》ではなく、大抵は切れ端や寄せ集めの肉や脂をまとめて挽《ひ》いたものだから。香辛料と塩味が強いのは臭み消しと保存を利かすため、あとは肉体労働者が多いからかな。ただ、安価な平民向けでここまでの味に仕上がっているのは素晴らしいね。作り手の努力の跡が窺《うかが》えるよ。ギルは目が高い」

彼のグルメな眼力に感心しきりな俺に、ギルバートくんは照れたようにスイカジュースをひと口飲んで「スイカですね」と真顔でグラスを見つめた。そりゃそうだ。

「この北問屋街はラグワーズの領地だったんですね。知りませんでした」

またコクリとスイカジュースを飲みながら微笑んだギルバートくんに「七、八年前からかな」と答えながら、俺もまた手元のジンジャーミントティーに口をつける。おっ、コレうめぇな。

そう、王都にも各高位貴族の領地はある。ただ住人たちが領民とは限らなくて、人の出入りも頻繁だし人口密度も高い。とはいえ、サウジリアの国土は基本的にはぜーんぶ王家のものなんだけどね。

王家は国内の土地を伯爵家以上の貴族に分割して管理させて、税金という名のショバ代を吸い上げてるわけ。実はみんな国から借りてんの。もちろん領地も王都邸の土地もね。王家ってば、とてつもない大地主さんなんだよ。

そんでもって貴族たちはその土地にマージン乗っけて、縁戚《えんせき》や子飼いの子爵男爵家に小分けにして任せたり直接商人たちに貸し出して、彼らはそれにさらにマージン乗っけて細かく平民たちに貸し出している。要は又貸しによって管理されているわけだ。ま、原則的にはね。又貸し四連チャン五連チャンくらいはザラだ。

ああ平民街の土地だけは貴族家が直接、自領の商人に管理を任せてるけどね。ただ平民街のどこがどの家の管轄かは、今現在かなり複雑で入り組んでいるのでひっじょーに分かりにくい。

当初はハッキリスッキリ分かれていただろうけどねぇ、高位貴族らが財政困難になると真っ先に切り売りするのが王都の平民街の権利だからさ、今やもうグッチャグチャ。

我が家が元から持っていた平民街のエリアはもっと南西寄りの住宅街。そんな我が家がこの土地の権利を手に入れた経緯は……まあ、ぶっちゃけ俺の誘拐未遂事件だ。賠償金として差し出してきたものを頂いたってわけ。

王都での領地拡大はメリットがデカいからね。遠慮なく土地の大小関係なく貰《もら》っておいた。うん、何度も誘拐されかけた甲斐《かい》があったってもんだ。


ま、俺の子供の頃の誘拐ブームの話なんか話題にしても面白くも何ともないので、目玉揚げを半分ほど美味しく頂いたところで「次はこれだ」と俺が指さしてみせたのはソーセージドーナツ。

皿の上にデーンと載ったそれは、どう見てもアメリカンドッグ。しかも本体部分の全長が二十センチはあろうかという迫力のサイズだ。

この世界で初めてアメリカンドッグ……いやソーセージドーナツを見つけた時は、俺ってば思わず脳内で狂喜乱舞しちゃったからね。理由は分かんないけど、きっと前世の大好物だったに違いない。

「これは、どうやって食べるのです？」

ギルバートくんは巨大アメリカンドッグを初めて目にしたようで、やはり気になっていたらしい。

きっと彼の脳内では、①輪切りにする　②薄く削《そ》ぎながら食べる　③まさかのかぶりつく　等々の予測がグルグルしていることだろう。初めて見るなら中身も分かんないもんね。

ふふふ、ギルバートくん。アメリカンドッグの食べ方など一つしかないじゃないか。まさかの③番だよ――などと、心の中で少々悪役を気取った俺は、ガッチリとアメリカンドッグの棒を掴《つか》むと、よいしょとばかりにデカいそれを持ち上げて、ケチャップとマスタードにまみれたカリッカリのまぁるい先端をギルバートくんの可愛いお口に向けた。

「お食べ」

ひと言そう告げてニッコリ笑った俺に、目の前のギルバートくんは綺麗《きれい》なお目々をパチリと丸くしながら、直径五、六センチはあろうかという丸い先端を見つめ、そしてコクリと一度喉《のど》を鳴らすと、パカッとその形のいいお口を大きく開けてみせた。

かっ……かわいいいぃぃ――――!!

ちょっと寄った目と、あーんなお口が尋常じゃなく可愛いっ！

しかし可愛いだけじゃないギルバートくんは、男らしくも勇猛果敢にその先端やや右にかぶりつくと、美しい歯形を残しながらカリカリフワフワの衣と、中のソーセージを見事同時に口に入れてみせた。さすがはギルバートくんだ！

モーグモーグとお口を動かすギルバートくんが見せた勇姿に、俺はただうっとりと見惚《みと》れることしか出来ない。その忙《せわ》しなく動く口の端っこについたケチャップは、彼の勇戦の証《あかし》だ。

いかん……感動しすぎて手が震えてしまいそうだ。

「こうやって食べるんだよ。行儀悪くて素敵だろう？」

平静を装い、震えそうな手でさり気なくアメリカンドッグを皿に戻して、モグモグしてる彼の口端についたケチャップを指先でウキウ……いや、慎重にすくい取る。

それに目を見開いた彼のモグモグがピタリと止まった。目の前でパクリとその指先を舐《な》めた俺に、驚いたような、恥ずかしそうな表情をした彼の頬が薄らと桜色に染まる。

「これは……無作法を」

ゴクンと口の中のアメリカンドッグを飲み込んだ彼に、俺は笑顔で大きく首を横に振ってみせた。

「無作法なものか。ソーセージドーナツはこうやって食べるものだからね。ケチャップをつけるなと言うのは無理な話だ。言っただろう？　行儀悪く食べるものなのさ。これが正しい」

そう言って胸を張り、首を傾げた俺の笑顔はよほど楽しそうだったのだろう。

「なるほど……」と片眉《まゆ》を上げたギルバートくんは、すぐさまムンズと皿の上のアメリカンドッグを掴んだかと思うと、俺の口にズズイッと差し出してきた。

「ではアルもぜひ、正しい作法で召し上がって下さい。美味しいですよ？」

その勢いに思わず首を後ろに引きながらも、差し出されたその先端に俺もがぶりと齧《かじ》りついた。ギルバートくんの可愛い歯形の反対側だ。

甘みのあるカリカリでフワフワな衣と、プリッとしたぶっといソーセージの肉にケチャップの酸味が加わって何とも美味《うま》い。やっぱりアメリカンドッグにマスタードは必需品だ。

うめぇー……と心の中で感涙にむせびながらモグモグしていると、スイッと顔を近づけてきたギルバートくんが、ペロリとその可愛い舌を伸ばして俺の口端を舐めとっていった。

思わず目を見開いてガチリと固まった俺に、目の前の彼はしてやったりと満足そうに微笑んで、そして「素晴らしい作法でした」とフフフと笑ってみせた。

ああ、確かにこれは……少々恥ずかしいかもしれない。

目を泳がせる俺の前で、ギルバートくんは手にしたアメリカンドッグをそのまま口に持って行き、そしてまた、はぐっと齧りついた。おぉう、ギルバートくんてば、新しい作法の呑み込みが早いねぇ。

アメリカンドッグ片手に唇をニッと上げてモグモグするギルバートくんの表情は、なぜか魅惑の氷の貴公子様バージョン。口端にケチャップつけた麗しき氷の貴公子。

イケメンって何をしてもイケメンなんだねぇ……なんて見惚れていたら、ギルバートくんがチョイチョイと綺麗な人差し指を動かしながら俺を呼んだ。そんな動作がサマになっちゃうんだから、もうイケメンって……以下同文。っていうか、なになに？　ギルバートくん。

あ、なるほど。舐めろと。はいもちろん喜んで舐めさせてもらいますとも。正しい作法だからね！

舌先を伸ばして、尖《とが》らせた先端でキュッとその口端を舐め上げれば、氷の貴公子様の目元はみるみる緩んで、満足げに細められた目の奥で翡翠《ひすい》がキラキラと煌《きら》めいた。これは……たまんないね。

部屋の中には俺たち二人だけ。ディランはとっくにいなくなってた。きっと気を利かせて、余った目玉揚げでも食いに行ったんだろう。

だから遠慮なく俺たちは、デカいアメリカンドッグとスコッチ・エッグがなくなるまで、正しい作法でB級グルメを堪能し続けた。

「若様──────」

腹もそこそこ落ち着いて、手と口を二人してフキフキし終わったジャストなタイミングでディランが戻ってきた。

「ちょうど食べ終えたところだよ。気を使わせたね。ありがとう」

姿勢を正して立ったディランにそう言って、んじゃ次行ってみようか……とギルバートくんと笑顔で頷《うなず》き合いながら席を立とうとした俺に、スイッと一歩前に歩み出たディランが耳打ちをしてきた。

『申し訳ございません若様。少々、面倒が……』

それに思わず片眉を上げた俺に、ディランが耳打ちを続ける。

『若様がこちらにおられることを聞きつけたベルゴール伯爵がおいでになりまして、どうしても若様に会わせろと』

は？　ベルゴール？　ああ、ナントカ・ベルゴールの家か。えぇー、俺、今大切なデート中なんだけど。これから南で小物見ようと思ってたのに……。

「私はいないとお帰り頂くことは？」

念のため尋ねた俺にディランが小さく首を振った。

だよねー。出来るならとっくにやってるもんねー。ディランの手に余ったからデート中なのに相談してきたんだもんねぇ。

『どうやら問屋まで買い取り交渉をしに来たベルゴール家の使用人が知らせたようです。恐らくはお二人のお姿を見られたのではと。ああ、買い取りに関しましてはお申し付け通り、お断りしました』

なるほどね。姿を見られたんじゃ「いません」は無理か。

あれか？　俺たちがここに入った後も見張っていて、後から来たベルゴール伯爵に『ホシはまだ中です』とかやってたのか？　イヤだなそれ。

「どうかなさったのですか？　何かトラブルでも？」

隣の席で小さく首を傾げたギルバートくんに、俺は一瞬だけ、どう言おうか迷った。デートは絶対に続けたい。でも誤魔化《ごまか》してここで待っていてくれるような彼だろうか？

下手に緊急の大事な仕事だと言えば「大切なお仕事ならば私は戻りましょう。また改めて一緒に行きましょうね」とか言われそうだし、かと言ってお母上の弟が殴り込んできたとは非常に言いにくい。そもそも発端は俺だ。でも言えば確実に彼はついてくるだろう。

「あ、いや。問屋内でのちょっとしたトラブルでね。ギル、悪いけれど十五……二十分ほどここでお茶を飲んで待ってい——」

「……アル」

すぅっと目を細めたギルバートくんが俺を見据えてきた。それに思わず俺は目を泳がせてしまう。ダメだ。ギルバートくんに嘘《うそ》はつけない。聡《さと》すぎる彼は、俺の動揺から素早く何かを察したようだ。いや、俺が分かり易《やす》すぎるのか？　喋《しゃべ》らずに話を逸《そ》らして二十分ここで待っていてもらう方法は……んなモンあるわきゃねぇ。なんてこった、ギルバートくん以外ならどうにでも回る口がまったく役に立たない。

凄《すご》い速さでまったく解決策に繋《つな》がらないゴミみたいな思考を巡らせて焦る俺の手を、ギルバートくんがきゅむっと握ってきた。

「教えて下さい。ね」

困ったように眉を下げて、コテンと小さく首を傾げたギルバートくんの破壊力はメガトン級だ。

「私を訪ねて、ベルゴール伯爵がいらしているらしいんだよ」

ペロッと喋った。いわゆる即オチだ。おいこらディラン。なに「おぉ」とか手ぇ叩《たた》いてるんだ。

俺の言葉に、目の前のギルバートくんは「ほぅ……」と片眉を上げる。

「我が家が取引を停止したから、その苦情だと思う。だから君はここで待っ――」

「私も一緒に行きますね？」

ふふっと綺麗に笑ったギルバートくんの顔は案の定「絶対について行くからな」と言っている。

「叔父に会うのは久しぶりです。叔父と甥《おい》の久しぶりの対面を阻もうだなんて酷《ひど》いですアル」

ほぅ……っと顎《あご》に手を当てて溜息《ためいき》をつくギルバートくんは物凄《ものすご》く綺麗だけど、そのセリフってニヤッと唇引き上げて言う内容じゃないよね？

「もちろんラグワーズとベルゴールの家同士の取引に私が口を挟むことはありません。そうですねぇ、楽しそうですから私はしばらく隠れて見ていましょうか」

「隠匿魔法陣をご用意いたします」

「ありがとう」

……もしもし？　何でそこで話がまとまっちゃってんのかな？　二人ともなんか笑顔がコワいよ？

「さあ、アル。行きましょう。叔父上をお待たせしてはいけません」

サッと椅子から立ち上がったギルバートくんが、背筋を伸ばした凛々《りり》しい立ち姿で俺を見下ろしてきた。あ……はい。

「叔父上には楽しいデートを邪魔して下さったお礼も、しっかりとしなければなりませんね……」

俺の手を引いて事務所の出口に向かいながら、ボソッと呟《つぶや》いたギルバートくん。

ええっと、ギルバートくん？　その……今現在とっても楽しそうに見えるけど……気のせいかな。

◇◇

「いつまで待たせるんだ！」

Ｂ級グルメを美味しく頂いたラグワーズの事務所を出て僅《わず》か数秒。前方から大きな怒鳴り声が聞こえてきた。おおー、よく通る声だな。

三十メートルほど先の北問屋街西棟の出入り口付近で、いかにも貴族だぞって感じの、遠目にも煌びやかな上着にやたらとボリュームのあるレースのクラヴァットが印象的な御仁が、仁王立ちしながら腕を振り回していらっしゃる。

絶対、確実にあの御仁がベルゴール伯爵だろう。えぇー、なんであんなところで待ってんのよ？ベルゴール伯爵が仁王立ちしておられる場所は、確か青果の仲卸エリアの出入り口。開け放たれた両扉の内側の絶妙な場所に立っているせいで、平民の皆さんはそこを通れなくなっているようだ。

この北問屋街は西問屋街のように別個の建物が集まる構造ではなく、取り扱い品ごとに分かれたいくつかの大きな平屋の棟の中に、卸や仲卸がエリアを区切って店ごとに入居している形式。

二年がかりで　ようやく四年ほど前に完成した前世の卸売市場モドキのこの建物群は、シンプルながら実に機能的だ。

なので中にはたくさんの卸業者さんや仲卸業者さんが働いている。いまは午前中の分荷・搬出はとっくに終わっているとはいえ、まだまだ店じまい作業や細かな取引で多くの問屋関係者が忙しく出入りしている時間帯のはず。

そんな出入り口のひとつを塞《ふさ》いじゃってるベルゴール伯爵。すっげぇ迷惑じゃん！

思わず眉を寄せてチラリとディランに視線を流せば、返ってきたのは小さな溜息。ああ、ベルゴール伯爵が動かなかったのね。そりゃ高位貴族に移動を拒否されちゃったらどうにもできないか。

なるほどねぇ、デート中に俺を呼んだ理由が分かったよ。まったく、せめてどっかの小部屋で待っててくれればいいのになぁ。

なんて思いながらテクテク近づいて行くと、家令と使用人と思《おぼ》しき二人を従えながら怒鳴り散らしていたベルゴール伯爵とバチッと目が合ってしまった。おぉっと。

「そなたがラグワーズの子息か！」

身体ごとグルンと俺に向き、声を張り上げた伯爵。その姿に、俺は一瞬にして宰相閣下のとてつもない功績を思い知る。

すげぇなイケメンのＤＮＡ！　ポンポコタヌキと天使を親戚《しんせき》にしてしまう奇跡《ミラクル》！

あぶねぇ、驚きすぎて貴族の仮面が砕けるかと思ったぜ……。

俺は瞬時に気を取り直して、目の前でユサッと腹を揺らしながらふんぞり返っているポンポコ・ベルゴールに、とりあえずは素早く貴族の礼を執った。

「初めてお目にかかります。ラグワーズ伯爵家当主代理のアルフレッド・ラグワーズにございます」

俺の挨拶《あいさつ》に、目の前の伯爵は「当主代理……？」と小さく呟いたかと思うと、すぐに小さく咳払《せきばら》いをして「ベルゴール伯爵家が当主、ポール・ベルゴールだ」と不機嫌そうに自己紹介をしてくれた。

うーむ、合っていたのは「ポ」だけか。

惜しいような、まったく惜しくないような微妙な気分を味わっていた俺に、くるんくるんにセットされたプラチナブロンドを煌めかせたベルゴール伯爵はフンッと大きな鼻息をひとつ漏らすと、への字に結んでいた口を開いた。鼻息で揺れるモッコモコのレースのクラヴァット……喋るのに物凄く邪魔くさそうだ。

「ラグワーズの当主代理がこれほど若年とは知らなんだわ……まあいい。ラグワーズ伯、今すぐ我が家への下らぬ嫌がらせはやめて頂こうか。今ならばお若き当主代理殿の浅慮と笑って済ませて差し上げますぞ」

そう言って胸を張ったベルゴール伯に倣《なら》うように、後ろに控えるベルゴール家の家令と使用人もフンッと胸を張って俺を見据えてきた。後ろから「あ？」という低い呟きが複数聞こえてきたので、後ろ手に小さく手を振っておく。

いやいや若年ったって、あなただってまだ三十代でしょうよ。ちょっと老けてっけど。何で爺《じい》さんみたいな発言しちゃってんの。

まあいいや。それよりも今は場所移動だ。忙しそうに立ち働いている皆さんに申し訳なくて、さっきから居たたまれないからね。すいませんねぇ、今すぐ移動しますんで……。

「ベルゴール伯、まずは場所を移動いたしましょう。民らの妨げになってしまいます」

ほんの少し行った先には大口商談用の小部屋があったはず、と思いながら提案を口にした俺の目の前で、再びベルゴール伯爵のクラヴァットが大きな鼻息にさらされて揺れた。

「そのような必要はなかろう。貴殿が今すぐ私に謝罪をし、嫌がらせを止《や》めると口にすればいいだけの話だ！　貴殿は王妃殿下の従兄弟であり伯爵家当主である私を差し置いて、下賤な平民どもを優先なさるおつもりか！」

その瞬間、それまでこちらを気にしつつもザワザワと作業に励んでいた周辺の仲卸業者らの手がピタリと止まった。おいおい、ほんとに無駄にデカい声だな。今ここで働いている民を優先するのは当たり前じゃないか。話は別の場所だって出来るでしょうよ。

「ええ。この状況ならば、我が国と国民の生活を懸命に働き支える民を優先するのは当然でございましょう。それにベルゴール伯、取引停止は嫌がらせなどではございませんよ。撤回するつもりもございません。取引の直接間接にかかわらず、我が領民が大切に作りあげた品々の行く先は選びとうございますゆえ……私が何も知らぬとお思いか？」

真っ直ぐに目の前のベルゴール伯の目を見据えれば、伯爵の丸い頬が強《こわ》ばり、一瞬たじろいだ身体の真ん中で腹が小さく揺れた。やはり、この御仁は息子がギルバートくんに擦り寄っていることを知っていたのか。分かっていてスリスリさせていたんだな！

ムカムカした思いが腹の底から湧き上がってくるのを感じる。

「な、何を言っておられるのだ。わ、我が家がいったい何をしたと……言いがかりは……」

小さな目を泳がせるベルゴール伯に、俺は家ぐるみの関与を確信しながらも「どうぞ、ご自身の胸にお聞き下さいませ」と怒りに震えそうな唇でそれだけを返すのが精一杯。口にするのもおぞましい。

頭の中で再生されたのは、ナントカ・ベルゴールに抱きつかれ、眉《まゆ》を寄せながら抵抗する大天使ギルバートくんの姿。

ああ！　想像するだけで頭が沸騰しそうだ。ダメだ、この場を離れよう。ムカムカが止まらない。

「取引はいたしません。話は以上です。お帰り下さい」

ムカムカを抑えるべく低い声でそれだけ告げて、グッと口元を引き結び踵《きびす》を返そうとしたその時、

「ま、待って下され！」

ちょっとばかり弱々しくなったデカい声が俺を呼び止めた。

あん？　なんか急に下手《したて》に出てきたな。スリスリの罪深さにようやく思い至ったか。

「た、確かに！　賭《か》け事《ごと》で借財を作ったことは貴族として褒められたことではありません。しかし、そんなことは大なり小なり他の貴族とてあること。そんなことで……」

……は？　なに言ってんだこのポンポコ。

「そんな些末《さまつ》なことではございませんよ」

博打《ばくち》で借金などよく聞く話だし、どーでもいい。勝手に借金にまみれてろ。

溢《あふ》れてしまう小さな溜息をそのままに、的外れな事を言い出した伯爵に俺はクルッと背を向け――。

「では投資の失敗が続いたことか?!　あれは金を集めた我が家に責はありませぬ。どなたから何を聞かれたのかは知らんが、投資など損得あってのこと！　不確かな未来で損をしたとて、我が家が責められる筋合いは……」

ブッブー！　という効果音とともに脳内でバッテンのプレートが上がる。さっきから何を言ってるのかな、このポンポコは。だいたい投資詐欺なんぞに目くじらなど立てるものか。タヌキが持ってきた儲《もう》け話に引っかかる方もどうかと思うからな。明らかに木の葉のお金じゃん。それよりも重大かつ

悪辣《あくらつ》な罪を犯しているだろう！　天使への暴挙という大罪を！

イラッと眉を寄せて首を振った俺の前で、ベルゴール伯がぐぐっと歯を食いしばった。そして顔をしかめたまま一度息を吸った伯爵は、ひときわ大きな鼻息でクラヴァットを揺らすと口を開いた。

「……分かった。貴殿の領地の作物を転売したことは謝る。だがあれは我が領のため致し方なく……いやもちろん！　それに我が領の作物が少しばかり混ざってしまったのは偶然、偶然なのだ！　悪気はなかった。あれしきの量で何もすべての取引を止《や》めることはないだろう？　な、ラグワーズ殿」

え、それは知らなかった……。うちの作物、転売してたの？　しかも自分とこの作物もラグワーズ産に混ぜ込んで、同じ値段で売ってたって？　マジか。

これには俺の後ろのディランやエドがピリピリし始めた。どうやら彼らも初耳だったようだ。きっと短期の調査では拾いきれなかったんだろうね。

ついでに仲卸業者たちもざわつき始めた。そりゃそうだ、仲卸には産地や品質の保証という役割があり、そのプライドも半端ない。産地偽装品など出回ったら、自分たちの仕事にも懐疑の目が向けられ信用ガタ落ちの憂き目に遭いかねない。

ってかこの人、ここが問屋街の中だって忘れてねぇ？

むっちゃ殺気立ったお兄さんたち集まってきてるんだけど。ついでにすっごい笑顔のディランがメモ取って、鬼の形相のエドが魔法陣飛ばしまくってるけど……。

うーん、このまま放っとくのも面白そうだけど貴族全体のイメージダウンになりかねないし、何より大事なデートの再開が遅れてしまう。それは駄目だ。

「ベルゴール伯、周囲をご覧下さい」

仕方なく俺が両手を軽く広げてそう告げると、伯爵はハッとしたように周囲を見渡し……、そして後ろで頭を抱えて俯《うつむ》いてしまった家令と使用人を目にするとピタリとその動きを止めた。

やっと気づいたか、とホッとした俺が「ね、だから早く帰んなよ」的なセリフを口にしようとしたその時、なんか顔色がドス黒くなったベルゴール伯がクリッと振り向いたかと思うと、小さな目をギラギラさせながら俺を睨《にら》み付けてきた。

ぐは、やめて……！　ドス黒くなったらますますタヌキ感がっ……。やべぇな、赤くなって青くなるとあんな感じの色に落ち着くのか。

「謀《はか》ったな！　ラグワーズ!!」

いやいやいやいや！　自分で勝手に喋《しゃべ》ったんじゃ——ん！

「恥をかかせおって！　ええい忌々しい小童《こわっぱ》が！　私の言うことを聞けばいいのだ！　そこの汚らしい下民どもも散れ！　あからさまに視線を向けるなど不敬であるぞ！　私を誰だと思っている！　現宰相の義弟《おとうと》であり王妃殿下の従兄弟《いとこ》なのだぞ。つまり国王陛下の従兄弟でもあるのだ！　分かったら顔を伏せてとっとと消えろ！　命令だ！　さもないと、お前らごとき幾らでも——」

「叔父上、見苦しゅうございますぞ」

問屋街に突然天使の歌声が響き渡った。と同時に俺の頭の中で、でっかい鐘がリンゴンリンゴンと派手な音を立てる。

俺の後ろからスイッと姿を現したのは、もちろん麗しき最強天使ギルバートくん。彼は俺の隣に立つと、一瞬だけこちらに視線を向けてフッと口元に笑みを浮かべてくれた。

やべぇ鼻血出そうだ。タヌキ時間が長引いたせいで、すっかり天使への耐性が落ちてしまった。ああ、タヌキの後のギルバートくん……キくわぁ。

「いつ出ようかと思っていたのですが、ようやく父の名が出ましたからね」

そう言ってスッとその綺麗《きれい》な目を細めたかと思うと、ギルバートくんは目の前に立つベルゴール伯爵を真っ直ぐに見据えた。

「叔父上、勝手に我が父の名を使うのは止《や》めて下さい。あちらこちらで宰相である父の名と、王妃殿下の御名《みな》を出して怪しげな投資話を持ちかけていたことは分かっています。先ほどは畏《おそ》れ多くも陛下の従兄弟を名乗るなど……王族にでもなったおつもりですか。不敬極まりない！」

ピシリとそう告げるギルバートくんの格好《かっこ》いいこと！

目の前で「ギ、ギルバート……」と狼狽《うろた》える伯爵との対比がすごい。周囲も突然のギルバートくんの登場に驚きと動揺が広がっているようだ。

それはそうだ。天使の降臨を目の当たりにした人間ならば当然の反応。しかも天使がポンポコを「叔父上」と呼んだとあらば、遺伝の神秘に愕然《がくぜん》としてもおかしくはない。

うん、綺麗でしょ、可愛いでしょ、格好いいでしょ。でもあんまり見ないでね。減っちゃうから。

くそっ、出入り口のド真ん前で広範囲の隠匿を展開するわけにもいかない。馬車から帽子を持ってくればよかった。だからあれほど移動をと……！

内心で舌打ちを連打する俺の隣で、ギルバートくんはその涼やかな美声を惜しげもなく披露し続ける。ああ勿体《もったい》ない。

「なるほど。賭博《とばく》の借財に、投資詐欺に、他領の品を騙《かた》った不正ですか。駄目ですよ叔父上、他にもまだまだあるじゃないですか。お忘れですか？　ほら、領地のうら若き少女たちを『召し上げて』いるとか、それを他の貴族や金貸しに斡旋《あっせん》しているとか諸々《もろもろ》が。そうそう細かいところではご子息のツケの踏み倒しの手伝い、なんていうのもありましたね」

あ、ギルバートくんも報告書読んだんだね。

晩餐会《ばんさん》の夜にディランに頼んでおいたベルゴール家に関する調査報告書は、月曜の夕方には宰相閣下にお届け済みだ。我が家が取引停止したってランネイル家が付き合いを続けていれば、ギルバートくんの頬っぺは危険に晒《さら》され続けるからね。

ランネイル家が心置きなく縁を切れるように、理由付けとなるネタを出来る限り集めてもらったんだ。まぁ、俺にとってはどうでもいい悪事ばかりだったけど。

「そのような家と僅《わず》かでも関わりたくないと思うのは、真っ当な貴族ならば当然ではありませんか。ましてやラグワーズ様は清廉潔白なお方。常に民と国を思う貴族の鑑《かがみ》のようなラグワーズ様が厳しいお沙汰《さた》を出されるのは当然です」

「黙れ、黙れ黙れ黙れ、ギルバート！　叔父に向かって何という口の利き方だ。今すぐ謝罪しろ！」

せっかくの天使からの褒め言葉が大声で遮られてしまった。おまけに、あろうことか腕をブンブンと大きく振り回し始めたベルゴール伯爵。

それに俺が思わずギルバートくんの前へ出ようと身構えたその時、それを止めるようにスッと胸の前に片手が差し出された。その手の持ち主は……え、マシュー？

いつの間にか俺の左前にはマシュー、ギルバートくんの右前にはなぜかメイソンが立っていて、ベルゴール家の三人の周囲を十人ほどの我が家の使用人たちがグルリと取り囲んでいる。

「ひへっ……」

よく分からない呟《つぶや》きを漏らしながら忙《せわ》しなく頭と目を動かし始めたベルゴール伯に、まったく動じる様子もなく胸を張ったギルバートくんがクッと顎《あご》を上げる。

ちなみに伯爵の後ろの家令と使用人は彫像のように固まって動かない。息してる？　まあ天使への免疫がなければ当然の反応だろう。普段見ているのがタヌキなら尚更《なおさら》だ。

「叔父上……いや、すでにそう呼ぶのすら穢《けが》らわしい。一応お伝えしておきますが、我がランネイル侯爵家も貴家との縁を切ることにしたようですよ。もちろん、あなたの姉である私の母も同意済みです。血縁とは言え別々の貴族家。聞くに堪えぬ醜聞にまみれた家と縁を繋《つな》いでいては、いつ火の粉が飛んでくるか分かったものではありません。当然でしょう？　なので今後は、母に金を無心しようとも一切当てにできぬとお心得下さい。連絡も取れないでしょうけどね。ああ、今日のことは私から父と母に報告しておきます」

そう一気に言い切って肩をすくめたギルバートくんは、そりゃもう惚《ほ》れ惚《ぼ》れするほどの男前。凛々《りり》しく気高く美しく、そして最っ高に可愛いっ！

「ううそだ！　姉上が、グレース姉上が我が家を見捨てるものか！　信じないぞ、信じるものか！」

独り言の声がでけぇなー。いやでもガストンよりは小さいか。奴《やつ》はその怒鳴り声で近所の犬猫を気絶させたという逸話を持つ男だ、勝負にならん。残念だったな伯爵。

などと、どうでもいい勝敗をつけ終えた俺の隣では、伯爵を冷たく見据えたギルバートくんがこれ見よがしの溜息《ためいき》をついていた。

うん、きっとベルゴール伯は幼い頃から、伯父や姉のみならず周囲を利用し寄りかかることに何の疑問も抱くことなく生きてこられたのだろうね。貴族や領主の何たるかをまったく理解しておられないのは、そういう環境、そういうご両親だったのだろう。

そしてギルバートくんはそんな家の間接的な被害者だ。こんなの見ちゃったら「馬鹿馬鹿しくてやってらんねーや」って思っちゃうよね。

これは何とも……ベルゴール家先代の罪は大きいねぇ。何よりベルゴールの領民や従う下位貴族たちが気の毒だ。とはいえ、そんなことは俺が考える筋合いじゃないし大きなお世話ってもんだ。

俺が今考えるべきは、この目の前の可憐《かれん》な天使のことだけ。せっかくのデート中に溜息を溢させてしまうだなんて……なんてこった、一刻も早くデートに戻って挽回《ばんかい》しなくてはいけない緊急事態だ。

とりあえずランネイル家はタヌキ一家と縁を切るって決めたそうだから、もうギルバートくんにナントカが擦り寄る意味はない。つまりギルバートくんの頬っぺに平和が戻ったということだ。宰相閣下グッジョブ！　天使の頬っぺの平和は、世界平和への第一歩だ。

もちろん平和が戻ってもタヌキと取引はしない。天使が「穢らわしい」と言い切った存在に関わるなどご免こうむる。

「ではベルゴール伯、そういうことで私はこの辺で失礼いたします。この後も予定が詰まっておりますので。ご機嫌よう」

速やかにデートに戻るべく強引かつテキトーに挨拶《あいさつ》をして俺が手早く伯爵に礼を済ませると、隣のギルバートくんも大賛成とばかりにサササッと優雅な礼を披露して見せた。

「ご自身の後始末はご自身でなさいませ」

それだけをピシリと言い残して踵を返したギルバートくんの格好いいこと！　シビレちゃうね。

「まっ待て、待ってくれ！　ちょっとした行き違いだっ、説明すれば姉上も宰相閣下もきっと分かって下さる！　ギルバート、お父上に取り……取り次ぎをっ」

俺はまだゴチャゴチャ言っているポンポコから離れ、最後に当主代理としての役割を果たすべく、周囲を囲んでいる人たちをグルリと一度見渡してから腹に力を込めて声を上げた。

「我が名はアルフレッド・ラグワーズ。常日頃より我が領の品々を扱い、高く評価してくれる皆にラグワーズ伯爵家当主代理として感謝を言う。皆も知っているだろうが、問屋を通じ流通した我が領の産物は厳重な魔法陣での管理がされている。ゆえに紛《まが》い物が入り込むことはない。そなたらの仕事ぶりに傷がつくことなど一切ないと私が保証しよう。もちろん、それも皆が積み重ねた信用の土台があってこそだ。どうか安心してこの先も仕事に励んでほしい。今日は忙しい中、下らぬ貴族の諍《いさか》いで迷惑をかけた。この後すぐに我が領の酒を十ダースほど差し入れるゆえ、仕事終わりに皆で一杯やってくれ。少ないがせめてもの詫《わ》びだ。では、邪魔をした。今後とも皆の働きに期待する」

貴族として平民に頭を下げられないことを歯がゆく思いながらも、俺は精一杯の気持ちを込めて胸に手を当てて顎を引いた。

そんな俺に代わって、エドやマシューやメイソンや、平民出身の使用人たちが次々と周囲に向けて頭を下げてくれる。ありがとうね、みんな。

その瞬間、一斉に周囲から激しい歓声と拍手が湧き起こった。中には「若様！」「若様ー！」という声も聞こえるから、我が領の領民たちも混じっているんだろう。

よかった。みんな気を悪くしてないみたいだ。というか、やたらとテンションが高い。

「ラグワーズの酒！」「やった！」と喜んで頂けてるようなのは嬉《うれ》しいんだけど、お仕事ちゃんと終わってからですよー。お願いしますねー。

すぐ後ろで苦笑するディランに視線を送って「あとは頼むね」と酒や諸々の後始末を頼んで、俺はそそくさと出口に向かった。ほんと皆さんごめんね、お仕事の邪魔しちゃって。

出口に向かうついでにチラッとベルゴール伯に視線を流すと、おや。伯爵の周囲に人垣ができている。どうやら囲んでるのはウチの使用人たちと仲卸の人たちのようだ。ぜんぜん伯爵が見えないや。

取引は一切しないよって改めて言ってくれてるのかもしれない。

ま、いっか。今の最優先は、向こうで待っていてくれている天使だ。天使を待たせるなど言語道断！　挽回の第一歩から躓《つまず》くわけにはいかないからね。

大急ぎで隣に並んだ俺にギルバートくんは「ご立派でした」の言葉とともに、ふんわりとした笑顔で迎えてくれた。

ああ、ムカムカもイライラもすべてをかき消すこの天使の浄化力一瞬で俺のテンションも急上昇だ。

さぁさぁ、デートを再開しようね。

「我が家の身内がご迷惑をおかけしました。申し訳ありません」

ウキウキと乗り込んだ馬車の中、けれどギルバートくんは座席に座った途端、そう言って隣の俺に頭を下げてきた。

え、なんで？　なんでギルバートくんがポンポコのために頭を下げるの？　全然関係ないじゃん。

そう思って、俺は慌てて彼の頬に片手を添えるとその可愛いお顔をそっと上げさせて、ほんの少し眉《まゆ》を下げながら、翡翠《ひすい》の瞳《ひとみ》を小さく揺らして俺を見上げてくるギルバートくん。

……くっ、可愛すぎる。

「君が謝罪することなど一つもなかったよ。でもそうだな、謝罪をと言うなら私は君からのキス一つで何でも許してしまうのだけどね」

これ幸いと、人差し指でトントンと自分の唇を叩《たた》いてみせた俺に、一度パチリと瞬《まばた》きをした彼はその目元を緩め、そしてはにかんだように笑うと、チュッと俺の唇にキスをしてくれた。そして甘いキスの余韻にうっとりと浸る俺の肩に、そっとギルバートくんが額を寄せてくる。

はい許す――！

何でも許す――――！

俺の頭の中で大量の花火が一斉に打ち上がった。

いいのいいの。どーせ我が家のタヌキ被害なんざぁ横流しと産地偽装程度。しかも今の我が家の流通システムを思えば、どう考えてもその量はごく僅か。

かえって早期にそう言った行為が露見したことで、今後のさらなる対策が立てやすくなったってもんだ。それとギルバートくんのキスなら、お釣りがジャンジャカ来る。

「ベルゴールの行状は父もそれとなく察していたようですが、滅多に表沙汰《おもてざた》になることがなく詳細な報告書と証拠に父も驚いていました。母もそれで色々と吹っ切れたようで、アルとラグワーズ家には感謝しかありません。あのままならいずれ我が家にも影響が及んでいたことでしょう」

俺の肩に頭をもたれながら俺の手をキュムキュム握るギルバートくんはすっごくキュート。

そう？　役に立ったなら良かったよ。

「父としては、次に金の無心をしてきたら言うつもりだったようですが、まさかたった四日でアルのところに来るとは……いったいどんな締め付け方をしたのです？」

俺の肩にもたれながらクルンと目線を上げてくるギルバートくんはとんでもなくキュートだけど、でもね、タヌキ一家の話はもういいんじゃないかな。

「その話はおしまいだよギル。私たちにはもう関係のない家だからね」

だから今は私のことを考えて——と、チュッと彼の綺麗な髪にキスを贈ると、パチリと目を見開いたギルバートくんの頬がみるみる桜色に染まっていった。

「次はあのカフェに行ってみよう。席がなくて待つようなら、付近の店で小物でも見ていればいい」

美味しそうに染まったその頬にもう一度チュッと口づけた俺に、ふんわりとした笑みを浮かべた彼が「はい」と囁《ささや》くような返事をしてくれた。

俺はそんな愛《いと》しい彼の腰をぎゅっと引き寄せて、腕の中に囲い込んでしまう。

本音を言えば、デート中に彼の口から他の男や女の話題は聞きたくない。できればデート中じゃなくても聞きたくない。そうさ。俺の心はチョー狭いんだ。みっともなくて言えないけどね。

少々邪魔は入ったけど、ここからはまた彼を独り占め。誰にも分けてあげない。あとは二人で楽しい時間を過ごそうじゃないか。まずはカフェに行って、君のお気に入りのケーキで口直しだ。

目玉揚げとソーセージドーナツは食ったけど、俺も彼もまだまだ腹八分《ぶ》どころか五分もいってない。なんたって俺たちは十代男子で食べ盛りだからね。


そうして可愛くて愛しい彼を腕の中に抱え込んだまま、馬車で向かったのは平民街の南。以前二人で訪れた王都で人気だというカフェだ。

以前と同じく路地の入口に停《と》められた馬車から降りて、記憶と同じ小綺麗《こぎれい》な道を一緒に歩き始めた。

この辺りは貴族街に近いこともあってか、先ほどまでのマーケット周辺とは比べものにならないほど治安がいいし街中《まちなか》の整備も行き届いている。もちろん犯罪が無いわけではないけれど、発生率には格段の差がある。

「二ヶ月……二ヶ月半ぶりでしょうか。ずいぶんと前のように感じます」

路地の景観に目を細めたギルバートくんがキュッと手を繋いできた。うんそうだね、手を繋ごう。前もそうだったものね。

しっかりと手を握り返して、細かな石畳が敷かれた道をカフェの入口に向かって歩いて行く。

路地を歩いているのは俺たちだけ。それも以前と同じだ。もちろん、以前も今日もどこかに護衛はいるらしいんだけど姿はまったく見えない。この世界の護衛教育ってすごいよな。

路地の脇に等間隔に置かれているプランターも同じだけれど、花は植え替えられて今が季節の可愛らしい小花が溢《あふ》れんばかりに咲いている。

それらを眺めながら「前はどんな花だったっけ」なんてギルバートくんと話しながら歩いていたら、あっという間に店の前に到着してしまった。

白と青で統一されたオシャレな店の外観もまったく変わっていない。

けれど、一つだけ違っていたことがあった。

『全席予約制』

そんな小さなボードが、絵を置くイーゼルのような台の上に載せられ掲示されている。

「おや、予約制になってしまったようですね」

ボードを見たギルバートくんがキュッと手を握って可愛らしく首を傾げた。うん、これは知らなかったな。よほどの人気店になったらしい。

「今日は平日だし、キャンセルが出ることもあるから念のために訊《き》いてみようか。ダメなら近くの店を見て回って、我が家でスイーツを食べよう」

うちのスイーツも美味しいんだよ――と彼の耳元に囁けば、「知っています」と彼がクスクスと笑った。俺はギルバートくんと食べるものなら何だって美味しくなっちゃうんだけどね。

「よし、じゃあ中で聞いてみよう」

繋いだ手を小さく揺らした俺に、ふんわりと綺麗《きれい》に笑った彼が頷《うなず》きを返してくれた。

そうして俺たちは、以前と変わらぬ白くてオシャレな扉を開いて、カフェの中へと入っていった。

◇◆◇　従僕頭エド　～はじめてのゆうかい～　◇◆◇

数多くの店舗が密集する北マーケット。まるでくっつくように連なるその屋根の上を俺は大急ぎで、けれども慎重に移動していく。

東西二本の道とそれに交差する南北四本の道に沿ってビッシリと立ち並んだ店々の屋根は、大きさや形は違えど高低や隙間は無いに等しいので非常に移動がしやすい。

微妙に赤みの異なる屋根をいくつか渡った先で足を止めて、問屋街の中央門からゆっくりと移動なさる若様とランネイル様のお姿を確認する。と同時に、俺はその周囲に素早く視線を走らせた。とりあえず不審な人物はいねぇな。

だが安心はできない。お二方はまだマーケットエリアに足を踏み入れたばかり。何百という店がひしめき合い、規模も賑《にぎ》わいも王都一と謳《うた》われる北マーケットは犯罪も多い。

マーケットにもラグワーズの土地は多いが、残念ながらまだ飛び地状態。ディラン様たちが土地の獲得に動いていらっしゃるものの、まだまだ時間はかかりそうだ。

なので管理のぬるい貴族家のブロックでは大小の裏稼業の組織がいまだに跋扈《ばっこ》していやがる。

大きいところにはあらかた事前に挨拶を済ませているものの、馬鹿はどこにでもいるし、出来たり消えたりと存在自体が不安定な小さなグループなどは手をつけるだけ無駄。見つけた先から駆除していく方が楽ってもんだ。

それにしても、たいそうな賑わいだ。このマーケットは訪れるたびに大きくなっている。俺が初めてここに来た六年前は店舗など二十もなかったというのに。

当時は王都の北の端っこだったあの土地に、画期的な問屋街を若様がお作りになってからというもの、北側に街は伸びるわ人は増えるわマーケットは拡大するわ、恐ろしいほどの発展ぶりだ。

ほんのひと昔前までここら一帯が貧民街だったなんて、もう誰も覚えちゃいないだろう。まあ若様のお膝元《ひざもと》が発展するのは当然のこと。きっとまだまだ発展していくだろうよ。

お、若様は一本目のメインストリートを東に曲がられたか。若様方が進まれる方向に目をやれば、みるみる左右に分かれていく人の波がよく見える。それにしてもよく集まったもんだな。

移動なさる若様の前後五十メートルにいる民衆、あれほとんどラグワーズ領民じゃねぇか？　たぶん一般客は二割もいないだろう。

まぁ気持ちは分かるけどな。俺だってもし王都で商売やってたらきっとそうしてた。商売なんざ後回しで、ほんの僅《わず》かでも若様のお姿を見ようと、そして何かお役に立てるんじゃないかと駆けつけたはずだ。ラグワーズ領民ならば当然の行動……そうしない方がおかしい。それほどに我らラグワーズの民が若様から受けたご恩は大きい。

若様が今日の昼前後に北マーケットを視察なさるらしいという情報は、昨夜のうちに王都のラグワーズ領民たちの知るところとなった。

ま、確実に情報源はディラン様かオスカー様。領民へのサービスもあるんだろうが、情報網のスピードテストと情報漏れの有無のチェック、そして何より警護の強化が目的だろう。

お二方の狙い通り、領民たちは互いに協力し合い若様の安全に神経を尖《とが》らせている。ラグワーズ系の店舗と手を組み、数の力でごく自然に一般客を脇に誘導してみせるあたりは見事だ。

まったく、相変わらずあの方たちのすることは抜け目がない。若様に少しでも関わりそうなことは一切手を抜かないお二人の徹底ぶりはすでに側近の枠を超え、もはや偏執じみた狂気すら感じる。

俺も同じようなもんだけどな。若様にもしものことがあったらこの世が終わると本気で信じてる。俺だけじゃなく専属使用人はみんなそうだ。

だから俺たちは日々血反吐《ちへど》を吐くほど訓練を積み、あらゆる技能を磨き続け、若様をお支えしお守りするための研鑽《けんさん》を怠らない。

若様の周囲に目をこらしながら俺も少しずつ移動を開始する。

店頭の品を覗《のぞ》き込んだり手を伸ばしては、帽子を寄せてランネイル様とお言葉を交わす若様。その楽しげなご様子を目にした周囲の領民たちもみな嬉《うれ》しそうだ。中には後ろを向いて目を拭《ぬぐ》っている者すらいる。それもそうだろう。若様のお働きぶりは領民が一番よく知っている。王都に出るほどの商人たちなら尚更《なおさら》だ。

遠目にも分かる若様の表情は普段とはまったく違う。あれほどあからさまに感情を波立たせる若様など、半年前までは想像も出来なかった。

誰に対しても常に等しく、夕凪《ゆうなぎ》のように穏やかで落ち着いた態度で接するお優しい若様。その若様がいま、まるで十代の若者のように心を浮き立たせ街歩きをされていらっしゃる。

……っと、若様はまだ十代でいらしたな。

何事も広く遠く、先々までを見通しているような若様のお働きと落ち着いた物腰は、到底十代では有り得ない。だから俺たちはいつも錯覚してしまう。ついつい忘れちまうんだ。

どれほど賢かろうと本来十代ってのはもっと浅慮なもんだ。深く考えようにも、なんせ掘り起こす土台そのものが薄いんだから仕方がない。あらゆる経験と色んな恥ずかしいもんで作る土台は、一朝一夕にできるものじゃねぇ。なのに若様は……。

俺が出会った十年前には、若様はすでに今の若様だった。たった八歳の若様に、十九歳の馬鹿で考えなしのフツーの十代だった俺は救われ、そして一生この方に付いていこうと人生を決めた。

『ねえ、エド……』

――――今でも時々、あの時の若様の声が蘇《よみがえ》る。

若様と初めてお会いしたのはラグワーズ領の北はずれにある小さな山村。俺が生まれ育った山と畑だけの、何にもねぇ村。

いつものように、つまんねぇ狩りと採集を終えた俺が獲物を抱えて戻る途中のことだ。突然、山道の方で大きな馬の嘶《いなな》きと数人の怒鳴り声が聞こえてきた。なんだ……？

その場に二頭のイノシシと籠《かご》を放り出して、大急ぎで声のした方へと走り出した。今日は確かお偉い貴族様が村に来るとかで、村役人の親父《おやじ》が案内に同行しているはず。まさか親父の奴《やつ》、下手《へた》打って貴族様の逆鱗《げきりん》に触れたんじゃねぇだろうな。

斜面を跳ぶように駆け上がって行くと、向こうの山道に立派な馬車が見えてきた。

その周囲では十数人の柄の悪そうな連中と護衛らしき男たち、そしてうちの村の猟師仲間たちが激しく乱闘している真っ最中だった。山を背にして脱輪した馬車の陰には、剣を抜いた貴族らしき二人とナタを構えた親父、あとは……子供？

「若様をお守りしろ！」「どっけぇぇ――――！」

「ぐあっ！」「おのれぇ！」

ガキン！　ガチャン！　と刃物同士がぶつかる重い音があちこちで聞こえる中、「御者！　馬を逃がせ！」という子供の声が聞こえる。

親父が時間を稼いでいる間に貴族二人が「馬を！」となおも言い募る子供を馬車に乗せようとするが、脱輪して山側に傾《かし》いだ馬車の扉は低木や草に塞《ふさ》がれて開かないようだ。

「窓を割ります！」「中に乗りさえすれば防護が！」

そう叫びながら剣の柄で窓を割ろうとしている貴族たちの後ろの斜面に、近づいていく一人の男の姿が見えた瞬間、

「後ろだ！　あぶねえ！」

俺は思わず大声でそう叫ぶと、ひときわきつくなった傾斜を駆け上がりながら、懐の小刀を掴《つか》んだ。足に力を込めて木の上に跳び上がり、木の枝を渡りながら今にも子供の襟首に手を伸ばしそうな男に向けて小刀を思い切り投げる。

「ぎゃっ！」という声とともに肩を押さえた男と、振り向きざまに構えた剣を躊躇《ちゅうちょ》なく男に振るうオレンジブロンドの貴族。けれど、子供の姿はどこにもなかった。

木の上を渡ってようやく山道に降り立つと、馬車のこちら側に這《は》い出てくる子供が目に入った。なるほど、咄嗟《とっさ》に馬車の下に入ったのか。

呻《うめ》き倒れている野盗どもをついでに踏みつけながら馬車へと近づいていくと、車体の下から出て立ち上がった子供が、反対側の扉を開けようとハンドルに手を伸ばし……ガシッと横から伸びてきた手にその細い腕を掴まれた。

「捕まえたぜ！」

そう叫んだ男が力任せに子供を引きずり寄せようとした瞬間、掴まれた腕を軸にスイッとみずから男の脇に一歩近づいた子供が、反対の手のひらで男の肘《ひじ》をグイッと押したかと思うとあっという間にその腕を外し、躊躇なく男に全力の金的《キンテキ》をカマした。おお。

「若様！」

まだあがく周囲の野盗どもを殴り蹴散《けち》らしながら、馬車を回って駆け寄る二人の貴族たちの目の前で、股間《こかん》を押さえ前のめりになった男の後頭部に跳び上がった勢いで組んだ手を打ち込み、上げた左《ひだり》膝《ひざ》を男の顔面にめり込ませた子供。

「一人たりとも逃がすな。捕縛しろ」

鼻血を出して気絶した男を片足で蹴《け》り倒した子供がピシリと指示を出した。凛《りん》と響いたその声にあちこちから「はっ！」という応《いら》えが上がる。

子供が両手を広げると、ブワッと突然地面から二本、三本とつむじ風が生えるように立ち上がり、ギュンギュンと土と小石を巻き上げながら逃げ出そうとしていた男たちの前を塞いだ。

護衛と貴族らが剣を振るい、男たちの足の腱《けん》を次々と切っていく。そこかしこで悲鳴が上がる中、それを横目に泣くでも怯《おび》えるでもなく傾《かし》いだ馬車の扉を冷静に開けて中へよじ登る子供。

「貴族って、やっぱすげぇ」

うーうー呻《うめ》いてうるさい男たちを、猟師仲間がどこからか採ってきた木の蔓《つる》で縛り上げながら、俺はパタリと閉まった馬車の扉に向けて思わずそう呟《つぶや》いていた。

その子供がラグワーズ家のご嫡男様だと知ったのは、集会所を兼ねた村長の家に集まったとき。

「皆、今日は助かった。礼を言う」

貴族二人を後ろに従え、正面の椅子から村人たちに視線を巡らせた若様。その堂々とした物腰はとても子供のものとは思えなかった。

こんな辺鄙《へんぴ》な村になぜご領主の若様が……と思ったら、ここら一帯をハーブと薬用植物の研究・栽培の拠点にしたいのだと、若様は村人ひとりひとりに目を向け微笑まれた。

あれほどの騒ぎの直後だというのに動揺している様子はまったくなく、逆に緊張する村人たちを安心させるように、若様はゆっくりと穏やかに言葉を紡がれていた。

「気候と土壌がぴったりなのだよ。今日、実際に見て回って確信してね」

そう朗らかに話し始めた若様は、学のない者たちにも分かりやすいよう持参した大きな紙に図解しながら、村人たちに丁寧な説明を始めて下さった。

こんな事までしてくれる貴族なんて見たことも聞いたこともない。命令すればいいいだけだろうに。

村人たちはみな若様が幼い子供だということも忘れて話に聞き入り、そして徐々に真剣な顔つきになっていった。結果が出るには数年かかるものの、使い方によっては料理、医薬品、洗剤、化粧品と様々な用途が見込め、しかもご領主家直々にご采配《さいはい》を振る直轄事業。

説明を聞き終わる頃には、村人全員がやる気になっていた。農業と狩猟で細々と食っていた村に新しい産業。もちろんそれは喜ばしいことだけれど、それだけじゃない。この事業には夢がある。日々働く先に光が見える。

ぜひやらせてほしいと村民を代表して訴えた村長に「ありがとう、嬉しいよ。これからよろしくね」と、笑みを浮かべ村人たちを見渡した若様。ああ、この方は普通の貴族とは違う……。

「それでね、実はいま領内の色んな体制や区分けを変えている途中で少々ゴタゴタしているものだから、連絡系統……連絡の道筋ね。それが整うまでの連絡員を置いてほしいのだけれど」

その若様の言葉に、気がつけば俺は思いっきり手を挙げていた。身を乗り出して手を挙げた俺に全員の視線が集中する。

「お前、名は？　字は書けるか。馬には乗れるか」

チョコレートブロンドの貴族が若様の背後から俺を見据えてきた。隣のオレンジブロンドの貴族もまた、珍しいオッドアイの目を細めてまるで値踏みするような視線を向けてくる。

その鋭い二つの視線に、名乗るのも忘れて頷《うなず》くだけの俺に、隣にいた親父が助け船を出してくれた。

「こいつは倅《せがれ》のエドです。王都の王立学院に二年間在籍しておりました。そこそこ学もありますしお役に立てるはずです」

「学院に……？」と小さく首を傾げた若様に、俺は再びブンブンと大きく首を縦に振った。

確かに俺はその二年前まで王都の王立学院で学んでいた。

子供の頃から物覚えには自信があって、猟師と村役人を兼ねる親父の関係で小さな頃から読み書きを始め、何だってスルスル覚えてみせた。おかげで近隣の村でたったひとり、俺だけが先代の代官様のお目に留まり、旅費と学費を出して頂いていたのだが……。

急転直下、その状況が変わったのは三年生に上がってすぐの春。ご高齢だった先代の代官様がお亡くなりになって、新しい代官になった途端に帰郷命令が出され学費は打ち切り。

そんな経緯を簡単にご説明すると、若様は「ああ……」と言ったように背後の二人と視線を交わしてから俺に向き直った。

「あの者は罷免したよ。他にも色々やっていたみたいでね。君にも辛《つら》い思いをさせた。許しておくれ」

胸に手を当てて眉《まゆ》を下げた若様に、俺の中で二年前からずっと、それこそ今朝までずっしりと石のように固まっていた思いが突然溶け出して、スルッと言葉になって口から溢《あふ》れ出た。

「あと……一年でした。ぜんぶ無駄になってしまって……お恥ずかしい限りです。でも、元々猟師の息子ですから」

俺の言葉にさらに眉をお寄せになった若様を見て、俺は自分がうまく笑えてなかったことを知った。

俺は他の奴とは違う、学院を卒業していずれは代官やもっと上のお役目にと、必死で勉強した学院の成績はほぼA。あと一年頑張ればという時にプッツリと夢が絶たれ、絶望を通り越してあの時は大笑いしたもんだ。なのに今はさっぱり笑えない。

何で俺はこんなどうでもいい話を口にしたんだ。笑えよ俺……この方にこんな顔させちゃいけない。

「ねぇ、エド……」

子供特有の少し高い、けれどゆっくりとした柔らかな声に俺が顔を上げると、少し眉を下げたままの若様が困ったように微笑んでおられた。

「人生で無駄など何もないよ。その二年間で学んだ事は消えて無くなりはしないだろう？　それに君が木を飛び渡って来るのを目にしたけれど、あれも君の人生の積み重ねの結果だし、私を助けるに至ったのも偶然じゃなく積み重ねの必然でしょ？」

ね？　と言うように小さく首を傾げて俺を見つめる若様に、俺は何も答えることができなかった。

「君が学院を卒業してどうしたかったのかは知らないけれどね、どうか君のその目標が未来のラグワーズで達成できるよう、今はその力を貸しておくれ」

『君の目標』――若様のその言葉に、俺の中の何かがグルリと大きく引っ繰り返った。と同時に、俺の中で凝り固まっていた苦い思いがボロボロと崩れていく。

ゆくゆくは代官に「なって」、上の役職に「なって」……「なって」どうしたい、なんて目標は自分にはこれっぽっちも無かった。なることしか考えてなかった。なれば勝ちだと、そう思っていた。

それに気づいた瞬間、俺は恥ずかしさのあまりこの二年間の自分をブン殴りたくなった。

要するに、自分はこれだけ優秀なんだと鼻に掛けたいだけのいけ好かない馬鹿野郎が、みっともなく筋違いの不満と未練を溜《た》め続けていた、ってこった。なんもやりたいことなんぞ無いのに、二年間も学院で学ばせてもらっていたことに感謝ひとつせずに……。

ただ代官になりたかっただけの代官なんて領民の迷惑にしかならねぇ。それじゃ何もしなくて罷免されたあの代官と一緒だ。ああ危ねえなぁ……危うく道を間違えるところだった。

「では若様、連絡員はこのエドということでよろしいですか」

チョコレートブロンドの貴族の言葉にコクリと頷いて下さった若様に向けて、俺は深く深く頭を下げることしかできなかった。

そうしてあの日、俺は人生で初めての『目標』を定めた。その目標のために若様に命じられた連絡員の仕事もそれ以上のことも精一杯こなし、近隣の村を含めたハーブの生産体制を猛スピードで整えて、ご本家へ必死にアピールすること一年。

その間にも若様誘拐未遂発生の報は舞い込み、まったく気が気じゃなかった。後から知った事だがあの山道での襲撃が、若様を狙った最初の誘拐未遂事件だったらしい。

念願叶ってご本邸の従僕見習いに上がってからも、知力体力すべてを休むことなくフル活用。若様をお守りするためにはどれほど鍛えても足りないし、使える技能は多いほどいい。

能力と実力をアピールし続け周囲にも見せつけながら、そしてたまに死にかけながら食らいつき掴み取った若様専属使用人の座。親父は歓喜し村を挙げてのお祭り騒ぎだったらしい。

『命に代えても若様をお守りしろよ』の言葉と一緒に、ハーブ漬けの熊肉が送られてきた時はかなり恥ずかしかった。

ハーブの生産が軌道に乗り始めた村では若様のご視察に備えて、みんなして日々身体を熱心に鍛えているそうだ。『専属使用人の故郷で若様に何かあったら恥』なんだそうだ。おぅ、どんどんやれ。

ただなぁ、俺が本邸で少々アピールしすぎたせいで「木を跳んで渡ると専属になれるらしい」という、まことしやかな噂《うわさ》が使用人の間に広まっちまったのには参った。おまけに気がつけばいつの間にか、専属従僕の採用では「跳べる」ことが暗黙の了解というか前提になっていた。今や本邸には、やたらと跳躍をアピールする若手使用人たちが溢れ返っている状態だ。だがな、本家本元は俺だ。

今でも高さとスピードと正確さは誰にも負けやしない。もちろんそれ以外も。

この席は誰にも譲らねえ。俺には若様を一生お守りし、お支えするという目標があるんだからな。

視線の先では若様とランネイル様が、何やらレース製品をお買い上げになっていた。

念のため品を包んでいる母親と、釣り銭を勘定する娘の手元を注視していたが、特に不正をする様子はなかった。ただ娘が、できる限り綺麗《きれい》な小銅貨を選ぼうとするあまり時間がかかっていたくらいだ。他領の者のようだが、いい心がけだ。

周囲の領民たちはといえば、お二人がお買い上げになった品物を食い入るようにチェックしている。きっとあの店の商品はすべて、この後すぐに完売することだろう。下手すりゃ母娘ごと、どこかの商人が抱え込むかもしれない。

案の定、若様方が立ち去ったレースの店には領民たちが殺到していた。

あれ……いま真ん中に突っ込んで行った女、ありゃウチのメイドじゃねぇか?

若様について移動しながら目に入ったのは、向こうの屋根の上を移動しながら何やらそのメイドにハンドサインを送っているクロエ。指を三本立てている。――三枚買えという指示か!

きったねぇー！　あいつ購入専用に部下を配置しやがった！

慌てて俺も足元にあった瓦《かわら》の小さなカケラを飛ばし、店の前でデカい男とオバさんの勢いに押され気味なメイドの後頭部に打ち込んだ。

キッ！　と振り向いたメイドに指を二本立ててみせる。俺は二枚だ。

レースなんざ興味はないが、若様がお使いになるものなら別だ。普段は高価でなかなか手が出ない若様ご使用の品とお揃《そろ》いのものが安価で手に入るチャンス。

くそ、俺も部下を配置しときゃよかった。クロエの奴《やつ》、あの分じゃ若様がお手に取られた品はぜんぶ買い込んでるに違いない。あいつも相当頭おかしいからな。

店先で唐辛子の争奪戦が始まった八百屋の上を通り過ぎて、木彫りの店でお二人が足をお止めになった時だ。目の端に嫌な目つきをした二人連れの男たちが映った。

若様からの距離は約五十五メートル。たぶんスリだな。とっとと排除しようと動こうとしたその時、その男たちが人波の中で消えた。ちっ、先を越されたか。

仕留めたのはメイドのひとり。それを周囲の領民たちが連携し、ラグワーズ系の店裏へと運んでいく。少し先ではラグワーズ系の魚屋が、切り取った魚の背びれを男に飛ばしていた。鋭い棘《とげ》のついた背びれが男の左手首を直撃。なかなかいい腕をしている。男が声を上げる前に、俺の部下が当て身をくらわせて地面に沈めた。

多分ゆすりや恐喝の常連なんだろうが、普段は面倒で見逃す領民らも若様がいらっしゃる今は容赦がない。一切の波風を許さないという領民たちの心意気が伝わってくる。

仰向《あおむ》けに倒れた男の上を、子供たちが五、六人通り過ぎて行った。あれもラグワーズの子供たちだろう。王都の教室で教わった通りに、急所である男の股間と喉仏《のどぼとけ》と鼻をしっかりと踏んで歩いている。よしよし、ちゃんと勉強しているな。

……っと、最後のチビが喉仏を踏み忘れたようだ。照れたようにUターンしてちゃんと踏み直すところが微笑ましい。周囲の大人たちも、チビが踏み直すまで男を片付けず待っていてやるあたり、同じ気持ちなんだろう。

かかとに体重をのせてちゃんと踏めたチビが、先で待っている年長の子供たちの方へと走っていった。きっと若様のお姿を見に行くのだろう。

子供たちは、腕に抱えていた少し年嵩《としかさ》の少年らを大人たちに預けてウキウキと走って行った。預けられたのは子供の窃盗グループだな。子供は子供同士が一番だ。

ほのぼのとした空気の中、時たま串《くし》やら肉叩《たた》きやらが飛び交うものの、通行人らが店に戻してやってるので若様がお歩きになる道が汚れる心配はない。

石畳についた多少の血も近くの店員が水と砂で吸い取り素早く拭《ふ》き上げるから瞬時に元通りだ。ラグワーズの領民はマナーもいい。これも若様のおかげだ。

若様らが立ち去ったあとの古道具屋は、若様がお手に取ったティーカップをさっさと仕舞い込んでしまった。どうやらラグワーズ系の店だったらしい。きっと家宝にするんだろう。

周囲から厳しい非難の目が飛ぶが、店主は気にするどころか威嚇を始めた。喧嘩《けんか》するなら若様がお帰りになった後でな。がんばれ。

そうこうしているうちに、若様が十字路を左に曲がったところで足をお止めになった。ランネイル様と短く言葉を交わされた若様のお手が帽子の羽根へと動く。瞬時に足元の瓦を蹴《け》り、若様の元へと駆けつけた。

馬車に若様をご案内し、ご希望の品を馬車の外から一斉に魔法陣で飛ばした。

目玉揚げとソーセージドーナツ、それにスイカジュースとジンジャーミントティー。若様の移動経路で待機していた連中がそれらを手に入れる間に問屋街へと移動。

無事に若様をラグワーズの事務所にお送りして、馬車のステップを片付けていると……あん？　なんだこの視線は。御者のマシューも気がついたらしく、下げた手で素早くサインを送ってくる。なるほど、あの男か。

青果棟の扉の陰から男が一人、こちらの様子を窺《うかが》っている。ただの興味本位の見物人ならいいのだが……と、念のため部下たちに見張らせていたら、やっぱりただの見物人じゃなかった。

若様が事務所にお入りになって二十分もしないうちに、趣味の悪いキンキラキンの馬車が問屋街に走り込んできた。馬車は派手だがちゃんと整備されていないらしく、やたらと車輪の回転音がデカく車体の揺れ方がハンパない。

その中から現れたのは丸々とした貴族。あれはベルゴール伯爵だな。つい最近調べたばかりだからすぐに分かった。若様とは真逆と言っていいほどのクソ貴族だ。馬車と同じく見た目だけは派手な質の良くない服を着ているあたりも、うちの若様とは正反対。

そのクソ貴族はあろうことか若様を呼べと騒ぎ始めた。何様だてめぇ。

周囲を防護魔法陣で守られた事務所に突撃できないと知ったクソ貴族は、次には青果の入口でわぁわぁと騒ぎ始める。嫌がらせ以外のなにものでもない。

仕方なく緊急連絡を入れてお呼びたてしたディラン様は……ああ、やはりご機嫌斜めだ。

若様にお仕えする時間を邪魔されることをディラン様はたいそう嫌われる。すごく嫌われる。たぶん大嫌いだ。それは知っている。知ってます。でも仕方ないじゃないですか。俺を睨《にら》まないで。

でっかい舌打ちを残してベルゴール伯の元に向かったディラン様は二十分ほどのらりくらりと時間稼ぎをした後に戻っていらした。クソとはいえ相手は高位貴族。初めから若様案件なのはご承知だったのだろう。


せっかくのお時間を邪魔されてしまったというのに、それでも若様はいつも通りの穏やかな笑顔と美しい足運びで、ベルゴール伯の元へと向かわれた。

逆におっそろしく冷たい表情を浮かべていらしたのはランネイル様だ。若様の思い人であられるこの方もまた、若様の前以外ではまったくの別人。

先日の夕食会では容赦なくご両親をねじ伏せ、さらには若様を笑顔でお見送りした後は、若様に失礼な言動をなさったお母上を泣き出すまで理詰めで追いこんでいらしたとか。

これには若様の功績をランネイル家にしっかりと知らしめるために残った三人もちょっと引き気味だったらしい。まあおかげで最後に宰相閣下が奥方を庇《かば》う形になり、その後の夫婦関係の改善に繫《つな》がったようだから良かったのだろう。

とにかくこの方も若様に関してはかなりの過激派だ。案の定、若様に対するベルゴール伯の態度に、俺たちと一緒に舌打ちをなさっていた。防音つきの隠匿魔法陣にした方が良かったかもしれない。

それにしても、若様には驚いた。いや、若様に関してはいつだって驚くことばかりなのだが、我々ですら掴《つか》めていなかった我が家に対するベルゴール家の不正を知っておられたとは。

いや、若様のことだ。はっきりとした証拠はなくとも、きっと何かしらお感じになっていたのだろう。もしかしたら天啓があったのかもしれないし千里眼で見えたのかもしれない。

突然、ベルゴール家との取引を中止し調査をお命じになったのはそういう事だったのかと、ディランン様もランネイル様も驚きとともに納得されたご様子。もちろんすぐにそれは怒りの表情に取って代わったが……。それも当然だ。若様が長年の努力で築き上げた成果を勝手に利用し、土足で踏み荒らすようなベルゴールの所業は、決して許されることではない。

怒りに燃えるディラン様が手渡してくるメモを元に、大量の魔法陣を各所へ向けて一斉に至急扱いで飛ばした。もちろん、さらなるベルゴールへの調査と制裁の準備のためだ。

やはり、若様のなさる事にはいつだって必ず、すべてに意味があるのだと、俺は改めて再確認することができた。さすがは若様だ。

あくまでも穏やかに、けれど強《したた》かにベルゴール伯を追い詰めていった若様の手腕はお見事のひと言。

仲卸たちの目の前で許されざる罪を暴いたのも、もしや若様の計算の内だったのか……？　それに思い至った瞬間、身体が震えた。凄《すご》い……。俺の主人は本当に、本当に凄い方だ。

若様に追い詰められたベルゴール伯の暴言に、我慢の限界を迎えたランネイル様は魔法陣を解除。伯爵への嫌悪感もあらわに報告書にあった罪を暴露しつつも、若様への賛辞をお忘れにならないランネイル様。清廉潔白、貴族の鑑《かがみ》……まったくもってその通り。賛辞というよりは事実だな。

ディラン様はじめ周囲に潜む使用人すべてがウンウンと頷《うなず》いていたその時、突然ベルゴール伯が腕を振り回し始めた。一斉に使用人たちが集まり、若様らをお守りする。

マシューてめぇ、いま俺を突き飛ばしやがったな！　その場所譲れ！

仕方なく若様とランネイル様の後ろから袖口《そでぐち》に仕込んだ暗器を構えた。若様に指一本でも触れたら八つ裂きだ。前にいるマシューとメイソンも俺と同じ気持ちなのだろう。若様の御前だというのに僅《わず》かばかりの殺気が漏れ出してしまっている。

だが幸いにもベルゴール伯はそれ以上動くことはなく、その身を縮めて振り回していた両の握り拳《こぶし》を揃って口元に持って行った。あまり見たくないポーズだ。

後ろのベルゴール家の使用人らは………ああ、気絶してんな。静かで結構なこった。

そして、ランネイル様からの絶縁宣言に慌てふためくベルゴール伯に構わず優雅な所作で話を切り上げた若様は、周囲の仲卸人たちにもお優しい気遣いを見せて下さった。

若様が口を開いた瞬間、まだぎゃーぎゃーと喚《わめ》くベルゴール伯にメイソンが軽く手刀を入れ黙らせた。若様のお声が聞こえないからな、いい判断だ。あの程度なら痕《あと》も残るまい。肉も厚いし。

若様は柔らかな、でもよく通るお声で仲卸人たちへ語りかけるようにお声を張られた。

王都で働く者たちへの労《ねぎら》いと感謝と気遣いと……あらゆるものが詰まった若様のお言葉に、問屋の者たちはみな感無量の面持ちだ。

そうして胸元に手を当てた若様が、そっと顎《あご》を引きその目を閉じられた。

平民に対して貴族ができる最大限の礼だ。場内にいたラグワーズの仲卸人たちはみな感激に身を震わせ、涙を流している者も少なくない。

若様はいま個人ではなく、ラグワーズの筆頭として民草に礼を尽くして下さっている――――そう思ったら自然と俺も頭を下げていた。貴族である若様が頭を下げられないぶん、俺が若様の深いお気持ちを体現して差し上げたい。若様のためなら頭などいくら下げたって構いやしない。

大歓声の中で頭を上げれば、周囲では他の使用人たちも頭を下げていたようだ。ディラン様も若様の後ろで胸に手を当てている。まあ、みな若様への気持ちは同じだからな。

視界の端には、外の入口脇で若様を見つめるランネイル様のお姿が……あれは、惚《ほ》れ直したな。

若様が男性に恋心を抱かれたと知った時は、確かに「意外だな」とは思ったが、それだけだ。

きっと若様にとっては性別など関係ないのだろう。何事も本質を見極める目をお持ちの若様が選んだお方なら、間違いないに決まっている。それだけで大賛成だ。

ただ……、若様が何かにつけランネイル様を「可愛い」と表現なさるのだけはよく分からない。恐ろしいほどに顔の整った超美形の貴公子に「可愛い」はどうなのかと……いやまあ若様が可愛いと仰《おっしゃ》るなら、きっとそうなんだろう。

向こうでは我が家の使用人と仲卸たちが、いまだ気絶中のベルゴール伯と使用人二人を囲んで打ち合わせを始めていた。まあその辺に寝かせておくなり、馬車に突っ込むなり、いずれにせよ問屋連中が上手く口裏を合わせてくれるようだから問題はなさそうだ。

おっと、若様がランネイル様の元へと向かわれた。すでに振る舞い酒の手配と本数の確認を始めているディラン様に代わって、俺が若様方を馬車へとご案内する。

こんな名誉なお役目につけるのも従僕頭になったからこそ。御者や庭師にはできないことだ。ざまあみろマシュー。突き飛ばされたことは忘れていないぜ。さっさと馬車を回しやがれ。


若様とランネイル様を馬車へご案内して静かに扉を閉めたら、素早くマシューに明日の手合わせを申し込んでランブルシートに跳び乗った。

静かに動き出した馬車の窓はすべてきっちりとカーテンが閉めてあるので中の様子は見えないが、先ほどのランネイル様のご様子から察するに、きっと仲睦《なかむつ》まじく寄り添っておられることだろう。

さて、次は平民街南のカフェだな。以前にも若様が足をお運びになった場所だ。この店は前回、若様がお気に召したご様子だったので、断続的に調査を継続していたため非常にチェックが楽だった。

とはいえ、もちろん厨房《ちゅうぼう》とホールの天井裏に一人ずつ、周囲には五人を配置してある。決して警護に手を抜くことはない。若様に何かあったらこの世が終わっちまうからな。

——若様を一生お守りし、お支えする。

あの日決めた目標の達成までは、まだまだ遠い。だが、俺は必ずや達成してみせる。

だからそれまで、この場所は誰にも譲らねえ。絶対にな。

ギルバートくんと連れだって足を踏み入れたカフェの店内は、以前と変わらずオシャレで落ち着いた雰囲気。インテリアも変わってないみたいだね。まぁ二ヶ月半じゃ変わらないか。

幸い、向こうの会計カウンターには女性の店員さんがいて、入店した俺たちを見るとすぐにピシリと姿勢を正してくれた。よかった、あの人にキャンセルの有無を訊《き》いてみよう。

足を進めながらチラッと店内に目を向ければ、全席予約制と言うだけあってほぼ席は埋まっている。うーん、断られる確率が高そうだ。

入ったとき二度見されたもんなぁ。飛び込みの客《ウォークイン》は想定外だったのかも。でもまあダメ元だよね。

そのまま足を進めて、カウンターの向こうで姿勢よく待っていてくれた店員さんに声をかけた。

あ、このベテランぽい女性、確か前回会計してくれた人じゃないかな。

「失礼、少々確認を――」

「ご案内いたします！」

え……？　えぇっと、他の予約客と間違えられちゃったかな。

「あ、いや予約はしていないんだ」

つい申し訳なくて眉《まゆ》を下げた俺に、けれどコクコクと頷いた店員さんは「いらっしゃいませ！」の言葉とともに満面の笑みを俺だけでなくギルバートくんにも向けてくれる。

微妙に会話が噛《か》み合ってない気がして小さく首を傾げてしまった俺に、何やらハッとしたらしい店員さんは慌てたように目の前で手を小さく振って、「全然大丈夫です。まったく問題ありません。ご案内いたします」と、振っていた手をピシッと店内に向けた。

え……あ、そう？　なんか分かんないけど大丈夫らしい。

顔を見合わせたギルバートくんもちょっと意外そう。だけど嬉《うれ》しそうでもある。

綺麗《きれい》なお目々を一度瞬《まばた》きさせるようにして、俺に小さな頷きを返してくれたギルバートくんはとってもキュート。うん、席があるならそれでいっか。万々歳だ。大切なのは彼がスイーツを食べられるか否かで、それ以外は大した問題じゃない。

ちょうどキャンセルが出た直後なのかもしれないし、こういった人気店なら貴族用の席を確保してあるのかもしれない。なにはともあれ、ギルバートくんが物凄《ものすご》く可愛いので何でもいい。

それじゃ行こうか、と可愛い彼に小さなキスをし——ようとして直前で踏みとどまった。いかんいかん、ついいつもの癖で……。帽子持ってくりゃ良かった。

キスできない代わりにキュッと彼の手を握って、姿勢正しく待ってくれていた店員さんの後に続いて歩き始めた。

テーブル席が並んだ店内は、ほぼ満席にもかかわらずとても静かで、客層の良さが窺《うかが》える。

壁際には四角いテーブル、中央は小さめの丸テーブル席が並んで、どのテーブルの上も華やかなスイーツや華奢《きゃしゃ》なティーセットが置かれ、非常に彩り豊かだ。

基本二人用の席ばかりだけど四角いテーブルはくっつければ四人席になるし、案内される途中でも三人連れのお客さんに椅子を追加してるのが見えたから、なるほど多少の人数の増減には柔軟に対応できる態勢になっているようだ。そんなところも人気の秘訣《ひけつ》なのかもしれない。

俺たちが案内されたのは中央の丸テーブル。おや、ここは……。

既視感を覚えつつも速やかに着席をして、それとなく周囲に視線を流した。

うん、視界の位置関係も記憶と同じだから前と同じテーブルだね。へぇ、偶然だな。でもまあ、無いことじゃないから驚くほどでもないか。

もちろん目の前のギルバートくんもそれには気がついているようで、同じく確認を済ませたらしい彼が口元に小さな笑みを浮かべた。

「前回と同じテーブルですね。でもクロスが変わったようです。前回は白一色で、このような織模様《おりもよう》はありませんでした」

そう言って目の前のテーブルクロスの上に指先を滑らせるギルバートくん。

え、そうだっけ？　ぜんっぜん覚えてないや。なんとも恐るべきギルバートくんの記憶力。もし彼が間違い探しとかしたら全問正解間違いなしだ。

なんて感心しながらも、俺の視線はツッとクロスの模様をなぞる彼のしなやかな指先に釘付《くぎづ》け。ついつい俺もそれを追うように手を伸ばして、その形のいい爪先にチョン、と指先をつけてしまう。

「でもテーブルの狭さは一緒だ。あの時は恋人たちには都合がいいと言ったけど、本当だね。すぐに君に手が届く……」

取ってつけた言い訳をしながら艶々《つやつや》とした爪を指の腹でスッとひと撫《な》でした俺に、小さく口元に笑みを浮かべた彼が「ええ、本当に……」と同じくスルンと俺の爪を撫で返してきた。

そんな小さな仕草が何とも愛らしくて目を細めれば、彼もまたゆるりと目元を緩めて俺を見つめ返してくれる。

「今日は店内のチェックなんかしないで、ずっと君だけを見つめていられるからね、実にいい。ああいや、見つめるのは君とスイーツか」

小さく肩をすくめてコソッと囁《ささや》くと、ギルバートくんは小さな笑みを溢《こぼ》しながら「スイーツに嫉妬《しっと》してしまったらすみません」と、キュッと小さくその片目を悪戯《いたずら》げに細めて見せた。

はっ……なんつー可愛らしさだ。

「嬉しいね。ぜひ嫉妬してたくさんスイーツを退治してくれたまえよ」

どこの貴族のオッサンだよ、という声色を耳元で囁いた俺に、ギルバートくんが堪《こら》えきれないように小さく噴き出したその時、「いらっしゃいませ……」という遠慮がちな声が聞こえてきた。

おっと、二人でふざけすぎてしまったようだ。クスクス小さく笑うギルバートくんの耳元から顔を上げて、店員さんが差し出してくれたメニューを受け取る。

「さぁ、栄えある犠牲者を選ぼうじゃないか」

そう言って目の前で広げたメニューブックは、表紙が滑らかな茶色の革張りになっていて手触りが非常にいい。確か以前は布だった記憶があるので装釘《そうてい》のランクを上げたようだ。おぅ、儲《もう》かってんな。

「どれも美味しそうな犠牲者ばかりですね。やはり嫉妬は免れそうもありません」

可愛らしい軽口を呟《つぶや》きながらも、いそいそと顔を寄せて品名と説明書きを熱心に読み込むギルバートくんはとってもキュート。

普段の生活では出されたものを食うか、オーダーして作ってもらうばかりの貴族にとって『ある中から選ぶ』というのは新鮮で楽しいことだ。前回は殿下のためにリサーチした結果を元にオーダーをしたけれど、今日は純粋に自分が食べたいものを選べるからね。

前回頼んだ『特製フルーツタルト』と『ごろごろメロンのショートケーキ』も載っていたけれど、やっぱ別のもんも食ってみたいじゃないか。ああ確かにこれは悩むなー。

なんて、あれこれと二人で顔を寄せながら検討した結果、注文したのは『メロンと桃のファルシー』と『季節のフルーツクレープ』、それと前回頼んだ特製ブレンドティーが二つ。

今日の注文はギルバートくんがしてくれた。メニューブックを指さしながら、涼やかな美声で流れるように注文をする彼はとっても綺麗。

ついついウットリと見惚《みと》れていた俺に、注文を終えた彼がふんわりと微笑みかけてくれた時は本当に一瞬意識が飛びそうになった。危ねぇ。

スイーツが来るまでの時間は可愛い彼と今日のデートのおさらい。どうやら彼は、午前中に水族園で見たカスケードつき循環システムに興味を持ったらしい。

実にギルバートくんらしいな、と微笑ましく思いながらザックリとシステム全体の仕組みを説明している途中で、注文した品が運ばれてきた。

おぉぉ……相変わらずここのスイーツは豪勢だな。

彼の前に置かれた皿には、六分の一ほどにカットされたメロン。けれどそのメロンの果肉部分にはカットされたメロンと桃、そしてクリームとスポンジがぎっしりとした層を作っている。

メロンを丸ごと刳《く》り抜いて丁寧に詰めていったのだろうその層の断面は、目にも鮮やかで美しい。

そしてそのメロンの周囲には、見事な飾り切りが施された何種類ものフルーツが、これでもかと盛り付けてある。

俺の皿はと言えば、大きな皿の半分にはオレンジのカラメルソースがたっぷりとかかったクレープが盛り付けられ、もう半分にはカットされ軽くローストされたフルーツが、これまた何種類も溢《あふ》れんばかりに美しい山を作っていた。

前回も思ったけど、ここの経営者は本当に凄腕《すごうで》だな。この大盤振る舞いで利益が出ているとは信じられない。他のお客さんからも「なんか食べるのが勿体《もったい》ないね」「美味しいわね」といった会話が聞こえてくるから、きっとみんな同じ気持ちなんだろう。すっごいお得感があるもんね。

ギルバートくんも大きなメロンのファルシーを前にして、目を丸くしながらもテンションアゲアゲなのが丸分かり。おやおや……俺がスイーツに焼《や》き餅《もち》を焼いてしまいそうだよ。

「よし、では二人で退治してしまおう」

そう言った俺に、キラン！　と翡翠《ひすい》の瞳《ひとみ》を輝かせたギルバートくんが、その目を細めて「任せろ」とばかりに口端を上げて見せた。実に頼もしい。俺もナイフとスプーンを手に、さっそく目の前の山を駆逐《くちく》すべく取りかかる。

口に入れたクレープは、薄いがしっかりとした生地でオレンジのカラメルソースとの相性はバッチリ。さらにローストされて甘みが増した葡萄《ぶどう》や桃を加えれば、もっちりとした生地と相まって口の中がお祭り状態だ。

フルーツの良さが全部出たような一皿だな、と感心しながらギルバートくんに目を向けると、彼もまた上品に口を動かしながら嬉しそうに目を細めている。

うん、あれはとても美味しい時の可愛い顔だ。彼の舌はとても鋭敏で、味の良し悪《あ》しにはとてもシビアないわゆるグルメ舌。その彼にあんなに可愛い顔をさせるとは、ここのパティシエは凄腕だな。

ああもちろん、彼の舌は食べる時だけじゃなく俺に食べられる時もとっても敏感。その時の顔はこの何百倍も可愛いんだけどね。

などと一瞬だけ脳内に桃色の風を吹かせた俺のテンションもアゲアゲだ。

うん、ここはラグワーズ系の問屋とも取引があるようだから、卸値に多少イロをつけてもらえるよう頼んでみるか。目の保養のほんのお礼だ。

「私の方も味見してみるかい？　美味しいよ」

ギルバートくんがティーカップに口を付けたタイミングでそう声をかけた俺に、目の前の彼はほんの少しだけ照れたように頬を染めたあと、小さく頷《うなず》いてくれた。やったね。俺はまだまだ目の保養がしたいんだ。きっとこのクレープも彼の味覚にドンピシャなはず。

新たなる可愛いへの期待に胸を膨らませた強欲な俺は、いそいそとフルーツをカットして、素早くソースをからめたクレープとともにスプーンに盛り付ける。

「どうぞ」の言葉とともに俺が差し出したそれを、まだ薄《うっす》らと染まった頬もそのままにパクリと口の中に入れたギルバートくん。果たして彼の表情は……。

はいっ、可愛い――――！

俺の予想は大当たり。案の定、クレープは期待通りに彼から可愛らしい表情を引き出してくれた。薄らとソースに濡《ぬ》れた艶やかな彼の唇がモグモグするごとにキュッと引き上がって、嬉しそうに緩められた目の奥では翡翠の瞳がキラキラと輝いている。

「これは……美味しいですね。フルーツがローストされているので、濃厚でほろ苦いソースとのバランスが非常にいい。食感の違いも楽しいです」

感心したようにそう言った彼は、お茶をひと口飲むと満足そうに目を細めた。どうやらオレンジソースとお茶の相性にも合格点が出たらしい。

そんな可愛らしい彼を思う存分堪能しつつ俺が大満足で頷いていると、カシャーン！　とどこかでカトラリーが落ちる音がした。

おやおや、誰かが手を滑らせてしまったようだ。けれどこういう時は音源を探さないのが客同士のマナー。その人が恥ずかしい思いをしてしまうからね。

特に気にすることもなく再び皿の上のフルーツ山に挑み始めた俺の耳が「アル……」という涼やかな声を拾うと同時に、俺の目の前に桃とメロンがプスプスと刺さったフォークが差し出された。フォークの上にはスポンジとクリームも綺麗に載せられている。

「どうぞ」

そのフォークの向こうには、ちょっとだけ恥ずかしげに首を傾げて微笑む天使——その超ド級の愛らしさに気絶しなかった自分を褒めてやりたい。

天使パワーにクラクラしながらも俺は反射的に彼の手ごとフォークを握り込むと、パクッとそれに食いついた。おう、相変わらず俺の天使は俺の口の容量ギリギリを攻めてくるな。

口の中ではフレッシュな桃とメロンが甘い果汁を溢れさせ、柔らかなスポンジと程よい甘さのクリームによって更に増幅された旨みが口いっぱいに広がっていく。うん、これは旨いや。

俺の目の前ではギルバートくんがまるで「おいしい？」って聞くように、宝石みたいなお目々で見つめてくる。

もちろん俺はそれにソッコーで頷いて、フォークの先に「ありがとう」の気持ちを込めて小さなキスを贈ると、そっとフォークから手を離した。いまは話せる状況じゃないからね。口の中がいっぱいなもんで……。

モグモグする俺になんだか嬉《うれ》しそうに微笑んだ彼が、再び美味しそうに食べ始めたのを眺めながら、俺が上機嫌でお茶を飲み始めた時だ。

ガターンと店内に大きな音が響いた。さすがにこれには、ギルバートくんも俺もフォークとティーカップをそれぞれ置いて音のした方向へと顔を向ける。

俺とギルバートくんの左方向では、壁際の席の老婦人が倒れた杖《つえ》を拾おうとして、近くの若いご婦人の手を借りていた。「すみませんねぇ」「いいえ、大丈夫ですか」というほのぼのとした会話が聞こえてくる。なんだ杖か。もっと重い音かと思ったけど気のせいだったかな。

店員もすでに二人駆けつけていて、しゃがみ込んだ老婦人やご婦人に手を貸しているようだ。従業員の教育が行き届いた店だな。さすがは人気店。

あまりジロジロ見るのも失礼なので、すぐに顔を戻してギルバートくんと二人、小さな安堵《あんど》の笑みを交わしながらスイーツの駆逐を再開する。

時々お互いのフルーツを交換してフレッシュとローストの味の違いを楽しめるのは、カジュアルな店ならでは。貴族のフォーマルな席じゃ、こんなマナー違反はできないからね。ギルバートくんもそんな小さな解放感を楽しんでくれているみたいだ。

良かった。デートで溜息《ためいき》つかせちゃった失敗は挽回《ばんかい》できたかな。

途中になっていた循環システムの話やマーケットで見かけた品々について彼と会話を交わしながら着々と食べ進め、気がつけば二人とも皿の上は空っぽ。

「ここは私が支払いますから」

帰る頃合いを察したのか、飲み終えたティーカップをソーサーに戻したギルバートくんが、ニッコリと微笑みながら、そんな事を言い出した。

え？　あ……そう？　すっかり俺が払う気になってたんだけど……。

いやもちろん、ここの支払いくらい彼にとっちゃ大した出費じゃないのはよく分かってる。もしや、お釣りを受け取るのが楽しくなったのかいギルバートくん？　なんて思っていたら、

「お忘れですか？　今日はアルの卒業祝いの一環なんですよ」

クスッと笑った彼の言葉に思わず目を見開いてしまった。あ、そういえば……。

「さては忘れていましたね？　目玉揚げやソーセージドーナッツは残念ながらお支払いできませんでしたが、ここは私が支払います」

そう言って翡翠の瞳をキラリと向けてきたギルバートくん。

俺は思わずそれに小さく両手を挙げて降参しながら、どうしても緩んでしまう頰もそのままに苦笑を溢してしまう。そうだった。俺の卒業祝いで強請《ねだ》ったデートだったね。浮かれまくりすぎて、すっかり忘れていたよ。

「では、ありがたく奢《おご》ってもらうことにしようか」

大げさに胸に手を当てて、感極まったように目を閉じ首を振ってみせた俺に、ギルバートくんもまたフフンとばかりに顎《あご》を上げて胸を張った。

「はい。奢って差し上げます」

「はっ、ありがたき幸せ」

プハッと二人して噴き出して、クスクスと笑いながら「行こうか」と席から立ち上がる。うん、腹具合も大盛りスイーツのおかげで、すっかり九分目だ。

つい腹を擦《さす》りそうになって、いけねぇと周囲に目を配ると……おぉ、やっぱりギルバートくんてば注目の的だ。まぁしょうがないよね。ギルバートくんはこんなに格好《かっこ》良くて綺麗《きれい》で可愛いんだもの。でもね皆さん、この天使は俺とデート中なんですよー。いいでしょ。

なんてことを内心で思いつつ、彼の手をしっかりと握りながら一緒に会計へと向かった。

「ありがとう。君にご馳走《ちそう》してもらえるなんて、本当に私は幸せ者だね」

会計を済ませて出口に向かいながらしみじみとそう告げた俺に、綺麗に笑った彼はスイッと首を伸ばして「あなただけです」と耳元に嬉しい言葉を返してくれた。

もうね、それだけで俺は有頂天。だから、扉を開けるドサクサに紛れて彼の頬にキスしてしまったのは……ね、仕方がないと思うんだ。

そうしてタイミングよく来た迎えの馬車に乗り込んで、ふっと時計を見れば間もなく夕方の四時。思った以上にカフェでゆっくりしてしまったようだ。でもギルバートくんが楽しそうだったし可愛かったから何も問題はない。

次に俺たちが向かったのは、カフェからほど近い服飾や雑貨の店が集まるエリア。ポンポコのせいで後回しになってしまった場所だ。

事前に話し合って目星をつけていたのは革製品の店とメンズ小物の店。どちらも立派な店構えで貴族の扱いにも慣れているらしく非常に居心地がよかった。

目の前で一つ一つの品を丁寧に説明してくれる店主に、ギルバートくんと二人で頷いたり感心したりしながら、ゆっくりと品物を選ぶ時間は実に楽しい。彼が一緒にいるだけで何もかもが何十倍も楽しくなる不思議。彼の楽しそうな表情を見るとこの上なく幸せな気分になれる。

丁寧な説明をしてくれる店主そっちのけで何度もギルバートくんに見惚れつつ、そのたびに聞いてたフリで誤魔化《ごまか》しながら、ハシゴした二つの店で俺たちが購入したのは、お揃《そろ》いの革手袋とブックバンド。それらの支払いもすべてギルバートくんがしてくれた。

どうやら今日はもう俺に一銭も出させる気はないらしい。そんな彼の気遣いが凄《すご》く嬉しくて、有り難く支払ってもらった。ありがとう、大切にするよ。俺の宝物だ。

店の前で待機していた馬車に乗り込んだら、時間はとっくに五時を回っていた。ああ、本当に今日は時間が経《た》つのが早いな。

残念ながらデートの時間はそろそろタイムリミット。彼をランネイル邸に送り届けなきゃね。

「今日一日、君を独り占めできて嬉しかったよ」

小さく揺れる馬車の中、合わせていた唇をほんの少しだけ離して、濡れて赤みを増した唇を一度、二度と小さく吸い上げる。

「いつだって私はアルのものです」

唇にかかった小さな吐息に誘われるように、もう一度唇を合わせて腕の中の彼を抱き締めた。

彼の家までの短い時間。その少ない残り時間で、俺は精一杯の愛を彼に伝える。今すぐ伝えろと、いつだって俺を追い立てるのは、よく分からない焦燥感。初めての恋に俺は戸惑ってばかりだ。

「愛しているよギルバート。五日後は我が領へ出発だ。それまでは色々立て込んでいてなかなか会えないけれど、毎日魔法陣を送るよ。たくさん送る」

彼の首元に顔を埋めて頬ずりする俺の背を抱きながら、ギルバートくんが小さな笑みを溢《こぼ》した。

「私も愛していますアルフレッド。心置きなくご領地に戻れるよう、お仕事頑張って下さいね。私もすごく楽しみにしていますから」

ね、と優しく俺の襟足を撫《な》でてくれるギルバートくんに、俺はうんうんと頷くだけ。

ラグワーズ領に戻るまでの四日間は毎日仕事漬けなのは確定している。俺や多くの使用人たちが王都を不在にするので予《あらかじ》めアレやコレやと手を打っておく必要があるからだ。まあ前世で言うところの師走《しわす》の忙しさ的な？

でも前回の休み前はこれほどじゃなかったから、やはりこれは成人して当主代理になったことが影響している……ってかそれしかない。父上《オヤジ》め。

よしよしと慰めてくれるギルバートくんをまたギュッと抱き締めて、最後の最後までギルバートくんを補給、補給、補給……でなきゃ四日間乗り切れない。

でもそれを乗り切ればギルバートくんと楽しい小旅行、からのラグワーズ帰省だ。彼に見せたいものや場所がたくさんあるんだ。

彼を家族に紹介するのはちょっと照れるけど、楽しみな気持ちのほうが勝《まさ》っている。ま、家族に関しちゃなんとかなるっしょ。

「お仕事に疲れたらいつでも魔法陣をください。何なら私を呼んで下さってもいいですよ。いつでも駆けつけます」

チュッチュッと俺の唇にキスを落としながら、馬車から降りる直前にそんな可愛いことを言ってくれた天使。それに俺は「毎日来て！」という言葉を喉元《のどもと》で必死で呑み込んで、彼をもう一度ギュッと抱き締めてから腕を離した。

デートはこれでおしまい。

馬車から降りた彼をランネイル邸の玄関前まで送って、出迎えてくれたランネイル夫人にもご挨拶《あいさつ》したら、グイグイ引かれる後ろ髪を振り切るように再び馬車へと乗り込んだ。

「楽しかったです。ありがとうございました」と最後に綺麗な笑顔でそう言ってくれた彼の言葉を胸に、乗り込んだ馬車の窓から彼に小さく手を振る。


彼の姿が見えなくなるまで未練がましく窓にへばりついていたのは、彼が恋しいからであって、決していつの間にやら前の座席に積まれていた仕事の書類を見たくないからではない。そう、決してか何でもう書類が来てるんだよ、おかしいだろ！　屋敷までもうちょっとじゃん！

書類は見ない、見えない。俺はギルバートくんとの楽しかったデートを牛のように反芻《はんすう》しながらゴキゲンで屋敷に戻りたいんだ。

寝違えたかというレベルで首を横に向けてたら、ランネイル邸の正門を出たところで馬車が急に止まった。なぜかは分かっている。窓の外に超笑顔のディランと書類を抱えたオスカーが見えるからな！

もういっそ、彼らも見えないことにしてしまおうか……。

満面の笑みのまま馬車に乗り込んできた二人にも、俺の首は寝違えたままだ。そうだ動かないんだ。ネチガエチャッター。

「いやぁ……偶然ですねー」

オスカー、白々しすぎるぞ。そしてディラン、しれっと報告書を読み上げるんじゃない。

なぜ待てないんだ。目がダメなら耳？　判断早ぇぇな！

心の中でツッ込みまくる俺をよそに、ディランは構わず報告書を読み上げていく。

あれ、いま言った数値、なんかおかしくなかった？

ちょっと見せてみ。計算間違ってない？　ほらここ。経過勘定の項目の振り分けが……あ、ペンね、ありがとオスカー……って、しまったぁぁぁ――――！

牛になりたかった俺の心の叫びをよそに、馬車は一路、王都邸《おしごと》へ向けて軽やかに走り出し、速度を上げていった。

◇◆◇　やっぱり給仕ちゃんは見た！　◇◆◇

「注文入りまーす！」

先輩の声が厨房《ちゅうぼう》内に響きます。

注文伝票を手に、配膳《はいぜん》台から身を乗り出すようにして厨房奥を覗《のぞ》き込んでる先輩。なかなか立派なおヒップ。羨《うらや》ましいです。先輩が店内で大声を出すなど、以前では考えられませんでした。いえ遠慮なく出すなど、が正しいですね。先輩の地声は元々大きいので。

実は最近、オーナーが厨房内に防音魔法陣を導入して下さったんです。おかげで繁忙時の戦争みたいな厨房内の音が、お客様に聞こえる心配がなくなりました。バンザイ！　使うところにはパシッとお金を使っちゃうウチのオーナー、女性なのにすっごい男前です。

「五番テーブル、〝愛〟と〝恋〟をひとつずつ、それにブレンドティーとコーヒーでーす！」

「はいよっ」

先輩の声に奥で作業中のパティシエが短く返事をしました。

でもその態度がね、もうね。大きな身体を屈《かが》めるようにして、わざわざ先輩と目を合わせるパティシエに、先輩もまたニコッとか微笑んだりして……。見ているこっちが恥ずかしくなっちゃうじゃないですか。んもー先輩ってば！　おっ熱ぅ〜い！　ひゅーひゅー！

なんとなんと、先輩ったら来月結婚するんですよ。あのパティシエと！

なんとなくいい感じだなーとは思ってたんですが、あれよあれよという間に日取りまで決まっちゃって。今は新居を探しているんですって。あー、私にもどっかにいい男《ひと》、落ちていませんかねぇ。

おっと、厨房の小窓から入口の扉が開くのが見えました。ご予約のお客様がお見えになったようです。ご案内しなくっちゃ。

オーナーが全席予約制にすると宣言した時は、お客様方の反応がちょっと心配でしたが、結果は概《おおむ》ね好評で従業員みんなで胸《むね》を撫で下《お》ろしたものです。

「すべて予約制にすればお客様をお待たせしないし、店のイメージも価値も上がってコストの縮小にも繋《つな》がるでしょ？　あなたたちだって、帰る時間が読みやすくなれば結婚後も働きやすいんじゃないかと思ってね」

そう言ってパチンと先輩にウィンクを飛ばしたオーナー。

うそ、結婚する先輩のために？　オーナー、そこまで我々のことを考えて下さっていたなん……

「これで、あの席の安全は確保できるわ」

ニマッと笑ったオーナー。明らかにメインはそっちですね。いえ、いいんですよ。

確かに以前、順番を待ちきれない中年男が「空いてるじゃないか！」ってブチ切れて聖域に座ろうとしましたもんね。お連れの派手なお姉さんにいいとこ見せたかったんでしょうけど、やっていい事と悪い事があります。

あの時はオーナーと一緒に私たちもブチ切れ返しちゃいました。あと常連のお客様がた数人も。今でも思い出すと腸《はらわた》が煮えくり返ります。

「うちのルールが守れないなら出ていきなっ！　二度と来るんじゃないわよ！」

あの時のオーナーは格好良かった……。みんなで拍手しちゃいましたもん。もちろんその後は、営業の合間を縫ってお清めさせて頂きました。閉店後は心を込めてさらに念入りに。

けれど「聖域が汚《けが》された」という衝撃的なニュースは、瞬く間に常連の奥様お嬢さま方の知るところとなり、その翌日からはお悔やみのメッセージとともに、洗剤その他の緊急支援物資が続々と店に届き始めてしまって……。

『報復はしておいたわ』という嬉《うれ》しいご報告もお客様方《同志》から複数頂戴《ちょうだい》し、オーナーはじめ従業員一同感激いたしました。あ、でも有刺鉄線や弓矢などはお返ししましたよ？　お店では使いようがないんで。なるほど、あのような不幸な事故が二度と起きないように手を打ったオーナー、さすがです。


早足で厨房を出て、ああもちろんフロアに出た後はしずしずと歩いて、会計カウンター前でスタンバイ。入っていらしたのは、ご予約の貴族男性とお連れ様。

……またアナタですか。

その貴族様の顔を見て思わず溜息《ためいき》をつきそうになりましたが、グッとそれを呑み込みます。プロなんで。そして、にこやかに近づいていらっしゃった貴族様に営業スマイルで一礼したら、私は間髪を入れず速やかにご案内を始めました。

子爵家のご嫡男だというこの貴族男性のご来店はすでに今月五回目。先月は四回でしたから一回多いですね。新記録おめでとうございます。

あ、子爵家嫡男っていうのは別にわざわざ聞いたわけじゃないですよ。お席でのお話が聞こえてしまっただけです。えーっと、子爵家で跡継ぎでお父上と領地経営しててお芝居とお洋服が大好きで、いま未来の子爵夫人を探してるんでしたっけ？

毎回毎回お連れになる女性は替わるのに、お話の内容は同じなんですもの。いいかげん覚えますよ。なので、さっさとご案内しないと「私はこの店の常連でね……」と会計カウンターの前で始まるのは目に見えています。

ルーティンだったら本当に申し訳ないことですが、聞き飽きたんですよね。声も大きいし他の女性客の注目を浴びたいのが丸分かりで、正直ムカムカするんで。

「貴族サマもよくやるわよねぇ」

ご案内が終わっていったん厨房に戻った私に、先輩が苦笑いしながら声をかけてきました。

本来ならご着席なさったお客様の注文が決まるまで、ホールの端で待機してないと怒られるのですが……あのお客様、注文までがなっがいから！

着席した瞬間から「おっと、君ばかり見ていて、服に皺《しわ》を付けるところだったよ」から始まって、ひと通りご自分のファッション自慢をしてからじゃないとメニュー開かないんですよ、貴族サマ。

きっとまた靴が銀二枚だったとか、クラヴァットピンが銀五枚もしたとかいうお話をなさるんでしょう。座り方ひとつで瞬時に皺が付くってどういう服なんでしょうね。

でも今までのどのお嬢さまも、それに疑問を抱くことなくウットリとしていらっしゃいますから、私の気にしすぎなんでしょうか。

そりゃね、背も高いしそこそこ整ったお顔はしていらっしゃいますよ？　お洋服だって小物だって多分高価でセンスがいいものなんでしょう。よく分かりませんが。

ご自分によほど自信がお有りなのか、お席にご案内する途中でも口元に笑みを浮かべては、周囲のご婦人方に視線を流す貴族サマ。お連れの女性も女性で、他の女性方に注目を浴びる貴族サマにエスコートされるのが嬉しいのか微妙にドヤ顔。

貴族サマは店のド真ん中をお歩きになるのがお好きなようで、以前など端の通路からご案内しようとしたら、サッサカ真ん中まで進まれちゃいました。でも聖域は身体を張ってお守りしましたよ。あの周囲だけは通路を広めに取ってありますからね。指一本触れさせません！

お連れの女性を席にエスコート……というより、ご自身の姿と身のこなしを周囲に見せつけるように、大げさな身振り手振りで女性を椅子に座らせた貴族サマは、ゆっくりと一度周りを見渡してから満足げに着席なさいました。

確かに、ああいった身のこなしは平民にはなかなか出来ないことです。貴族様ならではの所作なんでしょう。けれど……私たちは知っています。

本当の美しさとは、優雅さとは。尊さとは。

——あんなもんじゃあないことを。

本物の輝きを知ってしまえば、メッキなどには一ミリだって心は動かされません。

「これから面白くなるわよ」

厨房の小窓から、まだメニューを開きもしないで何やら絶好調に口を動かしていらっしゃる貴族サマを確認していた私に、予約ノートを片手に持ったオーナーがニヤリと唇を上げました。

面白く？　私だけでなく先輩や同僚たちも首を傾げる中で、その予約ノートを開いたオーナーが指さしてみせたのは、このあとご来店予定の一人の女性客のお名前。

「この方、前々回に貴族サマがお連れだった男爵家のご令嬢。たまたま今日は同じ時間帯にお友達とご予約が入っているの。間もなくいらっしゃるわ」

パタリと予約ノートを閉じてフフンと笑ったオーナー。はい、絶対にウソですね。わざと鉢合わせするよう調整したのでしょう。

「これで騒ぎのひとつでも起こしてくれれば出禁にできるわ」

「さすがオーナー」

にんまりと笑った先輩と、クックック……と笑うオーナー……この二人の悪巧《わるだく》み感がスゴい。先輩、パティシエが見てますよー。


それから本当に間もなく、確かにご予約のご令嬢がお店に姿を現しました。そしてオーナーの目論見通り、いま私の目の前では修羅場が繰り広げられようとしています。

「あなた、どちらのご令嬢かしら？」

「あら、そちらこそ。お見かけしないお顔ですけど、どちら様？」

立ち上がったまま睨《にら》み合う二人のご令嬢。間に挟まれてる私……。

なんでっ？　ポジショニング間違えた？　いやでも私、ふつーに注文取ってただけよね？

ようやく注文する気になった貴族サマの席で「いやぁ色々迷ったんだけどね」とか「可愛らしい彼女にはこの可愛らしいケーキが似合うと思わないかい？」とか、どーでもいい会話を挟んだ注文を聞き終えた瞬間に、その貴族サマの席に突撃してきたのは薄紫のドレスのご令嬢。

隣の席ではそのご令嬢のお友達が戸惑ったように立ちすくんでいらっしゃいます。そのお友達のご令嬢に、シレッと席をお勧めしている先輩の顔は物凄《ものすご》く楽しそう。

オーナーってば、すぐ隣にお席をご用意するとかミエミエじゃないですか。

「いやいや君たち、落ち着いてくれたまえよ……いやぁ参ったなぁ」

立ち上がって睨み合う二人の女性を交互に見上げながら、席に座ったまま大げさに周囲にアピールする貴族サマは満更でもないご様子。「ボクってモテるから大変だよねー」とでも言いたいのでしょう。お二人のご令嬢はそんな貴族サマをよそにガンを飛ばし合っています。

いやおかしいでしょ、元凶そこのチャラ男じゃない？　オーナー！　大騒ぎになる前に、とっとと出禁の宣言しちゃって下さいよー！

伝票を抱えて、一歩二歩と後退しながら厨房の方に目を向けると、オーナーは会計カウンターからブラックリストを取り出しているところでした。はやくぅー！

心の中でオーナーを急《せ》かしつつ、ようやく修羅場ド真ん中から抜け出すことに成功した私が厨房へと歩き出したその時、突然オーナーが入口を二度見したかと思うと、ピタリとその動きを止めました。

なに……？

オーナーの視線の先には、小さな音を立てて内側に開いていく店の扉——。

その扉の動きに吸い込まれるように、私が目を向けると……。

うそっ！

瞬時に私の身体もガチリと固まりました。先輩も目を見開いて入口を二度見しています。数人の常連客がヒュッと息を呑《の》み動かなくなりました。

入っていらしたのは、ふんわりとした金髪の下で柔らかな微笑みを湛《たた》える上品な貴族様と、目映《まばゆ》いプラチナブロンドを揺らしながら薄らと笑みを浮かべている美しい貴公子様……。

ほ……、ほ………、

ホンモノ、キタ————！

お二人は足運びも華麗にカウンター前まで進まれると、バネ仕掛けのように背筋を伸ばし硬直したオーナーへとお声を掛けられました。

恋人繋ぎでしっかりと繋がれた手もそのままに、仲睦《なかむつ》まじく寄り添い立たれたお二人を前にして、オーナーはパニック状態のようです。

瞳孔《どうこう》全開でいきなり「ご案内いたします！」と叫んだかと思えば、挙動不審レベルでコクコクブンブンと忙《せわ》しなく首を動かし、手首よ折れろとばかりに手を振るオーナー。

どうか中へと必死に訴えながら勢いよく振り上げたオーナーの手が机の角でゴンッ！　と鈍い音を立てましたが……あれは痛みなんか感じてないでしょうね。

けれど金髪の方は、そんな不審生物を前にしても気を悪くされることなく、まるで確認するようにお隣のプラチナの方のお顔を覗《のぞ》き込まれました。

プラチナの方のお背が伸びたからでしょうか、お顔の距離が以前よりも近くなって尊さが倍増しています。お二人の間に流れる空気までもが、心なしか甘さマシマシになっているような……。

……って、え？

僅《わず》かに目を細めた金髪の方がスッと、本当にごく自然に首を傾げながらお顔を寄せたかと思うと、その近くなった距離がますます近くなって——。

その先にあるのは、微笑みを浮かべるプラチナの方の、淡紅色をした艶《つや》やかな唇。

こ　れ　は　ま　さ　か　！

けれど互いの唇が今にも触れるかという寸前で、金髪の方はフワリと、なんとも柔らかな微笑みをプラチナの方に贈られたのです。……し、心臓に悪い。

お二人のご様子を目の前で目撃する形となったオーナーなど、水平に右手を上げたまま硬直しています。今なら洗濯物引っかけても、きっと気づかないでしょう。

片手を水平に保ったまま行進を始めたオーナーの後ろをお二人が美しい足運びで進んで行かれます。

もちろん店内は無音。

睨み合っていたはずのご令嬢方も目をかっ開いて立ったまま硬直しています。

はっ！　いけない！　お二人が聖域に到着なさる前に、あの状況をなんとかしなければっ！

ご令嬢方の近くにいた先輩が動きました。近くの椅子を素早く掴《つか》んだ先輩がグイッとそれをパープル令嬢の膝裏《ひざ》に押し込みます。突然の膝カックンに、為《な》す術《すべ》なく着席するご令嬢。

元から座るはずだった席の椅子です。問題ないでしょう。狭いテーブルに三人とか、今はそんなこと気にしてる場合ではありません。

私も慌てて、もう片方のオレンジドレスの令嬢に膝カックンをキメたら、素早くその場を離れました。周囲のお客様方も満足そうに頷《うなず》いておられます。


金髪の方のエスコートは以前と同じく実に優雅。

無駄のない流れるようなその所作は、けれど指先の動きひとつまでが品格に溢《あふ》れ、その深く青い瞳《ひとみ》が見つめ続けるのは、美しく微笑む貴公子様ただおひとりだけ。

スルッと、まるで撫《な》でるように貴公子様のお手をお離しになった金髪の方が、音もなく聖域の椅子に着席された瞬間、ほぅっと詰めていた息を吐き出す音があちらこちらから聞こえてきました。

皆さん静かに、静かにお願いしますね。

とりあえずは、この伝票を処理してしまうのが先決。さっさと厨房《ちゆうぼう》にオーダーを済ませてしまいましょう。と、私が後ろ髪を引かれつつ足を動かそうとしたその時、プラチナの方がスルッとテーブルクロスの上にその美しい指を滑らせました。

すわ！　埃《ほこり》でも落ちていたか！　と、凍り付くような気持ちで素早く目をこらしましたが、幸いそうではなく、プラチナの方はクロスが以前と違うことにお気づきになったご様子。

良かったですねオーナー、気づいて頂けましたよ！

聖域のためだけに特注した最高級のテーブルクロスは、オーナー渾身《こんしん》のオリジナルデザイン。あの一枚で他のテーブルのクロス二十枚は買えます。

そのクロスの上を滑るしなやかな指を追うように、金髪の方もまた、長い指先をツッと滑らせたかと思うと、そっと指先を合わせ……。

スルリ……

スルリ……

ほんの束《つか》の間、まるで愛撫《あいぶ》し合うようにお二人の指先が動きました。

小さな小さなその動きに、店内の女性たちの目は釘付《くぎづ》け。先ほどまで目をショボショボさせてケーキをお召し上がりになっていたご高齢のお客様も、クワッと目を見開き、瞳の活力が復活したご様子。

もちろん他の誰もが同じく息を止め、瞬《まばた》きすら忘れて目を見張っています。

なぜ……なぜ爪先だけで、あんなにエロいの……。

視線を絡め見つめ合ったお二人の距離がスゥッと近くなり、金髪の方がプラチナの方の耳元で、その薄い唇をひっそりと動かした瞬間――――。

ブワッと、あのとてつもないフェロモンが再び店内を席巻《せっけん》したのです。

二度目とはいえ、到底慣れるはずもないとてつもないパワーに、私は立っているのがやっと。その場から一歩も動けません。初めて目《ま》の当たりにしてしまったお客様などは、胸を押さえ、あるいは口を押さえながら震えていらっしゃいます。

けれど今回はそれだけでは済みませんでした。金髪の方の囁《ささや》きを受けたプラチナの貴公子様は、その秀麗すぎるお顔にフッと笑みを浮かべたかと思うと、スッと片目を眇《すが》めてウィンクをなさったのです！　超絶美形のウィンクですよ？　ウィンク!!

誰もがこれには、ひとたまりもなく陥落。なんということでしょう。お二人の威力が前回よりも段違いにパワーアップしているじゃありませんか。

神格の上がったお二人が波のように発する強烈なパワーに、周囲では口を押さえて声もなく身悶《みもだ》えるお客様が続出。子爵チャラ男の前に座っているご令嬢二人も、すでにチャラ男など見ちゃいません。両手で口元を覆いながら、ひたすら顔を赤らめて麗しいお二人に魅入っていらっしゃいます。

……っと、いけない。そういやチャラ男テーブルの注文を伝えに行くのがまだでした。さっさと厨房に伝えて聖地に戻らねば。

震える足を叱咤《しった》して戻った厨房でチャラオーダーをパパッと済ませ、間髪を入れず厨房の扉の外へ。

だって防音の効いた中にいたらお二人の会話が聞こえないじゃないですか。今回こそは決して、奇跡の瞬間《ベストショット》を取りこぼすわけにはいきません。

視線の先ではオーナーが、頬を寄せ合い微笑みを交わすお二人におずおずと声をかけました。

あの状態のお二人に声をかけるなんて、さすがは心臓が毛玉の女。毛玉経営者！　すごい！

プラチナの方の耳元からスッと顔をお上げになった金髪の方に、オーナーが両手で奉納したのはこの日のために用意していた本革製のスペシャルメニューブック。

またいつかお二人がいらした時のためにと、オーナーが準備して金庫にしまっておいたものです。

前回お使い頂いた記念すべきメニューブックの装釘《そうてい》を変え、さらには追加メニューの差し込みも出来るようにした優れもの。以前のものなのでメニュー名の変更はされていませんが、ものは一緒なので問題ありません。

無事にそのメニューブックを捧《ささ》げ終えたオーナーが、緊張の面持ちでカウンター前に控えました。

今日は案内も給仕も会計も、ぜんぶ独り占めする気満々ですね……。

お顔を寄せ合い、スペシャルメニューブックを覗き込んでいたお二人が顔をお上げになりました。

ご注文がお決まりのようです。

「メロンと桃のファルシー、それと季節のフルーツクレープ、あとは特製ブレンドティーを二つ頼む」

滑舌のいい凛《りん》としたお声が、店内に涼やかに響きます。

プラチナの方のお声、そういえば初めて聞きました。超絶美形はお声も超絶いいのですね。

柔らかな眼差《まなざ》しで、注文をするプラチナの方を見つめていた金髪の方が、注文を終えて微笑んだプラチナの方へ、それはもうウットリとするような甘い甘い微笑みを向けられました。

湧き上がるようなその色香と甘さに、こちらに戻ってくるオーナーの足がガクガクと震えています。

毛玉でも防御しきれなかったようです。

転がるように厨房に入って行ったオーナーの向こうで、ちょうどパティシエが配膳《はいぜん》台にチャラ男注文の品を置いたのが見えました。ちゃっちゃと運んでしまいましょう。

素早くトレイに二種類のスイーツとティーセットを載せたら、聖域の斜め後ろのチャラテーブルへ。

よく考えたらこのテーブル、聖域の拝観にはもってこいのベスポジじゃないですか。チャラ男には勿《もっ》体《たい》なさ過ぎますね。

「お待たせいたしました」

内心どう思っていようと私はプロ。営業用の笑顔でチャラ男とオレンジドレスのご令嬢の前に注文の品を置き、ティーカップに紅茶を注ぎます。ちなみにチャラ男は「メロンと桃のファルシー」で、ご令嬢は「溢れる恋のフルーツタルト」。はいどーぞお召し上がり下さい。

笑顔で頭を下げた私に、チャラ男はブスッとしたまま。

そりゃそうでしょう。自分を取り合っていたご令嬢二人が、今やチャラ男を無視してウットリと聖域のお二人を見つめながら溜息《ためいき》をついているんですから。

聖域のお二人がお話しになっているのは、難しそうな専門用語を交えた何かのシステムの話題。

時々細かな数値を問いかけるプラチナの方に、甘やかなお声ですぐさまお答えになる金髪の方。それに納得したように頷いて「では応用としては」とまた楽しげに会話を続けるプラチナの方。

とてつもなくハイレベルなその会話に、内容はサッパリ分からなくても目で見惚《みと》れ、耳で聞き惚《ほ》れるご令嬢方と周囲のお客様。

そりゃあ、こんな中で「ぼかぁファッションにはうるさくてね」なんてできやしないでしょう。

ふて腐れたままザクッとファルシーのド真ん中にフォークを突き立てたチャラ男を見ているお客様は一人もいらっしゃいません。

誰も見てないからって、散らかして食べないで下さいねー。

さっさとチャラテーブルを後にして厨房にトレイを置きに戻ると、パティシエはお二人のお皿を盛り付けている真っ最中。

「もっと載るはずよ。その右の隙間にエメラルド色の葡萄《ぶどう》を置いて。あなたなら出来るわテッド!」

「そうよテッド、頑張って! 金色のキウイもカットして!」

キッチン内に仁王立ちしたオーナーと、今にも配膳台に乗る勢いの先輩に檄《げき》を飛ばされながら、張り切ったパティシエによって完成したファルシーとクレープは、当店史上最高の出来上がり。

一人で持って行くのは確実に不可能なほど繊細かつゴージャスなそれを前にして、オーナーはあっさりと給仕の独り占めを断念したようです。そりゃそうだ。

オーナーと先輩で一皿ずつ、私はティーセットをトレイに載せると、他の給仕たちの声援を背に、一列になって聖域へ向けシズシズと出発しました。

「お待たせいたしました」

和やかに、そして甘やかに、ハイレベルな会話を楽しまれていたお二人の前に、細心の注意を払って皿を置き、これまた特別製のティーカップにジャストな飲み頃の紅茶を注ぎます。

もちろん今回は、オーナーの指示で余分なカトラリーはご用意しておりません。来たるべきあーん対策もバッチリです。その当店渾身のスイーツに目を細めるお二人……。

ああ喜んで下さっている！　喜びで胸をいっぱいにしてオーナーと三人で戻ろうとしたその時、

「え……」

と、チャラテーブルから声が上がりました。あ？

チャラ男は自分のファルシーの皿と、プラチナの方のファルシーの皿に忙しく視線を向けています。

そして近くにいたオーナーへ視線を向けるや、怒りの形相で大きく息を吸うと、口を開いたのです。

「なんっ……！」

その瞬間、チャラ男の口に凄《すご》い勢いでフルーツタルトが突っ込まれました。

突っ込んだのはオレンジ令嬢。

「なん、か食べるのが勿体ないねぇ！」

チャラテーブルの斜め後ろでご高齢のお客様が大きめに声を上げました。素晴らしいフォローです。チャラ男の言いたいことは分かります。なんでファルシーの大きさや盛り付けが違うんだとか何だとか、そーゆーことでしょう。そこは諦《あきら》めて下さい。人生そんなもんです。

一瞬だけ目を白黒させていたチャラ男は、けれどゴクンと口の中のタルトを飲み込むと再び顔を真っ赤にさせてクワッと大きく口を開きました。

食べるの早いなチャラ男。タルト三分の一じゃ少なかったみたいですね。

「おい！」

〝い〟の半分くらいで残りの三分の二のタルトが突っ込まれました。

もちろん突っ込んだのは再びオレンジ令嬢。タイミングとコントロールが抜群です。

「おい、しいわね！」

今度はチャラ男の真後ろの中年女性がフォローの声を上げました。周囲のお客様方も「それでいい」とばかりにチャラ男を睨《にら》み付けながら頷いていらっしゃいます。

ゴフッとベリーを噴くチャラ男の横でオレンジ令嬢と力強く頷き合ったパープル令嬢は、そっと私を手招きすると小声で注文をなさいました。

はい、フルーツ盛り合わせですね。カットは大ぶりで。硬めの果物ならなお良いと……。なるほど、攻撃力が高そうですね。

ご令嬢からのオーダーを厨房に伝え、再びホールへ出ると店内が緊張感に包まれていました。

え？　どうしたの？　またチャラ男が何かやらかしたのかしら。

疑問に思って会計カウンター前で控えているオーナーと先輩の顔を見れば、二人とも目と鼻を全開にして聖域を凝視しています。これはまさか……。

バッと聖域に目を向けると、金髪の方がクレープとフルーツが載ったスプーンを今にもプラチナの方の口元へと運ぼうとしている光景が――。

よっしゃ間に合ったぁ！

スッと差し出されたスプーンが、プラチナの方のお口の中に差し込まれ、形のいい唇がそのスプーンをキュッと柔らかく挟みました。ああ、あのスプーンになりたい……。

そっとスプーンを引きながらニッコリと微笑まれる金髪の方に、ほんのりと頬を桜色に染めながら、ゆるりと目を細められるプラチナの方。上品に動く艶《つや》やかな唇は微笑みの形に上がって、その美しい貴公子様を穏やかに、けれど熱い眼差しで真っ直ぐに見つめる金髪の方。

知らず知らず、私は胸の前で手を合わせていました。オーナーと先輩も、首から上を真っ赤っ赤にしながら目をかっ開いて合掌しています。もちろんお客様も七割ほどが手を合わせ、残り三割は無言で鼻を押さえているご様子。ああ、チャラ男はカウントに入れていません。

あ、パープル令嬢ご注文の品が出来上がったようですね。いい感じにゴロンゴロンにカットされたフルーツの盛り合わせを手に、私はイソイソと聖域のそばのチャラテーブルに向かいます。

おや、どうやらチャラ男は復活したようです。

なんと、畏《おそ》れ多くも聖域のお二人を忌々しそうに睨みながら生クリームを突っついています。

そんな生意気なチャラ男の席に、プロ根性で笑みを浮かべながら近づいて行った私の耳に、とんでもないチャラ男の呟《つぶや》きが聞こえてきました。

「チッ、なんだよ男同士で気持ちわる……」

――――と、次の瞬間、

『ダンッ！』

パープル令嬢とオレンジ令嬢がチャラ男の両足を思いっきり踏みつけました。クロスでよく見えませんが、足の甲へのジャストヒットだったようです。声もなく天を仰ぐチャラ男。ざまあみ……

『カシャーン！』

震えるチャラ男の手からフォークが落下。

ナニしてくれてんだチャラ男――――――！

慌ててバウンドするフォークをキャッチしたパープル令嬢。なんとか第二音は防げたようです。

青ざめた顔でみんなが一斉に聖域に目を向けましたが……よかった、お二人は何事もなかったように召し上がっていらっしゃいます。

ホッとしながら、まだグリグリとかかとを動かしているパープル令嬢の前に笑顔でご注文の品を置き、天井を向いて悶《もだ》えているチャラ男にガンを飛ばしておきます。

オレンジ令嬢のお皿にフルーツを半分わけてあげるパープル令嬢。それにニッコリと微笑んだオレンジ令嬢は、さっそくチャラ男に向け素振りを始めました。女性の友情って素晴らしい。

会計カウンターに戻ると、オーナーがブラックリストにチャラ男の名を書き込んでいました。チャラ男の出禁が決定したようです。当然ですね。

あら、客席のどこからか、チャラテーブルへ防音魔法陣が送られたようです。

お客様方の手から手へ、右側から大外周りに送られた防音魔法陣は、パープル令嬢のご友人の手から無事にパープル令嬢の手に渡りました。見た感じ小さなものなので範囲は狭そうですが、あの小さなテーブル周りだけなら充分でしょう。

それを受け取ったパープル令嬢が速攻で魔法陣を展開しました。これでチャラ男がいくら騒いでも安心ですね。皆さまのお心遣いに感謝いたします。

そうこうしているうちに、プラチナの方がおずおずとフォークを金髪の方に差し出しました。

少しだけ恥ずかしそうに顎《あご》を引いて、金髪の方に小さく微笑む絶世の美男子……。その破壊力に周囲のお客様方は口を押さえてヘンな声が出ないようにするのがやっと。

キタ、お返し来た……。

やっぱりキター――！

いっそう目に力を入れ、瞼《まぶた》を上下に目いっぱい開いたら準備は完了。

そんな目映《まばゆ》いプラチナの方に蕩《とろ》けるような甘い笑みを向けた金髪の方は、彩り鮮やかなファルシーが載ったフォークにスッと片手を伸ばすと、グッとその柄《え》を貴公子様の手ごと、ご自身の手で包み込まれたのです。

お優しそうな金髪の方の思わぬ男らしい仕草に、私の胸がキュンキュン高鳴りました。

じっとプラチナの方に目を合わせたままフォークに載ったファルシーをガブリと口に運び、スゥッと目を細めてみせた金髪の方の、なんとも言えないその色香に、私たちはもちろんプラチナの方もキュッと唇を小さく引き結んで頬を染めていらっしゃいます。

その美しくも可愛らしい表情を眩《まぶ》しげに見つめながら幾度か頷《うなず》かれた金髪の方は、フォークを持ったプラチナの方のしなやかなお手をそっと引き寄せると、そのフォークの先端にゆっくりと、く……口づけをなさったのです！　その口づけの仕方がもう……。

なんとも色っぽいというかエロいというか……。小さく唇を開いて、こう……あぁぁぁぁ！

周囲のお客様方はといえば、ある者は恍惚《こうこつ》としながら胸を押さえ、またある者は祈りを捧げ、みな一様にウットリと魅入っていらっしゃいます。ええ、頬と鼻を同時に押さえている方には、すぐにおしぼりをお持ちしましょう。そろそろヤバいんですね、分かります。

その時、もう我慢ができないとばかりにチャラ男がテーブルを叩《たた》き始めました。存在自体を総スルーされ続けて限界だったのでしょう。

もちろん音も声も一切聞こえません。魔法陣グッジョブ。

チャラ男はパープル令嬢とオレンジ令嬢にも何やら激しく詰め寄っています。たぶん足を踏んだこととか、タルト突っ込んだことに文句を言っているのでしょう。

ちっさい男ね！　生きてるならいいじゃない！

パープル令嬢とオレンジ令嬢も負けてはいません。ギッと厳しい目でチャラ男を睨み付けながら何やら言い返すパープル令嬢に、オーナーがサービスした丸ごとのリンゴを構えるオレンジ令嬢。

その勢いに情けなくも怯《ひる》んだらしいチャラ男が、怒りの表情もそのままにプルプルと小刻みに震え出しました。そしてあろうことか、勢いよく席を立ち上がったチャラ男！

その勢いにチャラ男の座っていた椅子が後ろに倒れて――いけない！　そこは魔法陣の外よ！

ダッ！　と低く身を屈《かが》めてドレスで幕を作って下さるお客様の間をダッシュするものの、さすがに遠すぎます。ああ間に合わない！

チャラ男のすぐ後ろのご婦人が椅子に手を伸ばし、ご高齢の婦人が杖《つえ》の柄をサッと差し出しますが、ほんの僅《わず》かに届きません。

『ガターン！』

椅子が倒れると同時に、素早く立ち上がったパープル令嬢とオレンジ令嬢が、チャラ男に全力のネックブリーカーとエルボーを同時に叩き込《こ》み、チャラ男を床に沈めました。

しかしあまりにも手遅れ……。

ああああっ、聖域のお二人がカトラリーを置きました。こちらを見られてしまう！

周囲と目配せを交わしたパープル令嬢がチャラ男をテーブルの下に押し込み、それに後方の中年女性が即座に足技で協力。

ええ、ガンガン蹴《け》っちゃって下さい時間がないんです！

テーブルクロスの下とチャラ男を聖域の視線から隠すため、オレンジ令嬢とパープル令嬢が目いっぱいドレスを広げてしゃがみ込みました。そこに私たちも到着。我々も不自然ではないギリギリの中腰でスタンバイ。椅子が倒れてからここまで五秒。ギリッギリね！

「すみませんねぇ」

元から持っていた杖を床に置いたご高齢のお客様が、穏やかに口を開きました。

「いいえ、大丈夫ですか」

その杖にそれらしく手を触れたパープル令嬢が、チャラ男の左腕をドレスの下で踏みつけ固定しながら、にこやかにお返事なさいました。

その二人に、聖域側でチャラ男の左足を踏みつけてドレスの下に隠すオレンジ令嬢も、胸を押さえていかにもホッとしたような微笑みを浮かべていらっしゃいます。

もちろん周囲のお客様も、ほのぼのとした空気の演出に余念がありません。金髪の方とプラチナの方の視線にみな一様に緊張しながらも、精一杯のおだやか〜な空気を精一杯生産し続けます。

ニコニコニコニコ…………。

果たして、一座の努力によって無事に危機は去りました。

尊いお二人がこちらに麗しい視線をお向けになった時間は、幸いにもほんの僅か。小さく微笑み合ったお二人はすぐに視線をまたお互いへとお戻しになり、お食事と会話を再開して下さったのです。

『寿命を延ばすのを邪魔しないでおくれ小僧』

『貴族ならマナーは守りなさいね、坊や』

ご高齢のお客様と中年のお客様は潜めた声でチャラ男にそれだけを言い残すと、お席に座り直し、再び微笑みとともに熱い視線を聖域へと向けられました。お手数をおかけいたしました。

パープル令嬢とオレンジ令嬢は、隣席のご友人も交えた三人でテーブルを囲んでいらっしゃいます。

テーブル下のチャラ男が動かぬよう三人で踏みつけつつ仲良くリンゴを三等分にして、聖域を見つめては楽しげにキャッキャと会話を交わしているご様子。防音魔法陣いいかもしれない。

一応、店側としてもチャラ男の足元に二つばかりの荷物置き用の籠《かご》を置いて目隠しに努めました。お客様ばかりにお手数をおかけするわけには参りませんからね！

テーブルの下から「ぁ……なんか、イイ……」という呟きが聞こえたのは気のせいでしょう。防音に頭を突っ込むときは要注意です。


そうして貴い時間はあっという間に過ぎてしまいました。

甘い甘い蜜《みつ》をからめたハイレベルな会話と美しい所作、そしてウットリするような微笑み合いに見つめ合い……。永遠に続いてほしいそれは、ついに終わりの時を迎えてしまったのです。

席を立ち上がり、まるで待ちわびたように手をお繋《つな》ぎになった金髪の方に、微笑みを浮かべたプラチナの方がそっと寄り添われ、再び美しい姿勢と優雅な足運びで静かに会計へ向かわれます。

静まり返ったホールでは、酸欠寸前まで息を潜めたお客様方がお二人をお見送りしていらっしゃいます。……皆さん適度に息して下さいね。自己責任でお願いします。

会計のカウンター前でプラチナの方が、繋いだ手もそのままに片手をポケットに伸ばされました。

今日のお会計はプラチナの方です。何やら今日は金髪の方のお祝いの日なのだとか……。

あ、いえ、みっちり聞いていたわけじゃないですよ？　断片的にそんなお話が聞こえてしまっただけです。はい、近いうちに目玉揚げとソーセージドーナツは買いに行こうと思っています。

会計に立ったオーナーが、お釣りとして準備していたピカピカの銅貨をプラチナの方に捧《ささ》げました。

裏返りそうな声で「お席は必ずございますので」とお二人にお伝えしたオーナーはさすがです。

プラチナの方から頂戴《ちょうだい》した銀貨は、きっとまたオーナーが事務室に飾って下さるはずです。毎日みんなで拝み続けたおかげであれからお店の経営は右肩上がりですからね！　次は効果が二倍です。

お会計を済ませたお二人が、仲睦《なかむつ》まじく出口の扉へと歩いて行かれます。

――――尊い時間をありがとうございます。

胸元で手を合わせ感謝を捧げつつ、聖域を守りぬく決意も新たに、尊いお二人をカウンター脇からお見送りします。

薄紅色の艶やかな唇をそっと寄せてひっそりと耳打ちをなさったプラチナの方に、金髪の方がふんわりとした笑みでお応えになるご様子は神々しいほどに美しく、そしてなんともお幸せそうです。

そうして、愛しげな眼差《まなざ》しでプラチナの方に微笑まれた金髪の方が、お店の入口の扉を開きました。

ああ、これで本当に尊い時間は終わり……。と、私が胸を熱くしたその時、扉を片手で押さえた金髪の方がスイッと首を傾げたかと思うと、
チュッと……。

チュッとっっ！　プラチナの方の白磁の頬に優しく口づけをなさったのです！

ビシリ……と固まった店内をよそに扉だけがスーッと閉まっていきました。そしてそれがパタリ、と閉まった後に残されたのは、恐ろしいほどの静寂に包まれた店内。

けれど、その店内が興奮のるつぼと化すまでさほど時間はかかりませんでした。

前回を上回る強く激しいエナジーとカオス……。

今日一日で、どれほどのお客様が新たな扉を開き、そして新たな道へ踏み出されることでしょう。

でもその道はきっと素晴らしいに違いありません。

だって皆さんお顔が生き生きとしておられますもの。あ、チャラ男の扉の先は知りませんけどね。


「私、頑張りますから」

閉まった扉を先輩と一緒に見つめていた私の口から、そんな言葉がスルンと飛び出していました。

「そうね、目指すは王都一だからね。頼んだわよ」

カウンターの中で同じく扉を見つめていたオーナーが、そう言ってフフッと、手の中の銀貨に視線を落としました。

「相応《ふさわ》しい店にしましょう」

オーナーが小さく呟いた言葉に、先輩と二人して大きく頷いたのは言うまでもありません。

はい！　私ずっとずっと、ずーっと頑張りますからね！

33　ラグワーズ帰郷

ラグワーズ伯爵家の本邸は王都の南東、たぶん二百五十キロほどのところにある。

前世で言えば東京〜名古屋間、あるいは神戸〜広島間といったあたりか。たぶんと言うのは正確に測っていないから。感覚的にそんくらいだと思っている。

王都の東側からグググッと南に下《くだ》り、一つの侯爵領と二つの伯爵領を越えた先がラグワーズ領で、領に入ってぐいーっと東に進んだ先に本邸があったりする。

前世ならば新幹線でビューンと二時間、車でも高速で四時間くらいで行っちゃう距離だ。けれどこの世界にはもちろん新幹線もなきゃ自動車もない。移動は馬車だ。なので丸三日かかる。

まぁ、これでも早くなった方だ。王都までの街道が整備される前は、ラグワーズから王都まで急いでも五、六日は確実にかかったからね。

ガタガタの土道なんて雨が降りゃドロドロだし、車輪は取られるわ揺れるわでロクに進めやしない。荷物さえなかったら歩いた方が早いくらいだ。

俺が子供の頃はどこも道が悪くて、馬車の揺れに何度歯を食いしばったことか。あれには参った。

あまりの揺れに耐えきれなくて、乗り心地の改善のために四種のスプリングとショックアブソーバーの開発に着手したくらいだ。コーナリング対策として車軸も改良し、最近じゃ欲が出て、生ゴムと硫黄を加硫させたタイヤ用ゴムの試用も検討している。

まあ馬車に関しちゃ完全に俺のケツの保護が目的だから、商売にする気はサラサラないけどな。モブは自分の周りだけヒッソリと居心地よくしていければ満足なんだ。

そんな感じで、今じゃ街道と馬車の両方が改善されたおかげで、少なくとも我が家の馬車に関しては格段に乗り心地は良くなったし、スピードも出るようになった。

長距離仕様にさらに改良を重ねた本日の馬車は、ギルバートくんからの評判も非常によろしく、大変お気に召して頂けたようだ。

「すごい。先日乗せて頂いた馬車も素晴らしかったですが、この乗り心地は信じられません」

なんて走り出した馬車に目を丸くした天使は、今日も今日とて非常に可愛らしいことこの上ない。

それはもう、物凄《ものすご》く可愛らしい。とてつもなく可愛らしい。控えめに言って宇宙一だ。

なのでその可愛らしさに、ついつい走り出した車内で俺がガッツいてしまったのは、もう仕方ないんじゃないだろうか。

だって五日ぶりだよ？　五日！　中《なか》四日とかメジャーの投手じゃないんだから。馬車に乗って、ほんの少しでも我慢できた自分を褒めてやりたいくらいだ。この四日間というもの、何度「もう無理だ」と倒れそうになったことか。俺すごく頑張ったんだよ。

あ、でも倒れそうになったのは仕事のせいとか量が多いせいとか、そんなことじゃない。

そんなもんは、目の前から片付けていけばいつかは終わるただの作業だからな。まぁ、しいて言うなら、なぜか片付けるそばから増える謎の現象を見せた書類の山と、時々「これ今する必要ある？」って書類が紛れてたのが気になった程度だ。

でも、ギルバートくん不足だけはね。あれはアカン。

二日目の夕方には気が重くなり、翌日には溜息《ためいき》が増え、日に数度の天使からの伝言魔法陣《おくりもの》がなければ、きっと手足の震えや動悸《どうき》息切れ、悪寒や発熱くらいは発症していたはずだ。

おかしい。以前なら四日空こうが十日空こうが我慢できてたんだけどな。どうにも最近の俺は忍耐力が低下しているようで、今じゃ十日も空いたら確実に干からびて死んでしまうこと請け合いだ。

もうね、我慢しきれずに何度ギルバートくんを呼んでしまおうと思ったことか……。

でも、彼だって忙しい身。そうそう俺の身勝手で呼び出すわけにはいかない。侯爵子息である彼は、のんきな伯爵子息の俺なんかより、よほど忙しい身の上だからね。学院で学ぶ以外の、高位貴族としての知識や教養を身につけるためのスケジュールがギッシリだろうからさ。

そんな忙しい彼の時間を十一日間も貰《もら》っちゃおうってのに、さらに時間を取り上げるなんてバチが当たっちゃうでしょ。バチが当たってギルバートくんに会えなくなったら困るじゃん。そんなんで、俺むっちゃ頑張ったわけ。

彼からの伝言魔法陣だけを心の支えに瀕死《ひんし》状態で迎えた今日という日。待ちに待ったギルバートくんが今朝我が家に来てくれた時なんか、それこそ目が潰《つぶ》れるレベルで目映くて卒倒するかと思った。

それでもウチの玄関先じゃグググーッと我慢して、ギュッと抱き締めて彼の匂いをスーハースーハーするのと、小《ち》っちゃいキスを三回するだけで我慢したんだ。俺エライとマジで泣きそうになったからね？　だから防音の効いた馬車で二人きりになって、そんでもって可愛い笑顔なんか見ちゃったら、箍《たが》が吹っ飛ぶのも致し方ないことだと思うんだ。

そう、だから……ね、そんなに睨《にら》まないでよ、ギルバートくん。

目の前のギルバートくんは、ただいま絶賛プンスカ中。薔薇色《ばらいろ》の頰っぺで、俺の手をギュムギュムしながらプンスカプンスカするギルバートくん。激カワの塊だ。

「ごめんね、君があんまり可愛らしいものだから……許して？」

愛しているよと、その薔薇色の頰っぺにキスをして、俺はまた何度目かの謝罪を口にする。

まあ本音を言えば、俺はギルバートくんがプンスカするのも、それに謝るのも、まったく嫌いではない。どっちかといえば好きだ。さらに言えば、キスの途中でポスポスと力の抜けた手で背中を叩《たた》かれるのも、キュムキュム胸を押されるのも、かなり好きだ。

うん、もちろん気づいてたよ？　でも、もうちょっといいかなーって。ああ、そんな可愛い顔で睨まないでギルバートくん。また食べちゃいたくなるから。

ムンと上がったキュートな唇は少し赤らんでポッテリとして、この上なく美味しそうだし、クッタリと俺にもたれながらウムゥゥと睨み上げてくるキラッキラのお目々は舐《な》めちゃいたいくらい綺麗《きれい》。

そんな彼に愛してるよ可愛いよと山ほど囁《ささや》ける時間は、俺にとっちゃ正直ご褒美以外のなにものでもない。もちろん、眉《まゆ》はしっかり下げて反省の意は示してるんだけどね。

可愛い可愛い彼のご機嫌が戻ったのは、馬車が王都を抜けて東隣の侯爵領に入った頃。ラグワーズと王都の往復では必ず通る領なので、ここのご領主とはとても親しくさせて頂いている。

うん、先日ギルバートくんの誕生パーティーで俺の背中をバッシバッシ叩いていた侯爵《オッサン》の一人ね。

ま、王都に隣接しているのは公爵領と侯爵領ばっかりだから、王都に出入りするならどのみち公侯爵領は避けて通れないんだけどさ。

王都の周辺の領地は、王都に向かう他貴族や商人が自動的にお金を落としてくれるオイシイ立地。

そりゃ公爵、侯爵家で占められちゃうのも仕方ないわな。王都の周辺は十二の公侯爵領でみっちり。伯爵領はその外側だ。王都から遠くなるにつれ領地が広くなっていくあたり、なんだか前世の分譲住宅みたいだなぁ、なんて子供の時分は思ったもんだ。

ここのご領主は、見た目は普通に気のいいオッサン。でもさすが王都に隣接する有力侯爵だけあって、なかなかの人物だ。よく言えば経済に明るく先々を見据えて判断をなさる聡明《そうめい》なお方。悪く言えば損得勘定に鼻が利く商魂たくましい遣《や》り手オヤジ。

十一年前に街道を整備する長期計画案を作成した時に、父上が真っ先に俺を連れてお伺いを立てに行ったコルティス公と並ぶ王都東エリアの重鎮。そうは見えないけどね。

普段ならば、ご領地を通過する際はご挨拶《あいさつ》がてら取引のひとつもしていくんだけど、今回ばかりはスルーだ。侯爵領では二回休憩しただけで、そのまま先の伯爵領へと向かう。

その代わりと言っちゃなんだけど、ギルバートくんには侯爵のお人柄をしっかりと話しておいた。

乗馬がお好きとか、奥方にめっぽう弱いとか、腹で何か考えてる時は鼻を触る癖があるとか……。

ギルバートくんには大ウケだったから、きっと好感度アップですよ侯爵。良かったですねー。

てことで、夕方の五時前には本日の宿泊地に到着。侯爵領を抜けてすぐの伯爵領の端っこ、うちの隣の隣の伯爵家のご領地だ。

マシューなんかは「もっと進めますし、お急ぎなら二日で行ってみせます」なんて言ってくれたけど、ギルバートくんと一緒だからゆっくりでいいんだよ。色んな景色を見せてあげたいじゃないか。早く着いちゃったらつまんないでしょ。

それに、いくらウチの馬が丈夫で元気だからって無理はいけない。疲れちゃうからね。

どんなに馬車を改良しようが、馬車の動力はエンジンではなく馬。当然のごとく馬は機械じゃなくて生き物なので、疲れもすれば喉《のど》も渇くし腹も減る。長距離移動ならなおさら無理は禁物だ。

なので街道沿いにはそんな馬たちのために、適度な間隔でステージステーションと呼ばれる中継所が設けられている。馬を交換したり水や餌をやって休ませたり、馬だけでなく人間もメシ食ったり泊まったりできる宿駅。つまりは交換用の馬が常備された宿場だな。ちなみに馬の交換や世話に特化した小さな中継所はスイングステーション。どちらも長距離移動にとっては重要な場所だ。

郵便馬車や早馬や、平民たちの大事な交通手段である乗合馬車なんかも、ここを馬の交換場所《リレーポイント》兼停留所にしてるから、いつだって人と馬車で溢《あふ》れた独特の活気に満ちている場所だ。まあステージステーションは各領地にとって大切な収入源。結構なことだ。

「実際にステージステーションを目にするのは初めてです。活気がありますね」

興味深げに窓の外を覗《のぞ》き込んでいるギルバートくんはとってもキュート。腰に回した俺の腕をキュムッと掴《つか》みながら、翡翠《ひすい》色の瞳《ひとみ》を右に左にと動かしてる様子は超絶可愛い。

うん、ランネイル領は王都のすぐ西のお隣だもんね。さすがは何人も宰相を輩出している名門侯爵家だけあってご領地はバリバリの一等地だ。

ご領地が王都のお隣なら、ギルバートくんが中継地を見たことがないのも当然だ。

「ほら、今日宿泊する館はあの先だよ」

宿場の中心部を抜けたあたりで、可愛い天使に頬ずりしながら俺が指さしたのは小さな脇道。あの先にラグワーズ伯爵家専用の中継所兼宿泊施設がある。

他領の土地だけど、俺も領民も年がら年中行き来する場所だからね。土地を長期契約してあるんだ。

高位貴族は基本的に交換用の馬や馬車を自前で用意しなきゃいけないからさ、大変なのよ。

平民や商人あるいは下位貴族なら、乗合馬車にも乗れるし御者つきの馬や馬車を手軽にレンタルできるんだけど、そうはいかないのが高位貴族。

高位貴族が長距離移動する時は、日程とにらめっこして事前に利用する中継地点に替えの馬やら、時には馬車ごと配置しておくっていう手間暇をかけなきゃいけない。ぜーんぶ自前で揃えるんだよ。

王族の移動の時なんか、そりゃもう周囲は大変なんじゃないかな。超面倒臭そうだよね。

だから今回の小旅行に関しては、馬車も護衛も使用人もすべて我が家で揃えさせて頂いた。

西が領地のランネイル家にとって東の街道はあまり縁がない、つまり馬車や騎馬を出すためには何日も前から準備して頂かなくちゃいけないからね。

その点、この街道をしょっちゅう使ってる我が家なら、こうした専用の施設もあるから手間なしだ。

そもそも、俺が招待したのにランネイル家に手間かけさせるわけにはいかないじゃん？

ま、本音を言えばギルバートくんとずっと同じ馬車に乗っていたかっただけなんだけどね。

ランネイル家が馬車や護衛を出したら、彼だってそっちに乗らざるを得なくなっちゃうでしょ？

せっかくの小旅行なのにそれはイヤだ……ってことで、今回の件に関してはどうかすべて我が家にお任せ頂きたい、と宰相閣下にプッシュさせて頂いた。

その結果、寛大にもご了承を頂き、なんとギルバートくんは身ひとつで来てくれることになったんだよ。契約書の件があるとはいえ思った以上にあっさりオッケー貰《もら》っちゃって、俺としては嬉《うれ》しくも拍子抜けしてしまったくらいだ。

ギルバートくんにその事を伝えたら「我が家の使用人らは胸を撫《な》で下ろしていますよ」なんてクスクス笑っていたけどね。うん、まあ確かに長期出張は誰でも嫌だろうからなぁ。

「そちらの使用人たちとはすでに面識もありますし、私は我が家の従者がいなくてもまったく構いません。かえって気が楽なくらいです。何より私はアルさえいればいいんですよ」

なんて、そんな可愛いことを可愛い顔で言ってくれたギルバートくんに、俺がしばらく脳内でゴロゴロ悶《もだ》え転がったのは言うまでもない。


脇道を進んで少し道を上がったら、俺には見慣れた館が見えてきた。

別邸と呼ぶには少々こぢんまりとした二階建ての館は、幼い頃から王都を往復するたびに利用しているせいか、俺にとってはほぼ第三の我が家だ。

「着いたよ。さぁ降りよう」

ギルバートくんの手を取って馬車から降り立つと、さっそくディランが案内を始めてくれた。

「素敵な館ですね。どことなく王都邸と同じ雰囲気があります」

やや狭い玄関ホールを見渡して、ニコッと微笑みながら繋《つな》いだ手を軽く揺らすギルバートくんの愛くるしさときたら……思わず階段を踏み外しそうになったよ。

「初めての長距離で疲れただろう？　客室は二階だよ。夕食まで一時間半はあるからシャワーでも浴びて疲れを取って？　手持ち無沙汰《ぶさた》なら図書室もあるし、チェス盤もあるから後で遊ぼうか」

嬉しそうに頷《うなず》く天使の愛らしさに内心身悶《みもだ》えしながら、ディランの後に続いて二階へと上がって、いつも俺が使っている部屋の前を素通りして廊下の奥へと進んでいく。

この先を右に曲がれば客室だ。まずはディランと一緒に彼を客室に案内してから部屋に戻ろう。

「ランネイル様のお部屋は、こちらになります。どうぞ」

足を止めたディランが、目の前の扉を静かに開けた。思わず俺はディランを二度見してしまう。

ディランが笑顔で足を止め扉を開いたのは、なぜか俺の隣の部屋。いや正確に言えば、俺の部屋と内扉で繋がった隣の部屋だ。おい、ちょっと待て！

いやいやいや、おかしいだろう！　なんで？　他にも部屋あるよね？　この先に客室あるよね?!

「ごゆっくりどうぞ。夕食の支度が整いましたら声をお掛けいたします。館内のものはすべてご自由にお使い下さい。何かございましたら遠慮なくお申し付け下さいませ」

呆然《ぼうぜん》とする俺をよそに涼しい顔で一礼したディランに、何も知らぬギルバートくんは「分かった」と一つ頷くと、俺に向けて「また後で」と可愛らしい微笑みを向けてくれた。

なので、俺もつい反射的に「またね」と笑顔で手を振って……パタリと、目の前で扉は閉められてしまった。――――え？

「若様のお部屋はいつも通り整えてございます」

そう言ってスタスタと俺の部屋へ歩き出したディラン。俺は案内など必要ないその真隣の部屋へ入ると同時に、ディランの腕をひっ掴んで中に引き込み、扉を閉めた。

『なんで彼の部屋が隣なんだ……っ』

ギルバートくんがいるだろう隣の部屋を指さしながら、できるだけ声を潜めてディランに詰め寄った。防音つきの防護魔法陣はあるけど隣室まで効果が及んでいるので、この場合まったく意味がない。

『元々、若様が将来ご伴侶をお迎えした時のためのお部屋ですので……何か不都合でも？』

『不都合だらけだと思わないか？』

シレッと顔色ひとつ変えずに首を傾げるディラン。けれど微妙に目が笑っている。こいつ……。

『そもそも隣にベッドなど無かっただろう。いつ入れたんだ』

『ベッドその他は、先週の火曜日には搬入が終わっております。若様、不都合と仰《おつしや》いますと、ランネイル様以外にあのお部屋をお使いになるご予定の方でもいらっしゃいましたか？　でしたら大変申し訳ないことで――』

『いるわけないだろう。私には彼だけだ』

『なら、よろしいでしょう』

いや、まったくよろしくないから、今こうして詰め寄っているんだが？

「では、私は館内の見回りと夕食のお支度に戻ります」

一瞬の隙を突いて素早く一礼したディランが、スルリと部屋の外へ出て行ってしまった。

おい……ちょっ、待てディラン！

「必要なものはサイドテーブルの引き出しにご用意してございますので」

口を開けたまま片手を上げる俺の目の前で、パタリ、と扉が閉められた。……え？　ご用意？

思わずババッと、部屋の真ん中に陣取るベッドを振り返った。視線の先にはいつものダブルサイズの俺のベッド。その横にはいつもの木製のサイドテーブル。

そしてその引き出しには、いつものメモやペンが……と、恐る恐るサイドテーブルに近づいた俺は、そうっと引き出しを開けて——閉めた。そして思わず天を仰ぐ。

そうだったね、そういえばこんな商品……うちの領で販売していたね。

売れ行きもいいんだっけね。ははっ……あの瓶、本来の用途はボディーのマッサージ用だったかな。

『香り控えめ♡滑り抜群♡お肌に優しい天然由来♡お口に入れても安心です♡』

なるほど謳《うた》い文句《もんく》にいちいちハートマーク入れた理由をたったいま深く理解したよ。あとは医療用魔道具に、医薬品もあったかな。至れり尽くせりだね。

ボフッボフッとベッドに頭を打ちつけること暫《しばら》く——。

見なかったことにするという最善にして唯一の結論を導いた俺が、とりあえず着替えてしまおうと立ち上がったその時だ。俺の耳にキィ……という小さな音が聞こえた。

え？　とその方向に視線を向けた瞬間、俺の身体はガッチリと固まった。

なぜなら視線の先には、隣室に通じた扉に手をかけたまま、驚き戸惑ったように立ち尽くすギルバートくんが……。

白く滑らかな素肌の上にゆるりとバスローブを着ただけの、その彼の姿に――――。

俺の目が、恐ろしい勢いで全開になった。

◇◇

「あ……」

扉を半分ほど開いて立ち尽くしていたギルバートくんが小さな声を上げた。と同時に、俺の喉はゴクリと音を立ててしまう。だって仕方ないじゃないか……。

ゆるんだバスローブの合わせから見えるのは、彼の滑らかな素肌。あれは見るでしょ。誰だって見る。見るなと言う方が無理。眼球固定のガン見案件だ。

程よく鍛えられた胸筋はふっくらとなだらかに隆起して、その張りのあるしなやかな雪肌は実に瑞々《みずみず》しく、何とも手触りがよさそうだ。惜しむらくは下半身にトラウザーズを穿《は》いたままってのが、いやほんと非常に惜し……あ、いや。

「ギル……」

一瞬でカラッカラに渇いた喉から、俺がどうにか絞り出せたのはそのひと言だけ。

駄目だ、うまく言葉が出ない。

そんな俺を驚いた表情で見つめたまま、ギルバートくんは扉をもう少しだけ押し開くと、いつもよりさらに艶《なま》めかしさを増した唇をおずおずと動かした。

「あの、シャワーを……浴びようと。浴室の隣にこの扉があって、そうしたら……」

滅多にない彼の動揺したような口調に、本当ならすぐさま彼を安心させるよう声をかけるべきなんだろうけど……俺はそうすることできなかった。いや喉がカラッカラってのもあるけど、それ以上に、たったいま重大な事実に気づいてしまったから。

やべぇ、すっかりサッパリ忘れていた。ここあっちは、浴室が一緒じゃないか。ずっと隣は空き部屋が当たり前で、間に挟まった浴室は俺専用だと思い込んで……うわ、マジか。つまり俺はギルバートくんと同じ浴室を使うことに？

マジか嘘だろマジか嘘だろ、とグルグル回り始めた思考を、けれども俺は強引にストップさせた。

いやいや待て待て待て、まずはギルバートくんだ。

見ろ、むっちゃ戸惑ってるじゃないか。そりゃそうだ、衣装部屋か物置かと開けたら俺の部屋だからな。ビックリドッキリもいいとこだ。

そう、そうだ落ち着け。初めてここに来た彼の方が、俺なんかよりよっぽど驚いているはずだ。

ゴクリ、ゴクリと二回ばかりしっかりと静かに唾《つば》を飲み込んだら、俺は全力の「ふつーの表情」を作って微笑みを浮かべてみせる。貴族修業十八年の集大成と言っても過言ではないだろう。

「あ……ああ。ここは浴室の数が少なくてね、気にせず先に使って？」

どうにか無理やり捻《ひね》り出した言い訳を、出来る限り軽い感じで口にする。

俺が動揺してはいけない。彼に気を使わせるのはもっといけない。そうだ大した問題じゃない。そういう造りだってだけだ。そういうシステム、そういう館なんだ。うん、そういうことにしておこう。

唇の乾きがハンパないけど、ここで唇を舐《な》めるわけにはいかない。バスローブの隙間からチラチラどころかガッツリ見える白い玉肌を前に、ここで舌なめずりは厳禁だ。

「あ……はい。分かりました。ではお先に」

彼はパチパチと瞬《まばた》きをした後、そう言ってほんの少し照れたように微笑むと、小さく頷いてくれた。賢いギルバートくんは理解も立ち直りも早い。さすがは素直で可愛いが天元突破した大天使だ。薄《うつす》らと赤らんだ頬と目元がキュートなんてもんじゃない。

でも今はそれ以上に匂い立つような色香がヤバすぎる。非常に危険なレベルだ。ここで前屈《まえかが》みになるのは絶対に避けたい。それもこれもバスローブのせいだ。

何なんだ、あの絶妙なゆるっと感。もうちょい開けと思わせるチラリズム加減……。

くそ、完璧《かんぺき》じゃねぇか、と自分でもよく分からない当たり方をしながらも、俺は「うんうん、ゆっくり入ってきてね」とばかりに無理やりギギギと上に固定した視線で可愛い彼に微笑みを返した。

そう。形良く浮いた鎖骨の陰影とか、絶対手触りがいいだろうスベスベの胸元とかは、決して見てはいけない。もちろん見えそうで見えない合わせの奥に首を伸ばすなど、もってのほかだ。

果たして無事にパタリと閉まった扉。

思わずハァアーと肩を落としてしまった俺の反応は極めて正常だろう。

納得したかどうかは分からないけど、とりあえずギルバートくんは浴室に向かってくれたようだ。

大丈夫。俺さえ落ち着いていればいいだけの話だ。

大丈夫、大丈夫……共有は浴室だけ。トイレは別だしベッドも別。扉だって二枚ある……と、気を取り直して、俺は上着を脱ぎクラヴァットを引き抜いた。暑い。

うん、よし、そうだ。彼が出てきたら俺もパパッとシャワー浴びて部屋着に着替えて、そしたら楽しい夕食だ。うんうん、彼とは今日見てきた景色や通ってきた街道沿いの話をしよう。以前に見たステーションでの面白ハプニングやトラブルの小話を披露してもいいかもしれない。

シャツを脱いでクロゼットにかかっていたバスローブを素肌に羽織った。憎っくきバスローブだが、着てみりゃただのバスローブだ。なんてこたぁない。

部屋のクロゼットには、幾組かの部屋着やナイトウエアが綺麗《きれい》にセットされ同じく掛けられている。「相変わらず手際がいいな」と、使用人たちの迅速な仕事ぶりに心の中で盛大な賞賛を送り、到着してからの彼らの働きに思いを馳《は》せる。

——そうでもしなきゃ、全力で浴室に聴力を向けちまうからな！

うん、ギルバートくんの部屋も彼らによって素早く隙なく整えられているだろうから、彼が着替えに困ることはないだろう。特に着替えや整髪のための使用人はつけていないけど、王族でもなきゃそれが普通だ。いくら貴族だって、子供じゃないんだから男であれば普段着くらい自分で着替えられる。女性は面倒らしいけどね。特別な時以外はだいたい自分で着替えてるし、使用人らにシャツや上着を差し出されれば断らないってだけだ。

必要もなくデスクの上のメモやペンの位置を整えながら、必死でどうでもいい事に思考を飛ばしていたら、浴室側からノックの音が聞こえた。ギルバートくんが浴室を使い終わったらしい。

短い深呼吸の後に「はいどうぞ」と返すと、扉が開かれてギルバートくんが顔を覗《のぞ》かせた。

「アル、浴室空きまし――」

そこで一瞬だけ固まったギルバートくんは、けれどすぐに再起動して「……空きましたので、どうぞ、使って下さい」とキュッと口を引き結んだ。

そんなに俺の様子は胡散臭《うさんくさ》かっただろうか。そうかもしれない。一応「ありがとう、そうするよ」と機械的に返事はしたものの、俺の頭の中はすでに噴火状態。

だって、目の前のギルバートくんときたら……！　着替えこそ終わってるけど、水気を含んで潤み艶《なま》めくプラチナブロンドに、ほわっと桃色に染まってふっくらと上気した肌……。その風呂《ふろ》上がりの威力に鼻血を噴いて倒れなかったのが不思議なくらいだ。収拾なんかつくはずがない。

ドッカンドッカンと脳内で盛大に噴火を続ける俺に、目の前の滴るような色香をまとった天使は、ふんわりと可愛らしくも艶《つや》やかに微笑んでから、そっと扉を閉めてくれた。

あまりの破壊力に、しばしの間その扉を見つめたまま放心する俺。

けれどハッと意識を取り戻すや、俺はブンブンと頭を振って根性で無理やり思考を切り替えた。

……うん、ボケッとしてる暇はない。俺もさっさとシャワーを浴びて着替えないとあっという間に夕食の時間になってしまうからな。そうだ先のことを考えろ。未来から平常心を補給するんだ。

念のためそぅっと浴室と隣室に続く扉を開けて覗き込んでみるが、短い通路の正面にあるギルバートくんの部屋の扉はちゃんと閉まっている。

ホッとしてササササッと中に入り、俺は素早く左側にある浴室へと入って行った。

あれから十数分……いやもっとか。俺はいまだに浴室から出られないでいる。

勢いよく出したシャワーの音で、自分の呼吸と、粘り混じりの摩擦音をかき消しながら、俺は最後のスパートをかけていた。

「……っ！」

壁についた片手にグッと力がこもると同時に、小刻みに震えた俺の身体が動きを止める。

一度、二度と貫いていく波をやり過ごし、ハ……ッと息を吐き出しながら閉じた目を開けば、視線の先では、今しがた放ったものがシャワーの水流でみるみる洗い流され、湯とともに消えていった。

――参った。

今一度、握り込んだ手を根元から先まで往復させ、二度目の残滓《ざんし》を出し切ってから、俺は呼吸を整えるには大きすぎる溜息《ためいき》を盛大に溢《こぼ》した。

そろそろ出ないと時間がヤバい……。

いまだゆるく勃《た》ちあがった自身から手を離して、これで治まるようにと願いを込めながらシャワーヘッドに顔を向けて身体を洗い始める。

いや、いくらなんでも無理だろう！

浴室に入った瞬間、鼻をくすぐったのは柔らかな石鹸《せっけん》の香り。

温かく湿った空気に身体中を包まれ、目に入るのは水滴の残る壁と濡《ぬ》れた床。

そして使った形跡のある丸い石鹸、シャワーヘッドから垂れた水滴の音……。

別に髪の毛一本残っていたわけじゃない。けれど明らかに使用したばかりの浴室に、俺の脳内にはボンッと一瞬でシャワー中のギルバートくんが出現、からの下半身直撃。

いや勘弁して下さい、と懸命にマッチョフリフリへ妄想を転換すべく頑張ってはみたけれど、さすがに五感全てを刺激されたら為《な》す術《すべ》はない。

なので致し方なく手早く処理すべく方針をチェンジ、のはずがこのザマだ。

手早くどころか次から次に妄想と記憶が蘇《よみがえ》って、とてもじゃないが一回で治まるような勢いじゃなかった。平常心どこいった。まったく、今日ばかりは健康な自分が恨めしいよ。

はぁぁー、と何度目かの溜息をつきながらワシャワシャと八つ当たりのように全身を洗い終わって、「まだいけるぜ」と言いたげな中心部をメッと睨《にら》み。

そして俺は大急ぎでバスローブを引っかけると、そそくさと浴室を後にして部屋へと戻って行った。

食事の支度が出来たとディランが呼びに来たのは、それから十五分後。幸いにして大急ぎで身支度を調え終えていたので、何事もなかったかのようにギルバートくんと一緒にダイニングへと向かう。

もちろん呼びに来たディランは忘れずに睨み付けておいたけど、見事にスルーされてしまった。

風呂まで使っておいて、今さら部屋を変えるのも不自然すぎるからそこはもう諦《あきら》めよう。部屋割りの確認を怠ったのも、早期対応のタイミングを失したのも俺のミスだ。

でも、もう大丈夫。今日の山は越えたからな。明日以降は部屋割りをキッチリ確認して、二度と浴室に瞬殺されないよう手を打とうじゃないか。

キュムッと手を握って微笑みを向けてくれる隣のギルバートくんにニッコリと微笑みながら、なぜかまたモクモクと脳内で湧き出した先ほどの妄想シーンを、俺は全力で振り払った。

今は出てくるんじゃない！　今度、使い倒してやっから！


夕食は実に和やかで楽しく、そしてこの上なく旨《うま》かった。まあだいたい何でも彼と一緒なら美味しくなっちゃうんだけどね。

食材が限られる旅先にもかかわらず頑張ってくれた厨房《ちゅうぼう》のおかげで、ギルバートくんは実に愛らしい笑顔をたくさん見せてくれた。中でもラグワーズ牛のフィレはたいそうお気に召して頂けた様子。うんうん、ならばぜひ定期的にランネイル家へ送らせて頂こうじゃないか。

「明日は朝八時に出て、夜はこの隣の領地で宿泊だよ。うちの隣の伯爵領だけど、その土地を任されている子爵家の子息が私の前の隠れ家の使用者でね……」

そんな取り留めのない話をしながら、ダイニングの隣の小さなリビングで食後のお茶とチェスを楽しんでたら、気づけばいい時間になってしまっていた。

なので明日もあることだしと、切りのいいところで彼と一緒に二階へ引き揚げることにした。

ちなみにチェスはギルバートくんと俺の一勝一敗。引き分けだ。さすがにギルバートくんは強い。制限時間ありの早打ちなのに、大抵は砂時計の四分の一を残して次々と手を打ってきた。俺が辛うじて取れた一勝もラッキーが重なった結果だ。

俺がそんなまぐれ勝ちのチェックメイトをかけた時の、ピクンと眉《まゆ》を上げたギルバートくんは凄《すご》く格好良《かっこ》かったし、階段を上がりながら「明日また対戦しようか」と提案した俺に、すぐさま「ええ、ぜひ」と返してきたギルバートくんは物凄く可愛かった。

そんな負けず嫌いで格好可愛い彼の手を引いて二階に上がったら、彼の部屋まではあっという間。扉を開けて彼を中へと促したら、俺も一緒に入って後ろの扉を閉め、防護を発動させる。

あ、でも入ったのは二歩だけね。これ以上は入らない。

俺はこのまま左の内扉から自分の部屋へ戻る予定だ。扉を閉めたのは、彼に今日最後のキスをしたいから。彼の可愛い表情を俺以外に見せるわけにはいかないからね。

目の前の彼を抱き寄せて、まずはチュッと柔らかな頬にひとつ。俺を見つめてフワンと桜色になった彼の頬っぺが凄く美味しそうだったからね。

「愛しているよ」

綺麗な綺麗な彼の瞳《ひとみ》に、いつだってたくさん伝えたい言葉を口にしたら、反対の頬にもひとつ。

「アル……」

キュッと俺の首に手を回したギルバートくんが、蕩《とろ》け始めた瞳で俺を見つめてくる。ほらね、こんな顔は俺だけが知ってりゃいいのさ。

俺の名を呼び動いた愛しい唇に誘われるように、その艶々《つやつや》とした柔らかな弾力へ、そっと唇を重ねた。ふっくらとした上下の唇を順番に小さく吸い上げて、ゆっくりと深く合わせていく。

俺の動きに合わせるように愛らしく応えてくれる彼が可愛くて可愛くて、頬を緩めながらフワリと開いた隙間に入り込めば、まるで出迎えるように差し出された甘い果実。

それに目を細めながら舌裏から先端までをするりと舐め上げ絡め取っていく。敏感な部分を舌先で、あるいは全体で可愛がれば、甘美な鳴き声が小さく俺の耳をくすぐって、いっそう俺を煽《あお》り立てる。

徐々に力が抜けていく腕で懸命に俺に縋《すが》り甘える彼の、なんと可愛らしくも妖艶《ようえん》なことか。つい背中や脇腹を撫《な》で上げたり、腰や尻《しり》に手を這《は》わせちゃったのは、まぁ、仕方がないというか何というか……。

でもこれ以上ギルバートくんを堪能してしまったらきっと眠れなくなってしまう。なので俺は、もうちょっと満遍なく……なんてダダ漏れそうな欲望を理性で抑え込むと、最後に小さなキスを数回落としてから、唇を離した。

俺の目の前には頬を染めながら、ほぅっと小さく息を吐くギルバートくん。

その姿は今や匂い立つような色香が溢《あふ》れ、危ういほどに艶やかで官能的だ。思わず「やっぱり、もうちょっと」と前のめりになりかけたけど、俺はそれを全力の理性でブン殴った。

だってこれ以上はね、さすがにマズいでしょ……。部屋に二人きり、時間は夜で、あとは寝るだけ。目の前にはすっかり食べ頃になった極上のごちそ……あ、いや。

ね、だからさ。そろそろ撤退しないと。

煩悩まみれの未練を根性でブッた斬り、『じゃあまた明日』と俺が口にしようとしたその時――――。

それよりも早く目の前の官能的な天使が「あの……」と、その艶々で色香たっぷりの唇を開いた。

それに「ん?」と開きかけた口を閉じて首を傾げると、薔薇色《ばらいろ》の頬をさらに色濃く染め上げた天使は、潤み蕩けたその翡翠《ひすい》の瞳をそっと俺に向けてきた。

「あの、ナイトウエアは着ないでお待ちしていた方が……いいですか？」

……………はい？　首を傾げたまま思考停止した俺の目の前で、スゥッと息を小さく吸ったギルバートくんが、キュッと引き結んでいた唇を再び開いた。

「私は特にこだわりはないので、アルのお好みに合わせようかと。なにしろ経験がないので皆目《かいもく》勝手が分からず……。お渡りのお迎えも、立ってすべきかベッドにいるべきか、それすら――」

「ちょ、ちょっと待ってギル」

停止した思考を迅速に復旧し俺は慌てて彼の言葉を遮ると、腕の中から俺を見上げてくる恥ずかしそうな、けれど何やら決意のこもった翡翠の瞳を見返した。

いやいやいや……『お渡り』ってナニ?!

着るか着ないか立つか寝てるかって、何でそんな話に?!

いや俺もこだわりなんかないよ！　脱がすのも楽しそうなら押し倒すのも悪くないし、全部すっ飛ばしてイタダキマスも大歓げ……って、そうじゃない。今口にすべき答えはそうじゃないぞ俺！

「私は君にこれ以上のことをするつもりはないよ。この間も話しただろう？　全部ちゃんとしてからと、決めたからね」

そうコレだ。俺は彼を抱いた後に、後悔など微塵《みじん》もしたくないんだよ。

それがたとえ自分で勝手に定めた倫理的なルールでもね。ヤることだけヤって後悔とか罪悪感とか、彼に対して失礼だろう。

俺の言葉に、その綺麗なお目々を見開いた彼が首を傾げた。……首を傾げた？

「このお部屋の意味をシャワーの時に知って、私はすごく嬉《うれ》しかったんです。それにあれほど行き届いた準備まで……。ですから私はてっきりアルがお望みなのかと」

あ、部屋のこと気がついてたのね。そ、そっかー……って、んん？　準備？

ふんわりと頬を染めた天使がチロリと視線を向けた先は、真新しいベッドサイドテーブル。

え……？　ベッドサイドテーブルッ?!　――こっちにも準備してたのかっ！

ディランてめぇ何してんだ！　馬鹿か？　馬鹿なのか?!

なんで俺だけじゃなくギルバートくんの部屋まで準備万端整えちゃってるわけ？　アレか、どっちでヤるか分かんねぇから両方用意しましたってか！　気が利きすぎるわっ！

首を傾げながら「え？」みたいに見上げてくるギルバートくんはとってもキュート。

うん、違うんだ。違うんだよー。

俺は大慌てで笑みを浮かべ、ジッと見つめてくる可愛いギルバートくんに言い訳というか、説明を始めた。この部屋のことも引き出しの中身のことも、気が利きすぎる使用人が準備してしまっただけで俺自身にそのつもりはないことをシッカリと、ハッキリと！

「なるほど、では、私の勘違いだったということですね」

眉をキュウと下げて、お色気たっぷりでプルンとした艶々の唇を僅《わず》かに尖《とが》らせるギルバートくん。

「うん、ごめんね。でも君の気持ちはすごく嬉しかっ――」

「せっかく身体の隅々まで洗ったのですが……」

……………は？

ほぅっと顎《あご》に指先を当て息を吐くギルバートくんに、ボンッ！　と脳内でシャワーユーザー・ギルバートくんの妄想が復活。

――――おいコラ出てくるんじゃないっ！　反応したらどうしてくれるっ！

艶めかしい妄想ギルバートくんを脳内でバババッと振り払って「ギルはいつだって綺麗だよ」と返事にもならんよく分からないことを口走る俺。

「商品の説明書きもすべて熟読したのですが……」

チラッと俺を見上げてくるギルバートくん。

そ、そうなんだ……さすがはギルバートくん。何やら使用シミュレーションまで済んでいるような口ぶりだね、気のせいだとは思うけど。うん、いいんだよ。悪いのは全部ディランだからね。

頭の中でディランの首を全力で締め上げる俺に、スルンとまた俺に両腕を巻き付けたギルバートくんがチュッと頰にキスを落として、そして、

「せっかくですから、お味見だけでも如何《いかが》です？」

何とも魅惑的な声で囁《ささや》くと、可愛らしくも艶《あで》やかにコテリと首を傾げた。

グフッ……やべぇ、ちょっとキた。一瞬「そぅお？」とか言いそうになっちゃったじゃん。

でもダメダメダメ！　俺、お味見したらガッバガバ食っちゃう方だから！

「残念だけれどね、私をあまり誘惑しないで？」

そう言って、俺はチュッと目の前の可愛くて愛しくて世界一大切な彼の唇にキスを返した。いやホ

ント残念で残念で、内心じゃ滂沱《ぼうだ》の涙で千切れそうな理性かき集めてるんだけどね？

そうですか――とキュッと眉を下げる可愛い彼を抱き締めて、サラリとした髪を撫でる。うん、でも君を拒否してるわけでも抱きたくないわけでもないから、そこは勘違いしないで。

「ね、ギル。もう分かってると思うけど、この部屋は私の伴侶《はんりょ》のための部屋だ。君が使うのは正しい。この先も未来永劫《みらいえいごう》たったひとり君だけの部屋だよ。君はもう私にとってそういう存在なんだ」

艶やかに煌《きら》めく髪先にキスを落としながら「愛しているんだよ」と心の底からの言葉を贈る。

君を抱きたいけど今は抱かない。

愛しているから。ちゃんとしたいから。

最低限の条件をクリアするって、決めたから。

そしてクリアした暁には……暁には……あー、その、アレだ。うん、あの引き出しのアレコレは、あのまま仕舞っておこうかな。何ならそっと自室と寮部屋に常備しておいてもいいかもしれない。商品名は分かってるしな。あとは手順と照らし合わせて使用方法を推測して……。

「私の部屋？　でも先ほど手違いだと――」

顔を上げたギルバートくんがパチリと長い睫毛《まつげ》で瞬《まばた》きをして俺を見つめてきた。もちろん俺はアレコレの手配数量の計算を中断して、大きく頷《うなず》いてみせる。

「手違いなものか。私には君だけだからね。少々時期が早まっただけだよ」

そうとも、どのみち隣の部屋を使うならギルバートくんしかいない。彼以外を入れるつもりはない。だから彼は堂々と使えばいいんだ。

「いいのでしょうか。よく考えればラグワーズご夫妻にご挨拶《あいさつ》もまだなのに……私ときたらすっかり浮かれてしまって」

キュゥと眉を下げたまま、気遣わしげに首を傾げた彼に、俺はまたしっかりと頷いてみせた。

もちろん、いいに決まっている。父上たちの部屋は別にあるし何も問題はない。彼が気にするなら俺個人で彼専用の館を別に建てたっていいくらいだ。

「もちろんだ。私がそう決めているからね。君の部屋だ」

綺麗なその眉の間にチュッとキスを落とした俺に、ギルバートくんはフワリと、何とも嬉しそうに笑うと、ギュッと俺の背を抱き締めてきた。かわっ、かっわいいぃ――――！

「嬉しいです……すごく」

潤んだ瞳を煌《きら》めかせ頬を桜色に染めながら、腕の中で嬉しげに笑うギルバートくんに、俺の脳内はお祭りからのパレード状態。

「アルの伴侶のお部屋が……私の部屋なんですね」

目の前でおずおずと見上げてくる天使度マシマシなギルバートくんに、もちろん俺は「そうだよ」とソッコーで頷いた。

恥じらうような表情が激カワすぎて脳内のパレードは大盛り上がり。花吹雪が舞っている。

も、もう一回、強めのヤツしちゃっていいかな。明日の馬車のぶんを前借りで。

「ずっと、いつでもどこでも……？」

チラリと上目遣いでコテンと首を傾げるギルバートくんの破壊力に、どのタイミングでキスしようか、なんて考えながら俺はコクコクと首を縦に振った。

「そうだとも、いつでもどこでも君の部屋だ」

その瞬間、目の前のギルバートくんがニッコリと、それはもう晴れやかに笑った。

俺もまたその瞬間に自分の失言を悟る。

「嬉しいです。この先どこに行こうと、私はアルの伴侶の部屋に泊まることができるのですね。いつでも……ええ、明日も、あさっても、その先も。ね、アル」

目の前で満足げに、「言質は取ったぞ」とばかりに口端を上げて綺麗に微笑むギルバートくん。

ちょ、ちょっと待って！　この先もって……今日だけで俺の理性ボロボロなんですけど。

「いやそれは――」と言いかけたものの、「ねっ」とばかりに微笑まれてしまった……あ、ハイ。

「今日は大人しく寝ます。明日以降もあることですしね」

おやすみなさい――と俺の唇にチュッとキスを落として、ニコッと可愛らしく首を傾げたギルバートくん。何だか「今日は勘弁してやらぁ」という副音声が聞こえる気がするんだけど……。

引き攣《つ》りそうな笑顔を叱咤《しった》して「おやすみ」とキスを返したら、俺は隣室に続く内扉へと向かった。

「旅が終わるまでに『お味見』して頂けるよう頑張りますね」

いやギルバートくん、それ麗しい笑顔で手を振りながら言うことじゃないから。残り少ない俺の理性をこれ以上揺さぶらないでオネガイ。

パタリ、とギルバートくんの部屋の内扉を閉めると、すぐそこにはあの浴室。

明日の館の間取りってどうなってたっけ――――と、再びモクモクと湧き出した妄想と戦いながら自分の部屋に入って、そして俺は入ると同時にその間取りを思い出した。

あー、うん……明日も瞬殺は確定かな。

◇◇

部屋に戻ってしばらく、俺は冷静さを取り戻した。

うーむ、気がつけばいつの間にか不利な状況に置かれている……。あ、いや本来なら実にオイシイ状況って言うべきなんだろうけど、ここで後先考えず据《す》え膳《ぜん》をガツガツいっちゃうのはね、ダメでしょ。ギルバートくんがどれほど綺麗で可愛くて天使でも理性崩壊はアカン。

けど、部屋を変更する道はいつの間にかギルバートくんによって塞《ふさ》がれてしまった。撤回は不可だ。明日以降もほぼ同室なのは確定している。なぜこうなったのかは、いまだによく分からん。

とはいえ、早急に対策を考えないと……このままじゃヤバい。自分の意志が弱いのは自覚済みだからね。あんなに魅力的な天使を前にしたら、それこそ俺の理性などあっという間に吹き飛んでしまう。

とりあえずは……うん、明日からは浴室を使う時間をずらそうか。

このままでは腱鞘炎《けんしょうえん》への道をひた走ってしまうからな。浴室内の温度と湿度が下がって、あのデンジャラスな効果が充分に薄まった頃に入浴すれば大丈夫な気がする。

あと「頑張りますね」なんて宣言してた天使の誘惑対策としては……もう就寝前に仕事を入れて、それを盾にするしかないだろう。俺に仕事があるとなったら「お味見」のお誘いは控えてくれるんじゃないかな。

考えてみれば今夜といい、先日の寮部屋といい、彼が「どうぞ召し上がれ」とばかりに官能的に誘惑してくる扇情天使となるのは、俺に時間的余裕がある時。逆に、教授との約束があった試験結果の時や、十五分に一回仕事が飛んでくるような昼間の馬車のような状況だと、「アルのバカ……」とばかりに可愛らしくプンスカして俺を止める方向にシフトしていた。

このプンスカの法則が確かなら、就寝前の俺に仕事が入っていれば、おやすみのキスで多少俺の理性がブッチブチいきそうになっても、彼が可愛くプンスカして止めてくれるはずだ。

いや、そもそもキスしなきゃいいじゃねぇかという話なんだが、それは無理だからな。俺は彼の甘い甘い唇を堪能しつつ、最後の理性はなんとしても保ちたいんだ。仕事はディランとオスカーに言えば大喜びで書類の山を差し出してくるだろう。

よし、この方針でいこう。きっちり予防線を張りつつ、おやすみのキスを堪能したらチャチャッと仕事を済ませて、頃合いでシャワーを浴びて寝る、って流れだな。うん、イケるような気がしてきた。


てことで、翌日の俺の起床は朝の五時。少々早いが致し方ない。

俺はギルバートくんより早く起きて、ギルバートくんに気づかれぬようシャワーと歯磨きをパパッと済ませて身支度を調えた。防音魔法陣を応用すれば何ということはない。

「私がアルを起こして差し上げようと思ったのに、残念です」

六時過ぎ、そっと俺の部屋に顔を見せてくれたギルバートくんはそう言って、可愛らしく眉《まゆ》を下げた。そして俺はそんな彼を、報告書片手にデスクから存分に愛《め》でることができた。朝イチのギルバートくん……うん、実にいい。一日の活力の湧き方が格段に違う。

うん、ごめんね？　俺いま理性崩壊の予防キャンペーン中だからさ。ギルバートくんに起こしてもらうってのは、ひっじょーに魅力的なんだけど、寝ぼけてベッドに引き込まないとも限らないし、朝は朝で色々とヤバいでしょ。でも防音魔法陣の使い方は完璧《かんぺき》だったよ。さすがはギルバートくんだ。

「フフッ……出し抜かれてしまいました」

チュッと俺の唇に微笑みながらキスをしてくれたギルバートくんは、今日も天使度百パーセント。

いや闘志は燃やさなくてていいからね。

とりあえずは穏やかに始まった二日目。本日の移動距離も、昨日とほぼ同じ。

けれど馬車が進むごとに地形は平野から低い山地へと少しずつ変化していく。うちの領も山は多いけど、この辺から次に向かう伯爵領にかけては特に山だらけ。当然景色は途中から山と小川と木ばっかりになって、それがずーっと続いていく。

それでもギルバートくんは馬車の中で興味深そうに窓外を覗《のぞ》いては、目についた木や花について教えてくれたり俺の説明に耳を傾けたりと、それはそれはキュートな表情をたくさん見せてくれた。

俺は俺で、定期便のように飛ばされてくる魔法陣を打ち返しつつ、隙とタイミングを計りながらしっかりとギルバートくんを補給。

俺に飛んでくる魔法陣は特に親展をつけさせていないので、もちろんギルバートくんの耳にも入っているけど別に構いやしない。彼に秘密にするような事は無いからね。

少々邪魔くさくはあるけれど「勉強になります」なんて可愛いことを言ってくれる彼に、魔法陣の返信内容の根拠や判断基準なんかも話題にできたから良かったのかもしれない。まあ、キスの途中に飛んできたときは破り捨てたくなったけど。

馬車は大きな揺れもなく実に快適かつ順調に進んで、夕方前には予定通り伯爵領の境界へと差し掛かった。少し先には領境となる幅の広い川が横たわっている。あの川を渡れば隣の伯爵領。今日の宿泊地だ。

「もう少し行くとね、海が見えるよ。次のブルーメン伯爵領は、大きな川の河口から海にかけての素晴らしい漁場を持っていてね、隣の我が領とは古くからの付き合いで協力関係にあるんだ」

海は見たことあるかい？　と切れ長の綺麗《きれい》な目尻《めじり》にキスを落とした俺に、ふるふると小さく首を振ったギルバートくん。

「私は中等部の入学まではずっと領地でした。我がランネイル領は海に面していないので……。そうですか。なるほど、だから子爵家のご子息はアルに隠れ家を引き継いだのですね。私がそのご子息でもきっとアルに引き継いでいたに違いありません」

ニッコリと笑ったギルバートくんは目映《まばゆ》い天使そのもの。幼い頃はさぞ可愛らしい子供だっただろう。そんな天使を領外に出したら、あっという間に攫《さら》われてしまう。領地を出なかったのは大正解だ。

大きな橋を渡ってしばらく、高台を進んで行く馬車の右手の窓から広い河口と海が見えてきた。ここから少し下って行けば今日の宿泊ポイントが見えてくる。

西陽に照らされた今日の海はとっても穏やか。窓から遠目に見える初めての海に目を細めるギルバートくんが可愛くて、そんな彼を抱き締めながら地形の特徴や海産物の話をしていたら、フワッと手元に魔法陣が届いた。後ろの馬車のディランからだ。

「館の門前にて、マーカス・バレリー殿が若様のご到着をお待ちです。如何《いかが》なさいますか」

おやおや、噂《うわさ》をすれば何とやらだ。

幼馴染《おさななじ》みでもあるバレリー子爵子息は、俺が帰郷する時は大抵、ご領主ブルーメン伯の使いがてら顔を見せに来てくれる。

まあ使いとは言っても名ばかりで、子爵子息であるマーカスが幼馴染みである伯爵子息《オレ》に面会するための口実。お優しいご領主のお取り計らいだ。だって、必要があればすぐ隣がウチの領なんだから父上《オヤジ》に言った方が話が早いからね。伯爵仲間で飲み仲間だし？

それにしても、俺の到着前に待ち構えてるなんて今回はずいぶんと早いね。いや、こっちがいつもより遅かったのか。

「ギル？　さっき話していた子爵子息が私を待ってくれているようだよ。どうする？　一緒に挨拶を受けるかい？　私はどちらでもいいよ」

子爵子息は恐らく俺だけだと思って来ていることだろう。いつもなら「門を通して玄関先で待っててもらって」って言うとこなんだけど、今回は侯爵家嫡男であるギルバートくんが一緒だからね。ギルバートくんの返事次第では子爵子息を門内に入れるタイミングを変えないとマズいからさ。

マーカスは嫡男だけど、まだ後嗣届けは出ていないはずだ。跡継ぎになっていない彼の立場はただの子爵子息。言ってみれば同じ子爵子息であるディランやオスカーと同等だ。

たとえ跡継ぎに指名されていても侯爵家嫡男のギルバートくんの方が格は上。侯爵子息が了承しなければ、子爵子息は侯爵子息に挨拶どころか近づくことすら許されない。挨拶できる方が稀《まれ》と言える。

「そうですね……同じ隠れ家の使用者だったそうですし、アルが親しくなさっている者ならば間違いはないでしょう。構いませんよ。声を掛けましょう」

ほんの少し「んー」みたいに考えた後、ギルバートくんはそう言って小さく肩をすくめてみせた。

かっわいぃぃー。マーカスめ、幸運な男だ。こんな天使に挨拶《あいさつ》が出来るんだからな。

彼の言葉に小さく頷《うなず》いてから、俺は手短かにディラン宛ての魔法陣に指示を吹き込んだ。

『門の中へ通しておくれ。ただし馬車はエントランスの裏手に。中に入ってからランネイル侯爵家のご嫡男が一緒だと伝えるように。旧知の仲だろうとギルバート・ランネイル侯爵子息への非礼は一切許されない。頼んだよ』

俺はそれをすぐに手元から飛ばすと、抱いていたギルバートくんの腰をギュッと一度抱き寄せた。

「ギル。マーカス・バレリーは、私とは旧知の間柄だし気のいい男だ。けれどね、だからと言って遠慮はいらないよ？　僅《わず》かでも不快を感じたら通常の対応で構わないからね」

チュッと彼の頬に小さなキスを落とした俺に、クスッと口端を上げた彼が「ええ。承知しました」と小さく頷いてくれた。

俺だけだったら、いつもみたいに型通りの挨拶を受けて「久しぶりだね」ってのもアリなんだけどね。でも今回は別。

貴族内の格付けとしては今現在、ギルバートくんは伯爵家当主代理である俺の次ってことになるけど、家格は最上位だ。そのギルバートくんが一緒となれば、俺に挨拶を済ませた後も、子爵子息はギルバートくんからの声掛けがない限り、顔を上げるどころか身じろぎすら許されない。僅かでも非礼があれば、トップのブルーメン伯爵家を通して正式に抗議されてしまうシチュエーションだ。

その場合はもちろん俺も抗議を申し立てるだろう。それが高位貴族と下位貴族の身分の差であり厳然たるルールだからだ。ま、それはすでに成人貴族である子爵子息もよくよく分かっているはずだ。

そうして馬車は宿場の中心部を抜け、本日の宿泊場所であるラグワーズの館の門をくぐっていった。

で、結局どうなったかと言えば、マーカスは無事にギルバートくんに挨拶をすることができ、そして今は談話室で半泣きになっている。

「緊張した……」

クスン、って感じでお誕生日席の対面に座って肩を下げるマーカス。ギルバートくんがやれば可愛いんだろうけどねぇ。

「良かったじゃないか。隠れ家の元利用者ならばとランネイル殿が了承してくださったんだ。いい経験になっただろう?」

クスッと笑って視線を送った俺に、隣に座るギルバートくんもまた目を細めて僅かに微笑んだ。

まだ対外的な表情は崩してないけど、挨拶時の硬い表情に比べればリラックスした感じだ。いや、完璧貴族モードのギルバートくんだって、凛々《りり》しくて気高くて眩《まぶ》しくて、大っ好きなんだけどね?

『許す。名乗るがいい』

目の前で低く頭を下げた子爵子息に向けて、凛と声を張ったあの時のギルバートくん。

かっっこよかったぁぁ――。

スラリと美しい立ち姿、スッと上がった顎《あご》、冴《さ》え冴《ざ》えと輝く瞳《ひとみ》……そりゃもう高貴オーラがハンパない。ドンドンパンパンと脳内で上がる花火に気を取られて、うっかり「好き！」って叫ばないよう口を引き結ぶのが大変だったよ。

「いい経験どころか、とんでもない経験だよ……まさか侯爵家の方と言葉を交わせる日が来るとは……心臓止まるかと思った」

胸を押さえてハーッと息を吐くマーカスは俺より二つ年上の二十歳。

俺と似たような体格だけど、童顔なせいで少々幼く見られがちだ。知らぬ人なら隣のギルバートくんと同い年だと言っても信じるだろう。そんな彼だけど、先ほどの挨拶は完璧だった。ま、成人貴族なら当然っちゃ当然なんだけどね？

「楽にして下さい。この場では私は隠れ家の新参者、最年少です。先輩とお呼びしましょうか？」

「や、やめてください。本当に心臓が止まってしまいます」

ブンブンと首と手を振るマーカスに、ギルバートくんがクスッと僅かな笑みを溢《こぼ》した。よかった、どうやらマーカスは交流対象として合格点を貰《もら》えたようだ。

「どうぞマーカスと呼び捨てて下さい。いやしかし、まさかフレッドの次の使用者が侯爵家の方とは。まあ、ずいぶん昔の使用者には王族もいらしたそうですから不思議はないんですがね」

その言葉にギルバートくんが「ほう……」と眉を上げた。

へー、俺も初耳だ。聞いてなかったよ。

「王族ですか、なるほど。ならばあの高度な隠匿魔法陣も頷けます。西棟全体から密やかに魔力を供給する仕組みは王宮と同じですからね、あれは最初の展開の時、そうとう魔力を食ったと思いますよ。ただの学生には不可能です」

ギルバートくんは腑《ふ》に落ちたように幾度か頷いてみせた。そういう仕組みだったのか。これもやっぱり知らなかった。俺は相変わらず知らないことだらけだなぁ。

「それにしてもフレッド、ずいぶんと早く次の使用者を決めたもんだな。まだ卒業まで半年あるじゃないか。少々驚いたよ」

特に責める風でもなく素直に感想を漏らすマーカスの様子に、思わずギルバートくんと二人で顔を見合わせて小さく笑ってしまった。

まあ確かにね。俺がマーカスから初めて隠れ家の話を持ちかけられたのは一年の終わり、確か一月の末頃だ。マーカスもその前の使用者から打診されたのは一年の後期試験直前だったと聞いてるから、だいたい同じくらいだろう。

たぶん代々、そんくらいの時期だったんじゃないかな。実際、俺もそのつもりだったし。だけどギルバートくんの場合は、なんと入学したその日だからね。

「ランネイル殿に関しては私が決めたというより、彼の方から隠れ家に飛び込んできたんだよ」

「は?」

俺の言葉に、テーブルの向こうのマーカスが目を丸くした。

ちなみにお誕生日席に座ってるのが俺で、左隣がギルバートくん。マーカスは少々離れた長方形のテーブルの向こう側だ。

一応ね、私的な空間とはいえ細かいとこでケジメつけないとマズいわけよ。まあ部屋に入った当初、壁と同化しようとしてたマーカスだから気にしてないとは思う。逆にもっとケジメたがってるかもしれないけど、そこは諦《あきら》めてほしい。

「飛び込んで……って、あの入口付近の隠匿エリアは、角度間違えて入ると身体が壁の方に排除されてしまうだろう？　知らない人間がいったいどうやって？」

「魔力任せで無理やり入りました」

ふふっとばかりに即答したギルバートくんに「うっそ」とマーカスが目を見張る。

だよねぇ、普通じゃ有り得ないからねぇ。

隠れ家の内開きの扉の外には横幅一メートル、奥行き六十センチくらいで半楕円《だえん》形の隠匿エリアがあるんだけど、これ外からは真っ直ぐ正面から入らないとズルーッと壁際に押しやられちゃうんだよね。極めてごく自然に。

たぶんエリアの足元に何かしら風魔法系の効果を仕込んでるんだろうけど、けっこう強力だからアレをこじ開けて入ってくるって、どんだけ！　って俺も驚いたもんだよ。

「見つけたのは偶然のようなものでしたが、つい興味が湧きましてね。中に入ったらアルが……ラグワーズ殿が水槽をいじっていて、何だここはと思ったものです」

ああ、確かにそうだったね。たった半年前のことなのに、ずいぶんと昔のことのようだよ。

「まあ、それも何かの縁だったのでしょう。ランネイル様であれば隠れ家の使用者としての資格は充分すぎるほどです。それにしても、ランネイル様はアルフレッドを『アル』と呼んでいらっしゃるのですね。でも、確かにそっちの方が呼びやすいですねぇ。私もフレッドじゃなくてアルと呼ぼ——」

「ダメだよ」

言葉を遮った俺に、マーカスが再び丸くした目で視線を向けてきた。その視線に俺は微笑みを返す。

「ダメだ。フレッドと呼んでくれ」

ニッコリとそう言った俺に、コクコクとすぐに頷いてくれたマーカス。実に素直でよろしい。

そうして暫《しばら》く、隠れ家や学院のことだけでなく、最近のブルーメン領についての話を聞かせてくれたマーカスは、四十分ほどで席を立った。まあ伯爵に報告もあるだろうしね。

もちろん立場的に俺たちが玄関に出て見送るようなことはできないので、そのまま談話室で辞去の礼を受けたんだけど、先ほどまでの砕けた様子をかき消して挨拶をしたマーカスは実にちゃんとしていた。ついつい「立派になったなぁ」なんて、昔のやんちゃな彼を思い出してシミジミしちゃったよ。

「いい話が聞けました。楽しかったです」

ギルバートくんは街道を行き交う民の様子や、大きな川を渡る船の話を興味深そうに聞いていた。勉強熱心な彼らしい。

「ただ、ひとつ気になることを言っていましたね」

ギルバートくんの言葉に、俺も「そうだね」と相づちを打って、入口前で控えているディランへと視線を向けると、小さな頷きと微笑みが返ってきた。ふむ、すでに手は打ったってとこかな。

街道の話をしていた時、マーカスが「そういえば」と切り出したその話は、なんとも微妙にモヤッとする話だった。


『そうだフレッド。街道と言えば、今日通ってきた街道とステーションでちょっと気になることがあった。単なる思い過ごしかもしれないけど伝えておくよ。私は南の街道とステーションを通ってここに来たのだけど、馬車ではなく騎乗で移動する平民らを立て続けに見たんだ。もちろん馬一頭に荷を積んで移動する商人も旅人もいるけれど、それらはいずれも数人の集団で荷も少なかった。街道ですれ違ったのは四組だったかな。そのあとステーションでも数組見かけたから気になったんだ。他の時期なら気にならないだろうけど、今は高位貴族の移動が増える九月だ。貴族御用の商人以外の平民らは移動を控えるからさ。ステーションや街道も時期ごとに雰囲気が微妙に違うんだよ。ただ、まだ九月に入ったばかりで郵便物も増える時期だから急ぎの者なら騎乗で移動するだろうし……考え過ぎならいいんだけどね。ランネイル侯爵子息もいらっしゃることだし、念のため用心してくれ』

――――とまぁこんな感じの、どうにも曖昧《あいまい》な話だったんだけどね。

でもマーカスが通ってきたっていう南の街道は、明日俺たちが進む道だし、なによりこの地を熟知する子爵子息が、何か感じたというなら軽視はできないかな。

とはいえ、ディランの様子を見るにどうやら大丈夫っぽい。警護やら何やらは彼らに任せとけば間違いないからね。守られる側が下手にあれこれ口を出すのはかえって迷惑だろう。

「では、お部屋にご案内いたします」

ディランの声に二人で立ち上がった。うん、そうだね。ギルバートくんを部屋に案内しないとね。

俺が差し出した手をキュムッと握り返してきたギルバートくんは物凄《ものすご》く可愛いらしい。

他の追随を許さぬこの愛らしさの権化を前にして昨日はテンパッちゃったけど、今夜は大丈夫だ。

ちゃんと予防線を張るつもりだからね。

談話室を出て、ディランに案内されるままに階段を上がっていくと、やっぱりというか何というか、
ディランはギルバートくんを俺の部屋の隣にある伴侶《はんりょ》用の部屋へ案内した。

うん、分かってたよ。だってギルバートくんてば朝のうちにさり気なくも力強く、ディランに言質取った話を伝えてたからね。

さすがはギルバートくん。報・連・相は完璧《かんぺき》だ。地固めが迅速すぎて俺が口を挟む隙がなかったよ。

うん、いいんだ。ディランの生ぬるい視線に、ちょっとムカついただけだから。

今日の部屋も室内の間取りは、ほぼ昨日と一緒。ただ部屋の左右が違っているのと、昨日よりやや狭めかな、ってくらい。

「何かございましたら遠慮なくお申し付け下さいませ」

昨日と同じセリフを同じく澄まし顔で吐いたディランに、ギルバートくんも同じく「分かった」と返事をして――――思い返せば、昨日の俺はすでにここで動揺しまくっていた。でも今日は大丈夫。

やはり昨日と同じく「じゃあ後で」とギルバートくんが微笑んでくれたタイミングで、俺は昨日考えた予防策の一手を打った。

「夕食までは一時間あるから、先にシャワーを浴びて？　左右は違うけど間取りは昨日と変わらないからね。私はブルーメン伯の書状に目を通さないといけないから後でいいよ」

笑みを返しながらそう言えば、ギルバートくんはコクリと素直に頷いてくれた。

よし、盾となる仕事の理由付けも言い回しもナチュラルで完璧。うんうん、ギルバートくんにはぜひとも先に、早めに、浴室を使ってもらって、俺が使うまでの時間を空けて頂きたい。

じゃあね、とパタリと閉まった扉を後にして、次はディランの後についてすぐ隣にある俺の部屋へと向かう。そうして部屋に入ると、俺はさっそくディランに指示を出した。

「ああ、ブルーメン伯への返信は寝る前に書いてしまうよ。明日の朝に出しておくれ。それと、ついでに検討しておきたい案件があるから医薬原料の薬草のリストと、年次報告書、それと三ヶ月分の月次報告書を食事の間にここに運んでおいてくれ」

可愛いすぎる天使によるお味見のススメを避けるには、いかにも仕事してるっぽく見える方がいい。種類が多くて報告書も分厚い薬草関係ならピッタリだ。さっきといい今といい、ブルーメン伯の書状は良い取っかかりだ。伯爵グッジョブ。

そんな俺の言葉に、一瞬だけ「ほー」みたいに眉《まゆ》をピクリとさせたディランだったけど、すぐに笑顔で「承知いたしました」と頭を下げて速やかに退出していった。

よしよし。あとは食事の時にでも、俺に寝る前の仕事が出来たことをギルバートくんに伝えればいいかな。仕事がまだ残ってる状態なら、多少お休みのキスを堪能しすぎちゃっても、ギルバートくんは俺を誘惑することなく、可愛くプンスカして止めてくれるはずだ。

昨晩考えた通りに手を打ち終えて、俺は今晩の平常心を確保したことにホクホクしながら、上機嫌で部屋の隅のデスクへと向かった。

そうして、俺がさっそく伯爵からの書状に目を通そうとしたその時だ。

コンコン、と隣に通じる扉がノックされた。

……え、まさか。再びのバスローブ天使降臨か?! 早くない? 五分経ってないけど!

焦りと期待にドキドキとし始めた鼓動を「大丈夫、大丈夫」と鎮めながら俺が「はい、どうぞ」と声を出せば、すぐにキイッと扉が開かれた。

だがもちろん俺は、昨日のようにみっともなく目をかっ開くような真似はしない。通常の大きさに保ったまま、瞬時にガン見態勢に入る。

昨日は突然すぎて眼球の働きが鈍ってしまったが、今日は大丈夫。しっかりと記憶に刻みつけるべく、隅々まで舐《な》めるように――――。

「アル、ちょっとお話が」

そう言いながら扉の向こうから現れたギルバートくんは、バスローブを着ていなかった。服装はそのまんまだ。ちぇ。

「うん、話? なんだい?」

ホッとしたのと超ガッカリしたのが一対九くらいの心情を隠して、俺は緊急ガン見態勢を解除。

もちろん服を着てても愛らしさとお色気満点の彼にニッコリと微笑むと、ちょっとだけ迷いつつもキュッと口を引き結びながら、ギルバートくんは部屋の中に入ってきた。

そしてスルスルと綺麗《きれい》な足取りで近づいてくると、キュッと結んだお口もそのままに、デスクの前に立った俺を可愛らしく見上げてくる。ぐぅ。

「あの……話というか、お願いなんですが」

お願い？　何か部屋に足りないものでもあっただろうか。いや、彼が欲しいと言うものなら何だって揃えちゃうけどね。

少し眉を下げて申し訳なさそうにする彼に俺は小さく首を傾げながらもウンウンと頷《うなず》いてみせた。

「君のお願いなら何だって叶《かな》えるよ。遠慮なく言って？」

そう言いながら目の前の彼の腰を引き寄せながら、チュッと柔らかな頬にキスを落とした。

それにフワンと頬を染めた彼が「本当に？　嬉《うれ》しいです」と可愛らしく見上げてくるもんだからさ、そりゃあ何だって叶えたくなるってもんでしょ。

俺の腕の中から見上げてくる彼の艶々《つやつや》した唇が「じゃあ……」と動いた。あー美味しそう。彼がお願いを口にしたら、そのままパクッと食べちゃっていいかな。

ニッコリと微笑みながらも脳内で桃色旋風を吹かせる俺に、彼は綺麗な眉を下げたままプルップルの美味しそうな唇でその「お願い」を口にした。

「今日の夜ですけど……一緒に寝ませんか？」

――――その瞬間。

確保したはずの俺の平常心は、そりゃもう跡形もなくブッ飛んで行った。

◇◇

いっしょに……ねる……。ねる、寝る……寝る?!

「ギ、ギル……ええと、今なんて……?」

ゴクッと唾《つば》を飲み込んで、思わず抱き寄せている彼をマジマジと見つめてしまった。

そうだ、俺の聞き間違いかもしれない。煩悩まみれの幻聴でアタフタするなんてバカみたいだ。

「今日は一緒に寝ませんかと、申し上げました。願いを叶えて下さると仰《おっしゃ》いましたよね。今日、私はここで寝ます」

宝石みたいな瞳《ひとみ》で俺を真っ直ぐに見据えた彼が、再びハッキリと同じ言葉を繰り返した。

幻聴じゃなかった。まさか、ここまでストレートに誘われるとは……。でもさすがに一緒に寝るのはさ、一緒に寝るのはマズすぎるだろう！　俺の理性がブッツリいっちゃうのは確実だ。

お誘いは非常に嬉しいけど、ここはキッパリと断らないと。

「いやギル、昨日も言ったけれど、そういうのはすべてちゃんとし——」

「アルは私がお守りします。私が最後の砦《とりで》となり盾となりましょう」

——え?

「あなたやラグワーズの力量を侮っているわけではありません。が、対魔力に関しては私がお役に立つはずです」

えーーっと……。

「ですから今日の夜は私たちは一カ所にいましょう。やはり用心に越したことはありません。ご安心下さい、私は眠りが浅いので物音が立った瞬間に魔法陣を発動できます」

パサッと懐からギルバートくんが取り出してみせたのは数枚の魔法陣。炎渦《フレアトルネード》に鎌風《エアブレード》に激流《トレント》に、あとは……なんだろう、この物騒なラインナップは。

「攻撃こそ最大の防御です。旅先で手持ちが少ないのが悔やまれますが」

そう言ってクッと唇を噛《か》んだギルバートくん。いや、うん……ごめん、ちょっと話が見えない。

「ギル、ちょっと落ち着いて？　何でそういう話になってるの？」

俺を見つめるギルバートくんのサラサラの髪を撫《な》でながら首を傾げた俺に、目の前のギルバートくんはその形のいい眉をキュムッと僅《わず》かに寄せた。

「バレリー子爵子息の話を聞いてからずっと考えていました。この状況なら、あなたが狙われている可能性が高いでしょう？」

あ！　そういうこと？　つまり賢すぎるギルバートくんは、マーカスの話から色んな可能性を考えちゃったわけか。例の騎乗した平民らが襲撃者だったらと、この館を襲ったらと、そこまで考えて、それで俺を守るなんて言ってくれたのか。うわ……どうしよう。すごく嬉しいんだけど。

嬉しくて、可愛くて、愛しくて……思わず目の前の彼をぎゅうぅぅ！　と抱き締めてしまった。それこそ緊急事態なら、未成年で侯爵子息の君こそが一番に守られる立場なのに、君はなんて男前なんだろうね。

「ありがとう。すごく嬉しいよギル」

頬に当たった彼の綺麗な髪にスリスリと頬ずりをすれば、ギルバートくんもまたギュッと俺の背中を抱き締めてくれた。

「この後の食事までは私たちは一緒ですが、就寝時は部屋が分かれてしまいます。襲撃対応として高位貴族は一カ所に集まり、守りを固めるのが定石《じょうせき》です。学んだことをこれほど早く実践するとは思いませんでしたが」

俺にスリスリされながらも、俺の耳元でギルバートくんは説明を続ける。

うん、心配してくれるその気持ちはすっごく嬉しいんだけどね、今はまだそこまでする必要はないんじゃないかな？　いくら何でも対襲撃のフォーメーションはこの状況では時期尚早な気がする。

「ね、ギル。聞いて？　マーカスの話は確かに軽視できない情報だよ。けれど今の段階で館への襲撃まで予想して警戒する必要はないと思うんだ。君の私への気持ちはすごく嬉しいんだけどね？」

彼が安心するようにと、艶々とした髪を撫でながらゆっくりと耳元に囁《ささや》いた俺の言葉に、けれどギルバートくんは首元にスリスリと頬を擦《す》りつけながら首を振った。

「今夜この館が襲われる可能性が低いことは分かっています。子爵子息が見たという平民らが不審者かどうか、それすら今の段階では不確かなのもよく分かっています」

あ、そうなの？　だよねー、君が状況を客観的に分析できないはずがないもんね。じゃあなんで？

「でも確率はゼロじゃありません」

キッパリとした声が耳元で響いた。

「ゼロどころか数%はありますよ。私のアルフレッドが今夜襲われる可能性が数%もあるんですよ」

えーっと……ギルバートくん？

「どうにか気を落ち着けようと何度も試みました。先ほど部屋に入って情報と状況をいま一度検討して。けれどやはり、私がのうのうと寝ている間に隣の部屋で貴方《あなた》が襲われたらと、そう考えたら到底眠ることなどできません。ならばいっそ、同じ部屋で貴方を守りながら寝た方がいい」

首元から顔を上げたギルバートくんが俺の目を見つめてきた。あ、いかん。目が据わっている。

ちょ、ちょっと待ってギルバートくん！　大丈夫！　大丈夫だからっ！

「ギル、侯爵子息の君がそんな事までしなくてもいいんだよ。この館は我が家の使用人たちがしっかりと守っているし、この部屋だって強力な防護魔法陣が効いている。防護魔法陣のことはギルだってよく知っているだろう？　発動してしまえば誰も入れやしない」

見つめてくるギルバートくんに「ねっ」とばかりに首を傾げてみせれば、目の前の彼がキュッと唇を噛んだ。よしよし。せっかくだから、もういっちょ安心材料を追加しておくか。

「それにね、それに加えて万が一のために、ここと君の部屋、そして浴室には緊急用の強力な盾《シールド》魔法陣が二十枚ほど設置されてるんだ」

そうして俺は目の前のデスクの裏に手を差し込むと、スッと魔法陣を引き抜いてみせた。

「独自開発の盾魔法陣だ。三十メートル上空から五メートルの岩石が降ってきてもビクともしないよ」

そう言いながらグッと手を前に向けて魔法陣に魔力を通せば、一瞬で俺とギルバートくんの前に幅一・二メートル、縦二メートルの透明な盾が出現した。

「ね、頭の上までしっかりと覆うデザインだから、何ならこれで私のベッドの周囲を囲ってしまえばいい。そうすればギルも安心して自分の部屋で眠れるんじゃないかな」

ね、ね、安心でしょ？　とばかりに、腕の中のギルバートくんに微笑んでみせ……って、あれ？

俺の腕の中から目の前に展開された盾をチロリと振り向いたギルバートくんは安心した顔どころか、キュキュッとさらに唇を噛んでいる。

「確認します」

そう言って俺の腕の中から離れて盾の前に回ったギルバートくんは、盾の表面を手のひらでスルスルと撫でて、次にはコンコンコンとノックしてみせた。

ほらね、丈夫でしょ？　防護魔法陣に魔法盾。このダブルの安心で今晩はぜひとも隣の部屋でゆっくりと安眠を……と、言おうとした次の瞬間、

パリ――――ン！

ギルバートくんの人差し指の先で、魔法盾が砕け散った。え……うそ。

盾という障害物の消えた真っ正面から、彼が何とも言えない表情で俺をチロッと見つめてくる。俺たちの足元には、大きく亀裂が入って焦げたように黒ずんだボロボロの魔法陣が落ちていた。

その光景に呆然《ぼうぜん》とする俺の手をギルバートくんはキュッと掴《つか》むや、スタスタと俺の手を引きながら部屋の扉を出て廊下に出てしまった。

「防護魔法陣から私の登録を抹消して下さい」

まさか、とは思いつつも、言われるままに扉のすぐ横の壁にある防護魔法陣からギルバートくんの

魔力を抹消して、扉は開けたまま俺も廊下へと出た。

コンコンコンコンッと、開いているように見える入口の空間を叩《たた》いたギルバートくんが、今度は親指、人差し指、中指の三本を立てて空間に当てた。その瞬間。
バ　ギ　ィ　ッ　！
館全体に轟音《ごうおん》が響き渡り、入口部分の空間に大きな亀裂が入った。

その恐ろしくも耳をつんざくような轟音に、館じゅうの使用人たちが全力で集まってきた。けれどそれを気にすることなく、ギルバートくんは空間に三本の指を当てたまま小さく首を傾げ――。

ガッシャアァァン！

目の前の防護魔法陣を粉々に砕き消してしまった。

………うそん。


これには集まった使用人全員が顔色を変えている。真っ青だ。たぶん俺も。

「わ、若様……これはいったい」

うん分かるよディラン。お前の青ざめた顔は久しぶりだね。

俺たちの目の前で、ただの空間となった入口に手をヒラヒラと出入りさせてみせるギルバートくん。

「お分かりですか。防護魔法陣は物理には強くても魔力には弱い。魔力操作に長《た》け、私程度の魔力を持つ者ならば、このように簡単に壊してしまえます。先ほどの盾もそうですが、防御系の魔法陣への過信は危険です」

いやいやいやいやいや！　君程度の魔力って、この国に何人いるのかな?!　王族？　王族が襲ってくるの？　王兄殿下とか？　勝てる気がしねえ！

「例えば私が襲撃者なら、装甲系の魔法陣を発動させながら館を正面突破し、数種の魔法陣を同時展開し警護を掃討。そして、このように防護魔法陣を破壊してアルの命を狙います」

それ絶対無理――！　開始三分で魔力切れでバッタリいくやつ！　移動する人体に装甲系を常時展開って、そもそもふっつーは出来ないから！

「ですから、対魔力の戦力の補完が必要なんです。物理と魔法、その二つの戦力が合わさって初めて、完璧《かんぺき》にアルの身が守れるんですよ」

切れ長の美しい目をスッと細め、凛々《りり》しくもキッパリと言い切ったギルバートくんは、とっても格好《かっこ》良くてとっても綺麗《きれい》。いやでもね、でもね……。

周囲ではディランやオスカーはじめ二十人以上が目を見開き呆然と、いや唖然《あぜん》としたように固まっている。あれ？　馬車に乗ってきた人数と合わない気が……まいっか。

「そんな……」

真っ先に口を開いたのは、オスカーだった。まあな。そんなの無理！　って普通は思うよな。

「そんな盲点があったなんて……」

――――はい？

オスカーは目を見開いたまま、口元を覆った手を震わせている。ちょっとオスカー？

「何ということだ。我々はずっと……なんという思い上がりをっ」

ディラン?!　ディラン大丈夫かお前、瞳孔《どうこう》が開いてるぞ！

ていうか、周囲の使用人たちの瞳孔パッカン率がヤバい！　おい誰だ「この世が終わる」とか呟《つぶや》いてんのは。終わんねぇから！　クロエ泣くな！　まず前提に疑問を抱け！

「しかし対魔力といっても平民の我々には肝心の魔力が……っ」

「くそっ！」

メイソン、壁に穴あけないで。マシューも張り合わなくていいから。後でちゃんと直しておいてね。そしてジェフにパティシエ、お前ら夕食作ってる途中じゃないのか？　とりあえず、頭を抱えるならその包丁を置け。危ない。

いかん、何だかおかしなことになっている。ここは一つ、この場のトップとして「大丈夫、警備は充分だから」と皆の動揺を抑えて……。

「大丈夫です」

周囲の使用人たちにグルリと視線を流し、ギルバートくんが凛と声を張った。あ、代わりに言ってくれたのね。ありが――――。

「ありったけの対戦闘用の魔法陣を持ってきて下さい。私が片っ端からギリギリまで魔力を補充します。僅かな魔力で発動できれば、魔力が少なくても同時発動が可能になるでしょう。各自それを携帯し、戦闘時は魔法陣を発動しつつ物理攻撃を行えば、充分に弱点を補えるかと」

「「「「なるほど！」」」」

いや、なるほどじゃないから。

魔法陣に九十八％魔力補充するなんて器用なこと俺できないからね？　それを何十枚とか百枚とか、無理ゲーだからね？　そこんとこ分かってる？　ねえ！

「ギル、君にそんな無理はさせられないよ。大丈夫。今夜は充分に注意するし魔法陣だって今後改良するよ。せっかくの旅なんだから普段忙しい君にはゆっくりとしてほしいんだ。ね」

そっと彼の両手を取って小さく首を振った俺に、けれどギルバートくんはグッとその手を握り返すと俺の目を真っ直ぐに見つめてきた。

「ええ、分かっています。ラグワーズ家の使用人が素晴らしい人材揃《ぞろ》いだということは私もよくよく存じ上げています。ですが今はアルの命に関わる非常事態。さらにその能力を一段も二段も底上げし、万全を期さねばなりません。そのために私はできる限りのサポートをしたいと思っています。あなたの……は、伴侶《はんりょ》として」

ポンッとギルバートくんの頬っぺが赤く染まった。

伴侶として――――伴侶として……伴侶として……して……して……。

ドゥーーーン！

胸のど真ん中に直撃したそれに、俺の頭の中は真っ白。フラリ、と思わず足元がふらついた。

目の前には俺の手を握って頬を染め、そっと恥ずかしそうに視線を逸《そ》らすギルバートくん。天使だ、大天使がいる。キラキラと光り輝く超絶可愛い大天使。やばい鼻血出る。は、伴侶と……伴侶として、って、つまり内助の功ってヤツだよね?!

な　い　じ　ょ　の　こ　う　！　ダメだニヤける。

そっと俺に視線を戻し、はにかんだようにキュッとその艶《つや》やかな唇を結ぶ大天使ギルバートくん。激カワの権化だ。自分でも分かる。これはヤバい。何がヤバいって「うん、もう一緒に寝てもいいんじゃね？」と九割がた針が傾いている俺自身だ。

だって可愛すぎるからさぁ！　この際ガッツリ『お味見』させて頂いちゃっても、いいんじゃないかなー。最後まで行かなきゃセーフじゃないか？　セーフだろ。セーフでいいよね。

いやいや待て待て、ちょっと待て。さすがにそれはマズい。冷静になれ俺。平常心拾ってこい！

「では、今夜は私が一緒の部屋でお守りしますね」

そうだ冷静に……。

「うん、嬉《うれ》しいな。頼もしいよ」

悪いのはペロリと勝手に動いた口。そういうことにしておこう。だって、しょうがないじゃないか。すごく可愛かったんだから。

そうして、朝を迎えた。いわゆる、朝チュンだな。

「おはようございます」

鈴を転がすような心地のいい声で目を覚ませば、俺の目の前には天使が微笑んでいた。美しくも可愛らしい、輝くばかりのその微笑み……ああ天国だ、って一瞬で思ったね。

その慈愛に満ちた眼差しにフラフラと手を伸ばすと、俺の手のひらに当たったのはスベスベと滑らかで柔らかな白磁の頬の感触。

「あーやべぇ超可愛い……」

と、むにゃむにゃ呟いたところで、やたらとリアルなその感触に、バチッと目を覚ました。

クリアになった視界では、ギルバートくんが「？」とばかりに、ふにっと俺の手に頬をくっつけている。あっぶねぇぇぇ！　あまりの可愛さに地が出るとこだったぜ。

「ギル……おはよう」

ムニャ語を即座になかったことにして微笑んだ俺に、彼もまたふんわりとした笑みで「おはようございます」ともう一度口にしてくれた。うわー、目覚めた瞬間に天使降臨とか最高。

「おはようございます」「おはようございます」

……ディランとオスカーがいなきゃ、もっと最高だったけどね。

うん、昨日の夜は確かに俺とギルバートくんは一つ部屋の一つのベッドで寝たよ？　交代でな。

だいたい二時間おきくらいかな。彼が眠るのは睡眠のためというよりは、魔力回復のためね。

「本当はずっと起きていたいのですが」と眉《まゆ》を下げる彼のために、彼が眠るときはディランかオスカーに来てもらった。二人には「若様はどうかお休みになって下さい」なんて言われたけどさ、彼が二時間おきに起きてるのに俺がグースカするわけにはいかないでしょ。

ちなみに、俺が眠るときもディランかオスカーはいた。魔法陣に魔力を込めるギルバートくんの作業の補佐だ。要はどっちかが必ずいたわけ。そして朝を迎えたと。

うん、いいんだよ。朝が来て、鳥がチュンと鳴けば朝チュンだ。間違いない。なんか違うとか考えたら負けな気がする。

それにしても、昨日のギルバートくんは凄《すご》かった。

いや当たり前だけど、そういう意味で凄かったんじゃなくて、別の意味で凄かった。もちろんそっちの意味でのスゴいとこも、いずれ実感したいんだけどね？

夕飯食って、なんか目の色変えたディランとオスカーが俺の部屋に山ほど魔法陣を持ち込んできて、それを待ち構えてたギルバートくんが怒濤《どとう》の勢いで次から次に魔力を流し込んでいってさ、それがもう凄かったんだよ。

ギュンギュン魔法陣に魔力を通してはキッチリ九十八％くらいのところでピタリと止めてみせるギルバートくんの腕前は、すでに職人技。プロフェッショナルだ。それを何十回と繰り返しても、魔力減少の兆候など微塵《みじん》も見せない彼の魔力は底なしなんじゃないだろうか。

バカなの？　ってほど調子こいて魔法陣を持ってきたディランたちに嫌な顔ひとつせず、すごい集中力でテキパキと魔力を込め続けたギルバートくん。それだけじゃなくて、休憩中には防護や盾などの防御系の魔法陣の脆弱性《ぜいじゃくせい》についてアドバイスするほどの余裕ぶり。

俺はと言えば、伯爵に返事を書くだの仕事をするだのと言っちゃった手前、それを実行に移さざるを得なかった。

なんで薬関係なんか選んじゃったかな……資料の山で可愛いギルバートくんが見えないじゃないか。でも検討したい事があるって言っちゃったしなー、と内心ブツクサ言いながら、デスクで適当に資料を引っ繰り返していた。たぶん傍目《はため》には熱心に仕事してたっぽく見えただろう。

とりあえず検討したアリバイ作りとして、薬用の杏仁《きょうにん》から杏仁豆腐《あんにんどうふ》を作ってみる事にした。非常に安直かつテキトーな発想だけど元々杏仁豆腐は薬膳《やくぜん》だし、何よりギルバートくん甘い物好きだからね。これ大事。試食とか一緒にできるじゃん？

仕事っぽくアリバイを作り終えたら、もちろんシャワーだってちゃんと浴びたよ。俺が先に。ギュンギュンするのに忙しいギルバートくんに「お先にどうぞ」って言われたからね。

そうか、俺が先に浴室を使ってしまえばよかったのか……目から鱗《うろこ》だ。プンスカの法則も回避作戦も、すべてがゴミ箱行きとなった瞬間だった。

ああ、でももちろん、ギルバートくんが浴室を使う前後は、ディランとオスカーは追い出したよ？　可愛らしくも色っぽい湯上がりのギルバートくんを見せるわけにはいかないからね。俺だけが目に焼き付ければいいんだ。

残念ながら緊急事態？　ということで彼のナイトウエア姿は見ることができなかったけど、超絶可愛い彼の寝顔はゲット。交代でベッドに入ったときの彼の残り香もゲット。

でも大丈夫。俺自身は鉄壁の貴族仮面を装備してからベッドに潜ったからな。少なくとも見える上半身は完璧だったハズ。

ま、そんな感じで結局は何事もなく……うん、十中八九無いとは思ってたけど、俺たちは無事に、三日目の朝をチュンと迎えたわけだ。いいのいいの。彼が納得することが最優先だからね。今日の午後にはラグワーズ領内に入ることだし、そうなれば彼の心配もグッと軽くなるだろう。

領の西側で今晩一泊したら、明日はいよいよ本邸だ。ようやく家族にギルバートくんを紹介できる。

「私も身支度をするよ。ギル、良かったらダイニングでお茶を飲んで待っていて？　もう朝だし大丈夫だろう？」

すっかり身支度が終わっている目の前のギルバートくんにそう言えば、可愛らしいモーニング天使はコクリと頷《うなず》いてくれた。うん、ありがと。でないとちょっと布団から出られないもんでね。

「ディラン、ランネイル殿に朝のお茶を淹《い》れて差し上げてくれ。私も着替えたらすぐに行くよ」

「承知いたしました。念のためお部屋の前には従僕らを控えさせておりますので、何かございましたらお伝え下さい」

そう言って頭を下げたディランにひとつ頷いて、手を振ってギルバートくんを見送った。さて、さっさと着替えてしまおう。

そうして、俺はベッドから立ち上がると一度のびをして、身支度を調えるべく身体を動かし始めた。

朝イチの天使チャージのおかげで、俺の体調は非常にいい。何なら良すぎるくらいだ。ま、十八歳男子だからね。

……って事で、とりあえずは、トイレに向かいましょうかね。

◇◆◇　ダイニングにて　◇◆◇

「あれは……なんと仰《おっしゃ》ったのでしょうね」

鮮やかな朱色の紅茶をティーカップに注ぎ終えた執事の耳に、まるで独り言のようなギルバートの声が届いた。

特に返事を求める風でもないその言葉に、ティーポットを手早くワゴンに戻した執事ディラン・ドレイクは、目の前のダイニングテーブルに美しい姿勢で着席している侯爵子息へと向き直った。

「先ほど若様がお目覚めになった際のお言葉でしょうか」

「ええ、よく聞き取れなくて」

洗練された所作で華奢《きゃしゃ》なティーカップを口元に運んだギルバートに、ディランはほんの一瞬の間ののち「申し訳ございません。私にも分かりかねます」と頭を下げた。

「いえ、構いません、小さな声でしたし……」

そう言ってティーカップを音もなくソーサーに戻したギルバートに、けれど頭を上げたディランは小さく首を振る。

「いいえ、若様のお声は聞こえておりました。ですが、若様のあの最初のお言葉は……お言葉の内容は、誰にも分からないかと」

「誰にも……？」

形のいい眉を寄せて自分に視線を向けた侯爵子息にディランは小さく頷いて、そして言葉を続けた。

「若様のあのお言葉は、世界中のどこにも存在しない言語にございます」

知らずギルバートの目が開かれていく。その執事の表情を見れば、それが決して嘘《うそ》でも冗談でもないことは、一目瞭然《いちもくりょうぜん》だった。


アルフレッドへの朝の声がけをギルバートが思いついたのは、おとといの晩のこと。

一日の始まりの一番初めに、恋しい人の瞳《ひとみ》が映すものは己《おのれ》でありたい——そんな小さな独占欲を満たすべく、ギルバートが彼を起こすことに成功したのは今朝のこと。

昨日の朝と、作業に集中していた昨晩は叶《かな》わなかったけれど、今朝になってようやく巡ってきたチャンスをギルバートは逃さなかった。

そっと覗《のぞ》き込んだベッドの上で穏やかに眠るアルフレッドの、その少し乱れた前髪とスッと閉じられた瞼《まぶた》に高揚しながら声をかけて、ゆっくりと上がった瞼の下から姿を現した、深くて静かな青に胸を高鳴らせて、そうして……ゆるりと、ベッドの中から柔らかな微笑みを浮かべたその恋しい人の、優しくも激しく、なんとも魅惑的なその薄い唇からスルリと漏れたあの言葉。

『▲≒◎§＊※≠◇♭☆□……』

それは語学に堪能なギルバートが初めて聞いた言語。不思議なリズムと抑揚の、聞いたこともないような響きに、うまく耳を合わせることができなかった。

てっきり、どこか自分の知らぬ外国の言葉かと思ったけれど……。

「誰にも分からず、どこにもない言葉……ですか」

目をスッと細めた目の前の侯爵子息へ、ディランが視線を返した。

「はい。あの言語に関しては何も分かりません。若様がそれこそお言葉を話し始めた頃から、時たまお使いになっていたそうにございます。当時、家令からは『赤ん坊の喃語《なんご》の名残』だと説明を受けておりました」

あの発音と明確な規則性を耳にして喃語と思い込むのは少々無理があるな、と思いつつギルバートはそのまま小さく頷いて、話の続きを促すに留《とど》めた。

「私が若様の専属候補としてご本邸にお仕えした時、若様は四つ。その頃は何気ない拍子に、何やら短い言語を口になさっておいででしたが、五つを少し過ぎた辺りからピタリとお使いにならなくなりました。ええ、表立っては。若様があの不思議なお言葉を話されるのは、ほとんどがお一人の時。滅多に聞くことはございません。今日のようなことは非常に珍しいことです。よほどランネイル様にお心を許されておいでなのでしょう」

私も久々に聞きました――――。と小さく微笑んだ執事に「本人に尋ねたことは？」と、ギルバートがその表情をまったく変えず口だけを動かした。

「一度だけ、深夜の見回りの際に、お部屋で呟《つぶや》いていらっしゃった若様に声をお掛けしたことがございます。寒い時期だというのに薄着のまま窓から星をご覧になって、何ともお辛《つら》そうな表情をなさっておいででした……。確か、私が専属になって間もなく、若様が七つの頃だったと記憶しております」

ディランはフイッと記憶の向こうから視線を戻し、自分を見据える翡翠《ひすい》の瞳に焦点を戻した。

「一瞬で後悔いたしました。声など掛けるべきではなかったと。若様がお顔を強《こわ》ばらせたのは一瞬でしたが、その後はまるで警戒するように、ことさらゆっくりと笑顔で話題をお逸らしになられまして……このまま、この方の中から弾《はじ》き出されてしまうのではとゾッといたしました。それ以来、不思議なお言葉に関してお尋ねすることは一切控えております。若様が我らを厭《いと》わしくお思いになって、天にお戻りになられてはいけませんので」

「天に……」

普段ならば笑い飛ばすようなワードに、けれどギルバートもまた妙に納得した心持ちに襲われた。そう思ってしまうのも仕方のないほどに、今や彼のすべてとなった恋しい人は、何ともフワリとした一種独特の雰囲気をまとっていたから。

「あのお言葉は天界の言語なのでしょう。我らに解《わか》らぬも当然のこと……。ランネイル様どうか、どうか若様にお尋ねになる事はご勘弁下さいませ」

スッとまた洗練された所作で頭を下げたディランを一瞥《いちべつ》して、ギルバートは目の前のテーブルに置かれたティーカップに視線を移した。

「天界を信じるかはともかく、あの方が厭《いと》うことならば否やはありません。今後また耳にしたとしても知らぬふり、聞こえぬふりを通しましょう。言葉など、私にとっては大した問題ではない」

アルフレッド以外に向ける冷ややかな表情はそのままに、ギルバートは薄《うっす》らと口元にだけ笑みを浮かべてみせた。

実際のところ、あの不思議な言語も、ましてや天界などといった概念も、ギルバートにとっては本当にどうでもよかった。何より恐ろしいのは、くだらぬ好奇心で彼を傷つけ、彼が自分から離れていってしまうこと……それだけ。

手を伸ばして、伸ばして、追いかけて、やっとこの手を取ってもらえたのだ。絶対に離しはしない。

――『やあ、こんにちは。新入生かな？』

入学式のあの日、巧妙に隠されたあの部屋を教えてくれたのは、満開の桜。

目の前をスッと横切った一枚の花びらを、ギルバートがその目で追ったのは、ほんの偶然。

その花びらが滑るように飛んで、そして忽然《こつぜん》と掻《か》き消えたその先に、彼がいた。

――『お茶を飲むかい？』

まさにあの時、あの瞬間から、春風に包み込まれるようにして、芽吹いていった様々な感情。

冬から春へ、闇から光へ。

いとも簡単に自分を引っ張り出してしまったアルフレッドが何者であろうが、そんなことはどうでもよかった。その隣に自分がいることが肝要なのだから。

ティーカップに再び手を伸ばしたギルバートは、コクリと飲み下した温かな紅茶に目を細める。

お茶が美味しいことも、食べ物が美味しいことも、世界の色彩も、波打つ感情も、すべて教えてくれたのはアルフレッドだ。

「ところで、この先の山の様子はどうでした？　今日も馬車の中でアルから楽しいお話を伺うのを楽しみにしているんですよ」

紅茶を見つめたまま、ギルバートがゆるりと切り出した世間話に、隣に立ったディランが穏やかな微笑みを浮かべた。

「ええ、何やら山道にゴミを散らかした御仁がいらっしゃるようで……。けれど今日の午前中、若様とランネイル様がお通りになる前には掃除が済みそうです」

「ああ、ギリギリまでゴミを集めた方が捨てやすいですからね。それにしても迷惑な方がいるものですね。集めたゴミはまとめて送り返しては如何《いかが》でしょう」

小さく肩をすくめたギルバートに、ディランがニッと口端を上げた。

「それは良いアイデアですね。処分するのも面倒でしょうし。さっそく伝えましょう。すっかり綺麗《きれい》になった山道から若様とお二人、美しき山々の景色をどうぞお楽しみ下さいませ」

そう言って頭を下げたディランに満足げに目を細めたギルバートは、またそっと艶《つや》やかな唇をティーカップの縁《ふち》に寄せて、その味と香りを楽しみ始めた。そしてダイニングに静寂が訪れること暫く。

「若様がおいでのようです」

そのディランの言葉を合図にして、すべてが動き始める。

「ごめんね、ギル。待たせてしまって」

扉が開かれて、柔らかくて穏やかな、すべてを包み込むような温かい声がダイニングに響いた瞬間、氷の貴公子は跡形もなく溶け消えて、その端正な美貌《びぼう》に十六歳らしい幼ささえ残した笑みを浮かべた侯爵子息が、声の主アルフレッドを出迎えた。

「いいえ、朝のお茶を淹れて頂いていました。美味しくてお代わりをしてしまいそうです」

ギルバートの言葉に、執事ディランも微笑みを浮かべて、ほんの少しだけ得意げに胸を張った。

「おや本当だ。いい香りだね。ディラン、私にも淹れておくれ」

朗らかに、そして柔らかく響いた主《あるじ》の言葉に、ディランは口元に歓《よろこ》びを滲《にじ》ませながら「はい、ただ今すぐに」と、さっそくお茶の支度に取りかかった。

先ほどまでとはまるで違う、なんとも明るく爽《さわ》やかに色づいた朝のダイニングには、馥郁《ふくいく》たる紅茶の香りがフワリと広がり、そして間もなく、そこに香ばしい焼きたてのパンの匂いが加わっていった。

「今日はいよいよラグワーズ領だよ、ギル」

自分に向けられる少し低くて甘やかな声に、ギルバートはふわりとその美貌を蕩《とろ》けさせ、そうして、

「はい。楽しみです」

と、なんとも嬉《うれ》しそうに、目の前で微笑むたったひとりの恋しい人へ向けて、美しい微笑みとともに小さな頷きを返した。

34　ラグワーズ領入り

ブルーメン伯爵領の南、あとひとつ山を越えればラグワーズ領という手前の山の中腹。

その街道脇に、六十人ほどの武装した集団が身を潜めていた。時刻は午前十時を回ったばかり。

ブルーメン側からラグワーズに抜ける一本道がちょうど大きく左に曲がったその先で、数十メートルにわたり小集団に分かれた男たちが待っているのは一台の貴族の馬車。

交通量の少なくない山中の街道での馬車の待ち伏せ。少々、いや逃亡までの手順を考えればかなりリスクの高い仕事と言えるが、それでもこれだけの人数が集まったのにはわけがあった。

『ただ襲うだけでいい。そして我らが駆けつけたら好きに逃げろ』

襲って脅して、追い払われたら逃げるだけ……たったそれだけで、一人金一枚。そのオイシイ内容に、引き受ける輩《やから》の人数はどんどん増えていった。

この先の道にはそこそこ大きな木を数本倒しておいたから、ラグワーズ側から暫く人が来ることはない。上がってくる山の入口では、依頼主の貴族側の集団が難癖を付けて一般の馬車を足止めしているることだろう。それでも封鎖できる時間はせいぜい三十分。その間に手早く仕事を片付けてサッサと姿を消さなければならない。

誘拐や人殺しに比べたら何ともお手軽で気楽な仕事だと、いくつもの後ろ暗い仕事を請け負ってきた男らは一様にやや緊張に欠ける雰囲気で曲がり道の先に目をこらしていた。

その中の数人などはすでに、この後このネタで貴族からもう少しばかり金を脅し取ってやろうと頭を巡らす余裕まであった。

「お貴族様ってぇのは、変わったことをしなさるね」

待ちきれないのか元々の性格なのか、男たちの中の一人がボソリと呟いた。男と同じ隠匿魔法陣の中にいた別の男が、視線を曲がり道へと向けたまま小さく肩をすくめる。

「さぁな、まあ俺は金さえ貰《もら》えりゃあ文句はねぇ。正義の味方ってやつになりてえんだろうよ」

「へっ」と、最初の男が馬鹿にしたように鼻で笑ったその時、曲がり道の向こうから複数の馬の蹄《ひづめ》の音が聞こえてきた。

「来たか」

男たちが剣を抜いた。

このタイミングならば目的の貴族で間違いないだろう。車輪の音が聞こえないのは先行の護衛か。構うものか……こっちはこれだけの数がいるのだ。さっさと護衛を片付けて本命の馬車を襲ってやる。

ギラリと目と刃《やいば》を光らせた男たちが足を一歩踏み出そうとした時だ。

その足裏に、何とも言えない地響きが伝わってきたかと思うと、突然、目の前に飛ぶような勢いで巨大な何かが出現した。

一瞬、真っ黒な岩かと見紛《みまご》うばかりのその三つの塊は――――たぶん馬。

背中に鞍《くら》だけを載せた、あまりにも常識外れなサイズの馬が三頭、恐ろしいスピードと迫力で地面を打ち鳴らしながら乱入してきたのだ。

噴き出すような覇気をまとい、黒光りする巨体をバネのように弾ませた馬たちは、まるで陣形を取るように山道を突き進んだかと思うと、その太く逞《たくま》しい前脚を高く高く上げて、ズシン！　ズシン！　ズシーン！　と地響きをさせながら街道に足を踏ん張った。

そう、ちょうど男たちが潜む数十メートルの間を塞《ふさ》ぐように。

ギラギラとした漆黒の眼球が無慈悲に周囲を睥睨《へいげい》したかと思うと、三頭は鋭い眼光と剝《む》き出した歯で集団が潜むすべての場所に満遍なく威嚇を始めた。隠匿など彼らの前ではまったく役に立たないようだ。男らの乗った馬たちは軒並み石のように固まり、半分ほどはとっくに気絶していた。

「な、なんだあれは……」

最初の男が呟き終える間もなく、周囲で「グッ！」「ガハッ！」という短い呻《うめ》き声が上がった。ハッと周囲を見回そうと男が首を上げた瞬間、強い衝撃とともに男の意識もまた刈り取られた。

男の意識が浮上したのは、それから少ししてから。

肩が抜かれ後ろに回された手首と足から伝わってくるのは、耐えがたいほどの激痛。断ち斬られた四肢の腱《けん》すべてがドクドクと鼓動を打ち鉄臭を垂れ流している。

見れば周囲には、自分と同じく血まみれの手足を括《くく》られ転がされた男たちで山ができ上がっていた。

「ちょっとジェフ、適当にその辺に投げないでちょうだい。隠匿の範囲ってもんがあるのよ」

少し先で、やたらとガタイのいい男が軽々と大剣を振り回しながら、もっとガタイのいい男に文句を言っている。

「うるせぇな。その辺はメイソンだよ。見ろよ、あっちで蹴落《けお》としながら歩いてるだろうが。いいから早く集めろパティシエ。若様がおいでになる」

パティシエと呼ばれた男が、小さく舌打ちをしながらヒョイヒョイと縛られた男たちを一カ所に投げ集めていく様は、まるでゴミ片付けのよう。

「ぐえっ」「ガァッ」「グフッ！」

男たちの身体がぶつかる鈍い音と呻き声をこれっぽっちも気にすることなく、派手な顔に派手な傷を付けたその男はゾッとするほど冷酷な瞳《ひとみ》で、一番ガタイのいいメイソンと呼ばれた男が蹴り飛ばしてくる男を片手で受け止めては地面に積み上げていく。

「じゃ、いったんこの辺で隠匿かけるわよ。二十人が限界ね。そっちはそっちでかけてちょうだい。ったく、こういうのはマシューが大喜びでやる仕事じゃないの？　泥臭いったらありゃしない。あたしはね、血の臭いが似合わない男なのよ」

「バカかお前は。マシューは若様の馬車だ。血を浴びてナンボの元傭兵《ようへい》がナニ寝言言ってやが――」

そこで男の耳から、ガタイのいい謎の男たちの話し声が消えた。聞こえるのは身体の上から下から横から聞こえる、元仕事仲間たちの呻き声だけ……。

◇◇

そうして、街道にいつもの穏やかで美しい景色と時間が戻った。

ブルーメン伯爵領を出立してから我がラグワーズ伯爵領に入るまでの道のりは、そりゃあもうビックリするくらい穏やかで平和そのものだった。

別に普段が物騒ってわけじゃないんだけどさ、前日の晩あれだけ警戒してたもんだから、俺もてっきり襲撃の一つや二つお久しぶりに来るのかなーって思ってたわけ。来たら来たで、俺としては護衛の皆さんのお邪魔にならないようにシッカリと馬車に立てこもらなきゃ！　って決意してたのね。

あ、一緒に戦うとかそういうことはしないよ？　俺モブだし。強くないし。そもそも邪魔でしょ。護衛対象者がホイホイ危険に首突っ込むとかドラマじゃないんだからナイナイ。守られる側は守られることに全力を尽くす。それがマナーってもんだ。

でも蓋《ふた》を開けてみれば、拍子抜けするくらいなーんもなかった。いやいやいや、何事もない方がいいんだけどね？　結構な話なんだけどさ。

領境となっている山をスルスルと越えて、馬車がラグワーズ側に入ったのは昼を少し過ぎた頃。山なんてどこも同じじゃん。って知らない人は思うかもしれないけど、違うんだよね。

うちの領の山ってのは入ればすぐに分かる。身内贔屓《びいき》かもしれないけどさ、手入れがぜんぜん違うの。山がすっごく健康で豊かなんだよ。

その山の中を通る街道は、馬車二台がゆうゆうと通れる幅が確保してある。なんせ我が領にとっては王都へ向かう大事な幹線道路。商売上の大動脈だからね。

「山道とは思えないほどの快適さですね」

前世のアスファルト舗装ほどではないにせよ、そこそこ滑らかに舗装された路面は今のところラグワーズ領内限定のオリジナル舗装技術。

それにいち早く気づいてくれた賢い天使ギルバートくんに「浸水コントロールと路面カバーの砕石密度がね……」などと説明しているうちに、みるみる馬車は街道を下って、景色は山地から丘陵、そして盆地へと移り変わっていった。

山から盆地へと続く地形はいわゆる扇状地。日当たりが良くて水はけがいい、果樹を栽培するにはピッタリの場所だ。

「これはすごい……」

山を抜けて見えてきた景色に、ギルバートくんが感嘆したように声を上げた。

眼下には延々と続く果樹ゾーンが視界いっぱいに広がっている。あっちを向いてもこっちを向いても果樹、果樹、果樹だらけ。まあこの辺はラグワーズでも指折りの果物の産地だからねー。

「ラグワーズの農業規模はこれほどですか……想像以上です」

キラキラのお目々をさらにキラッキラさせたギルバートくんは非常に可愛らしい。

外を眺めるギルバートくんの無防備な頬っぺにチュッとキスをして、キスの合間に通り過ぎる果樹の説明をしていく。

「あっちが桃で、向こうが梨。でもそろそろ収穫は終盤だね。これからは葡萄《ぶどう》が最盛期だ。ほら見てごらん葡萄棚が見えてきた……ちょうど収穫中みたいだよ」

少し先の街道の左右には、見渡す限りの葡萄棚が見えてきた。

蔓《つる》をいっぱいに伸ばし、青々とした葉を茂らせた葡萄たちが、そのたっぷりと重そうな房を棚の下にずらりと垂らして、はち切れそうなほどパンパンに張った大きな粒はどれもこれも艶々として実に美味しそうだ。そして、その葡萄棚の下では領民たちが収穫の真っ最中。

美味しい時期を逃さず出荷するため、近隣の村同士が協力して大人数で収穫作業に当たるのは、ラグワーズではよく見かける光景。……なんだけどさ。

えーっと、ちょっと大人数すぎない？　葡萄棚の下が人だらけなんだけど。満員電車かな？

いやまあ収穫の最盛期だし、その辺は地域の収穫スケジュールの都合なんだろうけど、あれじゃすぐに穫《と》り尽くしちゃうのでは……。

ほんのちょっとだけ首を傾げつつ、でもまぁいっかと「いつもご苦労様です」という気持ちを込めて、馬車の窓から手を振っておいた。ウチの領民はみんなフレンドリーだから手を振るとブンブン振り返してくれるんだよ。

「ふふっ、あれだけの人数で手を振られると壮観ですね」

俺の肩越しから手を振る領民たちを覗《のぞ》き込んだギルバートくんが、にこやかな笑みを浮かべた。

「ギルも手を振るかい？」と言って、繋《つな》いだ彼の手を窓に向けてパタパタ振ってみせれば「振っても見えませんよ」とクスクス笑われてしまった。いやそうなんだけどね。気持ちってやつさ。

馬車の窓はそこそこ大きいけれど、俺の隣に座るギルバートくんの姿は外からは一切見ることができない。なんせ彼の周囲には隠匿が張ってあるからね。

まだ両親への紹介前なもんで、領主よりも前に領民たちにお披露目《ひろめ》するわけにはいかないでしょ。

ついでに言えば、彼の身分も少々高すぎるんでね。

「綺麗《きれい》な君を見せびらかせなくて残念なような、独り占めできて嬉しいような、何とも複雑な気分だ」

握った彼の手にキスを落として本音を漏らした俺に、ギルバートくんはまたクスクスと小さく笑うと、「嬉《うれ》しいです」とそっと頬に口づけを落としてくれた。

ちなみにこの隠匿、俺には効かない。例の防護魔法陣の入室許可の機能を応用して、なんとギルバートくんが独自に隠匿魔法陣に加工を施したオリジナル仕様だからだ。

彼の魔法陣の配列分析能力は以前からスゴいとは思っていたけど、スゴさのレベルが違ってた。天は彼に二物どころか十も二十も才能を与えているらしい。きっと天使特典だな、間違いない。

馬車は果樹エリアを暫《しばら》く走って、そのまま一路東へと走っていく。

途中の休憩所では、いつもの事ながら地元の領民たちがたくさんの果物や地場野菜を差し入れてくれた。すごく嬉しいし有り難いことなんだけど、毎回すっごく量が多いから、荷馬車に積みきれるかいつも心配になっちゃうんだよね。

「大丈夫です。いざとなったら馬も荷馬車もそこら中にありますから」

ディランはそう言ってたけど、貴族の馬車列の後ろに野菜てんこ盛りの荷馬車ってどうなのよ……。

まあそんな感じで何だかんだと馬車は順調に進んで、気がつけばすっかり陽は傾いて時刻は夕方。彼と過ごしていると時間なんて本当にあっという間に経《た》ってしまう。

今日の宿泊地はラグワーズのど真ん中よりちょっと西に寄った別邸だ。

ラグワーズ広いからね。ここの他にも南の海沿いと東の山間にも別邸があったりする。泊まるとこ確保しとかないと、視察行脚《あんぎゃ》もひと苦労になっちゃうんだよ。

昨日までは他領の借地に立った小さな館だったけど、今日は自分とこの領地だからね。土地も屋敷もちょっとは広くなるから彼に窮屈な思いをさせることはない。

もちろん、窮屈とは言っても昨日までの館の部屋だって十四、五畳くらいはあったわけで、一般的に考えれば広いんだけど、侯爵子息の彼にとっちゃ鳥小屋レベル。申し訳ないほどの狭さだった。

じゃあ学院の隠れ家はどうなのよ？　って話なんだけど、それはそれ、これはこれ。

屋敷の広さもそうなんだけど、大切なことがもう一つ。今日の屋敷には、ちゃあんと一部屋にひとつ浴室がついているんだよ！　今までそんなこたぁ気にしたこともなかったけど、今の俺にとっては最重要事項だ。平常心が行方不明になるかどうかの大問題だからな。

「若様、間もなくドレイク子爵がご挨拶《あいさつ》にいらっしゃるそうです」

平常心をガッチリと確保しつつ、ギルバートくんの手を引いて屋敷の玄関ホールに入ると、出迎えた従僕たちの中からディランが一歩進み出て来た。

ドレイク家は我が家の縁戚《えんせき》で、このラグワーズの西側を統括している子爵家。早い話がディランの実家で、子爵家当主はディランの父親だ。

「構わないよ、いつもの挨拶だろう？　馬車を通して応接室で待って頂いておくれ」

早いとこ彼に部屋で寛《くつろ》いでもらいたいので、足を止めずにそう返すと、何ともディランが微妙というか珍しく気まずげな顔を見せた。……あん？

「孫娘のナタリー嬢もご一緒だそうで、若様にひと目ご挨拶をと申しておりますが」

ああ、そゆこと？　思わずクスリと笑って、ギルバートくんと繋いだ手をキュッと握り直した。もちろん俺の答えは決まっている。

「会うのは子爵だけだ。ご令嬢には馬車で待っていてもらって。邸内への立ち入りは許可しない」

「承知いたしました」

ギルバートくんが入る屋敷に無関係の人間は入れたくないからね。当然でしょ。この辺はしっかりと線引きをしておかないと後々、同じようなことがあったら面倒になるからさ。

「よろしいのですか？」

と言いつつも、隣のギルバートくんの口元は満足げに引き上がっている。

彼のこういうところもたまらなく可愛いんだよね。こんなに可愛らしい彼に愛を捧《ささ》げ続けなきゃいけないってのに、曖昧《あいまい》な態度なぞ取るバカがどこにいるって言うんだ。

「もちろんだとも。本当ならば君がいるのだから子爵の訪問も断りたいくらいなんだけどね。こればかりは恒例になっているから許して？　早めに終わらせるよ。ああ、良かったらドレイク子爵の挨拶に隠匿をかけて同席するかい？　ディランの父親なんだよ。髪色と目元が似ているかな」

ナイショでね、と口元に指を立てて片目を瞑《つぶ》った俺に、ギルバートくんの目が悪戯《いたずら》げに光った。

こういうの好きでしょギルバートくん。まあ、どっちみち土曜日のパーティーでは顔を合わせるだろうけど、一応ラグワーズの縁戚筆頭し、覚えといて悪いことはないからさ。

「若様のソファの後ろにスツールをご用意いたしましょう。ただご期待に沿うほど、私とは似ておりませんよ」

小さな溜息《ためいき》と苦笑を漏らすディランに案内されて、いったん二階のそれぞれの部屋に入った。

ああ、彼の部屋はもちろん俺の部屋の隣ね。うん大丈夫だよ、今日はぜんっぜん大丈夫。部屋同士が内扉一枚でダイレクトに繋がってるとか、風呂《ふろ》に比べりゃ小さな問題だ。

「申し訳ございません、父が下らぬことを……。ランネイル様にご不快の念をおかけしました」

俺の部屋に入るなり頭を下げてきたディラン。

いや別に気にしちゃいないよ。成人して初の帰郷だからね、こういうのはある程度予測してたし。

「仕方ないだろう。私が結婚をしないことも彼が一緒だということも、まだ発表前だからね。お前の姪《めい》には悪いことをしたかな。ドレイクの嫡男の子だろう？」

「まったく構いません。勝手に来たのですから。若様がお気になさるような娘でもございません」

おやおや、自分の姪っ子だというのに辛辣《しんらつ》なことだ。

ま、俺としても存在くらいは知ってるけど今日初めて名前を聞いたようなお嬢さんだからね。

いや、もしかしたら以前に聞いていたかもしんないけど、全然覚えていない。明日になったら忘れてる気がする。今までの他の令嬢もそうだったからね。

記憶力良くないんだよね俺。すまんな子爵。


暫くして、隠匿をかけたギルバートくんと一緒に一階の応接室へと向かうと、姿勢を正したドレイク子爵は低く頭を下げて待っていてくれた。

「久しぶりだねダグラス。顔を上げておくれ」

ソファの後ろにひっそりと置かれたスツールにギルバートくんが腰を下ろしたのを見届けてから、俺もその前のソファに座って子爵へと声を掛けた。ギルバートくんはとっても楽しそうだ。

「若様、お帰りなさいませ。若様のお戻りをラグワーズ領民一同、首を長《なご》うしてお待ち申し上げておりました。また此度《こたび》、若様におかれましては成人貴族にお成りあそばされ、当主代理へもご就任されたとの由、領民として誠に悦《よろこ》ばしく心よりお慶《よろこ》びを申し上げます」

型通りの挨拶を終えた子爵が顔を上げた。うん、子爵もとっても元気そうだ。まだまだ息子に家督は譲らないぞ、って感じ。

ディランと同じチョコレートブロンドの髪は、両サイドにだけ白髪が入っていて、相変わらずのダンディなイケオジぶりだ。ちょっと垂れ目なのに眼光鋭いとこもカッチョイイね。

『確かに、目元が似ていますね』

ほほぅ、というようにソファの後ろからギルバートくんの呟《つぶや》く声が聞こえた。もちろん俺だけに聞こえているわけだけど、まったく素知らぬフリで目の前の子爵に微笑みを向ける。

「ありがとう。ここに来るまで領内を通ってきたけれど、領民らも作物も、すこぶる健やかなようで安心したよ。ドレイク家の細やかな差配にはいつも感謝しているよ。報告書もありがとう。あとで目を通して決裁が必要なものは数日内に返事をするからね」

対面したソファの横で片膝《かたひざ》をついたダグラス・ドレイク子爵に、俺がソファを勧めることはない。このオッサンが腰を落ち着けると長いって事をよく知ってるからな。

「ところで若様、我が愚息ディランがお伝え忘れたようですが、本日はた丶ま丶た丶ま丶、我が孫娘ナタリーも一緒に来ておりましてな。ぜひとも若様にご挨拶をと馬車で待たせておるのですよ」

おぉ、話の持って行き方が最短なところは、相変わらず親子そっくりだな。

チラッと脇のディランに視線を飛ばせば、ディランはその無表情を崩さぬまま、何とも呆《あき》れたような視線を遠慮なく父親に向けていた。

「ディランからはちゃんと聞いていたよ。そうだね、あまりお嬢さんを待たせては気の毒だ。早く馬車に戻ってやるといいよ。今日はありがとうね」

ニッコリと笑ってそう返した俺に、子爵の口元が僅《わず》かにピクリと引き攣《つ》った。

うん、知った上でのこの措置なんですよー。分かってね子爵。

「いやいや、我が孫娘は気立ての良いそれはもう天使のような娘でしてな、多少待たされようが気を悪くするような狭量な子ではございませんのでどうぞご安心を。今年十六になりまして、王都の女学院ではなかなかに優秀な成績を収めております。魔力も驚くほどに高く、きっと今後ラグワーズと若様のお役に立てる人材に育つこと請け合いで――」

おぉう、売り込むね。でもちょっと待って、なんだか聞き流せないワードが出てきたぞ？

小さく首を傾げた俺に、目の前の子爵が「ええ、それはもう」と再び口を開こうとするも、それよりも早く俺の口が動いた。

「天使のような……かい？」

「ねえダグラス、お前は本当の天使を見たことがあるのかい？　天使のような、ではなく本物の天使だよ。この世の美しさと可愛らしさを集めてもなお足りないほどの美貌《びぼう》と、天空に届くほどの気高き精神。すべての穢《けが》れを一瞬で洗い流す浄化力と、身も心もすべて捧げたくなるほどの絶対的存在感。それが私にとっての天使なのだが？」

「……は？」

目の前でドレイク子爵が目を丸くした。

いや、は？　じゃないよ。軽々しく天使の名を使うとかダメだから。天使詐称は大罪だ。

「ということで、私の前で軽々しく天使などという言葉は使わないように。お孫さんだって天使と比べられたら立つ瀬がないだろう？　大切にしてやれ」

言うべきことを言い終えて、うんうん満足とばかりに俺が目の前の子爵に微笑みを返すと、おや、子爵の顔色が悪い。

「た、たしかに孫娘はそこまでではありませんが……」

そりゃそうだ。孫娘とやらは、きっとバリバリの人間に違いないからな。だから天使と比べるなと言っているんだ。気の毒すぎるだろう。

「で、ですが魔力に関しましては実に――」

「盾《シールド》魔法陣を指一本で破壊できるかい？」

子爵が黙った。どうやら孫娘には出来ないらしい。ちなみに俺にも出来ないから安心してほしい。

「知っているかい、我が家の防護魔法陣も天使の手にかかれば十秒かからず破壊されるんだ。私も驚いたんだけどね。凄《すご》いだろう？　でも天使だからね、もうそこはそういうものだと思うしかないんだ」

「は……はぁ。あの、若様？」

おっといけない。調子に乗って天使の情報を喋《しゃべ》りすぎたようだ。このままではノンストップで彼の自慢話を始めてしまう予感がする。

「ああ、ということで、お前の孫娘には会う必要がないんだよ、ダグラス」

何だかよく分からない、という風に目の前の子爵が首を傾げている間に、俺はサクサクと話を進めてしまうことにした。いいんだよ、何となくフィーリングさえ伝われば。

「今日はわざわざ挨拶をありがとう、ダグラス・ドレイク子爵。また土曜日のパーティーで会おう、ディラン、部屋に戻る」

若様？　と狐につままれたような顔をする子爵に「またね」とヒラヒラ手を振って、とっとと席を立った。報告書貰《もら》って挨拶を受けたら、あとは特に用事はないからね。

同じくスツールから立ち上がったギルバートくんはといえば、何やら可愛らしく眉《まゆ》を下げている。

「天使は言い過ぎです。アル」

応接室の扉から出たところで、ギルバートくんがキュッと唇を上に向けて俺を見上げてきた。

え、どこが？　ただいま現在進行形で目の前に天使がいるんだけど。赤らんだ頬がむっちゃ可愛い激マブな天使が……キスしていいかな？

「私は本当のことしか言っていないけどね」

チュ、チュッと目の前のすべすべの頬っぺにキスをして手を繋《つな》いだら、子爵の見送りやら何やらはディランたちに丸投げしてとっとと二階へと引き揚げた。

あれから一時間。

ようやく子爵の馬車が帰ったとディランから報告があった。え、うそ。今までずっといたの？

二階にあるミニサロンでギルバートくんに葡萄《ぶどう》をあーんとしていた俺が目を丸くしてしまったのも仕方がない。なに？　俺の気が変わるかもしれないからってエントランスで待ってたの？　うわー、子爵ってば根性あるぅー。

俺とギルバートくんなんてシャワーも浴びちゃったし、今はお茶菓子代わりに葡萄の新品種の試食大会を始めちゃったとこだよ。正直、子爵のこと忘れてた。てっきり帰ったもんだとばっかり……。

まあ、縁戚《えんせき》の筆頭で子爵家当主だからねぇ。手荒く追い出すこともできなかったんだろう。なんにせよ、帰ったんならいいよ。よっぽどイチオシの孫娘だったのかね、知らんけど。

特に気にすることもなく、もう一粒美味しそうな葡萄を構えながらギルバートくんのモグモグが終わるのを待っていた俺に、可愛らしくゴックンとした彼がキュムッと眉を寄せた。

「アルは成人貴族ですでに当主代理。ご親族だけでなく多方面からアプローチがあるのは予測していました。ラグワーズご夫妻を含め、皆に納得して頂けると良いのですが……」

おやおや、何ともギルバートくんらしくもない弱気な発言だ。

そんなギルバートくんの艶々《つやつや》の唇を、手にした葡萄の粒でツンツンとノックすれば、キュッと彼の口が尖《とが》った。葡萄の粒にキスをしているようなその姿がモーレツに愛らしい。

「皆が皆、同じように納得するというのは無理な話だよ。別に私は納得してほしいわけじゃないしね。報告をするだけだ。何があろうと私の気持ちは変わりようがないからね」

「報告、ですか」

ギルバートくんが口を開いた隙に、キュッと葡萄の粒をその可愛い口の中に押し込んでしまう。目を丸くして再びモグモグとし始めた彼に微笑みを向けて、その可愛く動く頬っぺを指でスルスルと撫《な》でれば、彼が何とも言えない表情で目を細めた。

「でもそうだねぇ、うちの両親や縁戚の連中に大反対を受けたら……、そうだな。駆け落ちをしてしまおうか。ね、ギル」

コホッと俺の言葉にギルバートくんが小さく咳《せ》き込んだ。おや、いいアイデアだと思ったのに。

「二人で手に手を取って知らない土地に逃避行だ。ちょっと素敵だろう？」

「かけおち……」

ようやく葡萄を飲み込んだらしい彼が、その綺麗《きれい》なお目々をいっぱいに見開いて……そしてプッと噴き出した。

「素敵なアイデアですね。はい、いざとなれば二人で身分を捨てて駆け落ちをしましょう。アル一人くらい私が養って差し上げます」

「おや、それは頼もしいね。当てにしているよ」

ミニサロンのテーブルで二人して声を上げて笑って、逃避行ならどこに行こうか、隣国はどうだろう、なんて話していたら、いつの間にやら隣にディランが仁王立ちしていた。ついでにオスカーも。

「駆け落ちをなさるなら私もお供いたします」

「私も家族揃《そろ》って若様の駆け落ちにお供いたします」

えらく真剣な顔で頷《うなず》く二人の後ろからは「駆け落ち！　素敵ですね」「場所の選定を！」と、クロエとエドがさっそく地図を持参してきた。

……いやー、いまそんな具体的に話を進められても困るんだけど。

なんか気がつけば、上級使用人を含めての作戦会議が開かれていた。うん、駆け落ちの作戦会議。

どうやら俺が駆け落ちをすると、最低でも数千人規模の移住が必要になってくるんだそうだ。理由はよく分からない。駆け落ちって何だっけ。

俺の隣ではギルバートくんが肩を揺らして笑っている。「駆け落ちって大変なんですね」だって。

いや俺だって知らなかったよ。

……でも、まあいっか。

「けれど、何だかとっても楽しそうです」

そう言ったギルバートくんの笑顔が、物凄《ものすご》く綺麗で嬉《うれ》しそうだったからね。

35　本邸到着

ラグワーズ領の形は、しばしば船底の形に喩《たと》えられる。広大な領地の、その周長の約半分が海に面しており、南にグッと張り出したVの字部分はすべて海岸線だ。

ラグワーズ伯爵家が本邸を構えるのは、そのVの字を右に上がって半分ほどの場所にある港町。

非常に潮通しの良い外洋に面したこの町は、今のようにラグワーズが栄える以前から領地経営の大黒柱として踏ん張ってきたプライドを持つ伝統ある漁師町だ。

ラグワーズとともに生きてきた、強く逞《たくま》しく、そして心優しい領民たちの領主家に対する思いは、領内のどの地域よりも濃くて熱くて……暑苦しいほどに苛烈《かれつ》だ。

そんな町に間もなく、領民らが敬愛してやまぬご領主家の若様がお戻りになるのだから、町を挙げてのお祭り騒ぎになるのは当然といえば当然の事で、実際問題ガッツリ年に二回のお祭りの日として固定されてしまっているのも、ごくごく自然な流れと言えよう。

だから今日だけは、どれほど天候がピカピカに良かろうとも、海が大漁間違いなしの素晴らしい凪《な》ぎ具合であろうとも、船を出す漁師は一人もいない。町の港も市場も取引もすべて休業だ。

そもそも港じたいが、領内各地の港から押し寄せた船で早朝からすでに満員御礼のすし詰め状態。

港のそこかしこでは、場所取りを巡る漁師同士の小競り合いが勃発《ぼっぱつ》している有り様だった。

「てめぇのショボい船をとっとと離しやがれ！　うちの可愛い船に傷が付くじゃねぇか！」

「ケチケチしてんじゃねぇぞゴルァ！　傷が怖けりゃてめぇがどけ！」

「えー、サンドイッチにポテトチップス〜」

小競り合いも毎回のことになると、領民にとっては前座のお楽しみである。

通りすがりの領民が戦いの審判を買って出ると、周囲に腰を落ち着けた見物人に向けて、商魂たくましい小売りたちがクルクルと回り始める。

あと三十分もしないうちに港同士のトーナメント戦にエスカレートすることもお約束なので、港の端にはトーナメントボードが設置され、それぞれの下に掛け金の倍率が書かれ始めた。

ちなみに賭《か》けの胴元は漁業組合長だったりする。組合にとっては年に二回の貴重な臨時収入。ラグワーズ領民は揃いも揃って金の匂いに敏感だ。

「若様の馬車はあと二時間くらいか？」

「そうだな、お迎えに行きてぇがイベントは見逃せないしなー」

「場所取りの体力は残しておきたいよなぁ」

ビール片手にバリバリと魚の骨揚げを食べる領民たちが、別の方向から吹っ飛んできたビール瓶を受け止めて脇に置いた。空き瓶だって貴重な資源だ。

ご領主家の若様が始めた空き瓶のリユースは、ここ数年ですっかり領民たちの間に根付いていた。店に戻せば幾ばくかの金になるし、いざとなったら武器になる。ラグワーズ製の頑丈な瓶は三、四人殴っても割れないと実に評判がいい。

そんな、色んな意味で活気溢《あふ》れる港から続く通りを真っ直ぐに進んだ先には、町のメインストリートが交叉《こうさ》している。

街道と繋《つな》がった広い道は町の西から東に向かって一直線に伸び、その行き止まりとなった東の先にあるのが、ご領主ラグワーズ伯爵家の本邸を抱える小高い台地だ。町をグルリと一望できる高台は広く、豊かな木々に囲まれたその台地の内部は周囲から窺《うかが》うことができない。

街道からその高台の上へと続く道の手前には、美しい装飾が施されたラグワーズ邸の金属門が設置されてはいるが、この門が閉まっていることは滅多にない。この町の住民全員が門番のようなものなので、開け閉めの手間の分だけ時間の無駄になってしまうからだ。

その門からメインストリートを西にきっちり一キロ行った先には、ラグワーズ特産の美しい花々で飾り付けられた大きなアーチが設置されていた。

十メートルはあるメインストリートの道幅いっぱいにドーンと置かれたその花のアーチは、言わずもがな、ご帰郷される若様のために領民たちが心を込めて作ったもの。

その一キロの沿道はすでに何時間も前から場所取りをしている領民たちでびっしりと埋め尽くされ、もちろんここでも様々な小売りたちがせっせと商売に励んでいた。

道の端にはポールとロープによる仕切りが設置され、ポールにも美しい生花が飾り付けられている。領民らはその内側で身を寄せ合いながら、若様の馬車がいらっしゃるのを今か今かと待っていた。

そうして、その時は来た。


「馬車が見えたぞ！」

アーチの少し先で誰かが叫んだのと同時に、沿道の人々の間には緊張や喜びや期待や、色んな感情が混ざった熱気が沸き上がり、そして恐ろしいほどのスピードで膨れ上がっていった。

百花繚乱《ひゃっかりょうらん》のごとく華々しく飾り付けられたアーチの向こうから、漆黒の大型戦馬二頭に引かれた若様の馬車が現れた。

長距離用に仕立てられたその馬車が見えた瞬間、人々の目は釘付《くぎづ》けになる。

一見して装飾の少ない質実剛健な長距離馬車。けれど馬車が近づくごとにその隠された豪華絢爛《けんらん》な仕様はジワリと人々の敬譲心を掻《か》き立てていった。

堅く頑丈な黒檀《こくたん》で組まれた車体は鏡面のように磨き抜かれ、その艶やかな表面には細密な装飾彫りとともに極小の色石と金による象嵌《ぞうがん》が施されている。車体が揺れるたび、あるいは陽が当たるたびに、車体全体からは深く上等な輝きが放たれ続けていた。

屋根の四隅に置かれた控えめな装飾のデザインは、ラグワーズの海の波、山の木々、そして天へと伸びる畑の新芽を象徴した純金製。

輝きを放つその先端にはラグワーズ伯爵家嫡男、アルフレッド・ラグワーズの色である深い紺青《こんじょう》を金糸で縁取った飾り布が四枚、スルリと涼やかに揺れていた。

その見事な馬車を曳《ひ》く巨大な戦馬を操るのは、鍛え抜かれた肉体を持つ大柄な御者。ふてぶてしくもシニカルな笑みを口元に浮かべながらも、周囲を見渡すその眼光は鋭い。

馬車の左右を固めているのは、やはり大型戦馬に騎乗した四人の専属使用人たち。気の荒い戦馬を難なく乗りこなすメンバーのうち三人は、御者に負けぬほどの逞《たくま》しい体格の男たちだ。

料理人服を着込んだ赤髪の男と、顔に大きな傷のある長髪の男の背には大剣が、ひときわ図体《ずうたい》の大きな草色の髪をした男の背にはギラギラと鈍い光を放つ大斧《おおおの》が剥《む》き出し状態で背負われている。

御者を含めたこの四人の大柄な男たちの雰囲気は、ハッキリ言ってかなり柄が悪い。いや柄が悪いと言うよりは物騒……、物騒というよりはそこだけ猛獣エリアと化していた。

獰猛《どうもう》さの相乗効果で、凶暴そうな戦馬が普通の馬に思える謎の現象は、そろそろラグワーズの七不思議入り間違いなしとの専《もっぱ》らの噂《うわさ》だ。

そんな男たちをまったく気にすることなく、同じく大型戦馬にピシリと背筋を伸ばして騎乗するのはメイド服を着込んだ長身の女性。

結い上げたブルネットの髪にはひと筋の乱れもなく、口元に微笑みすら浮かべたその姿は優雅そのもの。足元の編み上げブーツに挿し込まれた短剣と、背負ったクロスボウがなければ場違い感が半端なかっただろう。

そんな猛者《もさ》たちに囲まれた馬車の窓から、穏やかな笑みを湛《たた》えた若様がヒラリと手を振ると、周囲の観衆からワッと一斉に歓声が上がった。

大抵の貴族たちは、馬車が通り過ぎるまで平民たちに平伏を求めるものだけれど若様は違う。

『平伏したら仕事の手を止めることになるでしょ。私も領民たちの顔が見たいしね』

たった六つの若様のお言葉に、ラグワーズでは馬車への平伏義務が撤廃された。それに子爵家、男爵家が倣い、それでも領民らを平伏させることを強要していた子爵家や男爵家の閨閥《けいばつ》あるいは差配人らは、いつの間にかラグワーズから姿を消していった。

それでも、領民たちは今だに若様が目の前をお通りになる瞬間には、いつだって深く深く頭を下げて敬愛と感謝を捧《ささ》げ続けている。義務は撤廃されたが別に禁止されたわけではない。自主的に気持ちを表すことは自由なのだから。

若様がお乗りになった馬車の動きに合わせるように、ザザザッと一斉に下がっていく領民たちの頭の波に、馬車後部のランブルシートに起立した従僕らは満足げに、けれど警戒は一切解くことなく背筋を伸ばして前を向いている。

前方を行く重量級の四人に比べれば細身で小柄な、従僕の制服を一分の隙もなくキッチリと着こなした男たちの雰囲気はあくまでも柔らかい。が、馬車の外部の狭いランブルシートで、振動をものともせずピタリと足を吸いつかせ姿勢を正すその筋力が並大抵のものではないことは、多少武術を学んだ者であれば、つまりはラグワーズ領民であれば誰だって分かる事だった。

その若様の豪奢《ごうしゃ》な馬車が通り過ぎた後ろからは、大型戦馬ではなく普通の……とはいえ充分に鍛えられ筋肉が盛り上がった何とも立派な馬二頭に曳かれた、いかにも頑丈そうな馬車が続いていく。

艶《つや》やかな赤茶の木肌も美しいその馬車に乗っているのは、キレ者と名高い貴族が二人。

ラグワーズの東西を二分して統括するドレイク子爵家とエバンス子爵家、それぞれの直系親族から若様の側近が選ばれた時、周囲は思わず耳を疑った。

――あの殺し合いすらおっ始《ぱじ》めかねない、犬猿の仲である両家から一人ずつ？

けれど十一年経ってみれば、なんとも実に絶妙なバランスで歯車は噛《か》み合い、領を二分していた険悪な雰囲気や断交も今やすっかり消え失《う》せてしまっている。

ラグワーズ一丸となって前へ前へ、もっと先へと進んでいく心地よさは、もう領民の誰もが手放すことなど考えられないし、考えたくもなかった。

若様の馬車に続いて、その側近二人を乗せたやたらと重量のありそうな馬車が花のアーチをくぐったところで、沿道の歓声はさらに強く弾《はじ》けるような大歓声へと変化していった。

三台目の馬車は、専属使用人集団を乗せた箱形十人乗りの大型馬車。側近らの馬車と同じく、立派な体躯《たいく》の馬四頭に曳かれてゆっくりと道を進んでいく。

使用人らを乗せたその大きな馬車が、先行の二台とは十五メートルほど遅れて花のアーチの下へと差し掛かった。そして、その最後部が花のアーチの真下をくぐり終えた瞬間。

沿道の最前列で待ち構えていた者たちの目がギラリと光った。

一斉に地を蹴《け》り、ポールとロープを軽々と跳び超えた領民たちが箱形の馬車に向かって襲いかかる。

その数は、ゆうに百人超。

けれど彼らのほぼ半数は、ものの数秒で地に伏すことになった。

いつの間にか、大型馬車の屋根や周囲には二十人ほどの専属使用人たちが姿を現しており、目にも留まらぬ速さで地を駆け、空に跳び、襲いかかってきた領民たちを次々と迎え撃ったから。

翻《ひるがえ》るメイド服から繰り出される足技、高く跳び上がり木の上の襲撃者を一撃で仕留める従僕、恐ろしいスピードで地を這《は》うように移動し、数人をまとめて気絶させていく若き料理人見習い。

その技、そのスピード、その的確な攻撃に、領民たちは感嘆の声を上げ、挑戦者たちに声援を送る。

「それ行け！　がんばれ！」

「きゃー！　専属さまたちすてきー！」

「隠匿は無駄だぞー！　ドーンと正面から行けー！」

沿道の熱気と歓声はますます勢いをつけて、熱く、暑苦しく盛り上がっていくばかり。

だって今日は年に二回のお祭りの日。

一部の者たちにとっては、年に二回あるラグワーズ伯爵家本家への採用のチャンスの日なのだから。

大型馬車の屋根の上には、紺青《こんじょう》の美しい旗がヒラリと一本立っている。この大型馬車がラグワーズ本邸の門をくぐるまでの一キロがすべての勝負。

今日という日、この時を待ちわびて、ラグワーズ全土から集まった腕に覚えのある猛者たちが旗を目がけて専属使用人たちに挑む姿に、集まった沿道の領民たちは大喜びだ。あらゆる技と得物《えもの》が繰り出されるたった一キロの戦場は、激しくも素晴らしい一大イベントとして、ここ数年ラグワーズ領内に定着していた。

ことの始まりは、領民の羨望《せんぼう》の的である若様の専属使用人たちに、勝負をふっかける輩《やから》が増えすぎたことに端を発している。

通常の採用ルート外から専属に、しかも上級使用人にのし上がったメンバーが多いことも、領民たちに夢を抱かせる原因の一つであったことは間違いない。

『専属使用人を倒して若様のお目に留まれば、若様のお側《そば》にお仕えが叶《かな》うかもしれない』

そんな思いを抱えた領民たちが、専属使用人たちに次々と挑み始めたのは五年ほど前から。

だが専属使用人とてそうそう暇ではない。ならば一気に片を付けようじゃないかと、側近二人の許可のもとに始まったのが、この「一キロ勝負」だ。

腕に自信があり、闘魂と気概と若様への熱情に溢れた領民たちにとっては年に二回のチャレンジであり、専属使用人たちにとっては若様をお守りする者としての実力を領民たちに見せつけ、心底納得させる場となっている。

もちろん、観客の側とて危険やもらい事故は百も承知。物凄《ものすご》い勢いで飛んでくる鎌や斧やナイフを避けられないようなら、そもそものんびりと見物などしてはいない。

ブッ飛ばされて観客席に飛び込んだ挑戦者を現場に素早く投げ戻し、戦闘不能になった連中をせっせと回収するあたり、観客としてのマナーもバッチリだ。

「今回の挑戦者たちは粒ぞろいだねぇ、まだ三十人以上残ってやがる」

「動きがいいね。ありゃあ相当鍛えてきたと見える」

「よっ！　兄ちゃん頑張んな！」

機嫌よく声援を送りながら、観客たちは飛んできた得物を次々と道の真ん中へと投げ返していく。

もちろん、そんなものが簡単に当たるような専属使用人でも挑戦者でもないので、力いっぱいブチ込んでも安心安全だ。観客たちは酒や肉を片手に、ブンブンとナイフやナタや剣を投げ込みつつ、ワイワイとイベント観戦を満喫していた。

紺青の旗を綺麗《きれい》に立てたまま、大型馬車はメインストリートを真っ直ぐにラグワーズ邸に向けて進んでいく。その距離、残り五百メートル。

その時、若様の脇を固めた四頭の騎馬がその速度を落としてスルスルと後方へと下がり始めた。その動きに観客たちからいっそう大きな歓声が湧き起こる。

先頭の若様の馬車を操っていた御者が、その両手に持った手綱を一度大きく振って、馬車を曳く戦馬に気合いを入れた。騎乗した四人の使用人たちも、それぞれの馬の首を叩《たた》きながら、先行する二台の馬車と後方の間に、馬で壁を作るような陣形を張っていく。

先行する二台の馬車を前後からしっかりと囲んだ計六頭の大型戦馬らは、ブルルッと一度その太い首を振るや、グイッとその鼻面を前へ向け、漆黒の十二の瞳《ひとみ》でギラリと前方を見据えた。そしてその陣形を崩さぬまま、一定速度で太く逞《たくま》しい足を真っ直ぐにラグワーズ邸の門へ向けて進み続ける。

もう御者も騎手も必要ない。二台の馬車は我らが守る。とばかりに、伝説の戦馬の末裔《まつえい》としての気概と覇気を溢《あふ》れさせた六頭の馬たちに、沿道の観衆から大きな拍手が湧き起こった。その瞬間——。

御者、料理長、パティシエ、庭師、メイド長、従僕頭。

六人の使用人らが一斉に戦いの場へと突っ込んで行った。そのスピードと破壊力たるや今までとは桁違《けたちが》い。残った数十人の猛者たちが次々と声もなく地面に倒れ伏していく。

先行したのは料理長とパティシエ。疾風のごとく大型馬車の両側に回り込んだ二人が、手にした大剣で次々と挑戦者たちが手にした得物を弾き飛ばす。そこに間髪を入れずに走り込んだ御者が、鞘《さや》に収めたままの剣で的確に挑戦者たちの急所を仕留めていった。

その一連の動きにはまったく無駄がない。大きな身体にもかかわらず、軽々と音もなく地を滑る三人の動きは鮮烈にして華麗。流れるような剣さばきはすでに芸術的な域に達している。

ほぅっと沿道から上がる溜息《ためいき》が終わる間もなく、御者の剣によって仕留められた挑戦者たちの身体が次から次へと数メートル後方に吹き飛ばされていった。その怒濤《どとう》の激風の目となっているのは、軍神の如き巨大で強靭《きょうじん》な肉体を躍らせ、駆け抜ける庭師。

この四人に関しては、元・軍関係者らしいという噂だけが広まっているが、その真偽は分からない。

いつ、どうやって貴族の若様と知り合ったのか、どういう経緯で使用人に採用されたのか。彼らを真偽を確かめる気も起こらないほどに、彼らの動きはプロフェッショナルそのものだから。

見るたびに領民たちは首を捻《ひね》る。上級使用人たちに交ざるパティシエが上級使用人ではない点も、謎を深めている一因だ。まあそれも酒の肴《さかな》としてはピッタリの話題なので、本当のところは領民にとって真偽など、どうでもいい事なのだけれど。

そんな四人の重量級の男たち目がけて、小ぶりの矢とナイフが雨のように降り注ぎ始めた。雨の出所は馬車の屋根に仁王立ちしたメイド長と従僕頭。

まるで紺青の旗を守護するように、動く馬車の屋根にピッタリと足を吸いつかせた二人は、驚異のスピードで矢とナイフを発射しながら、ついでに数種の暗器も器用に混ぜ込みながら、穏やかな微笑みを浮かべている。

木の上に潜んだ残党と意識を取り戻しそうな連中にトドメを刺すため、というのが建前らしいが、主にその攻撃が集中するのは四人の同僚たちの方角だ。

「「あんの……アマ！」」「「あのクソチビ！」」

挑戦者がほぼほぼ戦闘不能に陥っている今、凶器の雨を降らせる必要はどこにもないのだけれど、そこは領民へのサービス精神たっぷりのメイドと従僕。専属使用人としての牽制《けんせい》を兼ねたデモンストレーションに余念がない。————まあ、普段から色々やらかしている四人への単なるストレス発散なのかもしれないけれど。

それぞれの剣と斧でカンカンカンカンと攻撃を弾き飛ばしながら、大柄な男どもが屋根の上の二人を凶暴な目で睨《にら》み付けるが、当のメイドと従僕は、どこに収納してあるのか次から次へと色んな暗器を出現させては沿道の観客たちを喜ばせる。

「今回もいい人材は出なかったようだな」

「まぁ仕方がない。そうそう簡単に出てくるもんでもないし、突然現れることもあるしな」

「あの四人のようにか？　勘弁してくれ」

二台目の頑丈な馬車の中で、到着に備え手にした書類を片付け始めた側近たちが今回の「イベント」の総括と思い出話を始めているうちに、先行の二台の馬車はスルスルとラグワーズの門を通過していく。沿道の大歓声を背に受けた専属使用人たちは、いつの間にやらそれぞれ元の配置に戻っていた。

そうして紺青の美しい旗を立てた大型馬車もまた、ラグワーズ伯爵家本邸の門の中へと吸い込まれるように、静かにその大きな車体を滑り込ませて行った。

今回、ラグワーズ全土から集まった挑戦者の数、男百八名、女十八名。生き残りは、ゼロ。

ラグワーズ伯爵家本邸採用への道はいつだって長く、そしていつだって物凄く険しかった。

◇◇

「素晴らしい領民たちですね。見事な花のアーチでした」

隣からニッコリと微笑みを向けてくれるギルバートくん……なんて眩《まぶ》しいんだろう。美しすぎる彼の姿に、この三時間の俺の記憶はほぼギルバートくんで埋め尽くされている。

もちろん通ってきた道に設置された豪華で綺麗な花のアーチもしっかりと目にしたし、沿道の領民たちにも手を振った記憶はある。でも隣に座る天使の破壊力が大きすぎて、アーチの花より脳内の花畑、領民らの歓声より脳内大花火大会の方が盛大だったんだから仕方がない。

『初めてご挨拶《あいさつ》をするラグワーズ伯爵夫妻に失礼がないよう、身支度を調えさせてください』

一つ前の休憩所でちょっと照れたようにそう言って、身支度のために部屋に入っていったギルバートくん――――もうこの時点で、かなり可愛かったんだ。

桜色に染まった頬っぺとか、ほんのちょっと下がった眉《まゆ》とか、上目遣いのお目々とか……。

うっかり彼の隣で「お任せ下さい」なんて胸を張るクロエを睨み付けそうになっちゃったからね。

こんな可愛い子をどこに連れて行くんだ、ってね。

ついついフラフラと後を付いて行きそうな俺にディランとオスカーが「気散じに」「お時間潰《じかんつぶ》しに」と書類の束を差し出してきた時はマジで睨み付けたからな？

そうして、なぜかガリガリと仕事をしながらギルバートくんを待つこと数十分。着替えの部屋から出てきたギルバートくんの、なんともまあ凛々《りり》しく気高く美しいこと！

宇宙全体から可愛いを集めてもこれほど可愛くはならないだろう！　ってくらいに可愛らしくて美しい天使の姿に、一瞬で俺の脳内はフィーバー状態。手にした書類はすべて床に落っこちた。

一瞬で恋に落ちるってよく聞くけど、もう落ちちゃってる状態からさらに沈んで潜って埋まった俺の状態は何て言うんだろう。あの時の俺は、ただただ目の前の彼を「私の天使……」って抱き締めることしかできなかったんだ。

上等な絹で織り上げたその彼の純白の上着には、生地全体を埋め尽くすように細い金糸の小紋柄が淡く浮き上がり、その前たて部分には幅広に濃紺の細かな刺繍《ししゅう》が施されている。

襟《えり》部分から膝丈《ひざたけ》の裾《すそ》まで続くその濃紺は、もちろん俺の色だ。数種の青糸と金糸銀糸、宝石やシークインをふんだんに使った緻密《ちみつ》な刺繍はうっとりするほど彼に似合っていた。

上着の背部には、ウエストから裾《すそ》にかけてたっぷりとしたプリーツがとられ、折り返しのレースの袖口《カフ》とお揃《そろ》いで飾られた大きめの釦《ボタン》には、ランネイルの家紋が煌《きら》びやかに刺繍されている。

輝くプラチナブロンドをサラリと揺らし、眩しくも絢爛《けんらん》な衣装をごく自然に着こなす彼はまさしく至高の天使。ああ、まったく尋常じゃなく美しい。

こんな彼を目の前にしたら父上も母上も、ルーカスだって目が眩《くら》んで卒倒してしまうかもしれない。もし卒倒する場合はぜひとも後ろに倒れて頂きたい。前はダメだ。ギルバートくんの方に倒れ込んだら、父上だろうが突き飛ばしてしまう自信しかない。

……などと天使降臨が及ぼすだろう影響の可能性に思いを馳《は》せつつ乗り込んだ馬車の中、俺はその麗しすぎる目の前の天使に道中ずぅっと目を奪われてたってわけ。

馬車はラグワーズ本邸の正門をくぐって、緩い坂道を上がっていった。正門から続く本道の周囲はちょっとした森のようになっていて、ほんの少しだけ学院の裏の林に似ていたりする。

十一月頃であれば素晴らしい紅葉を見せてあげられたんだけどな……と少々残念に思いながらも、俺の目は隣で窓の外を眺める彼の可愛らしい横顔に釘付《くぎづ》けだ。

「なんとも豊かで清浄な森ですね。まるでラグワーズ伯爵家の有り様を物語っているようです」

ふんわりとした微笑みを浮かべるギルバートくんの瞳には、通り過ぎる木々の鮮やかな緑が映って、いっそうその翡翠《ひすい》を色濃く輝かせている。

「少しばかり緊張してきました。こんな気持ちは初めてお招き頂いた王都邸のお茶会以来です」

そっと胸元に手を当てた彼が、そんな可愛いことを口にするものだから、俺のハートはもう限界。

彼の腰をギュッと抱き締めて柔らかな頬と唇にキスを贈った。

今の今まで、彼の純白のコートに皺《しわ》をつけないようギュッとするのを我慢してたんだけど、無理なものは無理。ああもちろん、すぐに腕を緩めたよ？　キスは継続したけどね。

台地を上がりきった先には小さな花壇を中心とした広場。ここから先は敷石がブロック状の舗石からテラコッタと磁器タイルの組み合わせへと切り替わる。本邸内へ入ったという目印みたいなもんだ。

その広場を抜けた先から芝生や植栽のエリアをグルリと巡るアプローチを一キロほど進んで行くと、円形の芝生と、高々と水を噴き上げる四段階層の装飾噴水が見えてきた。

「ラグワーズの本邸だよ」

彼の滑らかな頬の感触を唇で堪能しながら、俺が噴水の向こうに見えてきた白壁の屋敷を指さすと、彼がその綺麗な目を細めた。

本邸の玄関ポーチ前には、すでに使用人たちが整列し、中央には父上と母上の姿も見える。

父上にはギルバートくんのことを伝えてあるからね、あの出迎えは確実に俺に向けたものではなく、ギルバート・ランネイル侯爵子息に対する伯爵家当主としての体裁だろう。

だっていつもより出迎えの人数が多いし、父上も母上もかなり服装に気合いが入っているように見える。ありゃ全員揃って外向けの格好だな。

大きく噴水の芝生を回ってエントランスへと入った馬車が、スッとその動きを止めた。

「さあ、着いたよギル。私が先に降りるからね」

まだ隠匿を解かない彼の唇に小さなキスを落として額を合わせると、フッと細めた目で俺を見つめた彼が「はい」と小さく微笑んだ。

落ち着いた強い光を湛《たた》えたその瞳に微笑みを返して、もう一度だけ触れるだけのキスを贈ってから、俺は開けられた扉へ向けて席を立ち上がった。

正面玄関前に停められた馬車から降り立つと、すぐ目の前には父上と母上。

その後ろのポーチには弟のルーカスと、家令のタイラーが控え、周囲には本邸の執事や従僕らが全員揃って姿勢を正している。

「アルフレッド」

さっそく声がけをしてくれた父上は、ちょっと緊張しているようだ。まあ、後にギルバートくんが控えてるからね。

いつの間にか俺は父上と変わらない身長になってしまったけれど、体格はまだまだ敵《かな》わない。武将のように逞しい父上のような体格には、どう頑張っても俺は一生なれそうもない。まあ、そこんとこは成長期のルーカスに期待だ。

「アルフレッド・ラグワーズ、ただいま戻りましてございます。父上、母上にはお変わりなくご健勝の様子。また此度《こたび》はこのように盛大なるお出迎え、心より感謝申し上げます」

伯爵家当主である父上に貴族子息としての礼を披露し頭を上げると――――いかん。母上の視線はすでに息子じゃなくて馬車に向きっぱなしだ。ついでに後ろのルーカスも。

今にも首を伸ばしそうな二人の表情が「見えないぃー」と言っている。

まぁ彼が隠匿を解くのは降りる寸前だろうからね。

「フレッド、大切なお客様というのは……」

父上の隣で、明らかにワクワクと期待した眼差《まなざ》しを向けてくる母上に苦笑を堪《こら》えながら「はい」と俺が頷《うなず》いたその時。

カツン――――。

と、背後から、ステップを踏むブーツの音が聞こえた。その軽やかな足音に、知らず俺の口元には笑みが浮かんでいく。

誘われるように身体を捻って馬車へと視線を向けた俺の目に映ったのは、隠匿を解かれ、陽光の下で煌めき揺れる眩しいプラチナと輝く純白。

「ご紹介いたします。此度、我がラグワーズ領へお招きした私の大切なお客様であり、私が唯一と心に決めたお方、ギルバート・ランネイル侯爵子息です」

ステップを下りエントランスに降り立った彼は、品格溢れる凛々しい立ち姿もそのままに、まるで花が開くような、なんとも美しい微笑みを浮かべた。

◇◇

馬車から降り立ったのは、眩《まばゆ》い純白と金糸の衣装に、深く上品な紺青《こんじょう》を煌めかせた麗しい貴公子。

高台にそよぐ柔らかな風に、サラリと艶《つや》やかなプラチナブロンドを揺らすギルバートくんは本当に美しく、凜々しく、そして気高かった。

うっとりと見惚《みと》れる俺に一瞬だけ視線を向けたギルバートくんは、けれどもすぐにその視線を馬車の前で出迎える俺の両親へ向けると、何とも鮮やかで優艶《ゆうえん》な微笑みを浮かべた。

彼が降り立った馬車の脇には、すでにディランとオスカーを筆頭とした王都邸の使用人らがズラリと並び、低く頭を下げてギルバート・ランネイル侯爵子息へ向けて深い敬意を示している。

その中心を一歩、二歩と美しい足取りで堂々と歩き始めた彼に、一瞬呆然《ぼうぜん》としていた本邸の使用人たちとルーカスも低く頭を下げ、ピタリとその動きを止めた。ここから先は一切の身じろぎは許されない。それが貴族社会のルールであり、王国の階級社会の決まり事だ。

貴族社会での順位で言えばギルバートくんは今、父上と俺に次ぐナンバー3。しかも家格は伯爵家よりも上。そして嫡男だ。我が王国はいまだ根強い男性社会。令嬢と令息ではその格も扱いも別物と言っていい。元子爵令嬢で現伯爵夫人である母上も父上と一緒でなければ、未成年であろうとも正式な場ではギルバートくんに頭を下げなければいけない立場となる。

男爵・子爵家と伯爵家の間に大きな壁があるように、伯爵家と侯爵家の間の壁もまた高く大きく、そして名門侯爵家嫡男という肩書きは、それほどまでに重い。

父上の前へと歩み寄ったギルバートくんが、スッと流れるような貴族の礼を執った。

肩を引き真っ直ぐに首を伸ばして、ゆっくりと頭を下げたギルバートくんの姿勢の美しさに、思わず溢《こぼ》れてしまいそうな溜息《ためいき》を呑《の》み込んだ。君はなんて綺麗《きれい》なんだろうね。

ああ、あのサラサラと落ちた綺麗な髪に今すぐキスをしたい……などと邪《よこしま》なことを考えている俺の前で、胸を張り伯爵家当主として礼を受けた父上がギルバートくんに声を掛けた。

「ようこそおいで下さった。ギルバート・ランネイル殿」

父上の言葉に、その美しい姿勢をピタリと維持したまま形のいい顎《あご》と目線だけをスッと上げたギルバートくんが、薄《うつす》らとした微笑みを浮かべる唇を開き、凛と通る声で挨拶の口上を述べ始める。

「ラグワーズ伯爵家ご当主、ディヴィッド・ラグワーズ様へご挨拶申し上げます。ランネイル侯爵家が嫡男、ギルバート・ランネイルにございます。此度はご嫡男アルフレッド様よりお招きに与《あずか》り、いまだ成人前の若輩ながら御前《おんまえ》にてお目通り叶《かな》いましたこと、まこと幸甚《こうじん》の至りにて我が身に余る冥加《みょうが》と存じます」

低い姿勢でランネイル侯爵子息としての口上を終えたギルバートくんは、次にスッと背筋を伸ばして貴族の略礼の姿勢を取った。

「また斯様《かよう》に丁重なる出迎《でむか》えに遭《そう》し、ランネイル侯爵家当主に代わりまして、嫡子ギルバートよりラグワーズ家に謝意を表します」

侯爵子息ではなく侯爵家として、伯爵家への謝辞を口にしたギルバートくん。

その到底十六とは思えぬ威儀堂々《いぎどうどう》たる風采《ふうさい》に、父上、母上、そして俺も含めたその場の全員が深く頭を下げた。子息ではなく侯爵家として挨拶《あいさつ》をされてしまえば、この場でギルバートくんに頭を上げられる者は誰一人としていない。

いやー、まさかここまでギルバートくんが超正式な挨拶をしてくるとは思わなかったよ。ちょっとビビった。ギルバートくんてばさすがというか何というか、いざという時の高位貴族の圧がハンパない。ハッキリ言って超イケメンだ。愛してる！

「ラグワーズ伯、道中とても楽しゅうございました。まことラグワーズ家のお手配は細やかで行き届いておりました。改めて御礼申し上げます」

目の前で再び頭を上げた父上に、ギルバートくんはフッと表情を和らげると、ゆっくりとした穏やかな口調で話しかけた。ああ、天使ってば社交の切り出し方も完璧《かんぺき》だ。

「それはようございました。遠路ご無事で何よりです。ああ、こちらは妻のオリビアでございます」

完璧天使からの儀式終了のお知らせに、父上もまたその表情を緩めながら隣の母上を紹介する。

「初めてお目にかかります、ラグワーズ伯爵夫人。ギルバート・ランネイルにございます。以後お見知りおき下さいませ」

父上の言葉にスッと視線を母上に移したギルバートくんが、ゆるりとさらにその目を細めて、形のいい唇に柔らかな笑みを浮かべた。

母上はと言えば……うーむ、伯爵夫人としての体裁《ていさい》はギリギリ保ってるけど、ほんとにギリッギリだな。格好《かっこ》良くて美しくて凜々しくて可愛らしいギルバートくんに驚くのは仕方がないけど、倒れるなら後ろね。後ろにお願いしますね。

万が一のために、倒れ込んだ母上を受け止めて父上にパスする最短の動きを脳内で確認《イメージトレーニング》し始めた俺の前で、ギュムッと握りしめていたドレスの両裾《すそ》から手を離した母上が口を開いた。

「ようこそおいで下さいました。アルフレッドの母、オリビア・ラグワーズでございましゅ……」

噛《か》んだ……。見事な噛みっぷりだ。

けれど、さすがは天使で貴公子なギルバートくん。華麗な笑みで母上のカミッカミを見事にスルーしてみせると、彼はスルリとそのしなやかな手を母上に差し出し、ふわりと……ドレスの脇に所在なげに下ろされていた母上の指先をすくい上げた。

え？　すくい上げた？　ちょっ、ギルバートくん?!

思わず見開いた俺の目の前で、ギルバートくんはその美しいプラチナブロンドを煌めかせながらスッと頭を下げるや、艶《あで》やかな笑みもそのままにふっくらとした唇を母上の手の甲へと寄せる。

――それは一瞬の、淑女への儀礼《ハンドキス》。

煌々《きらきら》しくも麗しいプラチナの貴公子から捧《ささ》げられた儀礼に、目の前の母上がガチリと固まった。ちょっと指で突っついたら倒れてしまいそうだ。

だが今の俺に母上を突っついている余裕はない。なんてこった、あれはダメだ、あれはいかん……と、一瞬で考えがグルグル巡ってそれどころじゃない。

もちろんエアキスなのは分かっている。時間だって一秒程度。下手すりゃ身分的に格下になってしまう母上に対して謙《へりくだ》ってみせたギルバートくんの気遣いは、重々承知している。

でも、分かっちゃいるけど俺の心中は穏やかじゃない。母上じゃなきゃ、あの手と唇の隙間一センチに手をシュパーッと突っ込んでるとこだ。

ああもうギルバートくん、そんなに可愛い顔でそれ以上微笑まないで。そして母上、それ以上ギルバートくんをガン見しないで。ギルバートくんが減っちゃう。

いや、減ったら減ったで可愛さが凝縮されるのかもしれないし、天使パワーは減らないだろうし、彼への愛は変わんないけど、とりあえずガン見はやめて。

ギルバートくんをガン見する母上をガン見してたら、目の前の父上がようやく声を上げた。

「さあどうぞ中へ、ランネイル殿。さぞお疲れでございましょう。当地自慢の茶葉をご用意いたしました。どうぞ中でお寛《くつろ》ぎ下さい」

父上の案内に大きく頷いたギルバートくんが、一斉にザァッと場を空けた使用人たちの間を泰然と歩いて行く。ここまでで頭を上げたのは当主夫妻と俺だけ。他の者たちは当然ながら、ルーカスも含め全員頭を下げたままだ。


外のポーチから扉をくぐって、玄関ホールを真ん中まで進んだところで、俺は素早くギルバートくんの手を握った。

「ようこそラグワーズ本邸へ。私の愛《いと》しい人」

チュッとその握った手にキスを贈れば、目の前の彼がはにかんだように微笑んだ。

「ギル。私は自分の心の狭さをいっそう自覚したよ。ここから先は、どうかこの手は私だけに与えてはくれないだろうか」

握った彼の手にそっと頬を寄せて懇願した俺に、ふわっと目を細めた彼が「アル……」と薄紅色の唇を動かし、小さく俺の名を呼んだ。ああ、可愛い。

愛らしさ満点のギルバートくんの柔らかな頬と目元にキスを贈って、ふと前を見るとなぜか父上と母上が口を開けたまま突っ立っている。

……ん？　父上、母上、どうかなさいましたか？　ボーッとしてないでチャッチャと歩いて下さい。当主夫妻が案内しなきゃギルバートくんが歩けないでしょ。はい、先に進んで進んで。

彼の手を握ったまま首を傾げた俺に、ハッとしたような二人がようやく足を動かし始めた。

なんだかなー。滅多にお客様が来ないと正式な接待方法を忘れてしまうのだろうか。俺も気をつけないといけないいな。

足を止めさせちゃってごめんね、と隣の可愛い彼の顔を覗《のぞ》き込めば、ニコリとした笑みが返ってきた。くぅぅー、かっわいぃー。

小さくポポポンと脳内花火を打ち上げつつ、本邸の玄関ホールを進んで行く。

外の白壁に合わせて、白と薔薇色《ばらいろ》の地色を持つ大理石が張られた床に、カツカツと響く彼の軽やかな靴音。俺の天使は靴音までも美しい。彼の靴に踏まれて我が家の床もさぞ本望なことだろう。俺が大理石なら大喜びだ。

あ、もちろん前を行く父上や母上や、後ろから続くディランたちの靴音も、俺自身の靴音だって響いてるわけだけど、今は天使の靴音以外は脳内通行止めになってるので聞こえない。

玄関ホールの先には三段ほどの階段と白い両開きの扉が三つ。金で縁取られたガラスがはまった白い装飾扉は、デザインは同じだがメインの中央の扉が大きく、左右の扉はやや細めに作られている。

大きく開かれたそのメインの扉をくぐると、正面に大理石の中央階段を抱えたホールに入った。

ホールの左右と奥には廊下が繋《つな》がっていて、その通路入口の左右には大きな生花がそれぞれ飾り付けられていた。花瓶、そして周囲の美術品なども、どうやら来客に合わせて替えられたようだ。

少々、花の色や絵画の趣味が女性的なところは母上の趣味だろうか。母上のマイブームはいま乙女趣味に傾いていると見える。

「美しい生花ですね。通ってきたアーチもそうでしたが、ラグワーズの花はどれも色鮮やかで目を奪われてしまいます」

右の通路入口の左右に置かれた花に、ギルバートくんが目を細めた。

「嬉《うれ》しいね。けれど、どれほど鮮やかな花々だろうが、君の前では霞《かす》んでしまうよギル。私が目を奪われるのは、いつだって君ばかりだからね」

繋いでいる彼の手をそっと口元に引き寄せて囁《ささや》いた俺に、彼の細められた目元がほんの少しだけ桜色に染まった。は――、マジで可愛い。

……父上、母上、足は止めなくていいですから先へどうぞ。このルートなら東のサロンに向かってるんでしょ。ちゃんと付いていくから大丈夫ですよ。

「そういえばアル、弟御にはご挨拶できませんでしたが、後ほどご紹介頂けますか？　来年、学院でご一緒するでしょうし」

小さく首を傾げた愛らしいギルバートくんの言葉に、とルーカスの存在を今さらながら思い出した。

やべぇ、ハンドキスの衝撃ですっかり忘れてた。すまんなルーカス。

「ルーカスは……」

たぶんまだ玄関ホールにいるはず……と、曲がったばかりの通路からクルッと玄関の方向に目を向けると、うん？　先ほど入って来た玄関のガラス扉の向こうで、ルーカスは何やらしゃがみ込んでいた。身じろぎの許されない礼を続けたせいで疲れてしまったのだろうか。

しゃがみ込んだまま頭を抱えているのは……さては頭下げすぎて血が上ったな。だめだよルーク、貴族の礼だけはちゃんと練習しとかなきゃ。

そのまま石像のように固まってるルーカスを、弟付きの従者がそのままヒョイと持ち上げて移動し始めた。そうだね、ずっとそこにいられても邪魔だろうし。

仕方がないなぁ。まあ後でサロンに来てもらえばいっかと苦笑しながら、隣で「？」みたいに小さく首を傾げるベリーキュートなギルバートくんのお手々を引いて歩き出した。

もちろん「あとで紹介するね」と、おでこにキスをするのは忘れない。だって首を戻す途中にかわゆいオデコがあったらキスするっしょ。

そうして到着した本邸の東角にあるサロンは、接客専用の大サロン。北東と南東側の二方向に庭園へと通じる大きなガラス扉があって、非常に明るく眺めがいい。

他にも小さなサロンがあるけど、高位あるいは大切なお客様は大抵こちらにお通しする。王都邸のサロンはコンサバトリーへと通じていたけれど、本邸の方は独立していて少々格式張った造りだ。

大理石の円柱や、天井や壁の石膏金箔《せっこうきんぱく》レリーフといった装飾がやたらと多くて、白と金と緑を基調としたこのメインサロンは、対高位貴族への見栄がいっぱいに詰まった部屋だ。

ま、だいたいの高位貴族家に一部屋はある、勝負パンツならぬ勝負部屋ってとこかな。

「どうぞおかけ下さい」

庭園を背にした三人掛けアームソファには父上と母上が、テーブルを挟んだ手前の一人掛けアームチェアに俺とギルバートくんがそれぞれ着席する形だ。

ああ、彼と手を離さなきゃいけないのがツライ。なぜ一人掛けなんだ。ソファがよかった。父上、そっちと取っ替えてくんないかな。いや席順はしょうがないのは知ってるからソファだけでも……。

内心ブチブチとこぼしつつ、繋いでいた彼の手の甲にチュッとしてから断腸の思いでその手を離し着席すると、母上が再び俺とギルバートくんをガン見してきた。

なんか母上ってばガン見多くない？　ちょっと老眼には早……あ、そっか。

「母上、驚いておられるのは分かりますが、それ以上は目が溢《こぼ》れ落ちてしまいますよ」

まん丸に見開いた目でこちらを凝視してくる母上に俺が思わず苦笑すると、パチパチと瞬《まばた》きをした母上が「いけない！」とばかりに、その目を泳がせた。相変わらず表情が正直な人だ。

「フレッド……」

キュゥと眉《まゆ》を下げた母上を、隣の父上もまた小さく眉を下げて見下ろしている。相変わらず仲睦《なかむつ》まじいご様子で何より。ビックリしちゃってるんですよね、分かります。細かい情報は伏せておいてほしいと父上に頼んだのは俺だしね。

「母上が驚くお気持ちはよく分かります。ですから先日お送りした魔法陣でもお伝えしておりましたでしょう？　その美しさにきっと驚かれますよと。けれど、そうでしたね。これほどまでに類い希《まれ》なる麗姿と賢哲《けんてつ》にして清らかな心魂《しんこん》を併せ持った奇跡のような存在を目の前にして、驚くなと言う方が無理な話でした」

いつも会ってる俺ですら、毎回、毎時間、毎秒、オールパーフェクトな彼の魅力に目眩《めまい》を起こしそうなんだから、初めて間近で目にしちゃった母上や父上が驚くのは想定内だ。天使を初めて見る人間ならこうなって当たり前だし、卒倒しなかったのを褒めて差し上げたい。

「実際、私とて宝玉のごとき存在の彼が私の心を受け取って下さった事に、いまだ夢心地なのです。此度《こたび》、その神授《しんじゅ》のごとき僥倖《ぎょうこう》を私が得ました事を父上と母上にご報告できることを、私も非常に喜ばしく思っているのですよ」

つい緩んでいく頬を自覚しながら父上と母上に微笑みかけると、隣のギルバートくんが「アル……」と小さく呟《つぶや》く声が聞こえた。

ん？　呼んだ？　と隣のギルバートくんを振り向けば、何やら顳顬《こめかみ》を押さえながら、その切れ長の美しい目元をフワンと染め上げている。かっわいいなオイ。

「やだ、そっくり……」

ついついつい天使の可愛らしさに見惚《みと》れていたら、目の前の母上からボソリとした呟きが上がった。

はい？　と母上にまた目を戻すと、目を見開いたままこちらを凝視している母上が、呆然《ぼうぜん》とした表情もそのままに口だけを動かし続ける。

「フレッドったら、あなたそっくりよディヴィッド。いいえ、語彙《ごい》が豊富で口が回る分、あなたより厄介だわね。あなたは『可愛い』と『綺麗《きれい》』と『すごく綺麗』くらいだけど、遥《はる》か上を行っているわ」

「び……ビビ？」

こちらを凝視する母上に、父上が焦ったような声を上げた。

「そんなことはないぞ？　う、美しいとか、花のようだとか、月のようだとか、綺麗だとか――」

「綺麗はもう出ているわ、ディヴィッド」

ピシャリと父上の言葉を遮った母上が、ギルバートくんへと向き直った。その表情は先ほどとはまったく違って、キリリと引き締まっている。

「申し訳ございませんランネイル様。私、少々驚いてしまって……。当のアルフレッドも、夫のディヴィッドも、家令のタイラーですらお相手のことをさっぱり教えてくれなかったものですから。ようこそ当家へお越し下さいました。歓迎いたしますわ」

背筋を伸ばしてニッコリと微笑んだ母上に、ギルバートくんもまた微笑みを浮かべながら首を振ってみせた。

「いいえ、お気になさらないで下さいラグワーズ夫人。驚き戸惑われるのも当然です。もしや、ご令嬢だと期待なさっていたのではございませんか？　だとしたら私は謝罪せねばなりませんでしょう。どうか私のことはギルバートと、名でお呼び下さいませ。私の大切な方のお母上なのですから」

ふんわりとした笑みを浮かべた彼が、その美しい目元を緩めて小さく首を傾げる。とてつもない愛らしさだ。できればそのお顔、俺に向けてほしい。

「謝罪など……。ランネイル、いえギルバート様。確かにご令嬢だと思い込んでおりましたのは事実ですわ。けれどこのアルフレッドの様子を目の当たりにしてしまえば、母親としては嬉しいばかり。お相手がいながら結婚しないという事情も、たった今ストンと呑み込めましたわ。そうですわね、確かに我が国では同性同士では結婚できませんわね」

クスクスと笑った母上に、ギルバートくんが「同性同士でもよろしいのですか？」と僅《わず》かに眉を下げた。それに今度は母上の方が首を振ってみせた。

「さぁ……いいとか悪いとか、結婚するとかしないとか、そういったことは不思議とどうでもいいような心持ちですわ。私が驚いたのは確かですけれど、ギルバート様のせいではございませんのよ？もちろん思いも寄らぬ展開に虚を衝《つ》かれはいたしましたけれど、驚いた大方《おおかた》の理由は息子アルフレッドの態様《ありさま》ですもの」

チラリと俺に視線を向けた母上につられて、ギルバートくんも俺に視線を向けてきた。

え、俺？　なんかやったかな？

「だってアルフレッドったらお砂糖の塊のようなのですもの。ギルバート様、お覚悟なさいませ。この『症状』はずうっと続きましてよ？　私の夫がそうですわ。いつでもどこでも、誰にでも、臆面《おくめん》もなく私の自慢を堂々と、下手をしたら私が止めるまで延々と口にしますのよ。先ほどのアルフレッドの言葉を聞いて確信いたしましたわ。これは夫と同じ気質を引き継いでいると。しかも息子は夫よりも口が達者な上に、どうやらお砂糖の甘さも母親の私が目を疑うほどに桁違《けたちが》い……どうか呆《あき》れずに大目に見て上げて下さいましね」

そう言って申し訳なさそうに眉を下げた母上に、ギルバートくんが「お父上譲りのものでしたか」と納得したように深く頷《うなず》いた。

え、と思わず父上の方に目を向けると、気まずそうな父上の空色の目とバッチンと合ってしまった。直後、ごく自然にスーッと互いに視線を逸《そ》らしてしまったのは……うん、たまたまだ。

似てるのか……そっか、まあ親子だしな。でも父上よりヒドい的な言われ方は心外ですよ母上。酔っ払った時の魔法陣だって、俺はまだ父上より二枚も少ない未熟者です。

ちょうどいい感じにお茶を給仕し始めたタイラーとディランに感謝の笑みを返して、隣のギルバートくんに「お茶をどうぞ」って話しかけようとしたら、一瞬早く父上に先を越された。

「ラ、ランネイル殿……」

会話が続いていきそうな母上とギルバートくんの雰囲気を察して、口を挟んだらしい。えー、俺が話しかけようとしてたのに。いや別にいいけど。

「私としては、息子アルフレッドが考え抜いて決めたことならば、何事も反対はいたしません。妻もこの通り同じ考えでしょう。けれど貴家は、ランネイル侯爵家としては如何《いかが》でございましょう。何よりお父上であるご当主アイザック・ランネイル様と、お母上のグレース・ランネイル様のお考えは……いえ、そもそもお二方は、此度のアルフレッドとの件をご存じでいらっしゃいますか」

あー、そうだよね。貴族家としては、そこが一番肝心だよね。そういや、ギルバートくんちの事情や、宰相閣下と交わした契約書のことは父上にはまだ話してなかったわ。帰郷した時にまとめて話せばいっか、て思ってたからさ。

「どうぞギルバートとお呼び下さい、ラグワーズ伯。アルフレッド様のことは我が両親はすでに存じております。その上で、実に気持ちよく快諾してくれました。お前の好きなように生きよと。宰相たる父もその妻である母も、まこと柔軟な考えを持っておりましたことに、かえって息子である私の方が驚いた程でございますよ」

思わずギルバートくんを二度見しそうになってしまった。

快諾……してましたっけ？　すっげー苦い顔してたことしか覚えてないんだけど。いや結果としては認めてもらったし、承諾してもらった形になるけれども。

にこやかに微笑みながら、だいぶ端折《はしょ》った上に少々の脚色を交えた話をスラスラと説明するギルバートくん……すごい、完璧《かんぺき》だ。

あの場にいたはずの俺も「そうだったかも」って納得しそうだ。いや、彼が言うならそうだったのかもしれない……いやいや、そうだったに違いない。うん、そうだった。ハイ決まり。

要するに、俺の天使は素晴らしく賢くて可愛らしさ満点ってことだ。愛してる！

「ほう。さすがは一国の宰相閣下、肝の据わり方が違いますな。夫人も良妻賢母の噂《うわさ》に違《たが》わぬ広きお心をお持ちのご様子。当初困惑するばかりであった私などとは大違い……そのようなお話を伺っては、器の違いに恥じ入るばかりです」

カリカリと頭を掻《か》いた父上に「あら、そうでしたの？」と母上が首を傾げた。

まあ、そりゃね。確かに、ギルバートくんのことを告げた後の父上ときたら、最初はえらく遠回しかつ分かりにくい魔法陣を立て続けに送りつけてきたもんな。混乱してたんだね、父上。

「ランネイルの家督につきましては、まだ先のことですから分かりません。父もまだまだ若いですし、あと数十年はランネイル家当主としての役目を担《にな》うことは可能です。もし父に万が一のことがあれば、一時的に私が当主に就く可能性もあるでしょうが、今でも領地経営のほとんどは王都で行っておりますから、もしそうなってもアルフレッド様の隣にいながら執務をこなす方法はいくらでもございます。また、そう出来るよう私自身日々精進して参ります」

穏やかに目を細めて、正面に座る俺の両親へ向けて話をするギルバートくんはとっても格好《かっこ》いい。

俺の隣に……なんて。どうしよう、すっごく嬉《うれ》しいんだけど！　今すぐにでもぎゅーって抱き締めたくてたまんないんだけど！

「ですが、最近の両親を見るに」

ドンドンパンパンと花火を打ち上げながら脳内で両手をワキワキさせる俺の隣で、いったん言葉を切ったギルバートくんがフッと口端を上げた。

「このまま行けば、もしやすると来年かその次か、近い未来に私に弟妹ができる可能性もあるのではと、そんな気もするのですよ」

そう言って小さくクスリと笑ったギルバートくん。

「ほぅ……それはそれは」「まあ……」

片眉を上げた父上と、パチリと目を見開いた母上と、脳内花火大会を中断させた俺が、揃《そろ》ってギルバートくんへと目を向けたその時だ。

バタ――――ン！

突然、サロン内に大きな音が響いた。なんだ？　と四人揃ってその方向を振り向くとそこには、

「ルーク……？」

肩で息をした弟のルーカスが、全開にしたサロンの扉からこちらを凝視していた。

キョトンとしたような声で小さく名を呼んだ母上と隣の父上へ向けて、キリリとした視線を飛ばしたルーカスが、スゥッと非常に分かりやすく大きな息を吸う。

「父上！　母上！　お待ち下さい！」

大きく吐き出されたルーカスの声が、サロン内に響き渡った。

お、久々に聞いたけど相変わらずルーカスの声はよく通るねぇ。声変わり完了はもう少しかな？

なんてしみじみしている間もなく、その大きく開いたサロンの扉からツカツカと、いやズンズンとサロンに入ってきたルーカス。その表情は何かを決意したように口が引き結ばれ、頬は強《こわ》ばっている。

うん？　どうした？　いや別に入って来たのはいいんだよ。元から呼ぶ気だったからね。でもさ、もうちょっと静かに歩こうかルーク。歩く勢いが強くて髪の毛がピョンピョンしてるし。

ってか、父上も母上も、何より可愛いギルバートくんがビックリしてるからね。ついでに後ろの扉の外で、お前の従者二人が頭抱えてっけど、アレは何かな？

あっという間に俺たちが座るソファセットに近づいて来たルーカスは、父上母上と俺たちの間にあるテーブルの横で立ち止まると、ムンッとばかりに仁王立ちをしてみせた。

おや、さっきまでしゃがみ込んでいた割に随分と元気そうだ。お兄ちゃんは安心したよ。

で、それはそうと、いったい何事かな、ルーカス？

◇◆◇　ルーカス付き従者・エリック　◇◆◇

毎朝六時半、私はルーカス様の寝室の扉をノックいたします。

もちろん、中から応《いら》えが返ってきたことは今までに一度もございません。念のために耳を澄ませるものの、今朝も扉の向こうはシンと静まり返ったまま。けれど、それでよろしいのです。

ルーカス様は眠りが深い質《たち》でいらっしゃいますからね。成長期真《ま》っ只中《ただなか》のルーカス様にとって、睡眠は食事と並ぶ極めて重要なファクターですから、グッスリと深く眠っていらっしゃるのは喜ばしいことです。

扉を開けて薄暗い寝室に足を踏み入れると、まず目に入るのは中央に置かれたベッドでクルンと丸まって熟睡なさっているルーカス様。幼い頃、兄君に添い寝をして頂いていた時とまったく同じ寝姿を今も変わらず維持しておられます。

「おはようございます。ルーカス様」

窓のカーテンを開けながら声をお掛けした私に、ピクリと眉《まゆ》を動かしたルーカス様が「うー……」と律儀にお返事をなさって、まるで窓からの朝陽を避けるかのように反対側に寝返りを打たれました。

はい、反対側のカーテンもお開けしましょうね。

二つの窓から入る眩《まぶ》しい朝陽に、パフンと掛け布を頭から被《かぶ》ってしまわれたルーカス様は、それでもモゾモゾとベッドの中で懸命に睡魔と闘い、目を覚ます努力をなさっておられます。

普段であれば、その闘いを十五分はお続けになるルーカス様ですが、なんと私、本日はルーカス様と睡魔との激戦に一発でケリをつける呪文を用意して参りました。睡魔など一瞬で吹き飛ばす強力な呪文でございます。

私は掛け布の下で激闘を繰り広げるルーカス様へ向けて姿勢を正し、一度大きく息を吸ってから、本日限定のそのミラクルな呪文を口にいたしました。

「さあルーカス様、本日は待ちに待ったアルフレッド様のご帰宅の日でございますよ」

「あにうえ?!」

呪文の効果はやはり絶大。よく通る素晴らしい発声を披露なさったルーカス様は、ガバッと勇ましくも掛け布を跳ね上げるや、ポーンとベッドの上に跳び上がり、そのスプリングを利用してシュタッ！　と床に下り立たれました。素晴らしい身のこなし、そして完璧な着地。お見事！

そのままダーッと扉に向けて走り出しかねない躍動感に満ち溢《あふ》れたルーカス様を、私はガシッと受け止めると、そのお身体を素早くお手洗いの方向へクルッとお回しします。

「若様のご到着は陽が傾いた頃になりましょうから、それまでルーカス様はしっかりとお支度を調えましょうね」

ハッとしたように右に左にと素早く首を回したルーカス様が、最後にクルリと後ろを振り返って、私へと視線を向けられました。

「もちろんだともリッキー。それは承知の上だ。今のは朝の運動だよ」

ええ、ええ、承知しておりますよ。お見事な運動でございました。

目が泳いだようになっておられるのも、きっと朝の目の運動でございますね。寝ぼけていたなどとは微塵《みじん》も思っておりませんから大丈夫です。もう十五のご立派な青年貴族でいらっしゃいますからね。

大きく頷く私に、ほんの少し照れたような笑みを浮かべたルーカス様は真っ直ぐにお手洗い方面へと向かわれました。きっとそのままシャワーをお使いになるでしょうから、私はその間にお着替えをご用意しておきましょう。

寝起きにもかかわらず潑溂《はつらつ》とした足取りで洗面所の扉を開けるルーカス様の後ろ姿——そこに病弱だった昔の面影は見えません。それもこれも、すべては兄君アルフレッド様のご尽力の賜《たまもの》。

生まれつき病弱な弟君に粘り強く向き合い、領地改革の傍ら、滋養のある作物や薬草の栽培を推し進め、まるで太陽のように希望の道を示され続けた兄君アルフレッド様……若様。

寝付いてばかりのご自身を嘆く弟君だけでなく、丈夫な身体に生んでやれなかったと沈む奥方様を励まし支え、常に明るい方向へと導いて行かれた若様のお姿は、我々使用人一同の胸にも消えることのない希望の光を灯《とも》し続けました。

『エリック・ペイル……若様がお呼びだ』

八年前のあの日、ご次男のルーカス様付き従者に私が決定したと、家令のタイラー様から言い渡された帰りの廊下で、私を呼び止めたのはディラン様でございました。

正直なところ、私はルーカス様付きとなった自分自身にガッカリしながら廊下を歩いておりました。なぜ私がご次男の従者に、なぜ若様付きでなくルーカス様付きに指名されたのか、と。

ディラン様やオスカー様のような側近に、などと高望みはしないまでも、いずれは統計情報の専門官として若様の専属チームの末端を担うことを夢見ていた私にとって、ダメージはそれほど大きかったのです。

ご次男付き従者に決定したということは、ご嫡男である若様の専属使用人への道が断たれたも同じ。そもそもルーカス様付きの従者として名前が挙がっていたのは私のすぐ上の兄であったはず。だのになぜ私がと。

そのような私の心の内を、賢い若様は察しておられたのでしょう。なにせ齢《よわい》十歳にして国王陛下の信厚く、領内の基盤整備や産業振興に辣腕《らつわん》を振るうとともに、あっという間に大規模改革まで成し遂げてしまわれたお方。

神童などという言葉が生ぬるいほどの英知と、悠然として穏やかなご気性で、すでに領民らの信望と崇敬を集めておられた若様には、矮小《わいしょう》な私の心などお見通しであったに違いありません。

「エリック・ペイル。ディランのはとこだったね。領地の区分けと組織再編に際しては本当によく働いてくれた。おかげでその後の学舎の設置箇所の選定もスムーズに進めることができた。改めて礼を言うよ。今日は急な話で驚いただろうけれどね、実はルーカスの従者にお前をと父上に推挙したのは私なのだよ。父上はお前の兄をと、お考えであったけれど私はずっとルーカスを見てきたからね。お前の方がルーカスには良いのじゃないかと思ったんだ」

呼ばれた部屋で、ゆったりとソファに腰掛けた若様は、優しい口調で私に話しかけて下さいました。

縁戚《えんせき》男爵家の三男という末端の私が、学院卒業後すぐに本邸に採用されただけでも幸運だと思っておりましたが、お仕えして三年目にして初めて若様に直接お声をかけて頂いたことで、その時の私の心身は緊張と喜びのあまり、情けなくもガチガチに固まり硬直しておりました。

けれどその緊張は不思議なことに、若様の穏やかな口調と静かな眼差《まなざ》しを前に、みるみる柔らかく解《ほぐ》れていったのでございます。何とも本当に、若様は春の陽差しのようなお方でいらっしゃいます。

「お前の兄も真っ直ぐで忠義に厚い、非常に真面目な人物であることは知っているよ。けれどね、ルーカスには忠義だけでなく多角的な情報を与えてやれる者が必要だと思ったのだよ。ルーカスはほとんど屋敷から出ずに育っているからね。狭い世界と情報の偏りに真っ直ぐな忠義が加わってしまうのは、弟の性格を考えると先々あまり良くないのではと、ついつい嘴《くちばし》を突っ込んでしまったのさ」

本当にこの方は十歳なのだろうか……。

確かに身体はまだお小さくお声だって少年特有の透き通った高いものではあるけれど、話している内容は明らかに成熟した、物事の道理を呑《の》み込んだ大人のそれ以外のなにものでもない――――。

私はただただ驚嘆に目を見張るばかりでございました。

確かに、武術に優れ強い忠義をもってラグワーズにお仕えする兄とは違って、私はどちらかと言えば研究者肌。情報を集めて分析し、それをラグワーズのお役に立てて頂きたいと三年間全力で走り回っておりましたが、その成果は分かりやすく表に出るものではなく非常に地味なものです。

領内を飛び回るばかりで、ほとんど本邸にいなかった私のことを若様が記憶に留《とど》めて下さっていて、さらにはその上でルーカス様の従者にと望んで頂いたことは、まこと天にも昇るほど光栄ではありましたが、果たして私に七つの子供の世話ができるものだろうか……と、まだ二十一であった私にはまったく自信が持てませんでした。

いえもちろん、すでに主様《あるじ》より命が下っておりますので私に拒否権などなかったのですが……。

ヘニョリと眉を下げたまま有り難いお言葉へのお礼もお返事もできぬ私に、けれど若様は温かな微笑みはそのままにお言葉を続けられました。

「私はね、お前ならルーカスを任せられると思ったのだよ。身の回りの世話などはメイドや従僕でも出来るけれどね、活発に経験を積むべき成長過程にありながら、いまだ床《とこ》につくことの多いルーカスの行動や精神状態を理解し、世の状況や展望の予測などを提示してやれるのはお前しかいない。あの子はね、ラグワーズの次男なのだ。私に万が一のことがあったら、あの子が新たな嫡男として我が家を支えていくことになる」

「若様……っ」

傍らに控えていたディラン様とオスカー様が声を上げるも、若様は片手をヒラリと振って、すぐにそれを制されました。

「貴族家の次男は嫡男のスペアだと思われがちだけれど、私はあの子に私とそっくりなスペアになってほしいなどと思ってはいないのだよ。あの素直で真っ直ぐな気性は崩してはいけない彼の宝だ。それを大切にしたまま、貴族としての知識や考え方、そして未来の領主としての判断能力を養ってほしいと願っている。たとえ彼が将来ラグワーズを継がないとしても、それは貴族としてだけでなく人として、彼の大きな財産になるはずだからね。エリック・ペイル……どうかそのために、力になってはくれないだろうか」

弟君を深く思い、先々までを見据える賢明なる若様のお言葉に、私は己《おのれ》の腹の中がしっかりと固まっていくのを感じました。これほどの方に「お前しかいない」とまで言って頂いて、ここで奮い立たねば男が廃《すた》ります。

「はっ。このエリック・ペイル、本日より誠心誠意、ルーカス様にお仕えして参ります」

深く頭を下げた私の耳に、ホッとしたような若様の息づかいが聞こえました。

「ありがとうエリック。忙しいのに呼び出して長々と時間を取らせてしまって悪かったね。父上に横《よこ》槍《やり》を入れてしまった私としては、君を指名した意図を伝えて、しっかりと納得した上でルーカスを支えてほしかったんだ」

顔を上げると、若様のお優しい群青の瞳《ひとみ》が私を見つめていらっしゃいました。

「小さな子供の相手はきっと大変だと思う。不可解な発言や意味不明な行動を前に、感情との折り合いがつかないことだってあるだろう。でもね、どうかできるならば、それらに対して否定から入るのではなく、まずは明るく良い方向に解釈をしてみてほしい。決して、ルーカスを支える君自身の心を重くしてはいけないよ。その上で上手にルーカスを導いてくれたら嬉《うれ》しいな。エリック……私は二年後には進学のために本邸を離れる。どうかルーカスを支えてやっておくれ。頼んだよ」

そっと胸に手を当てて、ふわりとした何とも温かな微笑みを浮かべられた若様。あの時の若様のお姿を、私は一生忘れることはできないでしょう。

あれから八年。今やルーカス様は立派にご成長され、賢く、お優しく、真っ直ぐな十五歳の青年貴族へとおなりあそばされました。

若様が王立学院入学のため本邸から王都邸へお移りになった当初は、九歳だったルーカス様はそれはもう泣いて落ち込んで、高熱で三日も寝込んでしまわれたものですが……。

けれど、それも仕方がありません。それまでも若様は領内のご視察や陛下への謁見のため、本邸を数日留守になさることはございましたが、すぐにお戻りになる事が分かっている不在とそうでない不在では、残された者たちの気持ちはまったく違うものですから。

明るく朗らかな奥方様ですら丸二日は沈みきったご様子で、寂しさのあまり主様《あるじ》のお膝《ひざ》からずっと降りなかったほどです。主様とて一日中ピッタリと奥方様に貼り付かれて、普段なら鼻の下を長ぁく伸ばされるはずですが、突如として巨大化した書類の山に目を回していらっしゃいましたし。

伯爵家ご一家だけでなく、若様不在の影響を受けなかった者など、この邸内には一人もいなかったでしょう。使用人らのテンションは地の底まで下がりまくり、あちらこちらでは小競り合いが勃発《ぼっぱっ》しておりました。

普段でしたら若様のお姿が見えただけで何事もすべてスムーズに解決していた小さなトラブルは、消えるどころか次々と数を増やし、書類の山に堪えかねて奥方様と逃亡を試みる主様の監視と、それでもやらねばならない通常業務の処理に、家令殿と本邸執事殿は一日目にして疲れ切ったお顔で頭を抱えていらっしゃいました。

さらにこの状況に拍車をかけ被害を拡大させたのは、やる気をなくした厨房《ちゅうぼう》であったと私は分析しております。

使用人向けの食事が、五日連チャンでチキンステーキとベイクドポテトと丸ごとトマト、あとは水。パン職人《ベイカー》は寝込んだのでパンはなし。

もちろん主様がたのお食事やルーカス様の病人食は通常通りで、その辺は厨房もキッチリしていたのですが、同僚たちへの手の抜き方はハンパなく……。ええ、邸内の食事は使用人たちの楽しみの一つですからね、ダメージは大きかったんです。私ですら、しまいにゃイラッとしましたから。

「いや、チキン嫌いじゃないし基本何でも食うけどさ、いくら何でも三食それで五日はキツくねぇか?」と心の中で思いつつも、ルーカス様の看病の合間だったので文句も言わずチキンステーキにかぶりついたのは今となっては良い思い出です。

その後、なぜか邸内で飼育中の鶏たちの目つきがきつくなり飛行練習を始めたので、一時は「若様不在による天変地異の前触れか」と憶測が流れましたが、結局は何事もなくホッといたしました。

そういうの弱いんですよ。自然現象って予測つかないジャンルなんで。ビビるからやめて。

そういえばその半年後に、飛べるようになった一部の鶏たちを王都邸のシェフが「こりゃ面白ぇや」と事もなげにとっ捕まえて王都邸へ連れて行ってしまいましたが……ペットにでもしたんでしょうか。

そんな騒動も今となってはラグワーズ家のいい思い出です。

若様は来年の春に王立学院高等部を卒業され、今度はルーカス様がご入学なさいます。時が経つのはまったく早いものです。気がつけば私も来年三十ですからね。自分でもビックリです。

中等部への進学は大事を取って諦《あきら》めざるを得なかったルーカス様ですが、現在ではもう体調は万全です。体力もついて見違えるようにお元気になられたルーカス様は、高等部の入学考査へ向けて勉学に励む傍ら、草花の品種改良と薬草の薬効調査にも精力的に取り組んでおられるほどの快癒ぶり。
そんな毎日を過ごしていた中で、つい先日、あの衝撃的なニュースがラグワーズ邸全体を揺るがしたのでございます。

「リッキー！　トニー！　私に義姉上《あねうえ》ができるのだ！　美しくて素晴らしい方だそうだぞ！」

主様の執務室から自室へ戻ったルーカス様が、嬉しさを堪えきれぬように声をお上げになりました。
はい、存じ上げておりますよ。私もアンソニーも、ずーっとルーカス様のお側《そば》にいたじゃありませんか。落下した本を受け止めたのは私でしたでしょう？　さては、若様の魔法陣に夢中で覚えていらっしゃいませんね。

「若様とお相手のことにも驚きましたが、私はルーカス様がそれを喜ばれたことに驚きましたよ」

隣に立ったアンソニーが、相変わらずのズケズケとした物言いでルーカス様にニンマリとした笑みを向けました。

アンソニー・ベルナルドは、ラグワーズの縁戚であるベルナルド男爵家の三男。家令のタイラー様の甥《おい》っ子に当たります。私がルーカス様の従者になった翌年に、同じく従者に指名された男ですが、数多い縁戚の中でも少々変わり種で名を馳《は》せておりました。

この男をルーカス様の従者にと推挙なさったのも、やはり若様。私より一つ年下のこの男は、どうにも真面目さに欠けると言いますか、学院を卒業したあとも王国中をフラフラと放浪していたそうにございます。

最初は、こんないいかげんで評判の良くない男を？　と顔をしかめたものですが、七年経《た》った今では若様の目はやはり確かであったと納得せざるを得ません。

剣や体術の型は自己流というか、色々と混ざってメチャクチャですがこの男、実に強い。ラグワーズには体力オバケは山ほどいますが、この男はかなり上位に食い込んでいるのではないでしょうか。王都邸の使用人は別として……。

あちらはまったく別の物差しを用意すべきレベルですからね。非常識とも言いますが……あ、荒事や体力に自信がない私が言うと、やっかんでるみたいですよね。

けれどアンソニーが選ばれたのは、その腕っ節ではございません。強いだけならラグワーズ内に人材はゴマンといますし。やはり指名された一番の理由は、人の心の機微に聡《さと》いという点でしょう。ズケズケとものを言っているようでこの男、しっかりと線引きをしているようですから。

それに、王国全土を放浪した甲斐《かい》もあってか、実体験に基づいた知識や実際にあった人間模様のエピソードなども実に豊富。確かにルーカス様をご養育する中で、必要な人材であると認めざるを得ませんでした。私個人とは、まっったく気は合いませんが。

「私が喜ばないわけがないだろうトニー。兄上にはお幸せになって頂かなくてはいけないんだよ」

「私はてっきり大好きな兄君を取られたルーカス様が、お相手のご令嬢に嫉妬《しっと》なさるものだとばかり思っておりましたよ」

遠慮のない物言いを続けるアンソニーの足を踏みつける準備を始めた私の目の前で、けれどルーカス様は小さく眉《まゆ》を下げて、若様と同じ群青色に輝く瞳を床へと向けられました。

「兄上はとてもお優しくて賢くて、それはもう素晴らしい方だ。足手まといで役立たずだった私を、ここまで引き上げて下さった兄上へのご恩は一生忘れないし、兄上はこの先もずっと私の一番であり続けると思うよ。でもね、それでお相手に嫉妬など……できるほど私は兄上の中に入れて頂いていないからね」

自嘲《じちょう》するでもなく悲しむでもなく、ご自分の心と頭の中を整理しながら、それをお言葉にしていくルーカス様。本当に、贔屓目《ひいきめ》を抜きにしても、ご立派に成長なさっていると実感いたしました。

隣のアンソニーも、そんなルーカス様を目を細めながらじっと見つめています。お前、わざとだな？ヘラヘラとしたアンソニーの発言は、ルーカス様に今一度しっかりと自己分析を促《うなが》すのが目的だったようです。……まったく、こいつのこういうギリギリを攻めるところが気にくわないんですよ。他にもやりようがあるだろうに。

「兄上は私と三つしか違わないのに、私が物心ついた時にはすでにラグワーズの未来のためにお力を尽くしていらっしゃった。今日までずっと兄上は多くの人々を幸いへと導いてこられたけれど、そのような中でも兄上のお心はずっと遠くにおありで、弟の私にも、おそらく父上や母上にも兄上自身の歓《よろこ》びや幸せや悲しみといったお心の内は見ることが出来なかったんだよ。その誰にも手が届かないずっとずっと遠くに仕舞い込んでしまわれたお心に、ようやっと触れることが許された方が現れたんだ。兄上を敬愛する弟として、これを喜ばずにいられるものか。だからとても嬉しいんだよ、トニー」

そう言ってグイッと顔をお上げになったルーカス様は、それはもう、本当に嬉しそうに微笑まれたのです。

賢くてお優しくて真っ直ぐな……そう、かつて若様が望まれた通りの素晴らしい貴族《ひと》へと着実に成長していらっしゃるルーカス様に、私もアンソニーも笑みを浮かべて大きな頷《うなず》きをお返ししたのです。


そうしていよいよ本日。

若様が愛するご令嬢とご一緒に本邸へお戻りになられる、まこと慶《よろこ》ばしき日を迎えました。

朝のシャワーと身支度を終えたルーカス様は、傍《はた》から見ても分かるほどにお心を浮き立たせ、午前中から何度も何度も時計を確認していらっしゃいました。今日だけはお勉強に身が入らぬご様子で、ほんの一時間だけ机に向かったと思えばソワソワと薬草園へと向かったり、屋敷の隅々を確認するように歩き回られたり……。これはもう仕方のないことでございましょう。

その屋敷内はと言えば、それはもう、どこもかしこもピッカピカでございます。

なにせ特別な日ですから、使用人たちも陽が昇る前には全員が出揃《でそろ》って広いラグワーズ邸の敷地内をウキウキと跳び回っては、塵《ちり》一つ、埃《ほこり》一つ、小石や木の葉や散った花びらすら許すまじとばかりに競って隅々まで磨き上げておりましたから当然と言えば当然です。

ただ、そんな中でも家令のタイラー様だけは、いえタイラー様と主様だけは、なぜか微妙にお顔を強《こわ》ばらせながら不審な動きを繰り返していらっしゃいました。

奥方様が厳選に厳選を重ねて、十六歳の可愛らしいご令嬢が喜びそうな美術品や生花で飾り付けた玄関ホールに手を入れようとしたり、奥方様手作りのレースたっぷりの客室のインテリアを変更しようとしたり……。もちろん、そのたびに奥方様に見つかって撤退なさっておられましたけれど。

お二方の不審な行動の理由は、いよいよ若様がご到着になり、お相手の方が馬車から降りてこられた瞬間に判明いたしました。

「私が唯一と心に決めたお方、ギルバート・ランネイル侯爵子息です」

……耳が故障したのかと思いました。

ルーカス様の後ろで私が思わず己《おのれ》の耳に手をやりかけたその時、馬車のステップを踏む靴音も高らかに、そのお方が現れたのでございます。

その途端、場の空気は恐ろしい勢いで変化していきました。

光り輝くプラチナブロンドを揺らし、美しくも堂々たる足取りでステップを踏み下りていらしたその方のお姿たるや——まさに高貴。

息を呑《の》むほどの鮮烈な存在感と凛《りん》とした気品に、誰もが動きを止め、目を見開いていきます。

そのお方が足を踏み出されるたびに厳然たる高位貴族の威信が彩を放ち、ついにはエントランスに降り立ったその方がスッと顎《あご》を上げ姿勢を正されると、身を包む眩《まぶ》しくも絢爛《けんらん》な衣装とともに揺るぎなき誇りと品格が際立ち、まるでその場を圧するがごとく輝きを強めました。

侯爵子息……。耳の故障でも聞き間違いでもありませんでした。スラリとした高い身長、長い手足としっかりとした肩幅、輝くプラチナブロンドの下で微笑む怜悧《れいり》にして端正極まる美貌《びぼう》……。

確かに、令嬢ではなく正しく子息。しかも貴族ならば誰もが名を知る宰相閣下をご当主に戴《いただ》くランネイル侯爵家のご子息。

停止していた思考がそれを認識すると同時に、私の身体は反射的に礼を執るべく動き出しました。けれど、私が辞儀《じぎ》の体勢を急いで整え頭を低く下げる寸前、ルーカス様の頭越しに見えた若様のお姿に、私の動き出した身体は再び固まることとなりました。あれは……本当に若様？

いえ確かに、確かに若様でいらっしゃいます。ふわりとしたアッシュブロンドの髪、紺青に輝く瞳《ひとみ》、美しくも清廉《せいれん》な立ち姿。間違いなく若様です。ええ、若様です。

が、あのような若様のご様子は見たことがございません。

穏やかで品のある微笑みはそのままに、まるで蕩《とろ》けるような眼差《まなざ》しをご子息へとお向けになった若様が、さらにはその全身から何とも言えぬ強烈な情愛を溢《あふ》れさせていらっしゃいました。

なんて、なんて甘く優しく……、なんてお幸せそうな表情をなさっておいでなのでしょう。

あまりのことに私が呆然《ぼうぜん》としていたのも束《つか》の間、若様のお色で仕立てられた煌びやかな上着を翻した貴公子がその足を一歩踏み出した瞬間、ブワリと恐ろしいほどの圧が正面に居並んだ王都邸使用人たちから飛ばされました。

その強い圧に、私と同じく愕然《がくぜん》としていた者たちがハッとしたように次々と頭を下げていきます。もちろん私も、そしてルーカス様も。

礼を失するギリギリのタイミングに、思わず背筋に冷たいものが走りました。不測の連続に狼狽《ろうばい》したとはいえ、ここでラグワーズの面子《メンツ》を潰《つぶ》すわけには参りません。

私は身じろぎせぬよう腹と手足にしっかり力を込め、高貴な身分のお客様へ最高の礼を執るべく指先ひとつまで気を配りピタリと姿勢を保ちました。

ラグワーズには主様や若様とお付き合いのある侯爵家当主や、それこそ公爵閣下すらおいでになりますが、これほどの張りつめた空気は初めてやもしれません。

若様のお相手……お相手で間違いないはずですが、とにかくお相手の侯爵家のご子息もまた、若様と同じく尋常ならざるお方のようでございます。

我らが礼の姿勢を保っていたのは、恐らくはほんの五分程度。

主様に促されたご子息と若様が邸内へと向かわれ、その後にディラン様とオスカー様が続いて行かれます。姿勢を保ったまま素早く道を空けた私たちの前を、右奥の玄関ホールへ向けて複数の足音が通り過ぎて行きました。

耳を澄まし、それらの足音がホールに入りきったところで私がゆっくりと身体を起こすと、目の前のルーカス様は、まだ礼の姿勢を保っていらっしゃいます。

「参りましょう、ルーカス様」

声をお掛けした私に、それでもルーカス様は頭を上げることなく、まるで足元の床に話しかけるようにボソリと言葉を発せられました。

「……義姉上《あねうえ》?」

蚊の鳴くような小さな声で、床に呟《つぶや》きを落とされたルーカス様。

「ご子息ですから……義兄上《あにうえ》、ですかね」

同じく小声で、けれど真顔のまま律儀に返答したアンソニーに、下を向いたルーカス様がコクリと頷かれました。アンソニー……お前、真顔もできたんだな。初めて見たわ。

ようやくゆっくりと身体を起こしたルーカス様は、呆然とした表情もそのままに、後ろに立つ我々を振り返るべく首を回し……その途中でピタリと、再びその動きを止めてしまわれました。え？

右を向いて目を大きく開いたルーカス様の視線を追って、私とアンソニーが玄関ホールに目を向けるとそこには――――。

ホールの中央でご子息の目元に口づけをなさっている若様のお姿が……。

グラリ、とルーカス様のお身体が傾きました。慌ててアンソニーと二人で身体をお支えします。

「か弱い……？」

お支えする我々の間でルーカス様が、蚊どころかアリよりも小さいお声を漏らされます。アリが声を出すかは知りませんが。

いやどう見ても、か弱くはないんじゃないかな?!

ランネイル様は明らかにルーカス様より二十センチは背も高いですし、お身体もしっかりとしていらっしゃいましたから。多分それなりに鍛えておいでのはずです。

いや、それは……と私が口を開きかけたその時、

「ランネイル様は数秒で防護魔法陣を破壊なされますよ」

音もなく近づいてきた王都邸メイド長のクロエが、ボソッとそれだけを呟いて、スタスタと忙しそうに邸内へ入って行きました。え、うそ。

「激ツヨじゃん……つよつよじゃん」

あ、いかん。ルーカス様の口調が……。

クロエお前えぇ！　言い逃げして行くんじゃない！

ご子息の手を引きながら仲睦《なかむつ》まじく階段ホールを進んで行かれる若様の背中を、ルーカス様は大きく見開いた目で見つめると、フラフラと……まるでその背に吸い寄せられるように玄関ホールへと足を運ばれ、そしてそこで力尽きたようにしゃがみ込んでしまわれました。

玄関ホールまで頑張って移動するところが、実にルーカス様らしいと言うか何というか……。

「令嬢じゃなく令息で……義姉上《あねうえ》じゃなくて義兄上《あにうえ》で、か弱くなくてツヨツヨで……防護魔法陣を破壊して、あにさまが手を握って口づけ……？」

頭を抱えてうーんうーんと唸《うな》るルーカス様。

いや、混乱なさるお気持ちは分かりますけど……兄君の呼び方が昔に退行しちゃってますよ。

「エリック、ルーカス様をいったんお部屋へお連れしよう」

玄関ホールの床でしゃがみ込んでしまわれたルーカス様を見下ろしたアンソニーが小さく耳打ちをしてきました。ええ確かに、少しお部屋で落ち着いて頂いた方がいいでしょう。

頷いて同意した私にアンソニーは頷きを返すと、頭を抱えてしゃがみ込んだままのルーカス様の脇に両手を突っ込んでヒョイと持ち上げてしまいました。おぉ、さすが体力オバケ。

持ち上げられたルーカス様はと言えば、いまだ「うーん、うーん」と唸りながら、姿勢を崩さず素直に運ばれていきます。足くらい伸ばしてもいいと思うんですが……。

階段ホールの右側へ向かわれた若様たちのお目になるべく触れないように、私たちは猛スピードで正面の階段を駆け上がると、大急ぎで二階にあるお部屋へとルーカス様を搬送いたしました。

アンソニーがルーカス様をソファに着座させている間に、私は部屋の保冷庫から柑橘《かんきつ》水を取り出してグラスに注ぎます。そしてそのグラスをルーカス様に手渡すと、私はその前に片膝《かたひざ》をつきました。

「あにさま……」

いまだ戸惑いを隠さぬ弱々しい声で、グラスを両手で受け取られたルーカス様がお言葉を溢《こぼ》されました。若様と同じ、深い海のような紺青の瞳は床に向けられ、困惑と混乱に揺れていらっしゃいます。

肩を落としながらコクリ、コクリと伏し目がちに柑橘水を口になさるルーカス様に、私は出来るだけ穏やかに声をお掛けいたしました。

「兄君《あにぎみ》様は……お幸せそうなお顔をしていらっしゃいましたね」

私の言葉に、グラスから離した唇を引き結んだルーカス様が、その視線を私に向けられました。

そのルーカス様の瞳には、嫌悪や怒りや悲しみといった負の感情は見えません。そのことにホッとしつつ、私は言葉を続けます。

「お相手も、ご令嬢ではありませんでしたが素晴らしいお方のようでしたね」

私の言葉に、ルーカス様は合わせた目を一度閉じて再びパチリと開くと、僅《わず》かに眉《まゆ》を寄せて再び視線を下へと向けられました。

「考える……」

そう小さく呟かれてギュッと唇を噛《か》んだルーカス様。

はい。たくさんお考え下さい。大丈夫、賢いルーカス様はもう分かっていらっしゃるはずです。

「お考えがまとまったら、どうかお言葉を……。我らはここでずっとお待ち申し上げておりますよ」

ルーカス様の向こう側には、やはりアンソニーが片膝をつきながら真っ直ぐにルーカス様を見つめています。我らはずっとお側《そば》におりますからね。

それからそのまま数分、小さく眉を寄せ静かに目を閉じて考えを巡らせていらしたルーカス様が、パチリとその目をお開きになりました。

「あにさまは……あにさまは、いつだって私のために力を尽くして下さった。いつだって希望の光を示して下さった」

ルーカス様のお言葉に、私も、そしてアンソニーも大きく頷《うなず》きます。その通りでございますね。

「私は……驚いてしまったんだ」

しっかりとご自身でまとめたお考えを、ゆっくりと確認しながらお言葉にしていくルーカス様。

「あにさまがお相手として男性を連れてきたことに私は驚いた。すごく、驚いた。私が想像していた義姉上《あねうえ》のイメージとあまりにも違っていたから……。でもそれは、私が勝手に令嬢だと思い込んでいたからで、勝手に幻想を作り上げたからで、それで勝手に驚いただけだ。ぜんぶ私のせいで、あにさまの……兄上のせいじゃない」

そう言って、スイッと顔を上げられたルーカス様の瞳に、もう困惑の色は見えません。

ご自身を客観視し、状況と照らし合わせ、結論を導いていく……ご立派でございます。

「だってあの兄上が間違った選択をするはずがないんだ。間違っていたら、あんなにお幸せそうなお顔で、あんなにお心を曝《さら》け出すはずがないんだ。結局、私は兄上がお幸せになるなら、なんだっていいんだよ」

そうだろう？　とばかりに私とアンソニーへ、しっかりとした視線を向けたルーカス様は、一つ大きく息をつかれると再びギュッと口を引き結ばれました。

もちろん私どもも大きな頷きをお返しいたしました。ルーカス様がよくよくご自分と向き合って考え抜いた結論。我々が口を挟むことは何もございません。

まことルーカス様は真っ直ぐに、しっかりと物事を見ながら進まれるお人へと成長なさっています。

「義姉上《あねうえ》じゃなくて義兄上《あにうえ》。いいじゃないか、何も問題はない。すっごい強そう。いいじゃないか、兄上の守りが完璧《かんぺき》になる。そうだ、そうだよ。兄上が幸せならいいじゃないか！」

スクッと立ち上がったルーカス様が、ギュッと拳《こぶし》を握りしめました。

……あれ？

「反対する理由など何にもない！　将来の跡継ぎのことだって、そのとき考えればいいじゃないか！」

ブンッと拳《こぶし》を振り上げたルーカス様。

……えーっと。

思わずアンソニーと顔を見合わせる私の前で、ルーカス様はそのままソファにピョンと飛び乗ると、ムンッとソファの上で両脚を踏ん張られます。……まあ、踏ん張らないとポヨンポヨンしますからね。

「どっちみちこの先、兄上以上の当主など出て来やしないんだ！　兄上とそれ以外なら何だっていいじゃないか！　そんなことで反対するなど愚の骨頂！」

なぜか怒濤《どとう》の急上昇を見せたテンションでキッパリと、よく通るお声を張り上げたルーカス様。

私は跪《ひざまず》いたまま、そんな勇ましいお姿を見上げているわけですが……なんか嫌な予感がする。

そして直後、その予感は見事に的中。

「サロンへ行く！」

ひときわ大きく叫んだルーカス様は、目の前のテーブルをピョーンと跳び超えるとダーッと一目散に扉の外へと走り出してしまわれました。

朝に続いてのスプリングジャンプ！　素晴らし……ってそうじゃない。ちょっと待って！

お客様のサロンに直撃はマズい！　呼ばれるまで待っ……！

「私だけは兄上の味方をして差し上げないと――――ぉ」

バーンと開かれた扉の外に遠ざかっていくルーカス様の声。

いや、なんでその思考になったし！　一足飛《いっそくと》びの思考やめて！　お願い説明して！

呆気《あっけ》に取られていた我らも、大慌てて立ち上がり後を追いかけ――。

ゴスッ！　ガシャーン！

「いっ！」「ってぇぇぇ！」

アンソニーがテーブルに脛《すね》をぶつけ、さらにそのテーブルが私の足を直撃。くそ！　いてぇぇ……。

「がーっ！　バカだろお前ぇぇ！　行くぞ！」

床で悶《もだ》える間抜け野郎《アンソニー》を罵倒《ばとう》しながら根性で立ち上がり、急いでルーカス様の後を追います。割れたグラスの片付けは後回し！　ああっ、ずいぶんと時間をロスしてしまった！

「その辺にいるメイドたちに協力を仰ごう！」

顔を歪《ゆが》めながらも同じく走り出したアンソニーの提案に、けれど私は首を振ります。

「半数のメイドは恐らく若様ショックで使い物にならない！　残った者たちは客室と屋敷じゅうのインテリアの変更で駆り出されているはずだ！」

階段を跳び降りながら、素早く予測をつけ返答を叫んだ私の耳に、アンソニーの舌打ちが聞こえました。お前、舌打ちできる立場じゃねぇからな！　痛かったからな！

「お前が床の掃除しろ！」「よし、先に行くぞ！」

貴様あぁ――っ！

私の言葉をスルーしたアンソニーがグングンとスピードを上げてホールへと突っ込んで行きます。私よりダメージ大きかったくせに私より足が速いとか……腹立ちますね！

途中、玄関ホールから入ってくる王都邸使用人のエドたちとすれ違いましたが、協力の要請はいたしません。言うだけ時間の無駄です。あの連中は若様以外には無関心だと重々承知していますから。

痛む足を酷使しながら走って走って、ようやく大サロンの扉が見えてきました。前を走るアンソニーとルーカス様の距離は僅か一メートルほど。よしいいぞ間抜け！　とっ捕まえろ！

バタ――――ン！

……間に合いませんでした。

手を伸ばしたアンソニーの指先十五センチでグイッとドアノブを回したルーカス様は、こともあろうに大きな音を立てながらお客様がいらっしゃるサロンの扉を開いてしまわれたのです。

ああ……扉が開いてしまえばもう何も出来ません。我らが部屋に入るのは許されておりませんから。

呆然《ぼうぜん》と廊下で立ち尽くすアンソニーに追いついた私の耳に、それはもうよく通るキリリとしたルーカス様のお声が響きました。

「父上！　母上！　お待ち下さい！」

そう叫ぶや、ズンズンとお部屋の奥へと進まれるルーカス様。

私たちはもうそのお背中を見送ることしか……『ガンッ！』『ガンッ！』――――いてぇぇぇぇ！

突然、額《ひたい》に強い衝撃が走り、そのあまりの痛みに私たちは二人揃《そろ》って、そのまましゃがみ込んでしまいました。我らの足元に落ちているのは二本のティースプーン。

額を抑えながら見上げると、タイラー様とディラン様がそれはもう、背筋が凍るような微笑みを浮かべながら、私たちに凶器のような視線をブッ刺しておられます。

反射的に逸《そ》らした私の目に、部屋の奥で小さく首を傾げる若様の横顔が飛び込んできました。

……ああ、若様です。

その若様の穏やかな横顔と、しっかりとした足取りで進まれるルーカス様のお背中を目にした刹那《せつな》。

『どうかルーカスを支えてやっておくれ』

なぜだか急に、私の中で若様が昔かけて下さったお言葉が蘇《よみがえ》って参りました。

――――はい若様、ルーカス様は本当に素晴らしいお方に成長なさっておられますよ。

痛む額を押さえながら、私はルーカス様のお背中に視線を定め、思わず目を細めました。しっかりと背筋を伸ばし、心から敬愛する兄君をお守りしようとなさっているルーカス様。

苦しげなお顔でベッドの中にいらした、昔の小さなルーカス様はもうどこにもいらっしゃいません。

『心を重くしてはいけないよ』

――ええ、正直幾度か、そう、幾度か心が重くなったこともございます。なんで私が、と思ってしまったことも二度や三度ではございませんでしたよ、若様。

けれど、その心を軽くして下さったのも、いつだってルーカス様でございました。

視線を集めるルーカス様が向こうのテーブル脇でスックと立ち止まり、そのまだ薄い胸を目いっぱいお張りになりました。窺《うかが》い見えるその横顔は、頬に僅かに赤みをのせて、その瞳《ひとみ》は正しく、高潔に煌《きら》めいております。

『真っ直ぐな気性は崩してはいけない』

――あのご気性こそが宝。確かにその通りでございました、若様。

真っ直ぐすぎて時々突飛とも思える行動をなさることはあっても、その先には必ず誰かの笑顔があるのです。ルーカス様は、誰かが悲しむことは決してなさらない賢さをお持ちでいらっしゃいます。

「がんばれ……」

小さな小さな呟《つぶや》きが耳に入りました。

隣を見れば、アンソニーが同じく額を押さえながら、じっとルーカス様を見つめています。

そのアンソニーの視線の先では、主様と奥方様に毅然《きぜん》と向き合ったルーカス様が、今にも喋《しゃべ》りだそうかという寸前。

紅潮した頬は、兄君のために走ったから。

決意に満ちた瞳も引き結ばれた口も、兄君のため。

「がんばれ……」

私の口からも同じ言葉が漏れました。

ええ、もうこうなれば、どうか存分にお心をお伝えなさいませ、ルーカス様。

私の呟きを地獄耳で聞きつけたディラン様が、再びこちらに氷点下の視線を飛ばしてこられましたが、スプーン付きでなければ痛くないのでオッケーです。むっちゃコワいですけど。

申し訳ございません、ディラン様。けれど、これぱっかりは仕方がないのです。

だって私は……、ルーカス様の従者でございますから。

36　父上の陰謀？

「どうか！　どうか兄上の話を聞いて差し上げて下さい！」

なかなかの勢いで突然サロンに登場した弟のルーカスが、父上と母上に声を張った。

うん、胸を張って仁王立ちする姿。なかなかに格好《かっこ》いいぞルーカス、キマってる。ちょっと背も伸びたんじゃないかな、一センチくらい。たぶん。ところで俺の話ってなんだっけ？

ルーカスの言葉に、目の前に座る父上と母上、それにギルバートくんまでもが「うん？」とばかりにパッと一斉に俺へ視線を向けてきた。「なんかあんの？」的な視線だ。なんか照れちゃう。

えっと、ここで俺が話したことといえば天使がウルトラスーパー可愛いのは当然すぎるって話と、その天使に愛を捧《ささ》げた俺が宇宙一の幸せ者って話くらいで……。

うん、まあそう言われると発言が少ない気がする。母上とギルバートくんが盛り上がっちゃって、おまけに父上が割り込んできたからな。

母上や父上ばっかりギルバートくんと話してていいな〜とか、ギルバートくんこっち向いてくんないかな〜とか思ってたけどね、そっか、そんなに俺は話したそうだったか。

確かに少々、大天使に関する情報開示が足りなかったかもしれない。想像を絶する彼の素晴らしさを伝えきれていない俺の不完全燃焼感をルーカスは察知したのか。すげぇなルーカス。エスパーか？

お兄ちゃんはビックリだよ。

ならばせっかくのエスパー・ルーカスの気遣い、無駄にしちゃいかんな。

ちょうど、みんな注目してくれてるし。ここはひとつ、ギルバートくんの人智を越えた天使パワーについて、家族にじっくりと話を聞いてもらおうじゃないか。

まずは三十ばかりの天使の賞賛ポイントを瞬時に用意した俺は、スゥーッと息を吸い込んで、

「私たちは、何が一番大切かをしっかりと見極めるべきです！」

ルーカスに遮られてしまった。うん、だからね、俺がその一番大切なことをこれからね――――。

「兄上がお幸せならいいじゃないですか！　あとはすべて塵芥《ちりあくた》のごとき些末《さまつ》なことです！」

……なんか違う話っぽい。

とりあえず俺は、用意した賞賛リストをそそくさと脳内に引っ込めた。もちろんすぐ出せる場所だ。

「何を言ってるんだ？　ルーカス」

エスパーの文字を脳内で消し消ししながらションボリする俺をよそに、父上がルーカスを見上げて怪訝《けげん》そうに首を傾げ、母上も同じくキョトンと首を傾げた。すげぇ、夫婦して首の角度がほぼ同じだ。

せっかくなので俺もと、隣でほんの少し首を傾げているキュートなギルバートくんをチラ見しながら首の角度調整を始めたら、その矢先に再びルーカスがよく通る声を張り上げた。

「兄上のお相手が男性だったことは私も驚きました。けれど兄上が選んだ方です。それだけで十二分に賛成する理由になります！　性別など些細《ささい》なことにこだわらず、どうか兄上のお幸せを最優先にお考え下さい！」

うん？　ついうっかり俺自身が首を傾げたせいで、すっかり首の角度がブレてしまった。ちぇ。

「何を誤解しているかは知らんが、私は二人のことに反対などしていないぞ、ルーカス？」

「そうよ。お父様は反対などなさっておられないわ」

俺の左前でキリリと顎《あご》を上げているルーカスに、父上と母上が目を丸くした。

うん、確かに反対されていない……というか、思った以上にすんなりオッケーな雰囲気になってた気がするけど？

「いいえ！　私は知っておりますよ父上！」

下げた両腕の先でグッと拳《こぶし》を握りしめたルーカスが、キッと父上に視線を向けた。

「父上は、まだ幾枚かのご令嬢の釣書をとっていらっしゃる。私は見てしまったのです。昨日の午前中、第三執務室で！　封筒もない剥《む》き出しの釣書の中身が書類の陰に立てかけられているのを！」

「まぁ、そうなの？」

母上が声を上げられた。どうやらご存じなかったらしい。俺も知らなかったよ。

「昨日は気に留めておりませんでしたが、よく考えればおかしくないですか？　兄上がすべての見合いを白紙に、と宣言なさったのが二十日以上前。そしてすぐにすべてのお見合いのお話に断りを入れて、釣書もお返ししたはずです。私はそう聞き及んでおりました。なぜ、まだ我が家に兄上宛ての釣書があるのですか？　選び抜いたかのように！　剥き出しで！　四枚も！　隠すように！　父上はお相手がランネイル様だととっくにご存じでしたよね。内心、お相手が女性でないことにご不満をお持ちなのではないですか？」

ルーカスの言葉に、目の前の母上がピクリと眉《まゆ》を上げて、スイッと父上へ視線を送った。

ちなみに俺とギルバートくんは、その三人の様子をただ眺めているだけだ。状況が分かんなきゃ口も挟めないからね。

今ならギルバートくんのお手々を握っても大丈夫かな……三人とも忙しそうだし。

「どういうことなのディヴィッド？　あなたランネイル様に不満なの？」

「いや、それらは後から届いた釣書で……」

グイィィーッとソファの上で父上に詰め寄っていく母上に、大柄な父上はその顎《の》を仰け反らせながらフルフルと首を振っている。

俺はといえば、隣の肘掛《ひじか》けに置かれたギルバートくんの左手にソロソロと右手を伸ばし始めたところだ。ちょっと遠いな……。

「あなた。ディヴィッド。不満がお有りなら今ここでハッキリとおっしゃいませ。釣書は全部お返ししたのではないの？　後から届いたものだって、受け取らずに返送したはずですわよね？　だってフレッドがそう願っていたのですもの。今それが邸内にあること自体がおかしなことよ。ルークが不審に思うのも当然ですわ」

「そうなのです。いつにない情報の隠蔽《いんぺい》、謎の挙動不審、四枚の釣書……それらが今日、たった今さっき、私の中でカチリと合わさりました。もしや父上と母上は未来の跡継ぎを盾に反対なさるのではないかと。思い合うお二人を引き裂き、当主権限をもって兄上に見合いを強制なさるのではないかと！　けれど母上はご存じなかったのですね」

ルーカスの言葉に、母上が大きく頷《うなず》かれた。

「まさか……まさか母上をも欺《あざむ》いておられたとは！　父上、どのような陰謀をタイラーと企てたかは存じませんが、兄上のお幸せは私が守ります！」

「まあ……陰謀！　ディヴィッド、あなた何てことを！」

そっとギルバートくんのお手々に手を重ねると、輝くばかりに美しい俺の天使が「ん？」といったように俺の方を向いてくれた。その目元は何やら楽しそうに緩められていて、とっても可愛らしい。

も……もうちょっと椅子を近づけてもいっかな。

「ちっ、違う！　違うぞ。本当にあれは後から届いたんだ」

「ルーカス様、私が陰謀などと……心外にございます」

タイラーの声が聞こえたけど、俺は椅子をズリズリ動かすのに忙しい。もうピッタリつけちゃっていいかな。いいよね。

「どういう事ですかなタイラー殿。まさか貴殿はまだ若様のご意志に不満をお持ちでいらっしゃるか」

ディランの声も聞こえた。

あいにく俺の目は、ようやく間近となった可愛い天使に釘付《くぎづ》けの真っ最中。なので声だけね。ま、耳で聞いてりゃ何も問題はないだろう。

俺が重ねた手の下で、ギルバートくんがその長い指をスルンと俺の指に絡めてきた。

それが嬉《うれ》しくて彼に微笑みかけると、彼もふわりとした微笑みを浮かべてほんの少し照れたように俺へ視線を向けてくる。ツヤツヤとした唇の端っこがキュッと引き上がって、長い睫毛《まつげ》で縁取られた宝石のようなお目々がほんの少しだけ細められている。控えめに言って宇宙最強の愛らしさだ。

「ならばなぜ、すぐにお返ししなかったのです？　まさか陰謀とはフレッドに形だけの婚姻をさせることなの？」

「形だけの偽装結婚ですって?!　なんという悪逆非道な陰謀を！」

「ルーカス様、そのような陰謀は我ら専属使用人が、総力を挙げて阻止いたしますのでご安心を」

「だから違う！」

「私は何も存じません初耳でございます！　主様《あるじ》の陰謀には加担しておりません！」

「なんで陰謀が確定してるんだ！」

キュッとギルバートくんが重ねた俺の指先を握ってきた。指二本だけ握るとか可愛いよね、むっちゃ可愛いよね。もっと握ってもいいんだよ？

「そろそろ口を挟まれては如何《いかが》ですか？」

スイッと少しだけ俺に身を寄せたギルバートくんはクスリと小さく笑うと、その可愛らしくも魅力的な唇を動かして俺に囁《ささや》きかけた。えー、もうちょっとこうしててもいいかなーって思ってたんだけど……ってか、その美味しそうな唇に今すぐキスしたい。

「ね、アル……」とニッコリと微笑みながらキラッキラの翡翠《ひすい》を俺に向けてくるギルバートくん。

そのあまりの目映《まばゆ》さにソッコーで頷いた俺は、目の前の愛らしすぎる天使の手をすくい上げた。

「君の望むままに……」

そう言って持ち上げた手の甲にチュッと唇を落とせば、しなやかな彼の指先がピクリと動き、白磁の頬にほわっと赤みが差した。はぅっ！

その愛くるしさに心臓を押さえて身悶《みもだ》えしまくりたい気持ちを堪《こら》えて、俺は目の前の五人へ向けて口を開いた。もちろんギルバートくんのお手々は確保したままだ。

たった今しっかり繋《つな》いじゃったもんね。離すものか。

「ちょっとよろしいですか？」

俺の言葉にピタリと全員が口を閉じた。そして十の目が一斉に俺へと向けられる。おぉう。

「ルーカス、お前は昨日の午前中に、第三執務室でその四枚の釣書を見たのだよね？」

俺の言葉に口を引き結んだルーカスがコクリと頷いた。

「ならば父上は隠していたわけではないと思うよ。昨日は九月の三日だ。月初め、我が家には領内の子爵男爵家の当主から月次報告書とともに父上宛ての私信が送られてくる。それが毎月、だいたい二日から三日にかけてなんだよ。そして私信には大抵、他の貴族家……数多い子爵家や男爵家との細かな取引や交流について書かれているから、父上は貴族名鑑や地図や統計が置いてある第三執務室で私信を開封なさることが多い。恐らく釣書はその私信の中に入っていたんだろうさ。封筒がなく剥き出しだったのはそういうことだ。つまりその四枚の釣書はすべて縁戚《えんせき》から……私に近い年頃の娘がいるのはドレイク、エバンス、ペイル、ベルナルドの四家あたりかな。そうではありませんか、父上」

「そ、そうだ。その通りだフレッド！」

父上が嬉しそうに声をお上げになった。

「お前がこの先結婚をしないということは詳細を伏せるために黙っていたが、お前の見合いをすべて白紙にしたことと釣書は今後一切受け取らないということは、縁戚連中にちゃんと通達したのだ。いちいち見合い相手を探られるのは面倒だったからな。だがな、そうしたらなぜか今度は、我らが縁戚の中から密かに妻を選考するようだと憶測が飛んだらしくて、お前と近い年頃の孫娘たちの釣書を各家が送りつけてきたのだ。だから陰謀は濡《ぬ》れ衣《ぎぬ》だ！」

ここぞとばかりに父上がやや早口で喋《しゃべ》り始めた。なるほどねー。だからドレイク子爵ってばゴリゴリに孫娘を押してたのか。チャンスとばかりに他家を出し抜こうとしていたわけだ。一時間も粘ってたのは、あの日を逃せばまた他家と横並びになるから必死だったのね。

「それならそうと、今のようにちゃんと説明して下さればよろしいでしょうに」

そう言って眉を下げながら溜息《ためいき》をつく母上。いや母上とルーカスが父上に喋らせなかったんでしょ。

思わず苦笑が漏れてしまいそうな口元に手をやったら……おやスベスベだ。おっといけない、繋いだギルバートくんのお手々だった。嬉しいからついでにキスもしておこう。

白くて滑らかな手の甲にそっと唇を押し当てて、その感触を楽しむように頬へ滑らせると、キュムッとその繋いだ手に僅《わず》かに力が込められた。かっわゆい。

可愛すぎるギルバートくんのお手々を頬で堪能しながら、俺は言葉を続けた。

「父上は各家から送りつけられた釣書だけを抜き出して第三執務室にまとめて置いておいた。そしてルーカスは、現在の薬草栽培の分布図やら資料を第三執務室に見に行った際にそれを見つけたってところかな。きっと父上はあさってのパーティーの時に直接各当主にお返しするつもりだったと思うよ。いちいち文章を書き添えて人を使って送り返すにはパーティーまで間がないからね。当主と行き違いになってはいけないだろう？　まあ、そういうことさ」

ね、何てことないでしょ、って五人に向けて目を細めてみせると、ディラン以外の四人がコクコクと頷いた。ついでに俺も頷いておく。頷くと頬っぺのお手々がスルスルして気持ちいいからね。

「さすがは兄上です。すごい……私の行動もお見通しなのですね」

「なるほど。だから私も目にしていなかったのですね。縁戚当主間の私信は必ず主様に届きますし、親展ですから主様みずから開封なさいます。確実に釣書を見て頂ける。縁戚の当主らも考えましたね」

ルーカスとタイラーが俺の頬をガン見しながら感心したように口を開いた。いや、ちょっと考えれば誰でも気がつくでしょうよ。みんな慌てすぎ。つーかディラン、お前分かってたよね？

ともあれ、これで解決。ディランだけがちょっとつまんなそうな顔してるけど。まいっか。

ってことで、これでいーい？　と握ったお手々にキスしながらクルッとギルバートくんを振り向くと、おや……俯《うつむ》いちゃっている。

額に手を当てながら向こうの肘掛けにもたれるようにしているギルバートくんのお顔を覗《のぞ》き込めば、かわゆい頬っぺを桜色に染めてキュムッと愛らしく唇を引き結んでいた。

すっごく可愛いんだけどこっち向いてほしいなぁ……と、今度は彼の形のいい爪に一つずつキスを落としてたら、三本めの指で「アル……」と小さくも涼やかな声に耳をくすぐられた。うん、あと薬指と小指が残ってるからね。

「フレッド……ギルバート様が困っていらっしゃるわ。それ以上はやめて差し上げて」

母上の声にチラリと目線だけで振り向けば、母上がプルプルと小さく震えながら父上の手をギュムーッと握っていらっしゃる。普段ならば隣でニコニコなさってるはずの父上は、なぜか片手で頭を抱えておられて……よほど母上の握力が強いのだろうか。

「あに、あにうえ……」

顔をトマトみたいに真っ赤にしたルーカスに声を掛けられて、ああそうかと俺は後回しになってしまった大切なことを思い出した。いけねぇ、まだギルバートくんにルーカスを紹介してなかったわ。すっかり忘れてた。

ごめんなルーカス。そんなに緊張しなくて大丈夫だから。ギルバートくんは見ての通りの天使だから、少しばかり礼を失したとしても海よりも広い心で許してくれるさ。公《おおやけ》の場じゃないからね、俺もその辺は大目に見ちゃうよ。

「ギル？　少々前後してしまったけれど、改めて君に弟を紹介するよ」

チュチュッと大急ぎで残り二つのキスを彼の爪先に贈ってそっと繋いだ手を引くと、ようやく彼が顔を上げてくれた。

ルーカス、なんで「え……」とか言ってるのかな？　ほらごらん、天使ってばあっという間に外向けの貴族仮面を装着してみせたぞ。すごいだろう？　でもギルバートくんだからね、当然なんだよ。

「弟のルーカス・ラグワーズだよ。私より三つ年下で、来年学院に入学予定だ。良かったら声を掛けてやってくれるかい、ギル」

俺の言葉に小さく頷いたギルバートくんはスッと椅子から立ち上がると、素早く姿勢を整えたルーカスへとその身体を向けてくれた。

俺はといえば、そんな目の前のギルバートくんを見上げて、ひたすら胸を高鳴らせるばかりだ。

スッと伸びた背筋、真っ直ぐに前を向いた横顔、品格溢《あふ》れる侯爵子息としての微笑み。けれどその頬は桜色の名残をのせて、いまだふんわりと淡く色づいたままだ。

その落差がもう何とも言えず艶《つや》っぽくてキュートで最高に魅力的なんだよ。これが前世で噂《うわさ》に聞いたギャップ萌《も》えというやつだろうか。

「ルーカス・ラグワーズ殿、初めてお目にかかる」

凛《りん》とした天使の声がサロンに響いた。

はーもうサイコー、と俺が胸をギュンギュンさせてたら、うん？　何やら正面から強めの圧が……。

仕方なくチラッと正面のソファに視線を流すと、母上がもんの凄《すご》い視線で俺の手を睨《にら》み付けながら小さく首を振っていらした。なるほど、ギルバートくんの手を離せと。

えー、でもギルバートくんは挨拶《あいさつ》受ける側だし別に片手繋いだままでも～と思いつつ、ギンッと強くなる一方の母上の圧に、心の中で舌打ちを連打しながら泣く泣くギルバートくんから手を離した。

「ギルバート・ランネイル様へご挨拶を申し上げます。ラグワーズ伯爵家が次子、ルーカス・ラグワーズにございます。見苦しき有り様にて非礼にもご挨拶が遅れましたことを伏してお詫《わ》び申し上げますとともに、ご挨拶をお許し下さいましたご温情に心より感謝申し上げます」

ルーカスがなかなかに綺麗《きれい》な姿勢でギルバートくんへ挨拶の口上を述べた。

うん、いいんじゃないかな。口上も上出来だし姿勢も合格点だ。さっきはたまたま頭に血が上っちゃったのかな？

「お顔をお上げ下さい、ルーカス・ラグワーズ殿。お気になさることは何もございませんよ。お会いするのを楽しみにしておりました。来年は学院でご一緒できますね。私のことはどうぞギルバートとお呼び下さいませ」

綺麗な唇に弧を描いたギルバートくんが、穏やかな声でルーカスに話しかけてくれた。儀式はもうおしまいだよ、という優しい天使の気遣いだ。

「ご寛容、まことに有り難く。私めのことはどうぞルーカスとお呼び捨て下さいませ。私もお目にかかるのをそれはもう楽しみにしておりました！」

途中からあっという間にいつもの調子を取り戻したらしいルーカスに、ギルバートくんは笑みを向けながら実に上品に頷《うなず》いている。その慈愛に満ちた様子は大天使そのものだ。

「ふふっ、堅苦しい言葉は無用にございますよ。大切な方の弟御ですから。年齢も一つしか違いませんし今後はざっくばらんにお付き合いいたしましょう」

「はい、ありがとうございますギルバート様！」

大天使の言葉に、ルーカスは満面の笑みでコクコクと頷いている。うん、良かった良かった。これにて家族全員との挨拶は無事に終了。はいおしまい。

「ルーカスも席に着くといいよ。みんなで話そう」

ギルバートくんに椅子でゆっくりしてほしくて俺が提案した言葉に、ディランがすぐさま俺の左隣に椅子を用意してくれた。うん、さっきまで椅子を置ける状況じゃなかったもんね。ああ、少々俺との間隔が空いちゃってるのは俺が移動したせいだね。ごめんよ。

だからタイラー、そうディランに突っかかるような目を向けるもんじゃないよ。いいんだよ椅子の間隔なんて。座れりゃいいの。さっきの意趣返しかい？　ディランもやる気満々で受けて立つんじゃありません。

視界の端っこで何やらバチバチ静かな睨み合いを始めた二人はとりあえず放っといて、まずは席に戻ってきたギルバートくんのお手々をサササッと再確保。これ大事ね。

「まったく、縁戚連中のせいですっかり酷《ひど》い目に遭ってしまった。ギルバート殿、まこと面目なきことにてお詫びいたしますぞ」

「いいえラグワーズ伯。ご家族皆さまの朗らかでご誠実なお人柄が知れて、かえって肩の力が抜けましてございますよ。どうぞお気になさらないで下さい」

父上の言葉にギルバートくんが綺麗に微笑みながら小さく首を振ってみせると、母上もまた「本当に、お恥ずかしいわ」と父上の隣で頬を押さえた。

まったくだ。縁戚連中が余計なことしたせいで、奇跡の天使パワーについて語りそびれちゃったじゃないか。俺の糠喜《ぬかよろこ》びをどうしてくれる。なんか悔しいから、ここはひとつ父上にチクってやろう。

「そういえば昨日、別邸に到着した際にドレイク子爵が挨拶に来たのですが孫娘を同道してましてね。もちろんお約束のないご令嬢とは会いませんでしたが、盛んに孫娘の自慢をしておりましたよ。なるほど、そういうことでしたか」

案の定、父上と母上は呆《あき》れたように溜息をついている。ふふふ子爵め、俺の八つ当たりで天使詐称の大罪を贖《あがな》うがいい。

悪役気分に浸りながら内心で高笑いをしてる俺の隣で、ギルバートくんが小さな笑みを漏らした。

ああ、もちろん君が隠匿でコッソリ同席してたことはナイショだ。俺が言い出したことだし。あれは楽しかったからね。なんならいつだって君にいてほしいくらいだ。

「そうだったか。やれやれ、あさってのパーティーが思いやられる」

「あら、大丈夫ですわよ。このフレッドの様子を見れば、みな諦《あきら》めをつけますわ。そもそも誰がギルバート様にケチをつけられますの？　ふふっ、張り切って来た当主たちがガッカリする姿が目に浮かぶようですわ」

ねっ！　とギルバートくんに微笑みかけた母上に、けれどギルバートくんは何やら気遣わしげな表情を浮かべている。

「私としては、私のことでラグワーズ内にいらぬ波風と動揺を与えるのではないかと、それだけを危惧《きぐ》しております。今やラグワーズは王国の要《かなめ》。その要に不和の亀裂を入れては、宰相家の嫡男として国王陛下に申し訳が立ちません」

なるほど、ギルバートくんが昨日心配してたのはこのことだったんだね。んもう、そんなこと君が心配することなどないのに。

「ギル……君がそんなことで胸を痛めることなどないんだよ。あさってのパーティーでは当事者である私の口から直接皆に説明しよう。昨日も言ったけれど皆が納得するしないは関係ないのだよ。だって、どう考えてもラグワーズにとって難になり得る点は微塵《みじん》も存在しないのだから。残りはすべて相手の都合だからね、知ったことではないさ」

隣のギルバートくんの手を両手で握り、「ね、だから大丈夫」と彼に微笑みかければ、彼の美しい目が柔らかく細められた。そうとも、君が憂うことなど何もないんだ。

「そもそも君以上に素晴らしい相手など、この世にいないじゃないか。誰が反対できるというんだい？　君のように崇高な精神を持ち、他を凌駕《りょうが》する才知と、宝玉のごとく輝く美貌《びぼう》を兼ね備えた者が他にもいると？　いや、もし居たとしても君ほどの愛らしさは――」

「そうですとも、ご心配には及びませんわ！　どうぞお心置きなくパーティーにご出席くださいませ」

母上にぶった斬られてしまった。

ちょっと母上？　俺まだギルバートくんの憂いを晴らしてる真っ最中なんですけど?!　ギルバートくんのお目々がいい感じにウルルンってしてきて、頬っぺだって美味しそうに赤らんで……。

「きっとパーティーは、ギルバート様のお披露目《ひろめ》になりますわね。まあ楽しみなこと！　ええ、ええ、当日のお支度はラグワーズが総力を挙げてお手伝いさせて頂きますわ。ピッカピカにして皆をドーンと黙らせておしまいなさいませ！」

俺の恨みがましい視線をスルーした母上が、そう笑って胸をお張りになる。

「ビビ…？　ドーンと黙らせるのかい？　ちょっと使い方が変……」

「そうですね、ちょっと違和感が……」

「ええ、ドーンとドカーンと黙らせますのよ。あら、ディヴィッドにルーク、何か仰《おつしや》った？」

「いや、何も…」「……」

「え？　なあに？」

母上はテンション上がるとフィーリングでお話しになるからなー。ほら母上、ギルバートくんが笑ってますよ。

まだ何やら会話を続けている三人に俺が苦笑を漏らしていたら、クスクスと笑っていたギルバートくんの唇が、スッと俺の耳元に近づけられた。

――ありがとうございますアル。あなたが大好きです。

突然囁《ささや》かれた甘い言葉に、俺の身体は瞬時に硬直。ジワジワと上がってくる熱に、思わず俺は口元を片手で覆った。この不意打ちはダメだよ……ギルバートくん。

脳内の花火は、打ち上がる前に大爆発を起こしている。やばい、これ絶対に顔赤くなってるよな。チラリと隣のギルバートくんに視線を流すと、麗しの貴公子様が俺を見つめながら、それはもう楽しげに微笑んでいらっしゃった。もうー。

俺がさり気なく顔を隠しながら赤らんだ顔色を戻してる間に、ギルバートくんは父上や母上、そしてルーカスと話を弾ませていた。さすがは侯爵子息。豊富な話題に加えて会話術も超一流だ。

そして俺の顔色が戻った後も、サロンでの会話は弾みに弾んで、その後に開かれた夕食会まで継続して弾みまくった。まあ、主に盛大に弾んでたのは母上とルーカスだけど。

いやルーカス、高等部の食堂メニューに食いつきすぎ。母上、王都の居酒屋はさすがに伯爵夫人にはハードルが高いと思いますよ？　父上、邸内に居酒屋作らなくていいから……。

「なんだかごめんね、ギル。貴族の晩餐《ばんさん》にしては賑《にぎ》やかすぎたかな。うちの家族はどうにも緊張が長続きしないタイプでね」

厨房《ちゅうぼう》の気合いがめっちゃ入ったゴージャスな夕食会を終えて、ぱっつんぱっつんの腹を抱えながら、ギルバートくんを客室に送るべくダイニングルームから続く廊下を歩いて行く。向かっているのは屋敷の東階段。

あ、そうそう。客室のインテリアは、バッチリ侯爵子息仕様の設《しつら》えになっていた。夕方、サロンでいったん解散して、彼を案内した時に中を覗《のぞ》いたからね。

いやー、ホッとしたよ。令嬢だと思ってたって言うからさ、フリフリした部屋だったらどうしようかと……。まあ彼を案内する途中で、中央階段ホールの生花やら美術品が総取っ替えになってるのを見たから、大丈夫だろうとは思ってたけどね。タイラーがサロンをちょいちょい出入りしてたのはこれだったのか、って納得したよ。使用人たち頑張ったねぇ。

ギルバートくんは恐縮してたけど、君のためなら壁紙ごと取っ替えたっていいくらいだ。

「いいえ。素敵な晩餐でした。とても楽しかったです。アルのご家族は、やはりアルのご家族でした」

廊下を進みながら、そう言ってフフッと綺麗に笑ったギルバートくん。

いやまあ、確かに俺の家族なんだけどね。だだっ広いメインダイニングなのに充分に賑やかだったからな。「明日からは家族用のダイニングにしましょう！」って母上は言ってたけど、狭くなったら余計に騒がしくなるんじゃない？

「ご家族や使用人、そしてこの家そのものから、あなたの存在を感じました。だから私もすっかり馴《な》染《じ》んでしまって、こんなことは初めてですよ。私こそ、はしゃぎすぎたかもしれません。お招き頂いて、本当にありがとうございます」

東階段の手前で、そう言って繋《つな》いだ手を小さく揺らした彼。眩《まぶ》しいほどに気高くて凛《り》々《り》しくて格好《かっこ》いい彼なのに、こんなに可愛らしい仕草をしてくる彼が、本当に愛《いと》しくてたまらない。

「明日は気兼ねなく、ゆっくりと寝ているといいよ。午後になったら屋敷や敷地内を案内しよう。土曜のパーティーが終わったら屋敷の外に出てデートだ。一緒に海を見に行こう」

「海ですか？　実際に見るのは初めてです」

階段を上りながら、パッと嬉《うれ》しそうに俺を見上げたギルバートくん。おっと、しっかりと手を繋いでいなくちゃね。

「そうかい？　じゃあ海辺で獲《と》れたての魚や貝をワイルドに焼いて食べようじゃないか。作法はソーセージドーナツだ」

「素敵ですね。お任せ下さい、その作法は完璧《かんぺき》です」

クスクスと笑い合いながら、二人で足音を揃えて階段を上がっていく。彼に用意した貴賓用の客室は本邸東側の二階。朝陽が一番綺麗に見える部屋だ。

家族の部屋があるプライベートエリアは西側で少し離れちゃってるけど、中央の階段を挟んで実質真っ直ぐだからね。何かあればすぐに駆けつけちゃうよ。

東階段を上がりきって左へと進めば客室が見えてきた。今日はゆっくり休んでね、ギルバートくん。

◇◇

と、思っていた三時間前の俺。

ちょっとまて……。なんで俺は、ギルバートくんと一緒にベッドの中にいるんだ。

ちょっ、ちょっと待って！　足を絡めないで！

うわー、あんよもスベスベ……ってそうじゃない！

なんでこうなったんだっけ――?!

Ruby collection

異《い》世《せ》界《かい》転《てん》生《せい》したけど、七《なな》合《ごう》目《め》モブだったので普《ふ》通《つう》に生《い》きる。 3

2023年9月1日　初版発行

著者　白玉

発行者　山下直久

発行　株式会社KADOKAWA
〒102-8177
東京都千代田区富士見2-13-3
電話：0570-002-301（ナビダイヤル）
https://www.kadokawa.co.jp/

印刷所　株式会社暁印刷

製本所　本間製本株式会社

デザインフォーマット　内川たくや（UCHIKAWADESIGN Inc.）

イラスト　北沢きょう

初出：本作品は「ムーンライトノベルズ」（https://mnlt.syosetu.com/）掲載の作品を加筆修正したものです。

●お問い合わせ
https://www.kadokawa.co.jp/（「商品お問い合わせ」へお進みください）
※内容によっては、お答えできない場合があります。
※サポートは日本国内のみとさせていただきます。
※Japanese text only

ISBN 978-4-04-113855-7　C0093　　Printed in Japan

この本を読んでのご意見、ご感想を編集部までお寄せください。
〈あて先〉〒102-8177
東京都千代田区富士見2-13-3
株式会社KADOKAWA　ルビー文庫編集部気付
「白玉先生」「北沢きょう先生」係

異世界転生したけど、七合目モブだったので普通に生きる。1

著／白玉　　著／北沢きょう

無自覚スパダリ × クール系王子様。
友情が恋に変わる、激甘♥異世界 BL!

異世界転生したもののシナリオ無関係の恵まれた環境に、平和に生きていこうと決意した主人公だが、うっかり年下の宰相子息とお知り合いに。無自覚に腐った令嬢たちを喜ばせる、自称「七合目モブ」のお話。